Anna Jansson
Schwarze Schmetterlinge

Zu diesem Buch

Feueralarm im Universitätskrankenhaus der mittelschwedischen Stadt Örebro! Zwei Menschen fallen den Flammen zum Opfer, und man sucht fieberhaft nach der Brandursache. Schon bald ist klar, dass das Feuer von einem Brandstifter gelegt wurde. Und es kommt noch schlimmer: Mehrere rätselhafte Brände mit weiteren Todesopfern in Örebro und der näheren Umgebung folgen. Die ermittelnden Polizisten sind ratlos. Der einzige Hinweis sind die Tarotkarten, die der Täter ihnen zukommen lässt. Verzweifelt versuchen Maria Wern und ihr Kollege Per Arvidsson das Geheimnis der Karten zu lösen, ehe es zum nächsten Mord kommt. Im Zuge der Ermittlungen werden sie tiefer in den Strudel der Ereignisse hineingezogen, als ihnen lieb ist ... Fesselnd bis zur letzten Seite und mit psychologischem Tiefgang erzählt Anna Jansson einen Kriminalfall, bei dem die Grenzen zwischen Täter und Opfer zusehends verwischen.

Anna Jansson, geboren 1958 auf Gotland/Schweden, machte eine Ausbildung zur Krankenschwester und arbeitet heute in einer Lungenklinik. Sie lebt mit ihrem Mann und drei Kindern in der Nähe der mittelschwedischen Stadt Örebro. Seit 2000 sind in ihrer Heimat acht ihrer erfolgreichen Kriminalromane mit Maria Wern erschienen, auf Deutsch liegen vor: »Und die Götter schweigen«, »Totenwache«, »Tod im Jungfernturm«, »Das Geheimnis der toten Vögel« und »Schwarze Schmetterlinge«. Weiteres zur Autorin unter: www.thriller.nu

Anna Jansson

Schwarze Schmetterlinge

Kriminalroman

Aus dem Schwedischen von
Susanne Dahmann

Piper München Zürich

Mehr über unsere Autoren und Bücher:
www.piper.de

Von Anna Jansson liegen bei Piper im Taschenbuch vor:
Tod im Jungfernturm
Schwarze Schmetterlinge
Das Geheimnis der toten Vögel

Deutsche Erstausgabe
August 2008

Titel der schwedischen Originalausgabe:
»Svart fjäril«, Bokförlaget Prisma, Stockholm 2005

Umschlag: Büro Hamburg. Anja Grimm, Stefanie Levers
Bildredaktion: Büro Hamburg. Alke Bücking, Charlotte Wippermann
Umschlagfoto: Image Source / Images.com
Autorenfoto: Laurent Denimal
Satz: Filmsatz Schröter, München
Papier: Munken Print von Arctic Paper Munkedals AB, Schweden
Druck und Bindung: CPI – Clausen & Bosse, Leck
Printed in Germany ISBN 978-3-492-25214-0

Ich traf eine Schwester in der Nacht,
ihre Augen glänzten wie von Tränen.
Durch den Schmutz, das Gejohle und das Lachen
schritten wir gemeinsam in die Dämmerung.

Es war wohl ein Traum nur,
ein Gedicht, das mich streifte –
ich vergaß es fast sogleich,
erinnere mich nur mehr seiner Melodie.

Aus der Gedichtsammlung
»Mit vielen bunten Lichtern«
von Nils Ferlin

1

Der Spätsommer lag wie ein wehmütiger Schatten über dem Fischerdorf der Kindheit. Die wachsamen Halme des Schilfröhrichts fingen das Geflüster des Meeres auf. Die uralten Steine in der Mauer, die die kleine Steinkirche umgab, murmelten leise von einer längst vergangenen Zeit. Von der Zeit, bevor der Mensch auf die Erde trat und als das Weltall noch eine Einheit war. Vor dem Urknall, der Explosion, als das ganze Wissen und die ganze Weisheit in alle Winde verstreut wurden.

Fast dreißig Jahre waren vergangen, und doch war nichts vergessen oder vergeben. Die Erde, das Meer, die Luft und das Feuer waren ihre ewigen Zeugen. Die Realität und die veränderlichen Erinnerungsbilder der Phantasie – sie bildeten die Wahrheit, die ihr weiteres Leben formen und lenken würde. Umgeben von den Düften der Kindheit wurde aus der erwachsenen Frau wieder ein mageres sechsjähriges Mädchen.

Pyret zog den Reißverschluss ihrer Jacke hoch. Lauschte dem Wind, während sie eine Möwe beobachtete, die auf die glühende Sonne zuflog, ohne sich die Flügel zu versengen. Vielleicht war sie besonders geschickt und traute sich, mit dem Feuer zu spielen. Genau wie Ikarus mit seinen Wachsflügeln. Die zerrissene Stofftasche mit dem Bild von Ikarus hatte Mama auf Kreta gekauft. Pyret hatte sie mit fünf Reißzwecken über ihrem Bett befestigt, zwischen den Zeitungsausschnitten.

Die sanfte Kuhle im Sand schützte sie vor dem kalten Wind, der vom Meer heraufzog. Die Geschichte, der sie lauschte, handelte von der Prinzessin, die sich selbst in Stein verwandeln konnte. Eine unsichtbare Königstochter. Verborgen zwischen Tausenden von Steinen am Meeresstrand. Sie war zu Stein geworden, um keine Schmerzen zu empfinden, wenn Menschenfüße über ihre graue Haut trampelten. Im Sommer war sie heiß von der Sonne, im Winter weiß vom Frost. Der weiche Kern in ihrem Inneren jedoch war unerreichbar. Die Strandastern steckten ihre Köpfe zusammen und wisperten von dem König, der kommen würde, um sein Kind zu suchen. Sie erzählten sich, wie er auf der Suche nach der Prinzessin sei, die seinerzeit von den bösen Trollen gegen einen schmutzigen Wechselbalg namens Pyret ausgetauscht worden war.

Mama saß auf der karierten Decke und summte vor sich hin. Der kleine Bruder schlief, in eine Decke eingehüllt, auf dem Rücken. Der Schnuller war ihm aus dem Mund geglitten, und er schnarchte ein wenig. Mama berührte mit ihrem Zeigefinger seine Wange, und tief unten in Pyrets Bauch erwachte das Monster mit seiner schuppigen Haut. Es drehte sich einmal um sich selbst, eher es wieder Ruhe gab. Sie hatte diesen Schreihals noch nie leiden mögen. Er war die reinste Plage. Wenn er kackte, dann quoll ihm eine widerliche hellgrüne Soße aus der Hose. Dann schrie er, sodass sein Gesicht ganz rot und schrumplig wurde. Todsicher war auch er ein Wechselbalg, ein Trollkind. Oder aber ein Außerirdischer.

Weiter unten am Wasser war der Sand feucht und leicht zu formen. Jemand hatte dort einen Eimer vergessen. Ohne Mama aus dem Blick zu verlieren, füllte sie ihn mit Sand und häufte drei Eimer voll zu einem Turm auf, den sie mit einer Mauer umgab. Dann grub sie einen Wallgraben, der nach und nach mit Salzwasser gefüllt wurde.

Mama saß auf der Decke, wo sie auch hingehörte. Wenn man sie nicht im Blick behielt, konnte sie leicht verschwinden. Wenn man sie nicht beaufsichtigte, würde womöglich auch sie gegen eine Trollmutter ausgewechselt werden.

»Willst du einen Keks?« Mamas Stimme kam aus dem einen Mundwinkel, auf der anderen Seite wippte der Zigarettenstummel. Die Glut hinterließ einen langen Aschepfeiler, der auf den geblümten Rock und den fusseligen Acrylpullover fiel. Mama streckte Pyret die Kekspackung hin. »Du kannst alle haben, die noch drin sind.«

Pyret quetschte sich die Kekse in den Mund, alle drei auf einmal.

»Guck mal, Mama, ich habe einen riesigen Sandturm gebaut. Mit Muschelfenstern. Im Turm sitzt eine Prinzessin. Der König sucht nach ihr, aber er kann sie nicht sehen, denn für ihn ist sie unsichtbar. Auf seinen Augen liegt ein böser Zauber. Aber eines Tages, wenn der Zauber gebrochen ist, wird er wieder sehen können. Dann kommt er und holt sie. Guck mal, Mama! Da hinten ist er.«

»Jetzt nicht. Ich kann nicht. Lass mich in Ruhe.« Mama legte sich in einem schützenden Halbkreis um den kleinen Bruder, und das Monster in Pyrets Bauch jaulte vor Wut auf. Ihre Hände füllten sich ganz von selbst mit Sand. Eine Handvoll nach der anderen warf sie auf Mamas geblümten Rock. Auch die kleine Kröte in der dicken rotkarierten Decke kriegte ihren Teil des Sandsturms ab, und zwar mitten ins Gesicht.

»Hör auf! Du weckst ihn ja.« Mamas feste Hand packte Pyrets Haare und zog daran, bis die Tränen kamen. »Mach das nicht noch einmal, verstanden?«

»Dumme Mama! Das war doch gar nicht ich«, flüsterte sie leise vor sich hin und vergrub das Gesicht in der Armbeuge, zog sich ins Steinzimmer zurück, in ihr Inneres, das für andere unzugänglich war. Unbeweglich saß sie da und starrte dann mit ihren wütenden Augen auf die beiden. Starrte auf den stummen Strickjackenrücken, der sie aussperrte. Der Blick wurde zu spitzen Nadeln, die sich in Mamas Rücken bohrten. So saß sie lange da, während die Abendsonne ins Meer sank und die Wiesenblumen auf Mamas Rock mit warmen, sanften Farben bemalte.

Sie bemerkte den Schatten, der über sie fiel, erst gar nicht. Stück für Stück, ohne Vorwarnung wurde die Haut auf Mamas nackten Beinen grau, und die Karos auf der Decke dunkel. Wenn es die Schritte eines Sterblichen gewesen wären, dann hätte man sie hören müssen. Das Schilf hätte gerauscht und sie gewarnt. Die Möwen hätten geschrieen.

Mama richtete sich auf, aber in ihrem Gesicht war kein Licht mehr. Pyret folgte ihrem erschrockenen Blick von den großen Füßen des Wesens, den Beinen, der Lederjacke bis hoch zu der Stelle, wo das Gesicht hätte sein müssen. Ein schwarzer Schatten, von glühender Sonne umgeben, und eine

Stimme wie aus der Unterwelt. »Kommst du mit? Wir haben was besorgt.«

»Weiß nicht.« Mamas Zeigefinger strich wieder über die Wange des kleinen Bruders. »Pyret, kannst du mal kurz auf ihn aufpassen? Ich bin gleich zurück. Wenn es zu kalt wird, geht ihr einfach nach Hause, ja? Aber trag ihn ja vorsichtig. Und pass auf, wenn ihr über die Straße geht! Hörst du? Hörst du, was ich sage?« Pyret wich vor dem Atem zurück und vor den Augen, die ihr so nah kamen, ihren eigenen Blick einfingen und festhielten. »Ich bin gleich zurück. Bleib hier.« Pyret stand auf und klammerte sich an Mamas Bein fest. »Nein, du darfst nicht mitkommen. Du bleibst hier. Wenn du hinter mir herkommst, kriegst du Schläge.«

Mamas Hände waren jetzt böse. Sie gruben sich in ihre Schulter und schubsten Pyret weit von sich. Pyret fiel auf den Rücken und starrte in den Himmel. Sie stürzte in einen Strudel, ins Meer, wo es keine Gedanken gibt, nur Wellen der Übelkeit und der Dunkelheit. Sie spürte den Geschmack des Salzwassers auf ihrer Zunge. Der kleine Bruder schrie. Zwang sie aus der Tiefe herauf.

Pyret erhob sich mit steifen Bewegungen und drückte den Schnuller in seinen Mund. Eigentlich hätte er Schläge verdient.

Sie verschwanden im Fichtenwäldchen, drei Schattengesichter und Mama. Die Bösen Grauen hatten sie in ihre Gewalt gebracht, um sie auszuwechseln. Das war schon öfter passiert. Wenn Mama wieder nach Hause kam, dann würde der Körper dieselbe Hülle wie vorher haben, aber er würde hin- und herschwanken und auf dem Boden herumkriechen. Die Beine, die den Körper aufrecht halten sollten, die Augen, die sehen sollten, der Mund, der reden sollte – all das hatten die Wesen mitgenommen. Damit sie nicht wie ein Zelt ohne Stangen zusammenfiel, füllten die Bösen sie immer mit Klebstoff aus – deshalb musste sie sich auch übergeben.

Pyret warf einen Blick auf den kleinen Bruder. Er lag da und sah in den Himmel hinauf, wo die Wolken zusammenstießen und zu immer größeren weißen Wattebäuschen wurden und neue Figuren bildeten: einen Löwen, der sich in eine Hexe verwandelte, eine zusammengerollte Katze oder eine Zimtschnecke. Dann kam ein Bagger, der Zuckerwatte aß. Pyret war so hungrig, dass ihr der Bauch wehtat.

»Mama, geh nicht weg!« Auf nackten Füßen rannte sie den Weg über die Düne zum Wäldchen. »Geh nicht weg, sonst sterbe ich! Ich will nicht allein sein!« Nadeln und trockene Äste stachen ihr in die Fußsohlen. Eine Ameise saugte sich auf ihrem Fuß fest und weigerte sich, loszulassen, ehe sie nicht stehen blieb und sie mit dem Finger wegschnippte. »Mama, warte auf mich!«

Pyret blieb stehen und horchte. Eine Mücke summte direkt neben ihrem Ohr, ein Eichhörnchen sauste vor ihr den Stamm hinauf, dass die Rinde laut raschelte, und machte einen gewagten Satz zum nächsten Baum hinüber. Unten am Strand schrie wie besessen ihr Bruder, der Außerirdische. Sollte er doch da liegen und brüllen. Der kapierte sowieso nichts.

Unter dem graugrünen Dach der Fichten war es dunkel und kalt. Die Füße konnten nicht stillstehen, wenn überall Ameisen herumkrochen. Plötzlich hörte sie das Geräusch. Es kam stoßweise, in regelmäßigen Abständen, und klang wie ein Schwein, das sich auf dem Boden herumsuhlte. Im Moos fiel es ihr leichter, sich lautlos anzuschleichen, als auf dem Weg. Die Geräusche wurden immer lauter. Hinter einem Gestrüpp von wilden Himbeeren kauernd sah sie ein Hinterteil, das sich auf und ab bewegte. Mamas geblümter Rock, ein Lappen nur, ganz unten in einem Berg von Armen und Beinen. Die Wesen standen rechts und links von dem Paar auf der Erde. Jetzt konnte sie ihre Gesichter sehen, wie grinsende Wölfe.

»Na, willst du noch was zu trinken?« Ein kurzer Blick auf Mamas Gesicht. Sie hielten sie fest. Sie taten ihr weh. Mama wimmerte. Pyrets Körper spannte sich an und ging in die Verteidigungshaltung. Wenn sie ein Riese wäre, hätte sie alle wie Käfer zertreten und zu einem blutigen Brei gequetscht. Aber sie war nur ein kleines Mädchen mit ungewöhnlich mageren Armen. Der Zorn, der durch ihren Körper rauschte, verwandelte sich in Tränen. Sie hätte schreien, treten und sie beißen mögen, sie blutig kratzen. Aber sie hatte den Mut nicht. Nur das Weinen war da und die Verachtung, die in ihr brannte, weil sie es nicht wagte, weil sie es nicht schaffte, den Menschen zu verteidigen, den sie am meisten liebte. Mama, ihre geliebte Mama, lag da auf der Erde. Ihr Blick war verschwommen und verriet, dass sie nicht länger in ihrem Körper war. Pyret weinte laut.

Eines der Schattengesichter entdeckte das Mädchen, das hinter dem Himbeergestrüpp kauerte. »Komm her, Mädel, dann zeigen wir dir was.«

In der Woche zuvor, als sie in der Vorschule über Haustiere sprechen sollten, hatte Pyret eine winzig kleine Krabbe dabeigehabt. Sie war geschält und ein wenig ausgeblichen. Die Krabbe hatte einsam in einer Pfütze von Erbrochenem gelegen, bis Pyret sie vom Fußboden aufgehoben hatte. In Toilettenpapier eingewickelt, war die seltsame Krabbe von Hand zu Hand gewandert, als sie im Stuhlkreis saßen. Die Erzieherin hatte gesagt, dass man Gegenstände von zu Hause mitbringen dürfe, um sie der Gruppe zu zeigen und etwas darüber zu erzählen. »Die Krabbe ist noch ganz, obwohl meine Mama sie rausgewürgt hat.« Das hatte Pyret nicht ohne Stolz gesagt.

Genauso verhielt es sich mit den Pfifferlingen, die jetzt gerade in einer Pfütze auf dem Fußboden lagen. Die waren erstaunlich ganz dafür, dass sie schon im Bauch gewesen waren, stellte Pyret fest. Von Brot und Kartoffeln blieb immer nur Brei, aber die Pfifferlinge schafften es völlig ganz wieder heraus. Vier der Pilze trugen sogar noch ihren Hut.

Pyret kroch zu Mama ins Bett und fand das Feuerzeug, das ihr aus der Hand gefallen war. Es war klebrig und blau, und Pyret brauchte ein wenig Zeit und Übung, um eine Flamme zu erzeugen. Man musste einen starken und schnellen Daumen haben. Pyret konzentrierte sich. Die kleine gelbe Zunge verrußte den Bettpfosten. Man konnte damit Figuren malen. Eine Schlange, die sich zur Bettdecke herunterließ, Sterne und ein Z wie in Zorro. Das Feuer roch warm und gemütlich, fast wie zu Weihnachten.

Mama wälzte sich herum und richtete sich auf. Sie tappte in das Erbrochene und stolperte zum Korb hinüber, in dem der kleine Bruder lag. Der zerknitterte Rock klebte an den Oberschenkeln, als sie sich herabbeugte und ihm über den flaumigen Kopf strich. Meine Mama, nur meine Mama! Rühr ihn nicht an, deine Hände dürfen ihn nicht anrühren, die gehören nur mir! Pyret versuchte, sich zwischen sie zu drängen.

»Lass mich in Ruhe, ich kann nicht.«

»Mama, ich bin hungrig.«

»Lass mich los! Es geht mir schlecht, verdammt noch mal. Das siehst du doch!« Sie kroch wieder ins Bett und schluchzte laut, während Pyret ihr mit der Hand über die schweißnasse Stirn strich. Mama würgte und weinte im Schlaf.

In der Dunkelheit war die kleine Feuerzunge deutlicher zu sehen. Pyret zündete die Kerze an, die in der Weinflasche auf dem Küchentisch stand, und hob sie mit beiden Händen hoch. Wie eine Lucia schritt sie mit dem Kerzenständer auf dem Kopf durch den Raum. Sie war die Lichterkönigin – die Herrscherin über das Feuer.

Die Uhr über dem Küchentisch tickte. Als die Flamme näher kam, konnte man sehen, dass auf den Zeigern Staub lag. Auf dem unteren Rand lag eine tote Fliege. Das Feuer musste nur kurz an sie rühren, schon war sie nicht mehr als eine kleine goldgraue Flamme.

Im dreiteiligen Badezimmerspiegel konnte sie sehen, wie sich das Licht vervielfachte. Wenn sie sich an der richtigen Stelle befand, konnte sie acht Lichter und sieben identische Gesichter sehen. Ihre Augen glänzten, und in den Pupillen blitzten kleine gelbe Messer aus Feuer auf. Die acht Kinder trugen das Licht in ihren Händen und stellten sich mitten ins Zimmer.

Später wusste sie nicht, welches von ihnen angefangen hatte, und als sie der Polizei und der Frau von der Zeitung erzählen sollte, was passiert war, wusste sie es auch nicht. Eines der Spiegelkinder ließ das Feuer an der Gardine lecken. Die Flamme sog die ganze schmutzige Tüllgardine auf einmal in sich hinein, so hungrig war sie. Die getrockneten Butterblumen, die in einem blassen Strauß an der Wand hingen, wurden zu einer Feuerquaste. Sie sprühten und knisterten, ehe sie verkohlt zu Boden fielen. Knusper, knusper Knäuschen, wer knuspert an meinem Häuschen?

Der Zeitungsstapel auf dem Hocker neben dem Klo fing Feuer. Eines der acht Kerzenträgerkinder kitzelte den kleinen Bruder so lange unter den Fußsohlen, bis er schrie und Rauch aus der Bettdecke kam. Das geschah ihm nur recht. Das kleine Dreckstück hatte schließlich alles kaputt gemacht. Hatte ihr Mamas liebe Hände weggenommen. Mamas Schoß mit den Umarmungen und den lachenden Augen und den Küssen. Wenn man das Feuer an den unteren Rand der Decke hielt, schmolz sie wie Eis im Sonnenschein.

Das Feuer hinterließ einen schwarzen Schatten, wenn es durchs Zimmer kroch. Jetzt kam es auf das Bett zu, auf dem Mama lag. Der kleine Bruder schrie hysterisch. Im Kühlschrank gab es den leckeren Raclette-Käse, von dem man mit einer dünnen Schnur Scheiben abschneiden konnte. Den durfte man nicht anrühren, denn er war für den Fall gedacht, dass die Frau vom Jugendamt kam. Dann wurde der Fußboden gewischt, und auf die Betten wurden die Tagesdecken gelegt, und Pyrets Haare wurden zu zwei harten Zöpfen geflochten.

Die Kerzenträger waren der Meinung, dass man den Käse durchaus essen dürfe, aber Pyret zögerte. So viele Ja-Sager gegen Pyrets mickriges kleines Nein. Sie beschlossen gemeinsam, dass sie den Käse essen durfte. Pyret schielte zu Mama hinüber. Sie schlief mit offenem Mund. Ein schmutziger Fuß bewegte sich außerhalb der Decke.

Der Käse war genau das, was der Bauch brauchte, um glücklich zu sein. So gut, so unglaublich gut, dass Pyret ganz schwindelig wurde und wild und warm. Wenn der Schreihals nur mal Ruhe geben könnte, damit er Mama nicht aufweckte! Wenn der so weitermachte, dann konnte er nicht länger im Haus bleiben.

Die Decke glühte. Pyret versuchte, den Bruder auf den Arm zu nehmen, und verbrannte sich die Finger. Mit einem Mal war es ungeheuer heiß im Zimmer. Die Gardine war aufs Sofa gefallen. Die Polster brannten. Pyret zupfte Mama die Decke ab und wickelte sie um den kleinen Körper, während sie schreiend mit ihm zur Tür rannte. Die Hitze floss durch die Luft. Der Rauch brannte in den Augen. Die Nase lief.

»Mama, wach auf!« Es schmeckte nach Rauch im Mund. Der erstickende Rauch war überall. »Mama, wach auf! Du musst aufwachen!«

Am Tag danach war ein Bild in der Zeitung. Ein großes Bild auf der ersten Seite mit Pyret, die ihren kleinen Bruder im Arm hielt. Im Hintergrund glühte immer noch das Skelett von dem, was einmal ihr Zuhause gewesen war, ein baufälliger Hof. Die Erzieherin hatte gesagt, sie sei eine Heldin. Wie Zorro, nur eben ein Mädchen. Sie hatte allen Kindern in der Gruppe die Zeitung gezeigt.

Mama hatte sie umarmt und geküsst und gesagt, dass sie stolz sei, so eine tapfere Tochter zu haben. Worte wie »Danke«, »Mein Liebling«, »Geliebtes Kind« taten ihr so gut. Ihr wurde ganz warm im Bauch davon. Und als sie erzählte, dass sie den Käse gegessen hatte, den feinen Käse, der die Frau mit dem ernsten Gesicht etwas weniger gefährlich machen sollte, da war Mama ihr so fest durch das offene Haar gefahren, dass sie mit den Fingern in den verfilzten Zotteln hängen geblieben war.

»Das macht doch nichts.«

Aber wie das Feuer entstanden war, das konnte sie nicht erzählen, obwohl sie wieder und wieder gefragt wurde. Nicht der Polizei und auch nicht der netten Frau von der Zeitung. Nicht alle Menschen können die Kerzenträger sehen und wissen, welche Spiele sie spielen. Man muss vorsichtig sein und darf sie nicht beim Namen nennen. Sonst kommen sie, wenn man schläft, und schleichen sich in den Traum hinein und machen ihn zur Wirklichkeit. Und dann ist man allein mit ihnen.

2

»Sie hat mich angelächelt, hast du das gesehen, Per?« Folke Arvidsson nahm die Serviette und wischte seiner Frau sorgfältig das Kinn ab, ehe er einen weiteren Löffel Erdbeercreme zu ihrem verständnislosen Mund führte und ihr über die Wange strich. Sie wandte ihr Gesicht der zärtlichen Berührung entgegen und machte ein schmatzendes Geräusch.

»Sie hatte eben beim Lächeln dasselbe listige Blitzen in den Augen wie damals, als ich sie gefragt habe, ob sie meine Brille gesehen hat, und ich sie auf der Stirn trug.«

Kriminalinspektor Per Arvidsson betrachtete seine Mutter mit einem wachsenden Gefühl der Verzweiflung. Er suchte in ihrem ausdruckslosen Gesicht nach einer kleinen Veränderung, nach einem Schimmer des Wiedererkennens unter den halb geschlossenen Augenlidern, doch da war nichts. Sie war so dünn geworden, seit er sie zuletzt gesehen hatte. Wahrscheinlich hatte er sich, während er im Kosovo war, andere und weniger eindringliche Bilder von ihrem Gesundheitszustand gemacht. Aber sie war doch leichter und der Rücken gebeugter, als er es in Erinnerung gehabt hatte.

Es waren fast sechs Monate seither vergangen, und das Leben veränderte sich unaufhörlich. Britt lag wie ein aus dem Nest geworfenes Vögelchen da, zusammengekauert, die Knie in Embryonalstellung unter dem Kinn. Der Körper füllte nur den oberen Teil des Krankenhausbetts aus. Bei der Umarmung zur Begrüßung hatte ihr Blick gezuckt, als wäre er ein Fremder gewesen.

Das war hart für ihn. Aber der Gedanke, dass sie den Körper, der sie so bitter im Stich gelassen hatte, bereits verlassen hatte, dass sie sich jetzt an einem anderen und besseren Ort befand, dieser Gedanke war noch unerträglicher.

»Britt findet, dass dieses Hemd nicht zum Jackett passt, aber ich hatte kein anderes, das sauber war. Wir haben jeden Tag über dich gesprochen, Mama und ich, und ich habe ihr deine Briefe vorgelesen. Es ist gut, dass du so fleißig geschrieben hast. So konnten wir deine Erlebnisse im Kosovo mitverfolgen. Weißt du, ich erinnere mich noch gut daran, wie ich im Zweiten Weltkrieg an der norwegischen Grenze im Einsatz war. In deinen Ohren klingt das im Vergleich zum Kosovo wahrscheinlich ziemlich harmlos. Aber damals habe ich zum ersten Mal begriffen, dass das Leben endlich und unvorhersehbar ist. Mein Kamerad hat einen Querschläger abbekommen. Im einen Moment hatten wir noch zusammen Wache geschoben, im nächsten war er nicht mehr da. Hätte auch mich erwischen können. Wir leben gern in der Illusion, dass wir alles unter Kontrolle haben. Du hast mich vorhin gefragt, ob ich mich für ein Leben mit Britt entschieden hätte, wenn ich vorher von der Krankheit gewusst hätte. Das hast du zwar nicht so formuliert, aber das wolltest du doch wissen, oder?«

»Mag sein. Wie kann man sich überhaupt auf einen anderen Menschen verlassen? Woher weiß man, dass der andere einen nicht betrügen wird? Man investiert eine ganze Menge, wenn man sich dafür entscheidet, mit jemandem zusammenzuleben.«

»Man stirbt nicht daran, betrogen zu werden. Im besten Fall lernt man, seine Erwartungen anderen Menschen gegenüber etwas hinunterzuschrauben. Weißt du, Junge, als alter Schwedischlehrer gebe ich vielleicht mehr acht auf die Wortwahl als andere Menschen. Es ist bemerkenswert, wie sich Begriffe aus der Wirtschaftssprache in die Sprache für unsere Gefühle geschlichen haben. Wir investieren in Beziehungen, kalkulieren die Risiken, wenn wir ein Angebot machen und für unseren Einsatz belohnt werden. Ja, ich hätte mich dafür entschieden, mein Leben mit deiner Mutter zu verbringen, auch wenn ich von ihrer Krankheit gewusst hätte. Aber zum Glück ist das Leben so seltsam gut und barmherzig eingerichtet, dass man im Voraus nicht weiß, was die Zukunft bringen wird.«

Folke holte Luft und fuhr mit leiser Stimme fort: »Fällt es dir schwer, jemanden zu finden, mit dem du dein Leben verbringen könntest, Per? Mama und ich haben manchmal darüber gesprochen. Wir wollen uns nicht in dein Leben einmischen, aber wir denken schon darüber nach, wie es damit eigentlich steht.« Nach einer Weile prüfenden Schweigens, in der er seinen Blick schweifen ließ, um seinem Sohn die Situation weniger unangenehm zu machen, fügte er hinzu: »Und auch wenn es ein männlicher Partner sein sollte, kannst du ihn gern mit nach Hause bringen und uns vorstellen.« Und dann in etwas gehetztem Ton: »Verstehst du nicht, dass wir uns Gedanken machen?«

Per Arvidsson holte tief Luft, stellte sich ans Fenster und spürte den Blick seines Vaters im Nacken. Wie empfindsam er für diesen Blick war. Er hörte Schritte und spürte die Hand des Vaters auf seiner Schulter. Wohl hatte er erwartet, dass die Sache irgendwann zur Sprache kommen würde, aber mehr als Andeutung, über die man mit einem Scherz hinweggehen könnte, und nicht als direkte Frage, die er beantworten musste. Er wandte sich um und sah seinem Vater ins Gesicht.

»Sie heißt Maria, Maria Wern. Sie ist Kriminalinspektorin, verheiratet und hat zwei Kinder. So, nun weißt du es. Ich lasse mich nur auf die unmöglichen Sachen ein. So war es schon immer, wenn ich jemanden wirklich mochte, mit Anneli, Pia und Eva ganz genauso. Ja, Eva mit den langen blonden Haaren, die mit meinem Cousin liiert war. Das hast du dir vielleicht schon zusammengereimt. Ich habe in Kronviken gekündigt. Ich habe es nicht mehr ausgehalten, in Marias Nähe zu sein. Nicht, wenn es so ist, wie es ist.«

»Und wenn sie alles für dich verlassen würde, Per? Wenn sie jetzt hier stünde, mit Sack und Pack, mit ihren Kindern – was würdest du dann tun? Würdest du dich darauf einlassen?« Die Frage kam in einem einzigen Atemzug, als wäre Folke schon lange mit ihr schwanger gegangen, ohne sie aussprechen zu können.

Per ließ seinen Blick über den Fluss, die kobaltblaue Wölbung des Himmels und die farbensprühenden Ahornbäume gleiten. Er suchte die Antwort hinter den verschlossenen Augenlidern. Wenn Maria jetzt hier stünde und das Leben eine neue und unsichere Wendung nehmen würde? »Ich denke, ich würde es mit der Angst zu tun kriegen.«

»Glaube ich auch.« Die Anspannung, die den Körper des alten Mannes beherrscht hatte, ließ ein wenig nach. »Ich muss dir etwas erzählen, Per. Etwas, das ich dir schon längst hätte sagen sollen. Lass uns einen Spaziergang am Fluss machen. Da draußen kann man leichter atmen. Und klarer denken und freier reden.«

Folke küsste seine Frau auf die Stirn, ehe er seinen Mantel vom Besuchersessel nahm. Sie sabberte, und ein Tropfen zähen Speichels hing ihr vom Kinn, ehe er auf die Decke fiel. Per schloss die Augen. Er wollte das nicht sehen.

Wenig später gingen sie unter den gelb gefärbten Laubbäumen am Fluss entlang.

»Der Herbst ist dieses Jahr früh dran. Ich mag die satten Farben«, meinte Folke Arvidsson. »Unter einem klaren blauen Himmel durch das Laub zu stapfen, am frühen Morgen der Elfenreigen über den Wiesen, wenn die Sonne noch groß und rot ist und den Boden erwärmt. Ich mag den Anblick der ätherischen Engelwesen, wie sie aus der Unterwelt aufsteigen. Wie sinnlich sie ihre Schleier im Tanz bewegen. Man kann ihre Gesichter erahnen, jung und gleichzeitig uralt. Das weiße, wallende Haar. Kleine, durchsichtige Füße, ständig in Bewegung, und die schwebenden Röcke. Das setzt bei einem alten Mann die Phantasie in Gang. Das ist schön. Ich hoffe, dass sie einen Schleiertanz für mich tanzen, wenn ich unter die Erde gebracht werde.«

»Aber so weit ist es ja wohl noch nicht.«

»Nein, vielleicht noch nicht ganz. Der Herbst war für mich immer der Anfang von etwas Neuem, der Beginn eines neuen Schuljahrs, ein unbeschriebenes Blatt, frisch gespitzte Stifte und neue Schüler, ein neuer Stundenplan. Sollen wir uns da hinten auf die Bank setzen?«

Folke Arvidsson bog vom Kiesweg ab und lenkte seine Schritte über die Wiese.

»Du willst also umziehen, Per. Hast du schon überlegt, wohin?« Er wischte ein paar nasse Ahornblätter von der Bank und setzte sich, während er lächelnd einem kleinen Jungen nachschaute. Der Kleine hielt einen älteren Mann an der Hand und trug ein Rindenschiffchen in der anderen Hand. Gemeinsam befestigten sie als Segel ein dunkelrotes Ahornblatt am Mast. Dann balancierte der Kleine auf die Steine hinaus, um das Schiff ins offene Wasser zu legen. Mit seiner kleinen Hand wischte er die Blätter im Wasser beiseite, damit die Fahrrinne offen war. Als das Rindenschiffchen in Richtung Schleuse davonglitt, lachte er. Hand in Hand liefen die beiden am Fluss entlang, bis sie das Rindenschiffchen mit seinem roten Segel aus dem Blick verloren.

»Nein, ich muss mal sehen, wo ich lande. Ich habe mich auf ein paar Stellen im Süden des Landes beworben.« Per Arvidsson betrachtete seinen Vater und fragte sich, ob er überhaupt zuhörte. Er schien völlig von der Wasserung des Rindenschiffchens eingenommen. Ein wehmütiges Lächeln. Ein verträumter Blick. Die Sehnsucht nach Enkeln, die offenbar nicht kommen wollten? Per merkte, wie er langsam wütend wurde. Ich werde nicht die erstbeste Frau schwängern, nur weil du deine Gene verbreitet sehen willst. So einfach ist das nicht. Hör auf, so blöd zu grinsen, Papa, und komm zur Sache.

»Du wolltest mir etwas erzählen.«

Folke zuckte zusammen und kehrte aus seinem Tagtraum zurück. »Ein süßer kleiner Junge, fast so wie du, als du klein warst. Frech und mit verstrubbelten Haaren. Es hat sich gut angefühlt, so eine kleine Jungenhand zu halten. Zu spüren, dass einem jemand rückhaltlos vertraut. Es ist schon etwas Besonderes mit Kindern.«

»Du wolltest mir etwas erzählen. Ich hatte das Gefühl, dass es wichtig sei.« Per Arvidsson merkte, dass sein Ton schärfer wurde, als er beabsichtigt hatte, und beeilte sich, das wieder zu glätten. »Ich höre jetzt gern zu.«

»Ich hätte schon viel früher mit dir reden sollen. Wenn ich Britt nicht in einer schwachen Stunde versprochen hätte, Stillschweigen zu bewahren, dann hätte ich schon früher mit dir gesprochen. Ich habe viel hin und her überlegt, aber ich denke, dass sie nicht das Recht hat, mich an ein solches Versprechen zu binden. Nicht ein Leben lang. Nicht wenn sich die Voraussetzungen im Lauf der Zeit verändert haben. Ich denke, du hast das Recht, jetzt die Wahrheit zu erfahren.«

»Ich höre.«

»Ich hoffe, du kannst mir verzeihen.« Der alte Mann hielt kurz inne, um Mut zu sammeln, und legte seine schmalen Hände auf die Schultern des Sohnes. »Du bist ein Adoptivkind, Per. Und du hast eine Schwester. Zu meiner Schande muss ich gestehen, dass ich nicht einmal weiß, wie sie heißt. Aber ich habe den Namen von eurer Mutter. Falls du Kontakt zu deiner Schwester aufnehmen willst, könnten wir gemeinsam versuchen herauszufinden, wo sie ist. Ich habe eine Telefonnummer. Mir ist klar, dass das jetzt ziemlich plötzlich kommt. Aber schon bald werden Britt und ich nicht mehr da sein, ich habe mir gedacht, es wäre gut für dich, wenn es noch jemanden gibt.«

»Wie meinst du das? Ich habe eine Schwester?«

»Sie wohnt in Örebro. Sie hat sich am Telefon nicht mit Namen gemeldet, sondern hat sich nur als Helens Tochter vorgestellt. Helen war deine Mutter. Sie lebt allerdings nicht mehr. Deine Schwester hat mich von ihrem Tod in Kenntnis gesetzt. Helen ist vorige Woche nach langer Krankheit in der Universitätsklinik gestorben.«

»Moment mal, ich komme nicht ganz mit.«

»Britt und ich haben dich adoptiert. Eine andere Familie hat deine Schwester aufgenommen. Deine Mutter war alleinerziehend. Sie war allerdings nicht ganz gesund. Den größten Teil ihres Erwachsenenlebens hat sie im Krankenhaus verbracht. Britt meinte, dass es nicht gut für dich sei, sie zu treffen. Als du älter warst, gab es dann nie einen passenden Moment, um dir von deiner Herkunft zu erzählen. Du warst so beschäftigt. Während deines Studiums wollten wir dich nicht stören, auch nicht damals, als du gerade in Kronviken angefangen hattest. Und dann bist du in den Kosovo gefahren.«

»Wie ist sie gestorben?« Per wurde plötzlich bewusst, dass er das trockene Brotstück, das er in der Hand gehalten hatte, um die Enten damit zu füttern, zerkrümelt und so fest gehalten hatte, dass es als weißes Pulver auf der dunklen Jeans verteilt war.

»Ich weiß nicht. Ich habe deine Schwester nicht mehr fragen können. Du kamst gerade in die Küche, und da habe ich das Gespräch mit ihr beendet. Das war feige von mir, das gebe ich zu. Ich habe mich mit den Jahren so daran gewöhnt, die Wahrheit zu verbergen, dass es ganz automatisch geschah. Und als ich sie wieder anrufen wollte, wurde mir klar, dass ich ihre Telefonnummer nicht habe, sondern nur die von Helen. Es tut mir leid. Ich kann es gut verstehen, wenn du findest, dass wir falsch gehandelt haben. Du hättest die Möglichkeit haben sollen, selbst zu entscheiden, ob du deine Mutter kennenlernen willst oder nicht.«

»Ja, aber Mama wollte, dass ihr schweigt. Sollte ich nicht einmal erfahren, dass ich adoptiert bin? Dass ich eine Schwester habe?« Per trat einen Schritt zurück.

»Wir konnten keine eigenen Kinder bekommen. Es war medizinisch gesehen völlig ausgeschlossen, doch wir sehnten uns so danach. Wir haben dich mindestens so geliebt, wie biologische Eltern es getan hätten. Ich glaube nicht, dass jemand anders dich mehr hätte lieben können, als wir es tun. Kannst du uns unsere Selbstsucht verzeihen? Mama und ich dachten, es wäre das Beste für dich.«

3

Auf der Zugfahrt nach Örebro hatte Per Arvidsson nicht die Zeit zum Nachdenken und Planen gehabt, die er sich erhofft hatte, als er in Kronviken eingestiegen war. Seine Schwester würde ihn am Bahnhof abholen. Er hatte keine Ahnung, wie sie aussah. Es gab einen Namen, Pernilla Gunnarsson, und eine zögernde Stimme am Telefon. Der Rest war bis auf Weiteres seiner Phantasie überlassen. Falls er eine Art Freundschaft zu ihr empfinden würde, dann würde er vielleicht die Stelle in Örebro annehmen, die man ihm angeboten hatte. Warum nicht? Alles war besser, als in Kronviken zu bleiben und zuzusehen, wie Maria Wern darum kämpfte, eine Ehe aufrechtzuerhalten, die aus Strohhalmen gebaut war.

Der große, eigensinnige Arvidsson hatte versucht zu blasen und zu pusten, aber die Beziehung schien doch fester zu sein, als er vermutet hätte. Nach dem Gespräch mit Folke hatte er sich ein Herz gefasst und Maria am Abend vor der Abreise zum Essen eingeladen. Er hatte die Lage gepeilt, um dann, noch ehe sie ihm antworten konnte, den Ernst, den er in sich trug, lachend abzutun. Er hatte kurz seine Sehnsucht und seine Einsamkeit gestreift, es dann aber bei Doppeldeutigkeiten belassen. Sie hatte ihre Hand nicht weggezogen, als er sie berührte und dann in seiner behielt. Er hatte sie beim Abschied viel zu lange umarmt, ihre Stirn und ihre Wange geküsst. Aber die eine Frage wurde nie wirklich gestellt. Wenn er genauer darüber nachdachte, dann war es jedes Mal so gewesen. Das letzte erlösende Wort wurde nie ausgesprochen. Wenn es brenzlig wurde, hatte er sich immer entzogen.

Und jetzt war er schon wieder auf der Flucht. Auf dem Weg

nach Örebro. Hier in der Anonymität des Zuges hatte er mit etwas Zeit für sich selbst gerechnet. Mit einer Frist, in der er die wichtigen Fragen über Helen und den Vater, den er nur als einen Schatten ohne Namen erahnte, formulieren konnte. Doch es kam nicht dazu. Um ihn herum lösten sich ebenso laut geführte wie belanglose Handygespräche ab, und Per fiel es immer schwerer, sich auf das Treffen zu konzentrieren.

Er lehnte den Kopf ans Fenster. Natürlich war er angespannt. Seine Handflächen waren feucht. Er trocknete sie an der Hose ab. Das Hemd klebte ihm kalt unter den Achseln, als er sich anders hinsetzte. Vorsichtig öffnete er das Papier von dem Blumenstrauß ein wenig, um sicherlich zum fünften Mal zu kontrollieren, ob die Rosen auch nicht die Köpfe hängen ließen. Wie verhält man sich, wenn man nach dreißig Jahren zum ersten Mal seine Schwester trifft? Gibt man sich die Hand? Umarmt man sich? Das wäre vielleicht ein bisschen peinlich. Und was macht man, wenn man keine Gemeinsamkeiten findet?

Schon ein komisches Gefühl, seine eigene Schwester zu treffen, ohne auch nur das Geringste von ihrem Leben zu wissen. Vielleicht ist sie Single wie ich, dachte Per, ein wenig wunderlich und sehr einsam. Vermutlich rothaarig. Vielleicht wird sie mich nicht mögen, dachte er. Möglicherweise sind wir zu unterschiedlich. Oder zu ähnlich? Wenn sie genauso schweigsam ist wie ich, dann könnte es schwierig werden.

Als der Zug in Uppsala hielt, konnte er nicht umhin, die Frau zu bemerken, die am Zug entlanglief. Sie trug eine blaue gehäkelte Mütze, die beim Laufen auf und ab wippte. Ein bunter, langer Mantel flatterte ihr um die Beine. Mit unverminderter Geschwindigkeit und einem Gepäck, als wolle sie in der Arktis überwintern, stürmte sie durch den Waggon und fiel in den Sitz Arvidsson gegenüber. Das helle Haar hing ihr in Strähnen unter der Blaubeermütze hervor, und die Wimperntusche war verlaufen. Laut keuchend arbeitete sie sich aus dem nassen Mantel. Eine Mischung aus Parfüm und Körpergeruch dampfte ihm in einer Wolke ins Gesicht. Ihre gut gebaute Oberweite hob und senkte sich mit ihren Atemzügen. Er konnte nicht umhin zu bemerken, dass sie keinen BH trug.

Er versuchte, nicht hinzustarren. Unter dem dünnen, lachsrosafarbenen T-Shirt zeichneten sich eigensinnig und naseweis die Brustwarzen ab. Er versuchte, seinen Blick auf etwas anderes zu fixieren.

»Fahren Sie noch weit?«, erkundigte sie sich. »Ich dachte mir, vielleicht könnten wir die Plätze tauschen, mir wird vom Rückwärtsfahren nämlich schlecht. Wenn es Ihnen nichts ausmacht? Aber vielleicht wird Ihnen ja auch schlecht im X2000. Dann müssen wir natürlich nicht tauschen. Nicht wenn Ihnen schlecht wird, meine ich.«

Arvidsson stand wortlos auf, setzte sich auf den gegenüberliegenden Sitz und starrte wieder in die Scheibe. Er konnte sehen, dass sie ihn unausgesetzt beobachtete. Er war irritiert. Wie zum Teufel sollte er sich auf das Treffen mit Pernilla vorbereiten, wenn diese Person ihn die ganze Zeit anstarrte?

»Wohin fahren Sie denn?«, fragte sie.

»Nach Örebro.«

»Um Ihre Liebste zu treffen?«

»Warum glauben Sie das?« Er bereute sofort, ihr eine Frage gestellt zu haben.

»Sie haben Blumen dabei.«

»Ich muss auf eine Beerdigung«, entfuhr es ihm. Das war aus der Luft gegriffen, eigentlich gar keine schlechte Idee. Wenn die Frau einigermaßen normal funktionierte, dann müsste sie ihn jetzt in Ruhe lassen. Arvidsson versuchte, seiner Miene all den Ernst zu verleihen, den der traurige Anlass erforderte, und wandte sich in der vergeblichen Hoffnung auf etwas Privatleben wieder zum Fenster.

»Ich war vorige Woche auch auf einer Beerdigung. Mamas Tante. Hatte eine Gehirnblutung und ist dann Knall auf Fall gestorben, beim Fensterputzen. Sie ist direkt auf ein geparktes Auto gefallen. Einen Fiat.« Die Blaubeermütze wartete auf eine mitfühlende Reaktion von seiner Seite, und als die auf sich warten ließ, fuhr sie unbeirrt fort. »Ich glaube, es ist gut, wenn es auf Beerdigungen nicht zu steif zugeht. Der Pfarrer darf ruhig ein wenig scherzen, finde ich. So traurig ist das Ganze doch gar nicht. Man verlässt die Erde, wenn man seinen Auftrag erfüllt hat, um woanders wiedergeboren zu werden, wo man einen anderen Auftrag zu erfüllen hat. Ich habe übrigens gerade einen Kurs über mediale Entwicklung gemacht.« Sie fuhr mit der Hand über ihre lange Kette aus helllila Steinen und ließ ihren Blick ein wenig in die Ferne schweifen.

In der Fensterscheibe konnte er sehen, wie sie anfing, ihre Ohrläppchen zu massieren, sodass ihre Ohrringe klirrten. Er sagte auch jetzt nichts. Er wollte nicht in ein Gespräch verwickelt werden. Ein ungezügelter Wutausbruch würde nach Ansicht dieser Frau sicher zu einem schlechten Karma in einem zukünftigen Leben führen.

»Das hier ist gut gegen Übelkeit. Versuchen Sie es mal, es hilft wirklich.« Die Blaubeermütze ging dazu über, direkt vor seiner Nase ihre Handgelenke zu massieren. »Was für ein Sternzeichen sind Sie? Nein, lassen Sie mich raten. Ich glaube, Sie sind ein komplizierter Mensch ohne deutliches astrologisches Profil. Sie sind Jungfrau, oder? Das spüre ich hier«, sagte sie und legte die Hand auf ihre Brust. »Ich glaube, Sie sind Jungfrau, aber Ihr Mond steht im Löwen. Irgendetwas sagt mir, dass Sie ein sehr ehrlicher Mensch sind. Es fällt Ihnen schwer zu lügen, Sie müssen einfach die Wahrheit sagen. Bin ich auf dem richtigen Weg? Wir sind auf der Erde, um uns weiterzuentwickeln. Ich spüre aber, dass unsere Energien momentan nicht richtig korrespondieren. Sie haben eine Menge negativer Energie gesammelt. Ich könnte Ihnen helfen, sich zu entspannen. Wenn Sie sich mal so hinsetzen und die Finger zusammenführen und aneinanderdrücken …«

»Ich hätte gern meine Ruhe. Ich muss mich auf ein wichtiges Treffen vorbereiten.«

»Das habe ich doch gleich gemerkt! Es fällt Ihnen schwer, im Hier und Jetzt zu leben. Das liegt vielleicht an früheren Bindungen mit negativem Karma. Sie müssen wissen, es gibt keinen Zufall. Alles ist vorherbestimmt. Es sollte so sein, dass wir uns heute hier im Zug treffen. Man trifft auf jemanden, und das Leben erhält eine andere Wendung. Vor ein paar Monaten bin ich einem Medium begegnet. Und seitdem hat sich mein Leben komplett verändert. Wissen Sie, wie schwer es ist, einen Job zu kriegen? Man hangelt sich so durch mit

Putzen und Aushilfsjobs in der Altenpflege, man geht eine Weile stempeln, macht einen Kurs in Selbstfindung, geht weiter stempeln und dann wieder putzen. Aber jetzt ist alles anders.« Die Blaubeermütze sah ihn mit dem erwartungsvollen Blick eines Kindes an, aber die Reaktion blieb aus.

»Ich habe mir Tarotkarten gekauft. Erst mal habe ich ein paar Abende darauf verwandt, die Bedeutung der Karten zu lernen. In der Schachtel war so ein Blatt, auf dem jede Karte erklärt wurde. Dann habe ich mich bei so einem Telefonservice angemeldet: Kartenlegen am Telefon. Wissen Sie, so eine kostenpflichtige Nummer. Ich arbeite immer vier Stunden und kann ein Fünftel von dem Geld, das der Kunde bezahlt, behalten. Was soll man auch machen, wenn man arbeitslos ist? Man muss schließlich Verantwortung für seine Situation übernehmen und ein wenig Kreativität beweisen. Wohin wollen Sie?«

»Aufs Klo.«

»Ich heiße Bella. Ich kann Ihnen in Örebro alles zeigen, wenn Sie wollen.«

»Ich komm schon klar.« Arvidsson nahm seine Sporttasche und ging in Richtung Restaurantwagen. Er wollte einfach nur seine Ruhe. Die Nerven. Jetzt war es nur noch eine knappe Stunde, bis er seine Schwester treffen würde. Nach einem Kaffee und einem Sandwich mit Fleischbällchen und Rote-Bete-Salat suchte er sich einen neuen Platz neben einer älteren Dame, die tief in einen Roman versunken war. Er lehnte sich zurück und schloss die Augen.

»In Örebro hält unser Zug zweimal. Zunächst Örebro Hauptbahnhof und dann Örebro Süd.« Der Lautsprecher knisterte. Arvidsson dachte fieberhaft nach. Was hatte Pernilla gesagt, Örebro Hauptbahnhof oder Süd? Vor dem Zugfenster breitete sich die Stadt im Licht der Straßenlaternen aus, mit ihren Wohnvierteln, dem pilzähnlichen Wasserturm und einer Friedhofsmauer mit überbordenden Graffiti. Der Zug verlangsamte die Fahrt. Jetzt musste er sich entscheiden. Das Wahrscheinlichste war wohl, dass sie sich am Hauptbahnhof treffen würden.

Arvidsson nahm seine Lederjacke vom Haken, griff sich

seine Tasche und trat in den Gang. Er wartete, bis die Blaubeermütze draußen vorbeigegangen war, und stieg dann aus. Es regnete leicht. Er hoffte, dass Pernilla ihn nicht auf dem Bahnsteig abholen würde, und folgte der Menge. Hielt nach jemandem Ausschau, der genauso wie er in der Menge von Gesichtern nach etwas Bekanntem suchte.

Im Bahnhofsgebäude blieb er unschlüssig stehen. An einem Tisch in der linken hinteren Ecke vegetierten die Saufkumpane der Stadt vor sich hin und teilten sich in brüderlicher Gerechtigkeit eine Limo und eine Flasche Absolut Vodka. Drei halbwüchsige Mädchen spielten Karten, und eine ältere Dame in zerrissenem Rock und verfilzter Strickjacke stand mit dem Gesicht zur Wand und redete mit etwas oder jemandem in ihrer zerschlissenen, braun karierten Tasche.

Während er auf die Begegnung mit Pernilla wartete, packte er die Rosen aus und stopfte das Papier in einen übervollen Abfalleimer. Sieben rote Rosen. Er warf einen Blick auf die Uhr. Der Zug war acht Minuten verspätet gewesen. Jetzt müsste sie eigentlich da sein. Vielleicht hatten sie sich doch auf dem Bahnsteig verpasst. Er spürte, wie ihm die Anspannung in die Beine kroch und dann durch den ganzen Körper bis in die Finger und Haarspitzen.

Es hatte aufgehört zu regnen, und er ging zum Gleis zurück. Die Luft war kühl. Er sah draußen an der Bushaltestelle eine Frau mit schulterlangem Haar und weißem Mantel stehen. Neben ihr befand sich ein schwarzer BMW. Hin und wieder drehte sie den Kopf, als würde sie nach jemandem Ausschau halten. Dann wandte sie sich an ein älteres Paar, das gerade vorbeikam. Die beiden zeigten auf den Bahnhof oder vielleicht auch direkt auf ihn. Er war unsicher. Sie lächelte ihn vorsichtig an. Kam zögernd auf ihn zu. Die hochhackigen Stiefel klapperten auf dem Asphalt.

Arvidsson spürte, wie es in seinem Kopf zu rauschen begann. Sie hatte etwas Bekanntes an sich, als hätten sie sich vor langer, langer Zeit schon einmal gesehen. Wie eine Passage aus einem Traum oder einem Schwarzweißfilm, in dem die Liebenden mit ausgebreiteten Armen in Zeitlupe aufeinander zulaufen. Es dauerte eine Weile, bis ihm klar wurde, woran es lag: Sie sah aus wie das Mädchen auf dem roten Rosinenpaket der Firma Sun-Maid. Ein blasses Gesicht, schwarzes, gewelltes Haar unter einer großen roten Mütze und ein roter, lächelnder Mund.

Meine Schwester? War da irgendeine Ähnlichkeit? Die Augen? Die Nase? Der Mund? Sie sah freundlich aus, und sie war eher klein, reichte ihm kaum bis zur Schulter. Als sie direkt vor ihm stand, fiel ihm nichts ein, was er sagen könnte. Die Worte, die er vorbereitet hatte, passten überhaupt nicht zu der Erscheinung, die vor ihm stand. Ihre Augen, die das blasse Gesicht ganz dominierten, waren grün und voller kleiner gelber Sprenkel. Auf der Oberlippe konnte er eine kleine Narbe erahnen. Dann fasste er sich und reichte ihr die Rosen. Sie sah ihn verständnislos an. Dann lächelte sie vorsichtig und berührte den Strauß.

»Sind die für mich?«

»Ja.« Es kam ihm nicht in den Sinn, einen einzigen der Sätze zu sagen, die er während der unruhigen Stunden im Zug eingeübt hatte.

»Aber du kennst mich doch gar nicht.« Sie nahm die Rosen in Empfang, roch an ihnen und kicherte wie ein Schulmädchen.

»Noch nicht. Aber das können wir doch ändern.«

»Willst du das?« Sie lachte ein wunderbar klirrendes Lachen, und Arvidsson fühlte sich schwindelig und benebelt, froh und gerührt zugleich.

»Deshalb bin ich schließlich hergekommen. Ist das dein Auto?«

»Ich hab es mir geliehen. Wohin willst du fahren?«

»Am besten zu dir, oder?« Als sie da so warm und lebendig vor ihm stand, kam ihm dieser Vorschlag so natürlich vor. Kann man seine Schwester auf den ersten Blick lieben? Sie lächelte immer noch, während sie die Beifahrertür öffnete. Eine Geste – willkommen in meinem Leben. Es war ein großer Moment. Sie ging zur Fahrerseite hinüber, und er wollte sich gerade ins Auto setzen.

»Per Arvidsson?« Eine andere Stimme von hinten. Er drehte sich langsam um und blickte in ein mageres und sehr erwartungsvolles Gesicht. »Pernilla Gunnarsson.« Eine fremde

Frau drückte ihm fest die Hand. »Du bist doch Per, oder?« Sie legte ihre Hände auf seine Schultern und betrachtete ihn ungeniert von oben bis unten.

»Ja.« Etwas einfältig starrte Per seine neugefundene Schwester an, die ihn mittlerweile losgelassen hatte und einen Schritt zurückgetreten war. Sie war schmal, hatte einen etwas krummen Rücken und war fast genauso groß wie er selbst. Das rote Haar war sehr kurz geschnitten. In ihrem viel zu großen grau gestreiften Kostüm sah sie aus wie eine Schülerin bei der Abschlussprüfung, die sich Kleider von einer etwas umfangreicheren Verwandten geliehen hatte.

»Pernilla?«

»Ich habe am Südbahnhof auf dich gewartet. Und dann habe ich mir gedacht, dass du vielleicht nicht gehört hast, was ich gesagt habe. Mein Auto steht da hinten.« Sie zeigte auf einen Van mit aufgemaltem Motiv, der unter einer Straßenlaterne geparkt war. »Komm doch mit zu mir nach Hause, dann können wir eine Kleinigkeit essen.« Arvidsson nickte abwesend, während er seiner Sun Maid, der Königin der blauen Trauben, nachschaute, die mit dem Blumenstrauß winkte und sich ins Auto setzte. Wenig später war sie verschwunden. Eine Fata Morgana. Wie heißt du? Die Frage, die nie gestellt wurde. Im Nachhinein kam ihm das Treffen sehr unwirklich vor.

4

»Kanntest du die Frau am Bahnhof?«, fragte Pernilla im Auto.

»Nein.«

»Sehr charmant, jemandem rote Rosen zu schenken, den man gar nicht kennt. Ich fand, es sah total rührend aus. Fast wie in einem Reklamefilm. Unerwarteter Besuch, du weißt schon.«

»Ich wusste ja nicht, wie du aussiehst. Das war wie ein Blind Date. Die Rosen waren für dich, ich habe mich eben geirrt. Sie stand da und wartete auf jemand anders. Ich werde dir wohl einen neuen Strauß kaufen müssen.«

»Sag nicht so was. Der gute alte Freud würde sicher meinen, dass du nur deinen unterbewussten Trieben gefolgt bist. Ich würde nicht Nein sagen, wenn mir ein unbekannter Mann überraschend Rosen schenken würde. Ich wäre glücklich und würde mir einreden, dass ich sie verdiene.«

Arvidsson spürte, wie seine Wangen heiß wurden. Was hatte er eigentlich zu der Erscheinung gesagt? Wohin willst du fahren?, hatte sie gefragt. Am besten zu dir. Wie hatte er nur etwas so Dummes sagen können? Sie musste ihn für aufdringlich halten. Wenn er nur das Band zurückspulen und alles löschen könnte. Wie unnötig und idiotisch. Wenn er nur einen kleinen Moment länger gewartet hätte, dann müsste er sich jetzt nicht in Grund und Boden schämen. So ging er noch eine Weile mit sich ins Gericht, bis Pernillas Stimme ihn aus den Gedanken riss.

»Habe ich dich überhaupt schon willkommen geheißen?« Ihre Hand strich über seinen Arm. »Ich habe immer gewusst, dass es dich gibt. Habe dich vermisst und mir viele Fragen gestellt. Jetzt hast du eine große Schwester. Ich werde mich um dich kümmern. Du und ich gegen den Rest der Welt. Ich kann kaum glauben, dass du wirklich hier bist.«

Sie sprachen eine Weile über das Leben. Die großen Ereignisse, die nur die äußere Schale für die wesentlichen Erinnerungen bilden, wurden schnell abgehandelt. Pernilla war es, die zuerst die Sprache auf ihre gemeinsame Kindheit brachte.

»Weißt du, ich weiß noch so gut, wie die vom Jugendamt kamen und uns holten. Wir waren bei Tante Aina, einer Nachbarin, die auf der anderen Seite des Hofs wohnte. Die hatte so wenig Haar, dass sie es mit einer einzigen Haarnadel im Nacken feststecken konnte, und außerdem roch sie nach Schweiß und ranzigem Fett. Sie hatte eine altersschwache Katze, die unter der Spüle schlief. Wir saßen auf ihrem Küchensofa mit dem rot karierten, verschlissenen Bezug. An der Armlehne auf meiner Seite war ein Loch. Ich habe den Stofffetzen hochgehoben, den sie darübergelegt hatte, um den Riss zu verbergen, und habe daran gezupft, sodass das Loch immer größer wurde. Wir kriegten viel zu süßen Saft, so einen zum Verdünnen. Aber ich habe mich nicht getraut, es zu sagen. Du konntest dein Glas noch nicht selbst halten, deshalb musste ich dir helfen. Es schneite. Wir versuchten, auf die Flocken zu zeigen, ehe sie an der Fensterscheibe zerschmolzen. Deine Hände haben klebrige Abdrücke hinterlassen, aber Aina hat dich dafür nicht auf die Finger geklopft, diesmal nicht. Irgendwann kam eine Frau mit grünem Mantel herein. Sie lächelte so komisch, und wir kriegten Süßigkeiten. Jeder eine Rolle Drops, die einen kleinen harten Bonbonkern hatten. Ich habe einen aus deiner Rolle genommen, um den harten Kern rauszumachen, bevor ich ihn dir geben wollte, damit er dir nicht im Hals stecken bleiben würde. Die Frau hat gedacht, ich wollte ihn dir klauen. Deshalb hat sie mir zur Strafe meine Süßigkeiten weggenommen. Ich konnte gar nichts sagen. Sie hätte mir doch nicht geglaubt. Seltsam, wie tief so kleine Ungerechtigkeiten sitzen. Du warst fast zwei Jahre alt. Kannst du dich an etwas erinnern?«

»Nein. Ich glaube nicht. Ich habe immer gedacht, dass Folke und Britt meine Eltern seien. Wenn man Ähnlichkeiten sucht, dann findet man sie auch. Es dauert eine Weile zu begreifen, dass das nicht mehr so ist.«

»Kannst du ihnen verzeihen?« Pernilla suchte seinen Blick, und er musste sie anschauen, obwohl er noch keine Antwort auf ihre Frage hatte. »Es fiel Folke nicht leicht, es mir zu erzählen, nach so einer langen Zeit des Schweigens. Und für mich war es auch nicht einfach, das anhören und akzeptieren zu müssen. Ich glaube, ich muss das erst mal alles verstehen. Britt wollte mich schützen. Sie dachte, es wäre schlecht für mich, wenn ich meine biologische Mutter kennenlernen würde. Ich habe noch nicht richtig rausgekriegt, warum.«

»Das alles ist ziemlich viel auf einmal für dich.«

Auf der Karlslundsgatan überholte Pernilla einen Sattelschlepper und bremste so heftig beim Einscheren, dass Per sich mit den Händen am Armaturenbrett abstützen musste. Die Scheinwerfer des Sattelschleppers näherten sich von hinten mit beunruhigender Schnelligkeit.

»Shit!«, rief Pernilla. Am Straßenrand war ein Polizist in Uniform mit Laserpistole zu erkennen. »Hoffentlich bin ich auf dem Bild gut getroffen. Mein Mann sagt immer, ich sei fotogen.«

Arvidsson verspürte eine kleine Enttäuschung. Jetzt hatte er endlich seine Schwester gefunden, ein erstes Gefühl der Verständigung empfunden, und schon musste er sie mit einem Ehemann teilen, von dessen Existenz sie ihm noch nichts erzählt hatte.

»Was macht er denn beruflich?« Unter all den Fragen, die in Pers Kopf herumschwirrten, hatte diese eine sehr niedrige Priorität, aber er stellte sie aus reiner Höflichkeit.

»Svenne fährt Taxi. Heute ist sein Team bei uns zu Hause zum Saunaabend. Er rechnet fest darauf, dass du mitmachst und ein paar Bier mit ihnen kippst.«

»Ich bin gekommen, um dich kennenzulernen.« Das Gefühl der Hilflosigkeit verlieh der Stimme eine gewisse Schärfe. Er hoffte, dass sie das nicht falsch auffassen würde.

»Es ist sowieso noch was dazwischengekommen.« Pernilla sah ihn an, schüttelte den Kopf und sog durch den einen Mundwinkel Luft ein, als bräuchte sie zusätzlichen Sauerstoff für das, was gesagt werden musste. »Ich arbeite als Tagungsbetreuerin im Conventum. Meine Kollegin ist krank geworden. Sie hat mich vor zwei Stunden angerufen, und ich muss ihre Tagung übernehmen. Ein wichtiger Kunde. Ich habe alles versucht, um freizubekommen, und es sah ganz so aus, als würde es klappen, aber jetzt wird leider nichts daraus. Svenne kümmert sich um dich, bis ich wieder nach Hause komme. Ich habe dir im Gästezimmer im oberen Stock ein Bett gemacht.«

Als sie an einigen Ställen vorbeigefahren waren und eine Gruppe von Reitern über die Straße gelassen hatten, parkte Pernilla schließlich an einem alten Lagerhaus. Per holte seine Tasche aus dem Kofferraum, und sie gingen zusammen den Kiesweg entlang auf das Hauptgebäude zu.

»Wohnst du hier auf dem Herrensitz von Karlslund?«

»Wir haben nur den Südflügel gemietet. Der ist komplett neu renoviert. Die schönen alten Kachelöfen, die Holzfußböden und die schiefen Türrahmen sind noch erhalten. Früher war das die Wohnung des Buchhalters. Im Nordflügel ist Rosengrens Skafferi, ein Kräuterladen. Wenn die Marmelade kochen, duftet es auf dem ganzen Gelände. Die Kräuter, die sie verkaufen, werden hier angebaut.«

Und so fand sich Per Arvidsson wenig später mit sieben fremden nackten Männern in der Sauna wieder. Eine einzigartige Möglichkeit, Insiderinformationen über Taxifahrer einzuheimsen, technische Lösungen komplizierter Autoreparaturen zu erlernen und seinen Vorrat an Geschichten aufzustocken. Svenne, der einen Thorshammer um den Hals trug, saß auf der oberen Bank. Er schüttete noch eine Kelle Wasser auf. Jetzt brannte es richtig in den Lungen.

Per wartete noch drei Männer ab, dann stand er auf und ging ebenfalls hinaus. Svenne war der Letzte. Per spürte intuitiv, dass es nicht angesagt war, hier die Hierarchien durcheinanderzubringen.

»Jetzt kühlen wir uns ab. Nein, nicht mit der Dusche.« Svenne legte seine große Hand um Pers Nacken und schob ihn in die andere Richtung. »Das ist nur was für Weicheier. Hier draußen kühlen wir uns im feuchten Schoß von Mutter Natur ab.« Fünf nackte zitternde Männer auf einem Steg zeigten, was von ihm erwartet wurde: einmal in das oktoberkalte Wasser des Svartån einzutauchen. Svenne warf sich hinein und schnaubte wie ein Seeungeheuer. Arvidsson lag ganz still da und ließ sich ein Stück mit der Strömung treiben.

Als sie sich wieder angezogen hatten, ging es zum Grillplatz am Wasserfall. Svenne zeigte auf eine kleine Insel im Fluss.

»Hier sitzt in der Dämmerung der Nix und lockt die Weiber in Scharen zu sich. Er spielt so wehmütig und herzzerreißend, dass sie nicht widerstehen können. An der alten Brücke da hinten an der Straße kann man die Spuren sehen, die die Fingernägel der Frauen hinterlassen haben, wenn sie sich noch bis zum Letzten wehren wollten. Ich sag dir, sogar im Stahl der neuen Brücke gibt es solche Kratzspuren.«

Nach einem Bier oder zwei hatte er das Gefühl, als wären die Jungs schon sein ganzes Leben lang seine Freunde. Nach noch ein paar Bier begann das gemeinsame Nachdenken über das Leben. Es ist nämlich eine Lüge, dass Männer nicht über Gefühle sprechen. Hier gab es Gefühle. Starke Gefühle. Die

Tränen der Kränkung, wenn die Anforderungen größer gewesen waren als die Fähigkeiten. Siegertränen, wenn man es geschafft hatte, das zu retten, was schon verloren geglaubt war. Phantastische Lösungen für die allerheikelsten Probleme. Jeder trug sein Puzzlesteinchen bei, unterstützte und ermutigte die anderen. Wie kommt man an einen neuen Motor für einen Jaguar? Wo kriegt man die Originalteile für einen Thunderbird her? Heldenepen von den jüngsten Motocrossrennen wurden aus allen Blickwinkeln beleuchtet. Rauchende Zylinderköpfe. Perforierte Reifen. Berühmte Abfahrten. Per konnte vor seinem inneren Auge die Wikinger von Karlslund sehen, wie sie sich jubelnd im Morast tummelten.

Auf dem nächtlichen Weg nach Hause kamen sie an der Mühle vorbei. Die Fassade leuchtete blendend weiß im Mondlicht. Sie blieben andächtig stehen und sinnierten über das Unerklärliche. Ein sichtbares Zeichen aus einer anderen Wirklichkeit, und als solches ein würdiger Abschluss für einen schönen Abend. Svennes Stimme bekam fast etwas Religiöses.

»Es sind also diese drei: Glaube, Hoffnung und Liebe. Aber die Liebe ist die größte unter ihnen. Aus dem Fenster da oben hat sich eine Müllerstochter gestürzt und sich den Hals gebrochen. Sie hat sich das Leben genommen, weil sie den Mann, den sie liebte, nicht bekommen hat. Daraufhin ist ein Kreuz aus Blut unter dem Fenster sichtbar geworden. Egal, wie oft sie die Fassade auch neu streichen oder verputzen, die Wahrheit kommt immer wieder zum Vorschein. Nach einiger Zeit ist das rote Kreuz wieder zu sehen. So stark war ihre Liebe.« Ganz schwach waren die Linien des roten Kreuzes im Putz der Fassade zu erkennen.

»Es heißt, dass es auch oben auf dem Herrensitz spukt«, fuhr Svenne fort. »Die Liebe, die den Tod überwindet, gibt sich zu erkennen und schert sich kein bisschen um Zeit und Raum. Es war einmal ein Adelsfräulein, das sich in einen armen Sämann verliebt hatte. Um Ärger zu vermeiden, schickte ihr Vater ihn davon. Niemand hat dem jungen Mädchen erzählt, was passiert war. Und noch heute kann man sie die Treppe herunterkommen sehen, wenn auf dem Herrensitz ein Fest ist. Dann sucht sie unter den Gästen nach ihrem Geliebten und bringt die Männer dazu, sich nach ihr umzudrehen. Sie versteckt das Besteck. Und manchmal macht sie die Kerzen aus. Sie pustet sie aus, sodass man ihren Atem verspürt, und dann hört man sie fragen: Wo bist du, mein Geliebter?«

»Ganz schön dunkel hier unten am Wasser.« Arvidsson sah zum Herrensitz hinauf, der auf dem höchsten Punkt des Hügels lag und den Widerschein der Stadt auf sich zog. Hier unten fiel es nicht schwer, sich Wesen aus einer anderen Zeit vorzustellen, in der das Gut Landarbeiter, Weberinnen und Milchfrauen, Müller und Arbeiter im Ziegelsteinwerk beherbergt hatte.

Svenne pfiff vor sich hin, nicht sonderlich schön, nicht sonderlich sauber. Sein Ehrgeiz war es offenkundig, mit den Tönen eine schaurige Stimmung zu erzeugen. Wenn Arvidsson sich getraut hätte, dann hätte er ihn gebeten, stillzuhalten. Es kann manchmal eine echte Belastung sein, das absolute Gehör zu besitzen.

Gegen ein Uhr nachts kam Pernilla in einem gestreiften Herrenpyjama angeschlichen und rüttelte ihn an der Schulter. Es dauerte eine ganze Weile, bis Arvidsson aus seinem Rausch aufgewacht war.

»Bist du wach?«, fragte sie.

Und dann redeten sie stundenlang. Über Helen, die er noch nicht einmal in Gedanken Mutter nennen konnte. Über die Zeit, die sie getrennt gewesen waren, und über die Zukunft.

»Warum wollten sie nicht, dass ich sie kennenlerne?« Er versuchte Pernillas Gesichtsausdruck in der Dunkelheit zu erhaschen, während sie antwortete.

»Sie wurde von Dämonen heimgesucht. Ich erinnere mich noch an die letzte Zeit, ehe sie kamen, um uns zu holen, da hat Mama uns versteckt. Sie hat die Türen verschlossen und niemanden reingelassen. Ich durfte nicht rausgehen und spielen. Es war dunkel. Wir konnten das Licht nicht anmachen, und ich hatte Hunger. Mama hat behauptet, jemand hätte das Essen vergiftet. Wir mussten still sein, damit niemand hört, dass wir zu Hause sind. Sie hielt mir den Mund zu, dass ich fast erstickt wäre.«

Per versuchte, sich in Gedanken so weit zurückzuarbeiten, wie er nur konnte. »Ich erinnere mich an gar nichts. Es kommen einfach keine Bilder. Wo war denn unser Vater? Wir hatten doch wohl einen Vater?«

Pernilla schloss einen Moment lang die Augen. Wog ihre Worte ab. »Vielleicht ist es am besten, wenn wir darüber gar nicht reden. Angeblich hat Helen mit ziemlich vielen Typen rumgemacht.«

»Vielleicht hatte sie ein Verhältnis mit einem verheirateten Mann?« Der Gedanke, dass sie vielleicht unterschiedliche Väter hatten, war ihm noch nicht gekommen, und er wollte ihn auch nicht ohne weiteres hinnehmen.

»Wer weiß«, antwortete Pernilla ausweichend. »Ich habe sie besucht, seit ich achtzehn war. Erst da habe ich herausgekriegt, wo sie war. Das war ziemlich schwer.« Pernilla setzte sich ans Fußende von Pers Bett und legte den Kopf auf die Knie.

»Was hat sie eigentlich beruflich gemacht?«

»Mama war Jazzsängerin. Ich glaube nicht, dass sie je eine Platte aufgenommen hat, aber sie hat in einer Band gesungen, die Blue Moon hieß. Sie spielten oft in einem Tanzlokal hier in Örebro, dem Centrum. Manchmal traten sie bei Veranstaltungen in der Technischen Hochschule auf, meistens aber im Birdland Club. Das Musikleben damals spielte sich auf ideeller Basis ab, in der Branche gab es kein Geld. Die Musiker hatten ganz normale Berufe und spielten nach der Arbeit.«

»Kannst du dich erinnern, was sie gesungen hat?«

»Sie hat uns niemals irgendwelche Kinderlieder vorgesungen, dafür aber Jazz. ›Can't help lovin' dat man‹. ›A tisket, a tasket‹. ›How high the moon‹. Ich kann mich nicht an alle erinnern. Mit etwas rauchiger Stimme, traurig, aber sehr schön, fand ich damals.«

»Ich höre fast nur Jazz«, sagte er gedankenverloren.

»Ich habe ein paar Sachen für dich aufgehoben, die Mama gehört haben. In erster Linie Fotos und ein paar alte Schellackplatten. Die Platten kannst du gern alle haben. Ich höre nicht viel Musik, ich hab es am liebsten still um mich herum. Nicht einmal einen Fernseher habe ich. Svenne hat unten bei sich einen, aber ich sehe nie fern. Ich finde, man sollte sich nicht mit mehr elektromagnetischer Strahlung umgeben als unbedingt notwendig.«

»Wie nett von dir, dass ich die Platten haben kann«, sagte er und merkte zugleich, dass er nicht sonderlich viel Lust hatte, in Pernillas Leben und Erinnerungen herumzuwühlen. Wenn sie sich mitteilen wollte, dann war er ihr dankbar. Andernfalls würde er sie nicht darauf ansprechen.

Pernilla stand auf und bedeutete ihm mitzukommen. Vom unteren Stock hörte man Svenne schnarchen wie ein Sägewerk. Die alten Fußbodendielen in der oberen Etage knarrten. Am Ende der steilen Treppe befanden sich zwei Türen. Pernilla öffnete die eine mit einem Schlüssel, den sie an einer Kette um den Hals trug. Sie betraten eine kleine Abseite, wo ihnen die Kälte entgegenschlug. Es schien keine Beleuchtung zu geben. Pernilla machte ihr Feuerzeug an und entzündete eine Kerze, die in einem Messinghalter auf einem kleinen Schreibtisch stand, dem einzigen Möbelstück im Zimmer. Das Licht verteilte sich über die Wand, wo mit Klebestreifen ein Foto befestigt war. Auf dem Bild war ein kleines Mädchen mit kupferrotem, zerzaustem Haar zu sehen. Es lehnte sich über ein kleines Baby, das in seinem Bettchen lag. Die ganze Haltung des Mädchens verriet Besitzanspruch.

»Das bist du. Diese Spieldose hat dir gehört. Du hast mich wahnsinnig gemacht mit dem Geräusch, und diese Badeente hat auch dir gehört. Hier ist ein Bild, das ich in einer Mülltonne bei Oma gefunden habe. Das ist Mama bei einem Auftritt im Birdland Club.«

Ein Schwarz-Weiß-Foto von einer jungen Frau in Abendkleid und langen Handschuhen und einer aufgetürmten, welligen Frisur, wie Rita Hayworth in »Gilda«. Die Band war im Hintergrund nur zu erahnen. Hinter dem Mikrofon lächelte verführerisch ein geschminkter Mund. Für Per war es ein seltsames Gefühl. Es dauert eine Weile, bis man eine neue Wirklichkeit annehmen und sie zu seiner machen kann.

»Deine Babykleider sind auch noch da, und in der Schachtel hier liegt ein kleines Büschel von deinen Haaren. Siehst du? Eine kleine rote Locke, als dir die Haare zum ersten Mal geschnitten wurden. Ich habe sie dir abgeschnitten. Dafür habe ich eine Ohrfeige bekommen.«

5 Per Arvidsson sah aus dem Fenster des Eckzimmers, das ihm bei der Polizeibehörde in Örebro zugeteilt worden war. Es war ein schneller Entschluss gewesen, aber was hatte er schon zu verlieren? Rechts lag das Schönheitsinstitut von Kerstin Rapp, links die Olaus-Petri-Kirche, ein Farbengeschäft und eine große Straßenkreuzung. Von seinem Fenster aus hatte er den perfekten Überblick, was Verkehrsunfälle anging. So gesehen war es die einzige persönlich bewachte Kreuzung in Örebro.

Er zog das Fenster zu, das einen Spalt offen gestanden hatte, und sperrte den Verkehrslärm aus. Die Luft war kühler, als es die helle Herbstsonne hätte vermuten lassen. Er warf einen Blick auf die Uhr. Es war Viertel vor zehn. Als er die oberste Schreibtischschublade öffnete, um den Briefumschlag von Pernilla herauszuholen, lag der nicht so da, wie er ihn hineingelegt hatte. Dasselbe war heute Morgen mit den Papieren auf seinem Schreibtisch der Fall gewesen. Vielleicht war er ja übertrieben pedantisch, aber er mochte den Gedanken nicht, dass man in seinen Sachen wühlte. Jemand hatte die Pressemitteilungen, die er sich herausgesucht hatte, an eine andere Stelle gelegt. Außerdem fehlte sein privater Parker-Stift.

Nachdenklich zog er den Umschlag heraus und blätterte den Inhalt durch. Ein Schwarz-Weiß-Foto, im Fotoatelier Wasa aufgenommen, fiel auf den Tisch. Eine schöne Frau im Ballkleid war darauf zu sehen. Er nahm an, dass es Helen war. In der einen Hand hielt sie ein Weinglas. Der andere Arm war zur Seite ausgestreckt, aber die Hand fehlte. Das Format des Fotos war ungewöhnlich, und das Fehlen des weißen Randes an der linken Seite des Bildes deutete darauf hin, dass das Foto auseinandergeschnitten worden war. Ganz unten in der

Ecke stand ein Datum. Per beschloss, sich ans Fotoatelier zu wenden, um an das Original zu gelangen.

Ansonsten enthielt der Umschlag einige schlecht erhaltene Fotos von ihm selbst und Pernilla, Schwarz-Weiß-Fotos mit hässlichen Flecken und Eselsohren. Ein Bild, wahrscheinlich von dem Mietshaus, in dem sie gewohnt hatten, weckte seine Aufmerksamkeit. Ein anderes Foto zeigte einen Mann, der auf der Treppe saß und Pfeife rauchte, das Gesicht vom Hut verborgen, sodass man nur die Linie des Unterkiefers ahnen konnte. Auf seinem Schoß saß ein kleines Mädchen in altmodischem Kleid und mit einer Schleife im Haar. *Papa und Helen* stand mit schnörkeliger altmodischer Schrift auf dem Bild. Ansonsten waren da einige maschinengeschriebene Briefe von verschiedenen Behörden, Schulfotos, Taufurkunden, bezahlte Rechnungen mit aus heutiger Sicht lächerlich niedrigen Beträgen und eine gepresste Rose mit zerkrümelten Blättern. Ganz unten im Umschlag lag eine Bleistiftzeichnung. Sie stellte eine Gerichtsszene dar. Am Rand stand mit eckigen Buchstaben das Wort *Salomo*. Ob Helen sie selbst gezeichnet hatte?

Das Klingeln des Telefons riss Arvidsson aus seinen Gedanken.

»Betrunkene Pennerin, die abgeführt werden muss. Wehrt sich wie blöd. Ist Lena da? Wir haben noch einen Hinweis auf ein illegales Taxi gekriegt. Übernehmt ihr das, Arvidsson?« Warum waren weibliche Betrunkene immer so viel schwieriger im Umgang als männliche? Sie waren weitaus aggressiver, dachte er. Vielleicht rechneten sie damit, voller Verachtung und Überlegenheit behandelt zu werden.

Das Polizeigebäude wurde gerade umgeräumt und renoviert. Arvidsson ging im Flur an Zimmerpflanzen, Schubladen, Müllsäcken, leeren Bücherregalen, Aktenstapeln, Leitern und Schränken vorbei. Die Einarbeitungszeit bei der Polizei in Örebro war vorüber, und es war Alltag eingekehrt. Misshandlung, illegale Taxiunternehmen, Diebstahl und ein Vergewaltigungsversuch in der ersten Woche, dann ein Wochenende mit Nachtdienst. Die Kontrollen vor den Kneipen, um die widerspenstigsten Partygänger etwas runterzudimmen, war anstrengender, als er es aus früheren Diensten in Erinnerung hatte. Er fand, dass der Ton in den letzten Jahren rauer geworden war, aber vielleicht hatte seine Erinnerung auch einfach die übelsten Episoden gelöscht. Er wusste es nicht.

Der eine oder andere kampfbereite Typ musste seinen Rausch in der Zelle ausschlafen. Håkansson, der Vorgänger von Arvidsson, war es leid gewesen, sich ständig mit den Besoffenen abzugeben. Er war frisch von der Polizeischule gekommen, und die Wirklichkeit deckte sich so überhaupt nicht mit seinen Erwartungen. Mit seinem hochkarätigen Abschluss und dem Ehrgeiz, was seine Karriere anging, hatte er anderes vor, als mit Saufköpfen und Verrückten zu diskutieren. Er wollte sich weiterentwickeln, was immer das heißen mochte.

»Und jetzt planen sie auch noch, den theoretischen Teil der Grundausbildung auf Kosten des praktischen Teils zu vergrößern, mit der Folge, dass der tatsächliche Kontakt mit der Wirklichkeit für die neuen Polizisten eine totale Überraschung darstellt. Unzufriedenheit und Verärgerung sind vorprogrammiert, weil die Arbeitsaufgabe nicht so aussieht, wie sie es sich vorgestellt hatten, und so ziehen sie weiter zu anderen Jobs. Håkansson hat an dem Tag gekündigt, als wir eine Frau abtransportieren mussten, die in den letzten Monaten in ihrer Wohnung Kot gesammelt und die Nachbarn dadurch verärgert hatte, dass sie nackt im Treppenhaus herumspaziert war. Diese Wirklichkeit war ihm dann doch zu viel.«

Lena Ohlsson, Arvidssons Kollegin, schüttelte den Kopf und legte eine Lage Snus nach, um ihren Ausführungen Nachdruck zu verleihen. Als Arvidsson den Job angenommen hatte, hatte er gedacht, er würde mit einem männlichen Kollegen zusammenarbeiten. Nicht dass er was dagegen hätte, mit Frauen zu arbeiten, redete er sich selbst ein, aber es hätte sich mit einem Mann einfach entspannter angefühlt. Außerdem waren Lenas Kleider in schlechtem Zustand, fleckig und ungebügelt, und das störte ihn. Und sie roch nach Schweiß. In der ersten Nachtschicht war sie neben ihm im Auto eingeschlafen, und er hatte sie kaum mehr auf die Füße bekommen. Doch sie hatte einen trockenen Humor, der zu seinem passte.

Vielleicht ist Humor doch die einzige haltbare Brücke zwischen Mann und Frau, dachte er.

Etwas später am selben Nachmittag machte Lena ihm unvermutet ein Geschenk. Vielleicht hatte sie ein schlechtes Gewissen wegen ihres mangelnden Engagements während der Nachtschicht am Wochenende. Die Papprolle, die sie ihm gab, enthielt die Reproduktion einer Wandmalerei aus dem 17. Jahrhundert, die sich in der Königshütte im Freilichtmuseum Wadköping befand. Offensichtlich hatte sie Helens Bleistiftzeichnung auf seinem Schreibtisch liegen sehen. Das Bild stellte dieselbe Richterszene dar. Außer dem Richter, dem Angeklagten und den beiden Lagern von Ankläger und Verteidiger gab es um die Hauptszene herum eine interessante Bergbauornamentik. Oben in den Ecken waren undeutlich zwei nackte Figuren zu sehen, die ihre Hände über eine Kerzenflamme hielten und sich voneinander wegbeugten.

»Ich habe schon darüber nachgedacht, was die wohl darstellen sollen«, sagte Lena. »Man könnte damit eine Art Rorschachtest machen.« Sie beugte sich über die Figuren und studierte sie eingehend.

»Was meinst du damit?«

Lena ließ sich auf der äußersten Kante seines Schreibtischs nieder. Die Kaffeetasse hatte bereits auf einem Schriftstück über die neuen Bestimmungen zum Thema Graffiti ein verworrenes Muster aus dunklen Ringen hinterlassen. Das verärgerte ihn, und er hatte das Gefühl, als würde sie seine Reviergrenzen verletzen, indem sie auf seinem Tisch saß.

»Das ist ein projektiver Test für die Diagnostik der Persönlichkeit und von psychischen Störungen«, erklärte sie.

»Sind die Figuren dazu nicht zu konkret?«

»Na ja, man nimmt, was man kriegt. Was siehst du in dem Bild?«

»Du willst also meine Psyche anhand meiner Äußerungen über diese Figuren beurteilen? In diesem Fall lautet meine Antwort: Sie sind auf eine ehrliche und direkte Art harmonisch. Sie sind sehr viel Kind mit einem minimalen Über-Ich. Das Feuer symbolisiert Wärme, Liebe und gute Kommunikation durch die Rauchsignale, die die beiden einander senden

KUNGSSTUGAN i ÖREBRO
STORA SALEN 1 TR. UPP.
FONDGAFVELN.
UPPMÄTT och RITAD 1872-1874.
GRANSKAD och RENRITAD 1898-1902.
SKALA 1/6.
SVSPITIO
IGNORANTIA.
SVPERBIA
PENITENTIA
8 VERITAS.
IVDEX
5 INSIDIÆ
6 CALVMNIA
MISER

können. Die sieht man hier auf dem Bild nicht, aber man kann sie sich vorstellen. Eitel Harmonie also.«

»Du kannst sofort anfangen.«

»Hast du in der Psychiatrie gearbeitet?«

»Ich habe in den Siebziger- und Achtzigerjahren in der Kinderpsychiatrie gearbeitet. Als in diesem Bereich die großen finanziellen Kürzungen anstanden, habe ich mich am Riemen gerissen und an der Polizeihochschule angefangen.«

»Und was siehst du?«, fragte er. »Jetzt bist du dran. Die Wahrheit und nichts als die Wahrheit.«

»Die beiden Nackten könnten Adam und Eva sein. Die anderen Figuren sind bekleidet, abgesehen von dem kleinen Jungen, der die Verleumdung darstellt. Die Nacktheit muss für etwas Primitives stehen, für die Unterwerfung unter eine Gottheit. Vielleicht handelt es sich ja um eine Art Ritus, bei dem man seinen eigenen Willen aufgibt, um sich etwas Größerem zu unterwerfen.«

»Wie wenn man sich an Regeln bindet, die man nicht selbst aufgestellt hat?«, fragte er.

»Womöglich. So ist es bei mir. Als meine Mutter starb, habe ich versprochen, mich um meine Schwester zu kümmern. Paula wohnt bei mir. Sie braucht einen festen Punkt, jemanden, der ihr manchmal sagt, wo es langgeht. Weißt du, ich hatte mir gewünscht, mit einer Kollegin im Team zusammenzuarbeiten, das haben sie mir versprochen, als Håkansson aufhörte. Wir sind nicht gut miteinander klargekommen, er und ich, und Stensson meint, dass es meine Schuld gewesen sei. Ich habe meine Waffe auf dem Klo vergessen, und Håkansson hat das angezeigt. Vorigen Monat habe ich Gehaltsabzug bekommen, weil mir in der Garage aus Versehen ein Schuss losgegangen ist. Das hätte auch keiner erfahren müssen, wenn Håkansson nicht zum Chef gerannt wäre und gepetzt hätte. Stensson wird dich fragen, wie die Zusammenarbeit mit mir so läuft, wenn er es nicht schon getan hat.«

6 Pyret stellte ihr Essen in die Mikrowelle und schloss die Klappe, dann überprüfte sie, ob der Ofen auf maximale Hitze eingestellt war. Sieben Minuten stand auf der Verpackung des Fertiggerichts. Das Mittagessen nahm sie meist allein und zu Hause ein. Unter anderen Menschen zu essen, hieß, sich öffentlich zu entblößen. Manchmal war man dazu gezwungen. Es war ihr ein Rätsel, wie Menschen auf die Idee kommen konnten, zum Essen auszugehen und das auch noch schön zu finden.

Wütend warf sie die Pappverpackung auf den Fußboden. Sie zögerte einen Augenblick mit dem Finger auf der Zeitschaltuhr. Der schwache surrende Ton einer Fliege weckte ihre Aufmerksamkeit. Das Insekt kletterte auf der Innenseite des Glases hoch, eingeschlossen und völlig unwissend, in welchem Kraftfeld es sich befand. In seinem Brummen lag ein stilles Flehen. Wie in dem Film von David Cronenberg über den Wissenschaftler, der sich selbst in eine Mischung aus Fliege und Mensch verwandelt und dann nicht mehr in seine ursprüngliche Gestalt zurückzukehren vermag. Mit einem menschlichen Gesicht, dem Körper einer Fliege und einer sirrenden Fliegenstimme ruft er seiner Frau zu: »Help me! Help me!« Aber sie sieht nur eine eklige Stubenfliege, und sein Flehen lässt sie unberührt.

Sieben Minuten auf höchster Stufe, und die Fliege würde mausetot mit den Beinen nach oben daliegen. Oder würde sie brennen? Zu einem kleinen Haufen aus Asche und Ruß werden, kaum mehr zu sehen? Mit der Hand am Drehschalter konnte Pyret wie ein Gott über die Zeit bestimmen. Über Leben und Tod. Sie konnte die Augen verschließen und sich nicht für das Schicksal der Fliege interessieren. Aber sie konnte sich auch dafür entscheiden, das Leben der Fliege zu retten, genau wie Frank Leander Leben hätte retten können, wenn ihn sein Ruhm nicht blind gemacht hätte.

Die Zeitungsausschnitte über seine Karriere waren ordentlich und chronologisch in Aktenordnern archiviert. Ein paar Bilder mit seinem Konterfei waren mit Reißzwecken an der Wand befestigt. Als Kind hatte sie die Fotos aus den Zeitungen ausgeschnitten, die sie in der Bibliothek gestohlen und zusammen mit Bleistiften, Radiergummis und Klopapier unter der Jacke hinausgeschmuggelt hatte. In einem plötzlichen Impuls hackte Pyret das Messer direkt in sein Auge und drehte es herum, sodass das Papier zur Seite gezogen wurde und riss. Die Augen von Frank Leander würden sich nie öffnen. Sie hoffte, dass er in diesem Moment, wo immer er sich auch befand, den Schmerz fühlen konnte.

Pyret öffnete die Klappe der Mikrowelle und fing die Fliege mit der Hand. Betrachtete das krabbelnde Insekt durch die Lücke von Daumen und Zeigefinger in ihrer geschlossenen Faust und zupfte die beiden durchsichtigen Flügel aus. Zu deinem Besten, dachte sie. Damit du lernst, nicht zu hoch hinauszufliegen und dir die Flügel an Wünschen zu verbrennen, die nie in Erfüllung gehen werden.

Vorsichtig setzte sie die Fliege auf dem Fensterbrett ab und sah sie wie trunken zur Kante torkeln. Jetzt bist du nicht mehr in meiner Verantwortung. Nicht mehr in meiner.

Am späten Abend desselben Tages nahm Pyret den Bus nach Varberga, um sich mit dem Medium zu treffen, mit dem sie in den vergangenen Monaten per Telefon in Kontakt gestanden hatte, eine Sicherheitsleine, die allzu große Bedeutung bekommen hatte.

Wie kann man seine Zukunft in den Griff bekommen? Wie wohlüberlegt sind eigentlich die wichtigsten Entscheidungen im Leben? Unter massivem Einfluss der Hormone wählt man sich einen Lebenspartner. Von den Erwartungen älterer Generationen oder vom Gruppenzwang der Freunde beeinflusst sucht man sich ein Studienfach aus. Gestresst und in Geldnot wirft man sich auf den Arbeitsmarkt und bleibt, weil man eine sichere Anstellung hat, oder aber man wird in Arbeitslosigkeit und Arbeitsbeschaffungsprogramme abgeschoben. Den Ort, an dem man lebt und wohnt, hat man vielleicht nie aktiv gewählt. Man wohnt da, wo man wohnt, weil man schon immer da gewohnt hat. Oder weil es an genau dem Tag, als man sich eine Zeitung gekauft hat, eine Anzeige gab, die man nur bemerkt hat, weil man zufällig Kaffee darüber verschüttet hat.

Mit der Wohnung kommt eine Auswahl von Nachbarn, auf die man keinen Einfluss hat. Nachbarn, die die eingefahrenen Kreise stören, indem sie Kontakt aufnehmen und den eingespielten Zeitplan durcheinanderbringen. Die Möglichkeiten und Kombinationen für Treffen sind unüberschaubar. Täglich muss man neue Entscheidungen fällen. Was ist ein Zeichen wert? Ein Finger, der spürt, von wo der Wind weht? Wie vermeidet man, in ein Kraftfeld zu geraten und die Kontrolle über sein Leben zu verlieren?

Die Telefonrechnung war natürlich erschreckend gewesen. Zeitweilig hatte sie nicht genug Geld gehabt, um sie zu bezahlen, und den ganzen Juli über hatte die Telefongesellschaft die Möglichkeit zu einem Kontakt abgeschnitten. Ein funktionierendes Medium zu finden, ist wahrscheinlich ebenso schwer, wie an einen guten Therapeuten zu geraten. Pyret hatte in diesem Bereich so viele Erfahrungen gesammelt, dass es für mehrere Regalmeter Abhandlungen gereicht hätte. Kostbare Steuergelder für herausragende Fragen wie: Was meinen Sie selbst dazu? Wie fühlen Sie sich jetzt? Der Vorteil war, dass man sich bei der Therapie die Geheimsprache der Psychologen aneignen konnte. Das nennt man Therapieresistenz, und es klingt wie eine Folgekrankheit, ist aber doch vielmehr eine erworbene Fähigkeit. Eine Überlebensstrategie, um nicht die Opferrolle einnehmen zu müssen.

Und warum sollte ein Medium schlechter sein als ein Therapeut? Weniger gefährlich vielleicht? Außerdem war Madame Elaine billiger.

In Varberga stieg Pyret aus dem Bus. Kontrollierte noch einmal die Anschrift, die sie in ihr Notizbuch geschrieben hatte, und machte sich auf den Weg. Als sie quer über einen Rasen abkürzte, kam ihr eine große gelbe Katze mit einer Beute im Maul entgegengelaufen. Kurz bevor sie zusammengestoßen wären, war die Katze ausgewichen. Trotzdem hatte Pyret noch den Vogelkörper in ihrem Maul sehen können, verletzt und blutig. Das Tier atmete noch. Der Flügel hing gebrochen zwischen den scharfen Zähnen der Katze.

Pyret blieb ganz still stehen. Ließ den Sinneseindruck wirken. Ein Zeichen. Manchmal waren Zeichen ganz leicht zu interpretieren. Andere Signale waren schwerer zu verstehen, zum Beispiel wenn jemand einen schwarzen Handschuh auf einen Papierkorb gehängt hatte. Was bedeutete das? War es eine Warnung oder ein gutes Omen?

Am Morgen hatte eine Zigarettenkippe an der Bushaltestelle gelegen. Jemand hatte die Kippe hingelegt, damit sie drauftrat, das war ganz offensichtlich. Es spielte keine Rolle, wer es gewesen war. Der Sinn dahinter war das Entscheidende. Was wollte ihr das Feuersymbol sagen? Wenn die vier Elemente an ihrem richtigen Platz sind, dann entstehen Ruhe und Harmonie: das Feuer oben, dann die Luft und das Wasser und ganz unten die Erde. Die obersten drei Elemente sind aus Dreiecken aufgebaut, während die Erde aus Vierecken besteht und daher stabiler ist. Die Kippe, das Feuersymbol, hatte auf einer viereckigen Platte aus Beton gelegen. Welcher Sinn lag darin? Um Klarheit zu erhalten, hatte sie einen Termin bei Madame Elaine ausgemacht.

Pyret verspürte eine leichte Nervosität, als sie in dem dunklen Treppenhaus stand und das blaue Schild an der Wohnungstür las. *Mediale Beratung nach Vereinbarung*. Sie befürchtete, dass das Äußere von Madame Elaine sie enttäuschen könnte. Wenn man eine Weile per Telefon mit jemandem kommuniziert hat, dann hat man sich ein Bild von ihm gemacht. Das ist unvermeidlich. Wenn Madame Elaine sich in einem schwarzen langen Kleid präsentieren und zur Séance in einem Zimmer mit Kristallkugel und anderem kitschigen Zubehör bitten würde, dann wäre die Enttäuschung da.

Aber Pyret hätte sich keine Sorgen zu machen brauchen. Fast im selben Augenblick, als sie die Klingel berührte, wurde die Tür von einer Frau mittleren Alters mit klugen braunen Augen und kurz geschnittenen Fingernägeln geöffnet. Vielleicht war es vor allem die Tatsache, dass die Frau im Rollstuhl saß, die sie vertrauenswürdig erscheinen ließ. Ein Mensch, der selbst verbrannte Flügel hat, ist von so viel tieferer Einsicht und nicht so geneigt, voreilige Schlüsse zu ziehen und andere zu verurteilen.

Das Zimmer war hell und gut gelüftet. Als wären sie gute Freundinnen, setzten sie sich an den Küchentisch. Eine Tasse

Kaffee. Ein vertrauliches Gespräch oder ein wenig Tratsch, das fühlte sich alles gut an. Elaine zündete eine Kerze an und stellte sie auf den Tisch. Ein Zeichen dafür, dass die Seherin begriff, warum sie gekommen war. Wortlose Kommunikation. Es schien zu funktionieren.

»Ehe wir anfangen, möchte ich etwas Wichtiges sagen. Ich weiß, dass es für mich ein Zeichen von Vertrauen ist, dass Sie mich besucht haben. Wer zu mir kommt, steckt oft in einer Lebenskrise. In solchen Situationen gibt es eine Verletzlichkeit, die leicht missbraucht werden kann. Deshalb möchte ich betonen, dass die Entscheidungen in Ihrem Leben Ihre eigenen sind. Ganz gleich, was die Karten sagen, ganz gleich, was ich als Medium erlebe und Ihnen vermittle, sind das nur Interpretationen und nichts anderes. Was passiert, nachdem Sie dieses Zimmer hier verlassen, entscheiden Sie ganz allein. Möchten Sie noch etwas sagen, ehe wir anfangen?«

»Ich komme nicht, um von mir selbst zu erzählen. Ich möchte nur zuhören.«

Madame Elaine schloss eine Weile die Augen. So viel Schmerz und eingeschlossene Wut steckte in der Frau vor ihr. Ein verletztes Kind. Feuer, Rauch ... eine entsetzliche Hitze. Die Bilder überkreuzten sich, traten vor und verblassten. Dunkelheit ... Noch weiter zum Abgrund hin wagte sie den Empfindungen nicht zu folgen.

»Dann möchte ich, dass Sie das Kartenspiel abheben. Mit der linken Hand. Und dann noch einmal.« Elaine legte die Karten schnell und geübt zum keltischen Kreuz aus und saß dann ganz still da, um behutsame Worte für das zu finden, was sie sah. Die Bilder wurden von neuen Bildern und Gefühlseindrücken abgelöst und hinterließen eine große Unruhe. Schon im Warten auf ihre Kundin hatte Elaine eine Disharmonie gespürt, und es war ihr schwergefallen, sich bei der Vorbereitung in der Meditation zu versenken.

Rein äußerlich war die Frau vor ihr gut gekleidet: ein schwarzes Kleid, fast bis zur Perfektion gepflegt. Keine Ringe an den Händen. Sie trug überhaupt keinen Schmuck, keine Handtasche oder irgendetwas anderes, das einen Hinweis hätte liefern können, wer sie war.

»Diese Karte nennt man den Turm. Die Platzierung zeigt, dass der Turm für das steht, was gerade passiert. Wenn Sie die Gefühle in Ihrem Innern nicht herauslassen, dann wird das in einer Katastrophe enden. Die Kraft, die Sie einschließen, kann großen Schaden anrichten, es handelt sich um sehr starke Emotionen.« Elaine machte eine Pause und sah zu der Frau vor ihr, um eine Reaktion zu erkennen. Aber ihr Gesicht war genauso verschlossen wie vorher. »In Ihrer Vergangenheit sehe ich diese Karte: ein Körper, von zehn Schwertern durchbohrt. Sie haben es sehr schwer gehabt. Sind tief und ernsthaft verletzt und gekränkt worden ... Sie waren in der Hölle.«

Zum ersten Mal konnte Elaine eine Veränderung auf dem Gesicht der Frau erkennen, das bis dahin bar jeder Mimik gewesen war. Einen kurzen Augenblick lang brachen die Gesichtszüge auf, ehe die Kontrolle wieder Überhand gewann.

»Mit Ihrer ganzen Kraft haben Sie die Erinnerungen verdrängt, um in Ihrem Leben, in Ihrer Geschäftsrolle funktionieren zu können. Sie versehen Ihre Arbeit vorbildlich. Sie sind sorgfältig und tüchtig. Aber in sich tragen Sie die Katastrophe. Gibt es jemanden, dem Sie sich anvertrauen würden? Jemanden, der Ihnen helfen kann? Sie müssen Hilfe suchen, wo immer Sie sie auch bekommen können, und es eilt.«

Auf Madame Elaines Wangen traten rote Flecken, die Röte breitete sich über den ganzen Hals aus, und die Worte sprudelten über ihre Lippen, um die Bilder zu vermitteln, die in immer schnellerem Tempo auf sie eindrangen.

»Ein Mann ist in Ihr Leben getreten. Der König der Kelche. Vielleicht ist er Geschäftsmann, nein, eher Jurist, jedenfalls etwas, was mit dem Gesetz zu tun hat. Er ist gerecht, großzügig und fürsorglich. Mein Rat ist, dass Sie sich ihm anvertrauen. Ich glaube, er ist stark genug, die Wahrheit zu hören.«

»Und die Zukunft? Was sehen Sie in der Zukunft?«

»Eine Konfrontation. Sie begegnen Ihrer Vergangenheit. Diese Karte hier heißt der König der Schwerter. Das ist ein Mann mit brillanter Intelligenz, aber ohne Fähigkeit zur Empathie. Er hat eine hohe Position in der Gesellschaft. Ich würde meinen, er ist Arzt. Nein, etwas noch Höheres. Was ist? Wie geht es Ihnen?«

»Geht schon, danke.«

»Soll ich Ihnen ein Glas Wasser holen? Vielleicht etwas Tee?«

»Nein danke, es ist in Ordnung. Wann werde ich ihm begegnen?«

»Bald. Sehr bald. Aber ich bitte Sie, alle Hilfe anzunehmen, die Sie bekommen können. Es gibt eine Gerechtigkeit. Glauben Sie mir. Sie können von unerwarteter Seite Hilfe bekommen, wenn Sie es nur zulassen.«

»Es hat noch nie eine andere Gerechtigkeit gegeben als die, die man sich nimmt.« Pyret begegnete dem Blick des Mediums mit plötzlicher Aggressivität.

»Es liegt eine ewige Gerechtigkeit darin, sich immer wieder selbst zu begegnen und die Konsequenz aus seinen eigenen Taten anzunehmen. Sie werden ernten, was Sie selbst gesät haben. Er wird zur Konfrontation mit der Wahrheit gezwungen sein und seinen Fehler erkennen, wenn Sie ihm das zugestehen. Darin liegt die Gerechtigkeit. Ich kann mir vorstellen, dass Sie diesmal auf die Erde gekommen sind, um Vergebung zu lernen.«

»Ich glaube nicht an Reinkarnation und solchen Unsinn. Dreihundert sollte es kosten, oder?«

Das Geld wurde auf den Tisch geworfen. Die Stuhlbeine scharrten über den Boden, als sie sich erhob.

»Auch wenn Ihre Kindheit eine Hölle war, tragen Sie die Verantwortung für Ihre Zukunft ...«

Doch da schlug die Haustür schon zu.

Nachdem die Frau das Haus verlassen hatte, blieb Madame Elaine in tiefer Ohnmacht sitzen. Ihr Körper zitterte vor Erschöpfung, und der schwere, unregelmäßige Schlag ihres Herzens presste den Brustkorb zusammen und machte es ihr unmöglich, tief Atem zu holen. Sie empfing niemanden des Geldes wegen. Sie war finanziell unabhängig und nahm nur eine symbolische Summe. Sie wollte helfen. Wenn man eine Fähigkeit besitzt, dann ist man verpflichtet, sie nicht zu missbrauchen, sondern sie in den Dienst der Mitmenschen zu stellen. Ganz gleich, mit welcher Gabe einen das Leben beschenkt hat.

Die mediale Fähigkeit war mit der Musikalität zu vergleichen, dachte Elaine. Wie beschreibt ein Mensch mit absolutem Gehör seine Fähigkeit jemandem, der stocktaub ist? Ein Chorleiter kann seine Position missbrauchen. Anstatt den Chor zu musikalischen Höhen zu erheben, benutzt er seine Kraft vielleicht, um Frauen flachzulegen. Das kommt in den besten Kreisen vor. Ich werde alt und zynisch, dachte Elaine. Alt und müde in meiner Seele, und der Körper kann auch nicht mehr, wie ich will.

Vielleicht war das die stärkste Empfindung. Ein Gefühl, dass der Tod nicht mehr allzu entfernt war. War es schon bald an der Zeit? War die Begegnung mit der schwarz gekleideten Frau der Anfang vom Ende? Hatte sie deshalb solch eine Angst im Herzen, solch eine Unruhe in den Gedanken empfunden? Aber sie hatte auch eine Erleichterung gespürt. Seit der misslungenen Operation im rechten Bein mit ständigen Schmerzen als Folge, hatte eine unbestimmte Todessehnsucht in ihr Gestalt angenommen.

Durch das Wohnzimmerfenster sah sie den neuen Mercedes vor der Tür stehen. Ihr Mann war gekommen, um sie abzuholen. Die Wohnung in Varberga war ein Kompromiss. Bei seiner hohen gesellschaftlichen Stellung war es ihm wichtig, dass seine Frau ihrer obskuren Tätigkeit außerhalb ihrer vier Wände und unter Pseudonym nachging. Obskure Tätigkeit – genau diesen Ausdruck hatte er benutzt, obwohl er wusste, dass sie das zutiefst kränkte.

7

Pyret hatte ganz still auf einer Bank im Stadtpark gesessen, im sogenannten Klostergarten, der durch Hecken vom übrigen Park abgetrennt war. Sie wusste nicht genau, wie lange. Die Gedanken waren wie Wellen herangerollt, hatten einander abgelöst, während die Stunden vorüberglitten. Der Mond spiegelte sich im Teich, und das Spiel von Licht und Schatten um Steine und Büsche machte die Natur zu lebendigen Wesen. Noch bewegten sie sich. Vor allem die Buchsbäume, die zu einem Bären, einem Eichhörnchen und einem

Pfau beschnitten worden waren. Noch flüsterten sie einander etwas zu, ohne sich darum zu scheren, dass sie sie hören konnte. Hier im Schatten verspürte sie Sicherheit. Hier sah sie eine Möglichkeit, die Nacht zurückzuerobern.

Nüchtern, wachsam und anständig gekleidet nahm sie sich das Recht, auch als Frau nach Einbruch der Dunkelheit allein unterwegs zu sein. Nie wieder würde sie sich von der Angst, die sie gelähmt und in ihren vier Wänden eingesperrt hatte, steuern lassen. In der Dunkelheit lag eine Geborgenheit. Wenn man sich nah an die Bäume lehnte, ihrer Form folgte, dann konnte man in der Schwärze der Nacht eins werden mit dem Stamm, mit dem Schatten unter den Büschen oder mit den großen Steinen.

Die Nachtluft war kühl und leicht zu atmen. Über dem Klostergarten schwebten schwache Düfte von Thymian, Lavendel und Moschus. Mit dem Wind zogen Wolken von Rosenduft heran. Nach dem warmen Sommer waren die Rosen immer noch so reich an Blüten. Sie berührte sie mit einem Gefühl des Besitzerrechts, als wäre der Park ihr eigener Garten. Ein grauer Lustgarten im Mondenschein, ohne aufdringliche Farben und Geräusche. Hier konnte sie umherwandern und den Gedanken ihren freien Lauf lassen, ohne dass jemand anders sie gefangen nahm.

Beim Spielplatz blieb sie stehen. Sie ahnte den Schatten der kleinen Pyret, die hoch bis in den Himmel geschaukelt war, hinauf zu den weichen Wolken, während der Rock ihr ins Gesicht geflattert war, sodass sie die Erde nicht mehr hatte sehen können. Als Auserwählte war sie auf das Königreich zugeflogen, das seine Hände nach ihr ausgestreckt hatte: Komm zu uns! Du bist eine von uns. Du bist die Trägerin des Lichts, du Königstochter und Kind des Feuers. Und sie hatte die Schaukelseile losgelassen und die Hände aus Licht und Luft, Nebel und Feuer ergriffen. Einen Moment unsäglichen Glücks war sie mit den sieben vereint gewesen. Ihr Körper war durchs All geflogen, bis die Erde sie zurückgezogen hatte. Dann war sie hilflos zu Boden gefallen, wo sie allein und erschrocken liegen geblieben war. Die erwachsene Frau hob das Schattenkind vom Boden auf, trug es zum grünen Schuppen, wo sie in

Sicherheit waren, hielt es im Arm und tröstete es. Strich ihm übers Haar und summte. Reiste in Gedanken zurück zu den einlullenden Erinnerungen hinter dem Schmerz.

Auf einmal waren Stimmen zu hören. Schrille, unangenehme Stimmen. Pyret verschwand, und die erwachsene Frau spürte, wie die Angst das Kommando übernahm. Sie kauerte sich zusammen und umfing ihren Körper wärmend mit den Armen. Die Geräusche wurden lauter. Ein Hilferuf. Sie hörte, ohne die Worte zu begreifen. Gelähmt, ohne Kraft zum Handeln. Der Schrei einer jungen Frau. Geräusche von Tritten und Schlägen. Die allerschmerzhaftesten Erinnerungen verschmolzen mit der Gegenwart. Mamas geblümter Rock. Das ausdruckslose Gesicht. Die Kraft der Männer, die sich die Dunkelheit übergezogen hatten.

Der Schrei, der sich in die Stille fortsetzte, schnitt durch ihre Haut. Sie hätte für ihre Mitschwester aufstehen sollen. Sie hätte helfen sollen zu schreien, zu brüllen, zu treten, sie blutig zu kratzen. Wenn sie ein Riese gewesen wäre, dann hätte sie die Männer zu einer blutigen Masse getreten. Aber stattdessen blieb sie auf der harten Erde sitzen. Sie war an die Erde gefesselt, bis die Stimmen erstarben und die Stille sie wieder aus ihrer Höhle rief. Die Witterung von ihnen lag noch in der Luft, ein unbestimmbarer Geruch von Rauch und Schweiß und Geschlecht.

Im Schein der Laterne schlich sie sich an der Wand des Schuppens entlang. Tastete sich zu dem menschlichen Bündel hin, das mit seiner nackten, im Licht dargebotenen Haut im Berberitzengestrüpp lag. Sie beugte sich über den Körper und lauschte. Die Frau atmete schwach und stöhnte. Neben dem Körper lagen ein geblümter Rock und ein Gürtel. Sie berührte die Gegenstände, und wieder flossen die Zeiten damals und heute zusammen. Die Wut wuchs zu Stärke und Handlungskraft. Die primitivste aller Lösungen trieb sie stolpernd davon, weg von dem Ort. Mit dem Kleidungsstück und dem Gürtel in der Hand rannte sie, rannte, bis alle Luft aus den Lungen war. Bis der Körper sie zwang, zu atmen oder zusammenzubrechen. Weg, weg von dem, was sie gesehen hatte, und den Erinnerungen, die zum Leben erweckt wurden. Als ob es nicht geschehen wäre. Wenn sie Kleidungsstück und Gürtel verbrannte, die Beweise dafür, dass das, was geschehen war, zur Wirklichkeit gehörte, dann würde es nicht geschehen sein.

Sie rannte am Fluss entlang, in entgegengesetzter Richtung des Weges, auf dem der Mann verschwunden war. Stolperte auf die Straßen mit dem Geschmack von Blut auf der Zunge, über den Parkplatz, wo ihr Auto stand. Die Hände zitterten, als Pyret in der Brieftasche nach einer Telefonkarte suchte und sich in die Zelle zwängte. Über den Boden verstreut lagen Glassplitter wie Eiskristalle, wie reiner, weißer Schnee. Sie wählte die Notrufnummer. Das war ihre Pflicht. Dann lief sie schnell zu ihrem Auto, in die schützende Höhle aus Blech, und schloss die Welt aus.

Um 23.54 Uhr erreichte der Notruf die Zentrale. Eine aufgeregte Frauenstimme redete von einem geblümten Rock, einem Gürtel und Männern, die aus der Dunkelheit kamen, bösen, grauen Wesen. Man brauchte Strenge und viel Geduld, um sie dazu zu bringen, den Ort genauer zu beschreiben, und zu begreifen, was dort geschehen war. Ihren Namen wollte sie nicht sagen. Wahrscheinlich stand sie unter Drogen. Acht Minuten später war die Streife vor Ort. Arvidsson und zwei Hundeführer drangen bis zu dem beschriebenen Gebüsch an dem grünen Schuppen vor, wo eine misshandelte und bewusstlose Frau liegen sollte. Im Schein ihrer Taschenlampen suchten sie, ohne irgendetwas zu finden. Das Gras war runtergetreten, jemand hatte ein Feuerzeug weggeworfen oder verloren. Ansonsten nichts. Vielleicht hatte das Opfer beschlossen zu verschwinden, vielleicht war sie aber auch auf dem Weg zum Krankenhaus. Vielleicht handelte es sich um das, was man in der Notrufzentrale von Anfang an vermutet hatte, nämlich die Wahnvorstellungen eines unter Drogen stehenden Menschen.

Arvidsson berichtete dem Diensthabenden und fuhr weiter nach Brickbacken, von wo man gerade die Nachricht von einem Einbruch erhalten hatte.

8 Es war Nacht in der Lungenklinik des Universitätskrankenhauses. Im schwachen Licht der Nachtbeleuchtung ging Schwester Elinor über den Gang, um nach dem Patienten in Zimmer 11 zu sehen. Er vergaß immer, wo er sich befand, und wurde dann unruhig. Vorige Nacht hatte er seine Frau zu Hause angerufen und sie um Hilfe gebeten, denn er würde ohne Essen und Trinken gefangen gehalten, und in der Nacht davor hatte er es geschafft, die Nummer der Polizei zu wählen.

Die Beatmungsgeräte summten eintönig. Die Sauerstoffgeräte brummten, und jemand murmelte laut im Schlaf. Im Vorbeigehen schaute Elinor noch kurz ins Zimmer 15, wo der Patient lag, der an diesem Abend akut eingeliefert worden war. Die Sauerstoffmaske saß korrekt. Der Tropf lief im richtigen Takt. Wie angeordnet stand der Sauerstoffmesser auf zehn Liter, und die Sauerstoffkonzentration war zufriedenstellend. Der Mann schnarchte ein wenig und drehte sich mit Elinors Hilfe auf die Seite.

»Haben Sie Schmerzen?«, fragte sie. Er schüttelte den Kopf und bedeutete ihr mit der Hand, dass er keine weitere Hilfe benötige.

Im Flur traf sie auf Loffe, der in seinem Rollstuhl auf dem Weg zu einer letzten nächtlichen Zigarette war. Das Hemd hing lose um den Körper. Mit seinen mageren Händen schob er die Räder vorwärts. Es war beeindruckend, dass er genug Kraft aufbrachte, um das Bett zu verlassen. Und so wahnsinnig viele Zigaretten würde es für ihn auch nicht mehr geben. Die Behandlung mit Zytostatika war wegen des Wachstums des Tumors abgebrochen worden.

»Können Sie mich zum Eingang fahren?«, fragte er.

»Ich kann die Station nicht verlassen. Warten Sie kurz, dann bitte ich Cathrin, dass sie mit Ihnen geht.« Sie spürte seine Enttäuschung, als er sich weiter Richtung Ausgang vorarbeitete. Elinor hörte, wie die Fahrstuhltüren auf und zu gingen, dann hielt sie inne. Es roch nach Rauch. Zunächst schwach und dann immer stärker, je weiter sie den Gang hinunterkam. Hatte der Patient aus der 11 wieder heimlich auf dem Zimmer geraucht? Erst letzte Nacht hatte sie ein ernstes Gespräch mit dem verwirrten alten Mann über die Gefahren geführt. Sie hatte sogar sein Feuerzeug konfisziert. Es war allerdings nicht klar, wie viel er von solch einem Gespräch noch behielt. Gegen seine Zigarettensucht hatte er ein Nikotinpflaster bekommen. Die Frage war nur, ob das genügte. Doch in seinem Zimmer roch es nicht nach Zigarettenrauch. Der Patient schlief. Draußen im Flur war der Geruch deutlicher zu vernehmen. Was brannte denn da?

Als Elinor die Tür zum Putzraum öffnete, kam der Rauch ihr beißend und schwarz entgegen. Schnell schloss sie die Tür wieder und öffnete die Brandschutztür zum Treppenhaus. Von der Notaufnahme unten hörte man Schreie und aufgeregte Stimmen. Sie ging schnell zum Telefon. Die Nummer der Zentrale war besetzt. Elinor informierte ihre Kolleginnen. Ein Brand in der Nacht ist die reinste Albtraumsituation. Eine übermenschliche Aufgabe, zu dritt die ganzen Patienten an den schweren Apparaten die Treppen hinunterzuschaffen, wenn die Fahrstühle abgeschaltet werden. Wen rettet man zuerst? Sollte man Patienten mit Knochenmetastasen überhaupt auf diese Weise transportieren?

Inzwischen war der Rauch auch im Schwesternzimmer zu riechen. Mehrere Patienten hatten ihn bemerkt und den Notruf ausgelöst. Unruhe verbreitete sich. Die Krankenschwestern versuchten, die Patienten dazu zu bringen, in ihren Zimmern zu bleiben und die Türen zum Flur geschlossen zu halten. Die Patientin Astrid in Zimmer 22 schrie vor Panik, und eine Schwester versuchte, sie zu beruhigen.

Elinor wählte wieder die Nummer der Zentrale. Immer noch besetzt. Sie rannte in den Flur und drückte den Alarmknopf am Feuermelder. Astrid hatte einen schweren Asthmaanfall, und Elinor musste erst mal ihre Versuche aufgeben, die Zentrale zu erreichen. Der verwirrte Alte von Zimmer 11 kam nur in Netzunterhosen in den Flur hinaus. Er hatte seine Sauerstoffmaske verloren und war sehr kurzatmig. Der Lungenkrebspatient in Zimmer 33 hatte einen Schmerzdurchbruch und brauchte umgehend eine Morphiuminjektion. Der nächste Versuch, die Zentrale zu erreichen, gelang. Elinor erfuhr, dass es in der Notaufnahme brannte. Die Feuerwehr sei unterwegs, hieß es, und die Patienten aus der Notaufnahme würden auf den Hof evakuiert.

Die Situation war ernst. Elinor begann, die Patienten, die vom Sauerstoff abhängig waren, auf Sauerstoffflaschen umzukoppeln, damit sie notfalls in die psychiatrische Abteilung im Haus nebenan verbracht werden konnten. Der Essenswagen, Rollstühle und ein zusätzliches Bett wurden weggerollt, damit die Wege frei waren. Die Patienten wurden durchgezählt, und Elinor bemerkte, dass Loffe fehlte. Im besten Fall befand er sich immer noch draußen.

Sie lief ins Treppenhaus zu den Fahrstühlen, doch die waren abgeschlossen. Der Rauch war durchdringend. Sie rief nach Loffe und atmete dabei durch den Ärmel ihrer Jacke. Keine Antwort. Sie lief die Treppe zum unteren Stockwerk hinunter. Ein schwaches Klopfen aus dem verschlossenen Fahrstuhl zeigte, dass jemand da drin sein musste. Sie versuchte, ihn zu öffnen, aber vergeblich.

»Ich werde Hilfe holen!«, rief sie. Der Rauch im Treppenhaus ließ ihre Augen tränen. Jetzt war es ernst. Wenn das Feuer auf den Sauerstoffvorrat übergriff, dann war die Sache gelaufen. Überhitzte Sauerstoffflaschen können sich in veritable Bomben verwandeln. Nach so einem Knall würde kein Stein mehr auf dem andern liegen. Elinor sah alles wie im Nebel und tastete sich zurück auf ihre Station, während sie den verbotenen Gedanken, einfach davonzulaufen und ihr eigenes Leben zu retten, beiseiteschob. Sie dachte an ihre Kinder.

Um 1.32 Uhr erreichte der Notruf aus dem Universitätskrankenhaus die Notrufzentrale. Inzwischen war von allen Etagen des Hauses Rauchgeruch an die Zentrale gemeldet worden. Man wusste, dass eine Krankenschwester schwer verletzt worden war. Es hieß, das Feuer sei wie eine Lohe aus dem Wäscheschacht aufgeschlagen, und man befürchtete, dass sie den heißen Rauch eingeatmet hatte.

In der Notaufnahme herrschte Chaos. Der Rauch breitete sich schnell aus. Ein mutiger Krankenwagenfahrer kroch über den Fußboden, um die Krankenschwester zu holen, die vor dem Wäscheschacht zusammengebrochen war. Die leeren

Wäschesäcke über ihrem Kopf brannten. Die Luke stand immer noch offen, und der dicke schwarze Rauch breitete sich mit überwältigender Schnelligkeit aus. Ein Eimer mit Waschbenzin gab dem Feuer zusätzliche Nahrung.

Mithilfe eines Arztes gelang es dem Krankenwagenfahrer schließlich, den schweren Körper der Schwester herauszuzerren, und man begann, die Atemwege zu intubieren, doch dann starb sie. Ein knisterndes Geräusch wurde zu einem heftigen Knall, und der Strom war weg, als die Tür zur Elektrikzentrale nachgab. Es war stockfinster, bis die Notstromaggregate ansprangen und die wichtigsten Räume beleuchteten.

Als der Notruf bei Arvidsson eintraf, hatte man schon Transporte zum Krankenhaus Lindesberg organisiert, wohin die evakuierten Patienten gebracht werden sollten. Schnell hatte sich die Umgebung des Krankenhauses zu einem Chaos aus weiß gekleidetem Personal, besorgten Angehörigen und den Repräsentanten der Medien verwandelt. Die Fernsehkameras liefen. Es gab viele Fragen.

Weitere Patienten wurden nach Karlskoga, Västerås, Enköping und Katrineholm gebracht. Die Allgemeinheit wurde über das Radio dazu aufgefordert, die Gegend zu verlassen. Das Gelände wurde großflächig abgesperrt und der Verkehr umgeleitet, damit wichtige Transporte ungehindert in die nahegelegenen Krankenhäuser durchkommen konnten.

»Hat die Polizei nichts Besseres zu tun, als hier Videofilme zu drehen?« Eine Frau mit einem schreienden Kind auf dem Arm stand an der Absperrung direkt hinter Arvidsson. »Sie müssen doch irgendwas tun! Da sind doch schließlich Leute drin!«

»Wenn Sie nichts Dringendes im Krankenhaus zu erledigen haben, dann schlage ich vor, dass Sie mit Ihrem Kind nach Hause fahren.«

»Wir wollten in die Notaufnahme. Der Kleine hat Ohrenschmerzen.«

»Der Rauch könnte giftig sein. Kleinkinder sind sehr viel empfindlicher als Erwachsene. Wir wissen nicht genau, was da brennt, aber wenn Sie hier stehen bleiben, bringen Sie Ihr Kind in Lebensgefahr. Ich schlage vor, dass Sie nach Hause fahren und morgen Kontakt mit dem diensthabenden Arzt in der Gesundheitszentrale aufnehmen.«

»Da war besetzt. Hab nur gedacht, wir können genauso gut hier rumstehen wie zu Hause, wenn er doch die ganze Zeit nur schreit.«

Die Dummdreistigkeit neugieriger Menschen erstaunte und verärgerte ihn immer noch. Er hatte weder Zeit noch Lust, der Frau zu erklären, weshalb es nötig war, den Brand zu filmen. So hatte man nämlich die Möglichkeit, einen Täter im Bild einzufangen, falls der Brand sich als angelegt erweisen sollte. Lena Ohlsson kam heran und zog ihn aus der Menschenmenge, die jetzt immer dichter wurde.

»Ich habe gedacht, du arbeitest heute Nacht nicht«, sagte er.

»Ich war draußen und habe nach Paula gesucht, und dann habe ich im Radio gehört, was passiert ist.«

»Wir haben die Leute beisammen, die den Brand im Gebäude B zuerst entdeckt haben. Jetzt werden wir versuchen, sie zu verhören, falls das geht.« Name, Tätigkeit, Beobachtungen von ungewöhnlichen Ereignissen oder unbekannte Personen, die vor Ort waren, wurden notiert, während die Patienten in wartende Krankenwagen gerollt wurden.

Eine halbe Stunde später hatte die Feuerwehr den Brand im zentralen Putzraum und im Keller unter Kontrolle. Die Elektrikzentrale hinter dem Desinfektionsraum und das Sekretariat der Notaufnahme brannten immer noch. Alle Stationen wurden darüber informiert, wie wichtig es sei, die Türen zu den Putzräumen und die Brandschutztüren zum Treppenhaus geschlossen zu halten. Nach ewig langer Suche fand Elinor einen Feuerwehrmann, der die Tür zum Fahrstuhl öffnete, wo sie ein Klopfen gehört hatte. Als die Tür aufging, drängte sie sich an ihm vorbei. Loffe hing über der einen Armlehne des Rollstuhls. Das Nottelefon war ihm aus der Hand geglitten und baumelte an der Schnur zum Boden hinab, wo das Zigarettenpaket lag. Elinor fühlte den Puls an seinem Hals. Er lebte nicht mehr.

9 »Bisher hat der Brand zwei Todesopfer gefordert: einen älteren Mann mit Lungenkrebs und eine junge Frau, die Nachtdienst in der Notaufnahme hatte. Ungefähr dreißig Personen befinden sich nach wie vor zur Beobachtung im Krankenhaus, der Zustand von dreien ist ernst, aber stabil.«

Pyret schaltete das Radio aus. Sie hatte gehört, was sie hören musste. Das musste reichen. Sie suchten nach der Brandursache. Schon bald würden sie einen Schuldigen suchen. Zwei Tote. Rein moralisch gesehen müsste sie sich die Frage nach der Schuld stellen. Was war nötig, damit man von Schuld sprechen konnte? Ein Vorsatz und ein Schaden.

Worin bestand der Schaden? Vielleicht war der Tod das Beste, was ein Mensch erleben konnte – eine Befreiung von Verantwortung und Leiden. So gesehen war die Todesstrafe das reinste Privileg. Vorausgesetzt, dass der Mensch nicht mehr ist als sein Körper und nach dem Tod nichts mehr erleben kann. Möglicherweise könnte man den Schaden unter wirtschaftlichem Aspekt sehen, in den zahlreichen Überstunden der Polizei.

Worin bestand der Vorsatz? Wenn jeder Gedanke und jede Tat nur das Ergebnis chemischer Prozesse waren, dann gab es keinen Vorsatz und somit auch keine Verantwortung. Der Mensch war nicht mehr und nicht weniger als ein Tier und sollte nicht in höherem Maße für seine Instinkte gescholten werden als andere Wesen, die aus denselben Kohleatomen gemacht waren.

Pyret schloss die Tür zu dem kühlen Raum auf, in den niemand kommen durfte. In der Dunkelheit war Geborgenheit. Schon bald würden sie anfangen, ein Puzzle zu legen, um den Schuldigen zu finden. Aber war sie schuldig? Der Benzintank im Auto, die Streichhölzer und die Sachen von der vergewaltigten Frau, die vom Feuer zerstört und gereinigt werden mussten, hatten ihr diese Tat abverlangt. Sie hatte keine Wahl gehabt. Alles war so geschehen, wie es geschehen musste. Sie war ohne Probleme hinter einem Mann im Rollstuhl ins Krankenhaus gelangt, indem sie ihm die Tür aufgehalten hatte. Die hätte verschlossen sein müssen, aber er hatte eine Zeitung dazwischengesteckt. War das nicht ein Zeichen gewesen? Sie hatte vor der Notaufnahme gewartet, bis sich die Tür für einen Krankenwagenfahrer öffnete, der mit einem Patienten auf einer Trage zum Fahrstuhl rollte. Er hatte es eilig gehabt und sie kaum bemerkt. Noch ein Zeichen.

Drinnen in der Notaufnahme hatte sich die Aufmerksamkeit des Personals vor allem auf die Schlägerei zwischen zwei Gruppen junger Männer konzentriert, die gekommen waren, um ihre Messerstiche verarzten zu lassen. Nach einigen provozierenden Schimpfwörtern war das Handgemenge wieder aufgenommen worden. Einer der Männer hatte ein Messer dabeigehabt. Die anderen hatten im Flur nach möglichen Waffen gesucht. Sie war unbemerkt hineingekommen und hatte sich ebenso unbemerkt wieder entfernt, nachdem sie ihr Werk vollendet hatte. Jetzt verspürte sie nur noch große Müdigkeit und Zufriedenheit.

Pyret betrachtete die Fotos des Mannes, der mehr als irgendein anderer ihre Gedanken fesselte. Die Wände waren mit Zeitungsausschnitten tapeziert, die die großen Taten des Frank Leander feierten. Im neuesten Artikel hieß es, dass er für seinen heldenhaften Einsatz in der Forschung einen Preis erhalten solle. So hatte der Journalist es formuliert: Preis für heldenhaften Einsatz.

Eine Erinnerung tauchte auf. Das schöne Karussell mit den weißen Pferden und der Musik drehte sich, dass man schon vom Anschauen ganz wirr im Kopf wurde. Pyret wäre so gern mitgefahren, aber sie hatte sich nicht getraut, Mama aus den Augen zu lassen. Nun saßen sie zusammen auf einer Holzbank im Brunnsparken. Mama mit der Flasche, die in einer Papiertüte versteckt war. Ihre Stimme war sanft und ruhig. Die Sonne schien auf ihrer beider nackte Beine. Die Bäume beschatteten den Rest des Körpers, und in der Kälte bekam sie eine Gänsehaut. Plötzlich packte Mama sie fest um die Schultern.

»Guck mal! Siehst du den Mann dort drüben, der das kleine Mädchen an der Hand hat? Jetzt hebt er sie auf das

Pferd. Sie sieht in dem weißen Kleid aus wie ein Baiser. Siehst du ihn?«

»Was ist mit ihm?«, hatte sie gefragt.

»Nichts. Nein, gar nichts.«

10

Per Arvidsson stand am Fenster und schaute über die Stadt. Von seiner Wohnung ganz oben aus hatte er eine herrliche Aussicht nach Osten, von dem burgähnlichen Gebäude der Rudbecks-Schule bis hin zum schwarzen Wasser des Hjälmar-Sees. Mit einer langsamen Handbewegung ließ er das Whiskyglas kreisen, nippte an dem zwölfjährigen Cragganmore und wartete auf den charakteristischen rauchigen Nachgeschmack. Es gab keine bessere Belohnung nach einer höllischen Schicht.

Aus den Lautsprechern flutete Eva Cassidy mit Chuck Brown am Klavier. Per strich mit der Hand über den Eichenschrank, in dem er seine Plattensammlung aufbewahrte. Die Aufnahmen, die er am meisten liebte, besaß er sowohl auf Vinylplatte als auch auf CD. Hier waren sie alle versammelt, sein sorgfältig ausgewählter Harem: Ella, Sarah, Billie, Aretha und Mildred Bailey, ein Star, der sich im Bild leider nicht so gut machte und dann erloschen war, als das Fernsehen kam. Und schließlich die strahlende Lena Horne in ihrer Jugend. Dunkel, zartgliedrig und verlockend. Arvidsson holte das Album heraus und las den Text, obwohl er ihn schon auswendig konnte. Er war sogar mal mit Folke zu einem ihrer Auftritte nach Stockholm gefahren.

Das Foto der Jazzsängerin erinnnerte ihn an die Erscheinung am Hauptbahnhof. Verführt von der Musik und von einem guten Whisky erwärmt, war er geneigt, alles andere als brüderliche Gedanken über diese Frau zu hegen. Die Sehnsucht nach einer Frau, mehr als physische Reaktion denn als bewusste Überlegung, ließ ihn eine Weile in Träume versinken. Die Suche nach ihr in den Lokalen der Stadt war ergebnislos verlaufen. Und wie fragt man auch nach einer Fata Morgana vom Hauptbahnhof Örebro?

Arvidsson stellte ein paar Bier in den Kühlschrank. In etwa einer Stunde würden Svenne und die anderen Taxijungs zum Einweihungsfest kommen. Sie hatten sich selbst eingeladen. Er konnte sich nicht erinnern, wie das passiert war. Wie seltsam, plötzlich einen Schwager zu haben. Pernilla war in Stockholm auf der Gesundheitsmesse. Die Fragen, die Per ihr stellen wollte, mussten warten, bis sie unter vier Augen miteinander reden konnten.

Svenne und Pernilla waren ein ungleiches Paar. Sie schienen jeder sein eigenes Leben zu führen, nebeneinander her in einer wirtschaftlichen Interessengemeinschaft, in der sie Haus und Hof teilten, aber nicht das Bett. Jeder hatte im Hause eine eigene Wohnung und versorgte sich selbst mit Lebensmitteln. Was Pernilla betraf, waren es Gesundheitskost, gewissenhaft gezählte Kalorien und Mineralwasser. Für Svenne alles, was man in die Pfanne werfen konnte, und dazu ein paar Bier. Per Arvidsson wollte sich gerade eine Badewanne einlassen, als das Telefon klingelte.

»Guten Abend, hier ist Papa. Wie geht es dir?« Per hörte schon an Folkes Stimme, dass irgendwas nicht stimmte. Eine kleine Nuance der Sprachmelodie, eine etwas formellere Einleitung als sonst. Folke Arvidsson war ein sehr sparsamer Mensch, was dramatische Effekte anging. Per antwortete kurz angebunden, um so schnell wie möglich die Frage zurückgeben zu können. Die Gedanken kreisten um Britt. Ging es ihr schlechter? War etwas Ernstes passiert? Im momentanen Zustand konnte es nicht mehr lang bis zum endgültigen Abschied sein. Er konnte das mit seinem Verstand begreifen, aber das Gefühl brauchte noch etwas Zeit.

»War schon besser. Ich liege im Krankenhaus.«

»Was?«, fragte Per schwach. »Was ist denn los mit dir?«

»Nichts Schlimmes. Ich habe nur etwas Fieber.«

»Man kommt nicht ins Krankenhaus, wenn man nur etwas Fieber hat.« Arvidsson merkte, wie die Wut über den stoischen Versuch seines Vaters, seinen Gesundheitszustand zu beschönigen, in ihm hochkroch.

»Sie glauben, es ist eine Lungenentzündung.«

»Und wie geht es dir?«

»Ich bin etwas kurzatmig. Kann nicht mehr so lange Spaziergänge machen, ohne mich zwischendurch hinzusetzen. Morgen kriege ich den Bescheid, was das Röntgenbild ergeben hat.« Folke wurde von einem starken Hustenanfall unterbrochen. Arvidsson hielt den Hörer eine Armlänge entfernt und wartete mit wachsendem Unmut, dass das Geräusch abklingen würde.

»Das klingt aber gar nicht gut.«

»Jetzt geht es eigentlich. Nachts ist es schlimmer. Letzte Nacht habe ich so viel husten müssen, dass ich Blut gespuckt habe. Die Schwester im Pflegeheim fand, ich sollte mit einem Taxi zum Krankenhaus fahren. Ich war am Nachmittag da gewesen, um Britt zu besuchen. Aber ich bin mit dem Rad gefahren. Und als ich dann im Krankenhaus ankam, hatte ich 40,2 Grad Fieber.« Der stolze Unterton in der Stimme seines Vaters entging ihm nicht.

»Du bist keine dreißig mehr.« Per biss sich auf die Lippe, um nicht alles zu sagen, was er dachte. Typisch für den Alten, den Bäumeausreißer zu spielen und unnötige Risiken einzugehen, anstatt auf sich aufzupassen.

»Stimmt, nicht mehr ganz.«

Die Sorgen folgten ihm ungebeten mit ins warme Bad. Weder der Whisky noch Eva Cassidy konnten sie daran hindern. Per Arvidsson lehnte den Kopf zurück und betrachtete den Kerzenleuchter mit den angezündeten Kerzen auf der Kommode, kniff die Augen zusammen, bis die Feuerzungen in Stücke geteilt und verdoppelt wurden. Sollte er nach Hause nach Kronviken fahren? Er nahm einen Schluck aus dem Glas und ließ den Whisky langsam über die Zunge rollen. Dann gönnte er sich eine Reise zurück in seine Kindheit, über die er in den letzten Tagen nachzudenken begonnen hatte.

Den Tag über hatte eine Erinnerung Per Arvidssons Gedanken ganz besonders beschäftigt. Er war klein, vielleicht fünf oder sechs Jahre. Die Eltern standen über ihn gebeugt. Folke war gerade von der Arbeit gekommen. Das war normalerweise der Höhepunkt des Tages. Britts ängstlich flüsternder Mund zitterte vor dem Gesicht des Vaters. Per konnte kaum hören, was sie sagte. »Der Junge hat Fieber. Ich glaube, jetzt schläft er.« Per hatte die Augen öffnen wollen, es aber nicht geschafft. Erst als die Erwachsenen sich ein Stück in Richtung Fenster entfernt hatten, sah er sie, obwohl der Raum im Halbdunkel lag. Wieder die Stimme von Britt. »Der Junge macht mir solche Angst. Er hat von so komischen Sachen gesprochen, von einem Kopf, der sich von seinen Schultern gelöst hat und aufs Dach gestiegen ist. Er hat gesagt, da sei ein Mann im Zimmer gewesen.« Folke legte die Arme um sie. »Mach dir keine Sorgen. Er redet im Fieber.« Britt schluchzte laut auf. »Aber er ist aus dem Bett gesprungen und hat die Blumen am Fenster umgeworfen, um hinauszugelangen. Sieh nur, hier liegt immer noch Erde auf dem Boden. Er hat gesagt, dass ihn ein Mann hier drinnen im Zimmer gejagt habe, und dann hat er ins Bett gemacht. Das kann doch nicht normal sein. Vielleicht ist es nicht nur das Fieber.« Dann wieder Folkes brummige Stimme: »Wie meinst du das?«

Auch nach all den Jahren konnte Per immer noch die Fiebergestalten vor seinem inneren Auge aufrufen. Hatte er vielleicht denselben Traum mehrere Male geträumt? Ein Mann war hereingekommen und hatte seine Körperteile im Zimmer umhergeworfen, den Kopf, die Arme, die Beine, die Hände, die Zähne, den Rumpf und die großen Augen, die ihn mit ihren scharfen Pupillen aufspießten. Er wusste nie, von welcher Seite das Wesen sich nähern würde. Am schlimmsten war es, die Gefahr zu erkennen, aber nicht zu wissen, wann und aus welcher Richtung der Angriff erfolgen würde. Wieder Folkes Stimme: »Wie meinst du das?« Und Britts Flüstern, kaum hörbar: »Wenn er nun wird wie seine Mutter?«

In diesem Moment fügten sich die Puzzleteile zusammen. Pernillas Bericht hatte ihm den Schlüssel gegeben, wie der ängstlich wachsame Blick von Britt und ihr Misstrauen zu deuten waren. Würde er etwa verrückt werden, wie seine biologische Mutter?

Und dann war noch ein Tag aus der Vergessenheit aufgestiegen. Ein Nachmittag im Herbst des Jahres, als er in die Schule gekommen war. Er hatte am Küchentisch gesessen und die aufregenden Fächer an seiner neuen Schultasche betrachtet. »Ein Mann war hier. Er hat oben auf dem Dach gesessen. Als du im Laden warst«, sagte er, als er Britts Schritte im Flur hörte. »Ist das wahr, Per, bist du ganz sicher, dass ein Mann auf unserem Dach gesessen hat? Hat ihn außer dir noch jemand gesehen?« Sie hatte ihn plötzlich gepackt, so fest, dass es weh tat. »Du darfst mir das nicht antun. Du darfst nicht krank werden.«

Die Erinnerung an den Griff der Hände um seine Schultern hielt ihn noch lange gefangen, als das Missverständnis längst aufgeklärt war. Folke hatte den Schornsteinfeger gebeten nachzusehen, ob eine Elster unten im Schornstein ihr Nest gebaut hatte. Britts Blick, die Stimme, die Hände, die etwas von ihm erwarteten. Solch ein unbegreiflicher Gedanke. Werde nicht krank. Wie macht man das? Nimmt sich vor Ansteckung in Acht? Vor den Menschen?

Eine andere Erinnerung, ein Kinderfest. »Ich hoffe, du wirst dich gut benehmen. Mama sitzt hier. Du brauchst keine Angst zu haben. Ich sitze hier, damit du mich die ganze Zeit sehen kannst. Du musste keine Angst haben. Geh und spiel mit den anderen Kindern. Wenn jemand böse zu dir ist, dann komm zu mir und sag es mir. Gib ihnen die Hand, wenn du sie begrüßt, und sieh ihnen in die Augen.« »Ich bin Superman.« »Nein, du bist nicht Superman, du bist Per Arvidsson.« »Ich bin ein Löwe.« »Warum redest du so?« In Britts Stimme schwang Angst mit. »Ich bin ein Löwe, und ich bin groß und gefährlich.« »Hör auf, hör sofort auf. Du sollst das nicht machen. Folke, sieh ihn dir an. Ich weiß nicht mehr, was ich mit ihm machen soll.«

Was für eine Angst sie gehabt haben musste. Arvidsson schloss die Augen und fiel in einen Dämmerschlaf, bis die Melodie des Handys in sein Bewusstsein drang. Das Telefon lag im Schlafzimmer neben den Kleidern. Die ersten zwei Schnörkel von Duke Ellingtons »Missed the Saturday Dance« gingen gerade in die dritte Reprise, als er das Handy erreichte. Es klang, als hätte die Platte sich aufgehängt.

»Darf ich einen Augenblick stören?« Eine sanfte weibliche Stimme.

»Kommt drauf an.« Da wollte ihm jemand am Telefon was

verkaufen. Verdächtig freundlich. Er hätte nicht rangehen sollen. Das Display zeigte »Unbekannte Rufnummer«.

»Wollen Sie Geld verdienen?« Ein unerwarteter Anfang. Nicht schlecht.

»Im Moment eigentlich nicht. Ich lag gerade in der Badewanne.«

»Wie schön, eine eigene Badewanne zu haben. Eine ausgezeichnete Methode, sich zu entspannen. Wenn ich hier heute Abend Schluss habe, werde ich mir auch ein Bad gönnen. Aber da ich Sie jetzt schon mal am Apparat habe, würde ich Sie doch gern fragen, wie es um Ihren Versicherungsschutz bestellt ist. Es dauert nicht lange, und man kann da richtig viel Geld verdienen.«

»Sorry, bin nicht interessiert.« Arvidsson hatte schon den Finger auf dem roten Knopf.

»Warum?« Die Stimme klang ein wenig verletzt, und Arvidsson fand, dass er der Höflichkeit halber noch auf die Frage antworten sollte. Das war aber die letzte. Die allerletzte.

»Ich bin mit meinem Versicherungsschutz zufrieden.«

»Woher wollen Sie das wissen? Vielleicht sind Sie nach Strich und Faden betrogen worden. Wenn Sie nun viel zu viel bezahlen? Wenn ich Sie ein paar Sachen fragen darf, dann haben Sie selbst die Möglichkeit, unser gutes Angebot mit Ihrer derzeitigen Versicherung zu vergleichen.«

Es war ihre Stimme, die ihn rumkriegte, ein sanfter, melodischer und leicht verführerischer Klang. Die Stimme eines Profis. Hinterher fand er es unbegreiflich. Es war ihm sogar eine kleine Prämie versprochen worden, ein eigens entworfener Werbekuli, und er hatte sich überschwänglich dafür bedankt. Wie bescheuert konnte man eigentlich sein? Wie besessen von Frauen? Eine warme weibliche Stimme, und jedes Nein wurde zu einem Ja, wenn das Verlangen wie ein glühender Klumpen im Unterleib lag.

Die meisten Männer in seinem Alter hatten Frau und Kind und Auto und Haus, während er selbst Erscheinungen hinterherjagte. War er nicht erst heute Nachmittag das gesamte Autoregister durchgegangen, auf der Jagd nach der Besitzerin eines schwarzen BMW, von dessen Kennzeichen er sich nicht eine einzige Ziffer gemerkt hatte? Ohne Ergebnis, genau wie alle früheren Versuche in dieser Richtung. Es war ja noch nicht einmal sicher, dass sie in Örebro wohnte. Vielleicht war sie ja nur auf der Durchreise gewesen.

Als Svenne und die Jungs eine Stunde später kamen, hatte er seine Niederlage im Kampf mit der Versicherungsfrau schon vergessen. Die letzte Nummer des »Orchesterjournals« war in den Zeitschriftenständer geräumt. Das Öl fürs Fleischfondue blubberte, das Zubehör stand auf dem Tisch, und das Bier war gut gekühlt.

Svenne hatte als Einzugsgeschenk eine ganze Tüte mit Bierdosen mitgebracht. Die billigste Sorte, vermutete Arvidsson. Er hatte die Tüte hinter den Lautsprecher geschleppt, in der Hoffnung, den Mist nicht trinken zu müssen. Mit etwas Glück würde sein eigenes Bier reichen, bis es an der Zeit war, in die Kneipe weiterzuziehen. Am liebsten hätte er ein Glas Rotwein getrunken, aber die Jungs hatten ihn ziemlich seltsam angeschaut.

»Beaujolais – das klingt ja wie eine Krankheit. Im Sommer hatte ich einen Anflug von Beaujolais, verdammt ansteckend. Nette Wohnung übrigens. Und bei deiner Anlage hast du dich ja auch nicht lumpen lassen.« Svenne machte eine Handbewegung zur anderen Hälfte des Zimmers, wo Arvidsson am selben Vormittag sein Heimkino und seine Musikanlage aufgebaut hatte. »Krasser Fernseher.« Da hatte Svenne recht. Der beste in seiner Preisklasse.

»Wo gehen wir denn hin?«

»Auf Bibersafari im Jurassic Park. Wirst schon sehen«, witzelte jemand auf dem Sofa, und die anderen stimmten in sein Gelächter ein. »Der Himmel der Dinosaurierweiber. Echt wilde Frauen. Die tanzen ohne Slip drunter, verstehst du. Verzweifelt bis dorthinaus.«

»Die Freimaurerloge – da geht es ab. Nettes Personal. Gutes Essen und auch ordentliche Mengen, dass man satt wird. Da können andere von mir aus gern in ihren Gourmetlokalen hocken, mit zwei Spargeln über Kreuz auf einem Spiegel aus gehackter Schnecke. Zu Hause kann ich mir noch nicht mal ein paar Eier braten, ohne dass Pernilla dasteht und mir die Kalorien vorzählt. Ein Mann hat ein Recht auf seine Wampe. Ich sag dir, die muss man einsetzen können, wenn man an den Wochenenden die Leute von den Kneipen nach Hause fährt.«

Svenne nahm einen Schluck Bier und unterdrückte einen ausgewachsenen Rülpser. In Hinblick auf die abendliche Jagdsaison hatte er sich so stark einparfümiert, dass man meinen könnte, es handele sich um die Jahresration irgendeines billigen Diesels aus dem Schlussverkauf. Per hielt den Atem an, während er zuhörte.

»Als Taxifahrer ist man nämlich die letzte Chance für die Übriggebliebenen. Letztes Wochenende hatte ich Nachtdienst, und da war eine Frau, die hat mich gefragt, ob ich nicht mit ihr nach Hause kommen will. Geht nicht, hab ich gesagt. Warum denn? Wann hast du Schluss?, hat sie gefragt. Um vier, habe ich geantwortet, und ehe ich noch was sagen konnte, hatte sie ihre Ersatzschlüssel auf den Beifahrersitz geworfen und war in der Tür verschwunden. Und nun wusste ich nicht, wie ich das Ganze händeln sollte. Also, was ich mit den Schlüsseln machen sollte.« Vom Sofa kamen wissende Zurufe. »Nein, nein, ich wollte ja gar nicht. Aber sie musste ja irgendwie ihre Schlüssel zurückkriegen, also bin ich nach meiner Schicht zu ihr gefahren. Die Haustür stand offen, und ich bin die Treppe raufgeschlichen, ohne das Licht anzumachen. Drei Treppen rauf und dann rechts, hatte sie gesagt. Ich tastete mich vorwärts und ließ die Schlüssel dann leise in den Briefschlitz fallen. Dann rannte ich so schnell ich konnte. Als ich auf die Straße rauskam, rief sie vom Balkon aus hinter mir her. Ich drehte mich um. Ja, verdammt, da stand sie in so einem durchsichtigen Ichweißnichtwas und schrie: Ich habe mich nach dir gesehnt! Die ganze Nacht habe ich mich nach dir gesehnt!«

»Weiß Pernilla davon?«, fragte einer.

»Na klar. Ich glaube sogar, die Frau hat ihr ein wenig leidgetan. Pernilla hat vorgeschlagen, dass wir zusammen hinfahren, damit sie nicht so einsam ist.«

Der Geschichte folgten weitere, eine saftiger als die andere. Geburten, bei denen man darüber diskutierte, ob man nun für einen oder für zwei Passagiere bezahlt nehmen sollte, und auch die eher makaberen Erzählungen. Einmal hatte ein neu angestellter Fahrer einen alten Mann mitgenommen, der einen Behindertenausweis hatte und seine Schwester in der Stadt besuchen wollte. Nach einer Weile setzte der Fahrer völlig aufgelöst einen Notruf ab. Der Mann neben ihm reagierte nicht mehr auf Ansprache und ließ den Kopf auf seltsame Weise hängen. »Was soll ich tun?«

»Kein Problem«, hatte Svenne geantwortet, um ihn zu beruhigen. »Fahr in die Notaufnahme, da kümmern sie sich um ihn.«

»Aber ... aber er ...«

»Fahr einfach mit ihm zur Notaufnahme. Die kriegen das schon hin. Du musst ihn nur hinfahren.«

»Aber er hat ja noch nicht bezahlt! Er ist schließlich tot. Wo kriege ich denn jetzt bloß mein Geld her?«

11

Weil sie aus irgendeinem unerfindlichen Grund versäumt hatten, einen Tisch zu bestellen, mussten sie im Herbststurm Schlange stehen. Der Wind zerrte an den Bäumen, und die gelben Blätter segelten in fröhlichen Runden über dem dunklen Wasser des Svartån. Das Licht der Straßenlaternen spiegelte sich darin und wurde, als der Wind die Wasseroberfläche kräuselte, in glitzernde Prismen aufgesplittert, wie abstrakte Graffiti in Neonfarben.

Aus der Freimaurerloge strömten Gelächter und Musik. Eine Frau mit langem, dunklem Haar stellte sich auf die Treppe und hielt die Hand gen Himmel, um zu fühlen, ob es immer noch regnete. Einen kurzen Moment lang, während ihr Gesicht noch im Dunkeln lag und bevor sie eine Zigarette anzündete, bildete sich Arvidsson ein, dass es die Erscheinung vom Hauptbahnhof sein könne.

Svenne regte sich über den Preis an der Garderobe auf. Für Stammkunden sollte der doch ermäßigt sein. Arvidsson verlor die anderen aus dem Blick und folgte versehentlich einer anderen Gruppe in den oberen Stock. Ziemlich angetrunken versuchte er, sich auf das zu konzentrieren, was vor ihm lag. Mit jedem Schritt erstarb die Tanzcombo-Musik etwas mehr und wurde durch Jazztöne ersetzt. Es dauerte nicht lange, da erkannte er »Ain't missbehavin'«. Das Klavier, eine Trompete und der Rhythmus der Trommeln schoben ihn nach vorn. Die Stimme, glockenrein wie die Sarah Vaughans, sog ihn förmlich an. Die Musik erfüllte ihn voller Wehmut, schön und warm.

Er blieb in der Türöffnung stehen und blockierte den Ein- und Ausgang, wurde geknufft und merkte es nicht. Die Sängerin, eine füllige Person um die fünfzig, blinzelte ihm zu und lächelte ein wenig über seine Faszination, während die Trompete in ein Solo überging. Als der letzte Ton des Stücks durch den Raum vibrierte, stand er direkt vor der Bühne und applaudierte wie ein Besessener. Kurz darauf wurde er unsanft und erbarmungslos durch die Tür geschoben.

»Das hier ist ein privates Fest.« Da schlug die Tür zum Paradies vor seinen Augen zu. Und genau in dem Moment, in der Sekunde, als die Tür zufiel, sah er sie an einem der Tische sitzen. Die Erscheinung vom Bahnhof. Sie unterhielt sich eifrig mit einem älteren Mann. Er hatte den einen Arm über die Rückenlehne ihres Stuhls gelegt.

»Wie heißt sie?«, fragte Arvidsson den Wachmann am Eingang. Es herrschte kein Zweifel, wen er meinte – sie überstrahlte alles. Die Augen des muskelbepackten Riesen vor ihm betrachteten ihn und bekamen ein neckisches Glitzern.

»Na, das wüsstest du gern, was?«

»Ja.«

»Die ist nichts für dich, Mann. Die ist …«

»Wie heißt sie?«

»Wenn du mir versprichst, dich ruhig zu verhalten und dann schön runter zum Fußvolk zu gehen, dann sag ich es dir. Aber dann lässt du für den Rest des Abends mal die Luft raus, okay?«

»Okay.«

»Felicia.«

»Nachname?«

»Wäre mir an deiner Stelle ziemlich egal. Und jetzt hau ab, ehe ich dich rauswerfe.«

»Danke.«

»Da nicht für.«

»Wo warst du denn? Wir haben uns schon gefragt, ob dir was passiert ist.« Svenne sammelte Per mit einer Umarmung auf und lenkte ihn zu dem Tisch, an dem die andern saßen.

»Da oben. Ich hatte eine Erscheinung.« Per lachte, als er Svennes verständnisloses Gesicht sah, und als er einmal angefangen hatte zu lachen, konnte er nicht mehr aufhören. »Eine fast religiöse Erscheinung.«

Pers Tränen rannen, und je erstaunter Svenne ihn ansah, desto lustiger wurde alles. Am Ende konnte er nicht mehr aufrecht stehen, weil seine Bauchmuskeln sich so verkrampften. Er sank an den nächsten Tisch, wo eine Frau allein saß und mit einem Feuerzeug spielte. Sie kokelte die Serviette ein wenig an, löschte anschließend die Glut im Teller und sah dabei richtig sauer aus, was die Sache nicht weniger komisch machte.

»Was du auch gesoffen hast, jetzt mach mal halblang, ja? Sonst fliegst du raus. Guck mal, der Wachmann da drüben checkt dich schon ab, merkst du das nicht? Per, verdammt, reiß dich zusammen.« Svenne sah ihn streng an. Als ob man auf Befehl aufhören könnte. »Jetzt benimm dich mal so, dass wir uns nicht für dich schämen müssen.«

Svenne klang wie eine Mutti, wie Britt. Jetzt schüttelte er den Kopf mit demselben ruckartigen Klappen, mit dem man ein Fieberthermometer runterschlägt. Arvidsson sah, wie er davonging, um sich bei den anderen Hilfe zu holen. Das Lachen blubberte hoch und kochte wieder über, während er das Bier runterkippte, das Svenne für ihn an der Bar geholt hatte. Eigentlich wusste er schon gar nicht mehr, was so rettungslos komisch war. Vielleicht war es einfach nur eine besondere Art Glück. Die Erscheinung hatte einen Namen bekommen, sie hieß Felicia. Er versuchte, Felicia mit anderen Nachnamen zu verbinden. Felicia Hamilton, Felicia af Sparre, Felicia Lind, so wie Cecilia Lind in dem Lied.

In seinem nebulösen Zustand konnte Per Arvidsson gerade noch ein sausendes Geräusch vernehmen, ehe eine Handtasche durch die Luft geflogen kam und ihn mit ihrer harten Schnalle an der Stirn traf. Dann eine schallende Ohrfeige und ein erneuter Angriff mit der Handtasche. Es dauerte eine Weile, bis er begriff, dass die finstere Person, die in der Ecke gesessen und an einem Martini Bianco genippt hatte, Bella mit der Blaubeermütze war, die er im Zug nach Örebro getroffen hatte. Zurzeit allerdings ohne Blaubeermütze.

Arvidsson schützte sein Gesicht mit der Hand und versuchte, sie mit der anderen abzuwehren. Obwohl die Musik auf voller Lautstärke dröhnte, konnte er hören, was sie zwischen den Schlägen hervorzischte. Die Wörter gehörten zum Gröbsten, was er seit Langem gehört hatte, und die Schläge mit der Tasche waren härter, als man meinen sollte.

»So, jetzt aber mal langsam.« Ein Wachmann brachte die Frau mit einem effektiven Griff zum Schweigen. »Ich muss Sie bitten, mir nach draußen zu folgen.«

»Ich habe gar nichts gemacht, verdammt. Mein Mann hat angefangen. Er schlägt mich und verbrennt mich mit Zigaretten.« Zu Arvidssons Bestürzung zeigte sie direkt auf ihn. Die Lüge war unglaublich.

»Ich bin nicht ihr Mann. Wir haben uns erst ein Mal zufällig gesehen.«

»Streiten können Sie sich zu Hause.« Ein weiterer Wachmann legte seine große Hand auf Arvidssons Schulter. »Hab ich dir nicht gesagt, du sollst Ruhe geben?« Einen Moment lang erwog Per, seine Polizeimarke zu zeigen, tat es dann aber nicht. In der letzten Zeit hatte es allzu viele Gerichtsverfahren gegeben, in denen es genau darum ging, dass man seine Marke am falschen Ort aus der Tasche gezogen hatte, vor allem im Nachtleben.

»Schmeiß ihn raus, verdammt. Er hat angefangen.« Trotz des relativ guten Reaktionsvermögens des Wachmanns konnte Bella einen Volltreffer mit der Handtasche landen.

»Haben Sie nicht alle Tassen im Schrank?« Jetzt hatte Arvidsson langsam die Nase voll, packte ihren Arm und zwang sie, die Tasche loszulassen. Unter lautstarken Protesten wurden die beiden Delinquenten zum Ausgang geführt.

Ein Unglück kommt selten allein. Per sah über die Schulter, um zu sehen, ob Svenne mit rauskam. Das tat er. Arvidsson ließ seinen Blick über das übrige Publikum schweifen. Da war sie! Hoch oben auf dem Balkon stand die Erscheinung in einem blendend weißen Kleid und wurde Zeuge seiner Erniedrigung. Arvidsson verspürte plötzlich im ganzen Körper Mattheit. Die Luft wurde zu dünn zum Atmen. Der ältere Mann hielt immer noch den Arm um ihre Schultern. Ihr Blick verfolgte das Schauspiel. Nichts konnte ungeschehen gemacht werden. Ohne ihr etwas erklären zu können, wurde Per Arvidsson zusammen mit der unberechenbaren Blaubeerfrau in die herbstliche Dunkelheit abgeführt.

»Mein Mann schlägt mich. Er ist so wahnsinnig eifersüchtig«, erklärte sie draußen auf der Treppe, ehe ihnen die Tür vor der Nase zugeschlagen wurde.

»Was soll denn das? Wie können Sie nur behaupten, ich sei Ihr Mann? Sie sind doch total durchgeknallt!«

»Schlagen Sie mich nicht. Ich friere, und ich bin einsam. Niemals will jemand mit mir nach Hause gehen. Ich muss immer den ganzen Abend allein herumsitzen. Keiner fordert mich auf. Keiner redet mit mir. Hätten Sie mich denn mal zum Tanzen aufgefordert? Hätten Sie überhaupt gesehen, dass ich da bin? Nein. Sie haben mich nicht mal wiedererkannt. Es gibt mich nicht. Alle anderen finden jemanden. Aber mich will keiner. Keiner!«

»Stimmt vermutlich.« Was sagt man denn da?

»Mir ist schlecht.« Ehe Arvidsson den Angriff abwehren konnte, hatte sie auf seine Schuhe und Strümpfe gekotzt. »Meine Freunde nennen mich den Goldenen Hosenladen. Wollen Sie ein wenig mit mir mitkommen? Wir könnten es uns etwas gemütlich machen«, sagte sie, als sie mit dem Würgen fertig war.

»Auf gar keinen Fall.«

»Ich glaube nicht, dass ich es allein nach Hause schaffe. Können Sie nicht nett sein und mir helfen?« Die Stimme klang unterwürfig und jämmerlich. »Gehen Sie nicht weg! Mir geht's so schlecht. Ich werde mich totfrieren, wenn ich heute Nacht draußen bleibe. Vielleicht muss ich wieder kotzen und werde ohnmächtig und sterbe, weil ich die Kotze einatme.«

»Ich rufe ein Taxi, und dann müssen Sie selbst klarkommen.«

»Ich hab kein Geld. Und ich friere. Wissen Sie, wie es sich anfühlt, allein einzuschlafen und allein aufzuwachen und zu wissen, dass das Leben nur den anderen passiert? Wissen Sie, wie es ist, bitten und betteln zu müssen, dass einen jemand berührt? Wahrscheinlich nicht. Fickbarometer auf Null. Das steht mir auf die Stirn geschrieben.«

Arvidsson setzte sich ans Flussufer und spülte seine Schuhe und Strümpfe ab. Dachte vernebelt an Felicia, die oben auf dem Balkon gestanden und das ganze Elend mit angesehen hatte. Das Leben fühlte sich so unsäglich schwer an. Worte des Trostes halfen nicht viel, jetzt wo der Traum von Felicia verloren war. Svenne und die Jungs hingen über ihm und diskutierten den Verlauf der Ereignisse aus allen denkbaren Perspektiven und mit einer Fröhlichkeit und einem Detailreichtum, als handele es sich um eine Elchjagd. Das Taxi ließ auf sich warten. Da beschlossen sie, nach diesem unterhaltsamen Abend jeder zu sich nach Hause zu gehen.

»Es ist ja keine richtige Party, wenn man nicht am nächsten Tag seine Unterhosen versenken muss«, sagte einer, als Arvidsson seine besudelten Strümpfe in den Papierkorb an der Brücke warf. Bella hing auf dem Brückengeländer und rauchte. Svenne verabschiedete sich, und sie gingen auseinander.

Warum war es so unmöglich, eine wie Felicia zu kriegen, fragte sich Per. Könnte es sein, dass man von vornherein dazu verdammt war, allein zu leben? Er war ja nicht hässlich, jedenfalls nicht hässlicher als irgendeiner von den anderen Jungs, die jetzt nach Hause zu einem warmen Schoß gingen. Hochgewachsen, ein wenig zu dünn, rothaarig, ein ganz leichter, aber attraktiver Silberblick. Das Aussehen war nicht der Hinderungsgrund, sondern etwas anderes, etwas Unbegreifliches.

Es war selten der erste Schritt, der erste Blick, der das Problem darstellte. Das Hindernis kam in Phase zwei. Eine unerklärliche und völlige lähmende Schüchternheit, wenn man sich zum zweiten Mal traf und sich schon ein wenig kannte. In der unrealistischen Erwartung des Perfekten lag das Problem. Er selbst wollte perfekt sein, sie musste perfekt sein, und der Moment sollte perfekt werden. Warum konnte er sich nicht einfach mit dem Akzeptablen zufriedengeben?

Das Unkomplizierteste wäre wahrscheinlich, eine Nacht mit einer Frau zu verbringen und sie dann nie wieder zu treffen. Aber wie wollte man das schon wissen? Es konnte immer passieren, dass man sich zufällig noch einmal begegnete und sich dann verpflichtet fühlte, etwas fortzusetzen, das falsch wäre. Vielleicht ließ der Scheich in »Tausend und eine Nacht« deshalb alle seine Frauen hinrichten, weil er nicht wusste, wie er in Phase zwei weitermachen sollte. Bis es eine Frau gab, die die Kunst beherrschte, zu reden und Nähe zu schaffen. Eine Frau, die ihn dazu brachte, sich selbst und den Gedanken an das Perfekte zu vergessen. Warum konnte er nicht einfach so sein wie die anderen, einfach mal anfangen und dann sehen, wie sich die Sache entwickelte? Was hatte er schon zu verlieren?

»He, kommst du mit? Damit ich die Treppe raufkomme. Wir müssen uns dann auch nicht wiedersehen, wenn du nicht willst. Das Taxi wartet. Kommst du?«, fragte Bella. Sie hatte den Reißverschluss ihres Strickjäckchens heruntergezogen und entblößte ihre Brüste bis zur Schamgrenze. Im Licht der Straßenbeleuchtung wirkten sie fast durchsichtig, weiß und zusammengedrückt. Sie erinnerten ihn am ehesten an einen Kinderpopo, dachte er.

Arvidsson stellte sich vor sie, zog den Reißverschluss bis zum Kinn hoch und legte seine Jacke um ihre Schultern.

Das, was dann geschah, kam ihm hinterher völlig unbegreiflich vor. Bei Tageslicht konnte es auf ein einziges Wort reduziert werden: Reue.

12 Der Arbeitstag hatte für Per Arvidsson hauptsächlich aus Verhören mit den Zeugen des Brandes im Universitätskrankenhaus bestanden. Bei der Besprechung am selben Morgen hatte Stensson schon einige Punkte aus dem vorläufigen technischen Protokoll bereitgehalten. Im Wäschecontainer, in dem der Brand ausgebrochen war, hatte man neben krankenhauseigener Kleidung und Bettwäsche die Reste eines Ledergürtels mit einer ungewöhnlichen, geschmiedeten Schnalle gefunden sowie die fast völlig verbrannten Reste eines geblümten Stücks Stoff, das neben die Containerwand gefallen war. Reste von Benzin wiesen mit großer Sicherheit auf Brandstiftung hin. Doch gab es noch keine Spur vom Täter.

Als Arvidsson und Ohlsson um die Mittagszeit die Nygatan entlangfuhren, um eine weitere Schwesternschülerin zu befragen, die in der betreffenden Nacht in der Notaufnahme gearbeitet hatte, kam ein Anruf über Funk.

»2014 bitte 20. Diebstahl in der Kosmetikabteilung von Åhléns. Können Sie eine Anzeige aufnehmen?«

»Sind gleich da.« Lena saß plötzlich kerzengerade auf dem Beifahrersitz. Per musste sie nicht ansehen, um ihre Unruhe zu spüren. »Es muss doch nicht Paula sein«, sagte er.

»Nein.«

»Lass uns nach der Schicht ein Bier trinken gehen, wenn du Zeit hast. Ich glaube, du könntest mal eine Pause gebrauchen.«

»Gut möglich.«

Die Idee, nach der Arbeit ausgerechnet ins Royal Arms zu gehen, war der Hoffnung entsprungen, dort vielleicht einen Blick auf Felicia zu erhaschen, aber das verschwieg Per lieber, denn es wäre Lena gegenüber unfair gewesen. Svenne hatte fachmännisch verkündet, alle Singles von Örebro pflegten sich in voller Kriegsbemalung im Royal zu versammeln. Wenn er heute Abend richtig Glück hatte, dann würde Felicia dort sein.

Per holte das Bier und lehnte sich abwartend mit dem Rücken an die Wand. Das laute Lachen und die übereifrigen Gesten erinnerten ihn an Theater. Man schauspielerte und hatte doch Schwierigkeiten, die richtige Rolle zu finden – das machte ihn bei solchen Gelegenheiten immer verspannt. Jäger oder Beute? Interessante Menschen wurden in dem lauten Gemisch von Musik und Stimmen auf ihr Aussehen und im besten Fall auf Zweiwortsätze reduziert. Blicke, die abschätzig auf Körpern ruhten. Lach mal, damit ich sehen kann, ob du schöne Zähne hast. Rein mit dem Bauch. Raus mit der Brust. Die Muskeln spielen lassen. Und dann die Fragen, die unterschwellig aus den Blicken sprachen: Bin ich gut genug? Darf ich dich auf einen Drink einladen? Kann ich hinterher mit dir ins Bett gehen? Kommst du oft hierher? Wie verzweifelt bist du auf der Suche?

Arvidsson blieb an der Wand stehen und verweigerte den Blickkontakt. Er wollte sich nicht auf Frauen einlassen, die sich in diesem Supermarkt zeigten, wo nur die Augen die Werte bestimmten. Doch dann wanderten seine Gedanken weiter zu Felicia, und er erkannte seine eigene Fixierung auf eine Erscheinung, deren bislang einziger Pluspunkt ihr Aussehen war mit einem vollkommenen, wunderbaren Lächeln.

Lena unterhielt sich an der Bar mit einem Verkäufer. Sie strich sich über den Hals. Schob das Haar hinter die Ohren und blinzelte mehr, als es der Rauch erforderlich machte. Der Verkäufer schirmte sie und zwei kleine Blondinen mit seiner Körpermasse ab. Arvidsson hatte dieses Phänomen schon einmal gesehen, und zwar in einer Fernsehsendung über Seehunde. Der männliche Seehund bekommt alle Weibchen, auf denen er gleichzeitig liegen kann. So haben manche von ihnen mehrere Weibchen gleichzeitig, andere kriegen gar keine ab. Felicia war nicht zu sehen. Lena hatte einen Paarungstanz begonnen.

Per fühlte sich im Stich gelassen und setzte sich an die Bühne, um dem Standup-Comedian des Abends bei seinen Ausführungen über die Gleichberechtigung zu folgen.

Die Nacht im Schein der Straßenlaternen war sanft und dunkelblau, als sie die Kneipe verließen. Der Auftritt war absolut okay gewesen, und Per war trotz allem ganz zufrieden.

»Ich werde niemals einen Mann kriegen, und ich versuche

jetzt, mich an den Gedanken zu gewöhnen«, sagte Lena, während sie in die Sturegatan einbogen.

»Wie kommst du denn darauf?« Per war aufrichtig erstaunt über ihre freimütigen Worte.

»Erfahrung. Ich lerne in der Kneipe jemanden kennen. Wir flirten ein bisschen. Er ruft an. Wir treffen uns bei ihm zu Hause. Es wird Ernst. Ich stelle ihn Paula vor. Dann ist Schluss. Sie lässt keinen Mann über die Schwelle. Ich komme mir vor wie die Jungfrau im Turm. Es gibt niemanden, der sich traut, bis ganz nach oben zu klettern.«

»Willst du mir von Paula erzählen? Was ist denn los mit ihr? Warum kann sie nicht allein wohnen?«

Lena schwieg eine Weile und wog ihre Loyalität gegenüber Paula gegen die Erleichterung ab, von der Belastung erzählen zu können. »Paula leidet unter einer Entwicklungsstörung. Mama war Alkoholikerin. Als sie mit Paula schwanger war, hat sie eine ganze Menge getrunken. Paula ist ein Nachkömmling. Wir sind vierzehn Jahre auseinander. Der Arzt in der Kinderklinik hat gesagt, Paula sei ein Beispiel wie aus dem Lehrbuch dafür, welche Schäden Alkohol bei einem Ungeborenen anrichten kann. Ich habe gehört, wie er das zu Mama gesagt hat.«

»Es ist zynisch, so etwas zu sagen.«

»Ja, aber wahr. Das Problem, das ich jetzt habe, ist, Paula von Drogen und kriminellen Gangs fernzuhalten. Früher oder später hättest du das sowieso erfahren. Sie fixt. Nimmt Amphetamine. Lässt sich sexuell ausnutzen. Haut ab. Es ist schon passiert, dass ich mich mehrere Tage lang habe krankschreiben lassen, um sie bei unseren schlimmsten Klienten zu suchen. Im Moment habe ich einen Praktikumsplatz für sie gefunden. Sie hilft einer Putzfrau im Krankenhaus, deshalb kann ich momentan ein wenig durchatmen. Keine Ahnung, wie lange noch. Ich weiß ja nicht, wann es wieder knallen wird. Wie soll ein anderer Mensch mich ausreichend lieben können, um ein solches Leben zu teilen?«

»Gibt es denn keine Möglichkeit, dich zu entlasten, einen Platz in einer betreuten Wohngemeinschaft vielleicht? Hast du keine Geschwister, die dir helfen können?«

»Nein.«

Per hatte das Gefühl, mehr sagen zu sollen, etwas Tröstendes, aber die Worte, die er zu formulieren versuchte, schienen nicht richtig.

Sie verabschiedeten sich mit einer freundschaftlichen Umarmung vor Lenas Tür an der Villagatan. Ihre Hand blieb einen kleinen Moment lang in seiner liegen, ehe sie losließ. Sie zögerte in der Türöffnung, und einen Augenblick dachte Arvidsson, sie würde ihn mit hineinbitten, aber sie sagte nichts. Dann schloss sie mit einem seltsamen kleinen Lächeln die Tür.

Einen Moment lang blieb er im Schein der Straßenlaterne stehen. Dann warf er einen Blick auf das Haus, um es sich einzuprägen, falls er noch einmal hierherkommen würde. Im Fenster zur Straße hin konnte er eine untersetzte Frau mit dicken Brillengläsern und Pferdeschwanz an der Spüle stehen sehen. Auf den ersten Blick nicht mehr als ein Kind. Hinter ihr in der Türöffnung tauchte Lena auf. Sie umarmten einander. Paula nahm eine Haarbürste heraus, und Lena begann ihr mit langen Strichen das Haar zu bürsten. Paula schien ununterbrochen zu reden. Lena lachte und steckte die Haare zu einem lockeren Knoten auf und ließ die Finger darüber gleiten. Es gefiel ihm, was er sah. Zwischen den beiden herrschte eine Wärme, die er aus Lenas Erzählung nicht hatte heraushören können. Sie waren trotz allem eine Art Familie.

Da er sowieso in der Nähe war, beschloss er, bei den Lichtverhältnissen, bei denen der Überfall im Stadpark geschehen sein musste, noch mal einen Blick auf den Tatort zu werfen. Es war schon seltsam mit dieser Frau, die einfach verschwunden war. Der anonymen Zeugin zufolge war sie entkleidet und bewusstlos gewesen, um nur einen Augenblick später spurlos verschwunden zu sein. Im Krankenhaus war angeblich keine misshandelte Frau eingeliefert worden. Er würde kaum herauskriegen, ob das stimmte oder ob sie Geheimhaltung verlangt und beschlossen hatte, den Übergriff nicht anzuzeigen. Vielleicht war sie in dem Durcheinander, das der Brand verursacht hatte, in eines der Krankenhäuser im Umkreis gebracht worden. Die Frage, was wohl mit der misshandelten Frau geschehen war, ließ ihm keine Ruhe.

Der Weg durch den Stadtpark war nicht der direkte Weg nach Hause, aber er würde ohnehin nicht gleich schlafen können. Als er erst einmal mit Lena allein gewesen war, hatte er so leicht mit ihr reden können. Einfach und ungezwungen, als wäre sie ein männlicher Kollege. Gleichzeitig wuchs in ihm die starke Überzeugung, dass er sich niemals in sie verlieben würde. Beim besten Willen nicht. Schwer zu erklären, warum.

In der Bertil-Waldéns-Gata mit ihrer alten Bebauung aus roten Holzhäusern weckte ein Schild mit dem Schriftzug *Freudenhaus* seine Aufmerksamkeit. Bei näherem Hinsehen durch die Scheibe entdeckte er, dass es sich um einen Laden mit Kunsthandwerk handelte. Eine große schwarze Katze strich genüsslich an seinem Bein entlang, als er an der Bronzestatue des Spielplatzes vorbeiging, die zwei Bären beim Picknick darstellte. Der eine saß, der andere streckte sich behaglich im Sand aus. Plötzlich zog eine Wolke vor den Mond, und es wurde spürbar dunkler.

Er sah die Gruppe schon aus der Entfernung. Vier schwarz gekleidete Männer. Laute Stimmen. Ausladende aggressive Gesten. Der Widerwille kam angekrochen. Umzudrehen und einen anderen Weg zu wählen wäre eine Niederlage gewesen. Er entschied sich dafür, geradewegs durch die Gruppe zu gehen, den Männern in die Augen zu sehen und zu grüßen.

»Haste mal 'ne Fluppe?« Ein grinsendes Gesicht kam provozierend nah. Sie umringten ihn.

»Tut mir leid.«

»Haste was dagegen, wenn wir selbst nachsehen?«

»Definitiv.« Er spannte jeden Muskel seines Körpers zur Verteidigung an. Ein Mann mit rasiertem Schädel und einer groben Kette um den Hals versuchte, ihm die Arme auf den Rücken zu drehen. Arvidsson wand sich aus dem Griff. Gleichzeitig schaffte er es, den Fuß zu packen, der auf halber Höhe auf ihn zukam, und das Bein so zu verdrehen, dass der Mann auf den Rücken fiel. Ein neuer Tritt nahm ihm den Atem, ein Finger im Auge machte ihn fast blind. Er schlug um sich, ohne sehen zu können.

Die Angst verlieh ihm Kraft. Ein harter Schlag traf sein Kinn, und er fiel mit dem Gesicht auf den harten Boden. Im

Fallen zog er den Größten der vier mit sich, und sie rollten ineinander verknäult herum, im Mund den Geschmack von Erde und Blut. Der Unterkiefer schmerzte, pochte und zog. Er spürte, wie ihm warmes Blut aus der geplatzten Augenbraue übers Gesicht rann. Ein starkes Gefühl von Unwirklichkeit dämpfte sein Bewusstsein. Jemand packte seine Beine und hielt sie fest. Der Mann mit dem rasierten Schädel schaffte es, sich herumzudrehen, war dann oben und setzte sich auf seinen Bauch. Die Kette schwang vor seinem Gesicht hin und her. Seine Augen glänzten schwarz im Mondlicht. Eine Hand zog den Reißverschluss von Pers Lederjacke auf und holte die Brieftasche heraus.

»Ach du Scheiße, das ist ein Bulle!« Ein weiterer Schlag auf den Kopf, und sie wurden von der Dunkelheit verschluckt. Als ihre Schritte verhallt waren, versuchte er aufzustehen, doch ihm wurde schwarz vor Augen. Auf allen Vieren kriechend suchte er Schutz in einem Gebüsch. Er wischte sich das Blut vom Gesicht und suchte in der Jacke nach seinem Handy, das er zu seiner Erleichterung gleich fand.

Das Licht schnitt in den kleinen Schlitz des eines Auges, das Per noch aufhalten konnte, als er in die ausgelagerte Notaufnahme im Gebäude B gebracht wurde. Er begegnete den ängstlichen Blicken der Mitpatienten, ehe er in einen provisorischen Behandlungsraum aus Paravents gelegt wurde.

»Die Frau Doktor kommt gleich.« Der Schmerz im Unterkiefer machte sich jetzt bemerkbar, das ganze Gesicht fühlte sich geschwollen an. »Was ist mit Ihnen passiert?« Er versuchte, klar und deutlich zu antworten, aber die Stimme klang überhaupt nicht so, wie er es sich gedacht hatte. »Wie viel Alkohol haben Sie getrunken?«

»Bier.« Er war nicht sicher, dass die Botschaft ankam, wohl aber die Assoziationen, die seine Erscheinung mit sich brachte. Im Bericht würde später stehen, dass er bei der Einlieferung unter Alkoholeinfluss gestanden habe.

»Felicia Sjögren, Ärztin.« Er griff nach ihrer Hand, und einen Augenblick lang überlegte er, wo er eigentlich gelandet war. Wäre da nicht der durchdringende Schmerz gewesen, dann hätte er die Illusion als Auswuchs seines Wunschdenkens eingeordnet.

»Ach, du bist das«, sagte er und versuchte zu lächeln, obwohl er spürte, wie die Lippe aufsprang und blutete.

»Ich werde dich in die Augenklinik schicken. Warst du ohnmächtig?« Er verneinte. Ihr Gesicht war jetzt ganz nah, und er merkte, dass sie gut roch. »Wir hätten gern die Telefonnummer deiner nächsten Angehörigen. Auf der Karte hier steht nichts.« Er dachte nach und schüttelte den Kopf, ihm war schwindelig durch ihre Gegenwart.

»Irgendein Kollege oder Freund, den wir anrufen sollten?«

»Die Polizei.«

»Du willst Anzeige erstatten?«

»Ich arbeite als Polizist.« Er war nicht sicher, ob sie verstanden hatte, was er gesagt hatte, bis er durch den schmalen Augenschlitz das Misstrauen auf ihrem Gesicht sah. Dachte man an seinen kläglichen Abgang aus der Freimaurerloge, war das kein Wunder. Eigentlich wollte er sie einfach nur küssen und umarmen, und ... Gott, war das alles kompliziert.

»Als Polizist? Gibt es denn niemanden, den wir anrufen können?«, fragte sie.

Er dachte nach. Pernilla? Nein, die hatte genug mit ihrer Arbeit zu tun. Musste vor sieben Uhr aufstehen. Die durften sie nicht mitten in der Nacht anrufen. Einen Moment lang dachte er an Lena, nahm davon aber aus taktischen Gründen Abstand. Schließlich könnte Felicia denken, dass sie ein Paar waren. Dann musste er wieder an den Abend mit den Taxijungs denken. In Felicias Augen war er sicher bereits mit dem Goldenen Hosenladen verbandelt. Lena anzurufen würde dann wie eine Form der Bigamie erscheinen. Auf der anderen Seite konnte die Sache eigentlich kaum noch schlimmer werden, als sie ohnehin schon war. Ging es überhaupt noch schlimmer? Was hatte er schon zu verlieren?

»Du bist schön«, murmelte er.

»In der Abenddämmerung bin ich am schönsten. Morgen wirst du klarer sehen.«

»Willst du mit mir essen gehen?«

»Erst müssen wir nachsehen, ob du noch alle Zähne

hast. Probier mal, ob sie noch alle an ihrem Platz sind. Am Kinn hast du ein fettes Hämatom, und die Augenbraue muss ich nähen.«

13

»Der Elch, der lachte unverdrossen im Wald, der kurz und klein geschossen«, deklamierte Pernilla, die sich erboten hatte, das Steuer zu übernehmen, als sie sich am Morgen nach Pers Krankenhausaufenthalt auf den Weg zum Nordfriedhof machten. Dort wollten sie Helens Grab besuchen.

»Warum sagst du das?«

»Weil du so aussiehst. Warum sitzt du da und grinst? Du musst einen ordentlichen Schlag abbekommen haben. Dein Verhalten ist alles andere als normal, weißt du das? Du bist gerade zusammengeschlagen worden und sitzt hier rum und grinst vor dich hin. Doch, genau das machst du.«

Per versuchte vergebens sein Mienenspiel zu kontrollieren. »Sie war in der Notaufnahme – die Erscheinung vom Hauptbahnhof, die deine Rosen bekommen hat.«

»Im wirklichen Leben oder am anderen Ende des Tunnels?«

»So wie das wehgetan hat, als sie mir ins Auge geleuchtet hat, war sie in allerhöchstem Maße lebendig. Ich habe sie gefragt, ob sie mit mir essen gehen will.«

»Flirten mit einer Krankenschwester wird mit Bettruhe und Einläufen bestraft.«

»Sie ist aber Ärztin.«

»Dann fällt die Strafe sicher noch härter aus.« Pernilla runzelte die Stirn und sah ihn streng an.

Er lachte sorglos. »Sie hat gesagt, sie würde es sich überlegen.«

»Bestimmt dachte sie, du neigst zu Gewalt. Wenn jemand nicht voll zurechnungsfähig und gewalttätig ist, dann ist es am besten, wenn man zu allem Ja sagt und ihn beruhigt. Negative Antworten verschiebt man lieber auf einen späteren Zeitpunkt. Übrigens habe ich immer noch keine Rosen bekommen, nur falls du es vergessen haben solltest.«

»Du kriegst den fettesten Draufgängerstrauß, den ich finden kann. Versprochen. Rot oder gelb?«

»Rot. Was waren das eigentlich für Leute, die dich zusammengeschlagen haben? Was meinst du, was ich mir für Sorgen gemacht habe! Warum hast du mich nicht angerufen? Du hast eine Schwester, hast du das vergessen?«

Er seufzte laut. Die Sache sollte jetzt eigentlich geklärt sein. »Es ist doch nichts Ernstes passiert.«

»Warum hast du mich nicht angerufen? Ich bin nur eine Telefonnummer entfernt und deine nächste Angehörige, und du erzählst mir nichts. Gibt es mich eigentlich in deiner Welt, oder was? Du verdammter Idiot!«

»Jetzt beruhige dich, Pernilla. Ich bin doch hier. Es ist alles in Ordnung. Wir werden sie schon schnappen.«

»Und dann? Siehst du sie vor Gericht wieder? Ist das etwa in Ordnung?«

In die Farben des Herbstes eingeschlossen standen sie dicht beieinander an Helens Grab auf dem Nordfriedhof. Ein verwelkter Kranz lag auf dem dunklen Hügel. Per sah ihn an und empfand zum ersten Mal etwas, das sich wie Trauer anfühlte. Der Himmel war hoch und blau, die Luft ein wenig kühl. Pernilla beugte sich herab und zupfte ein paar welke Blumen aus der Vase und ersetzte sie durch die Astern, die Per dabeihatte. Weinrot, Dunkelblau und Lila in einer gedämpften Farbskala.

»Es wird wohl noch ein paar Wochen dauern, ehe der Grabstein kommt. Es hat nur für einen kleinen gereicht. Nach ihrem Tod war nicht mehr viel Geld da. Um Sozialhilfe zu bekommen, musste sie erst das Haus verkaufen und das Geld verbrauchen. Sie hat ihr ganzes Leben nur sehr sporadisch arbeiten können. Einen richtigen Sarg gab es auch nicht, nur so eine Sperrholzkiste mit Deckel. Schlicht, aber doch würdevoll. Ich werde dir die Rechnungen zeigen, wenn wir wegen des Nachlasses den Termin beim Anwalt haben.«

»Das ist doch unerheblich. Was ist eigentlich passiert, woran starb sie?«

»Sie hatte Leberkrebs. Ich habe die letzten Wochen bei ihr

gewacht. Es war unangenehm. Der Geruch war unerträglich, und sie hatte solch eine Angst.«

»Warum hast du nicht früher von dir hören lassen, dann hätten wir uns abwechseln können?« Er versuchte, es nicht wie einen Vorwurf klingen zu lassen.

»So weit konnte ich gar nicht denken. Ich konnte keine Entscheidung treffen. Ich war so erschöpft. Das Praktische hat alle Kraft verbraucht und alle Gedanken ausgefüllt. Ich habe versucht, sie dazu zu bringen, etwas zu essen. Jeder kleine Bissen, den ich in sie hineinbekommen habe, fühlte sich wie ein Sieg über den Tod an, und doch wurde sie jeden Tag weniger. Sie hatte Schmerzen und bekam hohe Dosen Morphium, das machte sie ganz benebelt. Es gab auch Momente, in denen war sie ganz klar.«

»Ja«, meinte er gedehnt und wusste nicht richtig, was er sagen sollte.

»Sie wollte nicht mehr leben und hat von Sterbehilfe gesprochen. Was soll man denn sagen, wenn einen die eigene Mutter anfleht, nicht mehr leben zu müssen?«

»Ich weiß nicht. Man hofft wahrscheinlich, dass die Pflege es hinbekommt, den Schmerz zu lindern und ihr etwas Beruhigendes zu geben, und dass dies der beste Weg ins Grenzland ist.«

»Und wenn die eingesetzten Mittel nicht ausreichen, was macht man dann?«

»War es so?«, fragte er.

»Ja.« Pernilla kniff die Lippen zusammen. Er nahm sie in den Arm.

»Danke, dass du da warst, für uns beide.«

»Sie hat dich nie vergessen. Das darfst du nicht denken, auch wenn sie sich nie gemeldet hat. Sie hatte ganz einfach nicht den Mut dazu. Ich glaube, dass ihre Angst am Ende vor allem daher rührte, dass man sie gezwungen hatte, uns wegzugeben.«

»Die Medizin kann eben nicht mehr tun, als den Schmerz zu dämpfen.«

Pernilla schwieg. Ein nasses Birkenblatt klebte an ihrem einen Schuh, und sie versuchte, es abzubekommen, indem sie den Schuh im Gras rieb.

»Leben deine Adoptiveltern noch?«, fragte er.

»Ich war in insgesamt acht Kinderheimen. Ich bin niemals so wie du adoptiert worden. Wahrscheinlich habe ich deshalb beschlossen, keine Kinder zu bekommen. Svenne hätte wohl gern welche, aber für die muss er sich eine andere Mutter suchen. Das weiß er auch. Ich werde niemals Kinder in die Welt setzen.«

»Du machst trotzdem den Eindruck, alles gut hingekriegt zu haben, obwohl das Leben nicht wirklich einfach war für dich.«

»Man sieht ja nicht alles von außen, mein Herz jedenfalls nicht. Wie ist es mit deinen Adoptiveltern?«

»Mama, Britt, hat Alzheimer im Endstadium. Sie hat seit mehreren Jahren nicht mit uns gesprochen. Obwohl Folke so tut, als ob. Er sagt immer: Mama und ich meinen ... obwohl sie schon ziemlich lange nichts mehr gemeint hat. Als ich klein war, war sie diejenige von beiden, die am meisten ›meinte‹, und ich denke, das sitzt tief.«

»Wie findet Folke es, dass du hierhergezogen bist?«

»Er findet das gut. Ich war mehrere Jahre lang in eine Kollegin verliebt, habe immer gehofft, dass sie ihre ungute Ehe aufgeben und dann mich entdecken würde. Aber dazu kam es nicht. Manchmal muss man einfach akzeptieren, dass das Leben sich nicht so entwickelt, wie man sich das gedacht hat. Sie heißt Maria Wern. Kronviken ist sehr klein. Folke meinte, es sei sicher gut für mich, mal die Umgebung zu wechseln.«

»Und wie ist es gelaufen?«

»Mies.«

»Erzähl.« Pernilla konnte ein kleines Lächeln nicht unterdrücken.

»Ach was.«

»Du sollst doch vor deiner großen Schwester keine Geheimnisse haben. Komm, erzähl schon.«

Und er tat es. Erzählte von seinem Missgriff mit Bella und seiner Sehnsucht nach dem Unmöglichen. Hinterher kam es ihm komisch vor, dass er so offen geredet hatte. Die Stimmung am Grab hatte ihn beeinflusst und sie beide zusammengeschweißt. Er war froh darüber. Es war gar nicht so schlecht, eine große Schwester zu haben, mit der man reden konnte, auch wenn es zu Anfang ein ungewohntes Gefühl gewesen war.

»Können wir am Wochenende nicht etwas zusammen machen?«, fragte sie.

»Folke geht es nicht gut. Er wollte, dass ich nach Hause nach Kronviken komme. Sie glauben, er hat eine Lungenentzündung.«

»Ich habe nichts Besonderes vor. Glaubst du, es würde ihn stören, wenn ich mitkomme? Wir haben so viel miteinander zu bereden, du und ich, und die Fahrt ist doch ziemlich lang. Wenn du Gesellschaft möchtest, fahre ich gern mit.«

Nach einer unruhigen Nacht mit Schmerzen im ganzen Körper trat Per Arvidsson mit einem breiten Lächeln in seinem geschwollenen Gesicht die Fahrt nach Kronviken an. Jetzt wusste er zumindest, wo die Erscheinung arbeitete.

In Gävle hielten sie an einem Rastplatz. In der Sonne war es kühler, als man im Auto hinter der Glasscheibe vermutet hätte. Pernilla deckte auf dem feuchten Holztisch etwas zu essen auf. Auch die Bank war nach dem Regen vollgesogen, und deshalb nahmen sie ihre Mahlzeit im Stehen ein. In der Thermoskanne, in der Per Kaffee erwartet hatte, dampfte Linsensuppe. Dazu aßen sie Körnerbrot mit vegetarischem Brotaufstrich. Pernilla legte eine Serviette neben seine Schüssel.

»Wenn schon, denn schon. Was ist das denn für ein Bild, das du auf dem Rücksitz liegen hast? Das sieht fast wie eine Kinderzeichnung aus. Ist das ein König, da in der Mitte? Der mit dem Schwert?«

»Erkennst du das Motiv nicht? Die Vorlage lag in dem Umschlag, den du mir gegeben hast, eine Bleistiftzeichnung, die Helen gemacht haben muss. Es handelt sich um die Kopie einer Wandmalerei in Wadköping. Ich habe das Bild von einer Kollegin geschenkt bekommen und muss es noch einrahmen lassen. Das Bild ist auf eine, wie ich finde, sehr charmante Weise naiv und interessant zugleich. Es ist eine Gerichtsszene aus dem 17. Jahrhundert. Man kann nicht mit Sicherheit sagen, von wem sie stammt.«

Per beschrieb die verschiedenen Figuren und die Eigenschaften, die sie darstellten.

»Sieh dir mal die Ornamentik ringsherum an. Ganz oben sind zwei nackte Figuren abgebildet. Was sollen die wohl darstellen? Wir haben bei der Arbeit schon darüber diskutiert.« Er hielt das Bild vor sie hin.

»Hast du Helens Zeichnung bei der Arbeit herumgezeigt? Ich finde, wir sollten das, was unsere Familie betrifft, für uns behalten.« In Pernillas Stimme schwang Enttäuschung mit.

»Meine Kollegin Lena hat die Zeichnung zufällig gesehen. Ich habe sie ihr nicht gezeigt, sondern sie lag auf meinem Schreibtisch. Was meinst du?«

»Sie sehen aus wie Engel.«

»Ach, du meine Güte, Engel. Spürst du es auch manchmal auf dem Rücken jucken?«, meinte er lachend.

»Engel ohne Flügel. Jemand hat ihnen die Flügel weggenommen, weil sie es nicht verdient haben, richtige Engel zu sein. Vielleicht sind sie Racheengel, die das Leben von Menschen auslöschen dürfen. Die Kerzen, die sie auslöschen, würden dann das Lebenslicht symbolisieren. Sie gehören nicht zur Gerichtsszene selbst, sondern agieren außerhalb des gesetzlichen Rahmens. Sie nehmen sich das Recht heraus, Leben auszulöschen.«

Um die Mittagszeit kamen sie am Krankenhaus an, das ständig renoviert zu werden schien. Jetzt war es in einen weißen, staubigen Netzschleier eingewickelt, damit Zement und kleine Steine nicht auf die Besucher am Haupteingang herunterfielen. Sie betraten das Foyer, wo es immer noch ein wenig nach Farbe roch.

Per Fahrstuhl gelangten sie in die Innere. Sie erkundigten sich am Empfang, in welchem Zimmer Folke Arvidsson wohl läge, und erfuhren, dass ein Arztgespräch geplant sei und man im Arztzimmer auf sie wartete. Die Miene der Schwester war sehr ernst. Arvidsson verspürte Unbehagen. Offensichtlich war Folkes Gesundheitszustand schlechter, als er bislang geglaubt hatte.

Pernilla berührte seinen Arm. »Ich denke, es ist besser,

wenn ich draußen warte. Ich mache einen Spaziergang unten im Park, dann könnt ihr ungestört reden. Ruf mich auf dem Handy an, wenn ihr fertig seid.«

Sie fasste seinen Arm noch einmal etwas fester und ging dann, ohne seine Antwort abzuwarten.

»Ich rufe dich an«, rief er ihr nach. Ohne sich umzudrehen streckte sie die Hand in die Luft, um zu zeigen, dass sie ihn gehört hatte.

Folke saß mit einer gelben Decke auf den Knien in einem Rollstuhl. Seine Wangen waren eingefallen, und die Augen wirkten unnatürlich groß und schwarz in dem gelblich blassen Gesicht. Er lächelte seinem Sohn zu. Ein tapferes Lächeln. Per spürte, wie es unter den Augenlidern brannte. Seine Stimme klang rau und schwach, obwohl er doch alles unter Kontrolle haben wollte.

»Hallo, Papa.« Er umarmte seinen Vater rasch und zwang die Gefühle zurück, die in ihm aufwallten. Ich liebe dich, Papa, hatte er eigentlich sagen wollen. Ach, wenn er die Worte doch nur über seine Lippen bekäme.

»Was ist denn mit deinem Gesicht passiert, Junge?« Arvidsson fuhr sich mit beiden Händen über die Wangen, als wolle er nachfühlen. Er hatte in den letzten Stunden keinen Gedanken auf sein Aussehen verschwendet. Neben dem Rollstuhl stand ein Hocker bereit. Er setzte sich.

»Das sieht schlimmer aus, als es ist. Mir hat einer ins Auge gepiekt. Das erzähl ich später.« Ein Tisch trennte Folke und ihn von den anderen Anwesenden, die sich nun vorstellten: ein Berater, die Schwester, ein ergrauter, ernster Arzt und ein jüngerer Medizinstudent. Völlig unmöglich, sich all die Namen zu merken. Die Situation fühlte sich so unwirklich an. Die große, wesentliche Frage erfüllte den Raum: Warum sind wir hier? Ist es, um ein Todesurteil entgegenzunehmen? Wenn es so ist, dann sagt es! Sagt es gleich, damit wir es wissen. Warum dieses förmliche Abwarten? Gibt es noch Hoffnung? Was wollt ihr tun?

»Kaffee?« Erst jetzt bemerkte er, dass der Tisch mit blauweißem Porzellan eingedeckt war. Die kleine Blume, die schön gedeckte Platte und die brennenden Kerzen waren kleine Hinweise auf Fürsorglichkeit in dem ansonsten ungemütlichen Raum, in dem sie saßen. Er nickte.

Als der Arzt von den Untersuchungen und den Ergebnissen zu sprechen begann, umfasste Arvidsson die mageren Hände seines Vaters und spürte, wie sich deren Kälte über seine eigene Haut durch seinen ganzen Körper fortsetzte. Lungenkrebs. Beide Lungenflügel. Die Schmerzen ließen sich lindern, aber der Krebs sei nicht zu heilen. Die Stimmen kamen und gingen. Wie viel Zeit ihm noch bliebe? Das wisse man nicht. So etwas könne man nicht genau sagen. Jahre? Nein. Ein Jahr? Kaum. Ein halbes Jahr? Nicht anzunehmen.

»Ein paar Monate, würde ich sagen. Aber das weiß man natürlich nicht mit Sicherheit. Es sind auch schon Wunder geschehen.« Der Arzt gab ihnen die Hand und entfernte sich zu seinem nächsten Termin. Die Schwester blieb noch eine Weile, um ihre Fragen zu beantworten.

Auf der Fahrt nach Hause saßen sie schweigend im Auto, jeder in seine Gedanken versunken. Pernilla kaute an den Fingernägeln. Unter anderen Umständen hätte Per über ihr Schweigen nachgegrübelt. Jetzt hatte er genug mit sich selbst zu tun. Kilometer um Kilometer regennasser Straße. Der Sonnenuntergang in Tiefrosa, Gold und Violett war dramatisch. Die Bäume wischten als leuchtend gelbe Gebilde vorbei. Hellgrüne Herbstsaat wechselte sich mit Weideland und gelbbraunen Äckern ab. Der Verkehr wurde unscharf. Er merkte, dass er weinte, und rieb sich die Augen mit dem Ärmel. Pernilla starrte durch die Scheibe und konzentrierte sich auf das Fahren. Per schaltete das Radio ein.

»Für die Polizei ist es immer noch ein Rätsel, wer das Feuer verursacht hat, das in der Nacht zum Dienstag in einem Desinfektionsraum des Universitätskrankenhauses in Örebro ausgebrochen ist. Es besteht kein Zweifel, dass man es mit Brandstiftung zu tun hat. Die Untersuchungen am Brandort weisen darauf hin, dass ein Mittel verwendet wurde, das den Verlauf des Brandes beschleunigt hat. Am selben Abend um 23.32 Uhr erhielt die Polizei einen anonymen Hinweis auf eine Vergewaltigung im Stadtpark. Man ist jetzt sehr daran interessiert, Kontakt zu der Frau aufzunehmen, die den Überfall der Polizei gemeldet hat.«

»Warum?«, fragte Pernilla.

»Darf ich nicht sagen.«

»Aber ich bin doch deine Schwester, verdammt. Du kannst mir alles erzählen. Ich halte den Mund. Vertraust du mir nicht?«

»Doch, aber was meinen Job betrifft, habe ich einfach nicht das Recht, irgendetwas zu erzählen, nicht einmal dir. Und das werde ich auch nicht tun.«

»Ganz schön gemein. Weißt du was? Ich glaube, Svenne ist verliebt.«

»Wieso glaubst du das?« Im Grunde fiel es Per nicht schwer, sich das vorzustellen. Er war nicht einmal wirklich erstaunt.

»Er wirkt so fröhlich.« Pernilla biss sich auf die Fingerknöchel und starrte dann auf ihre abgekauten Nägel. »Eigentlich ist es mir egal. Wir haben nie irgendeine Sexbeziehung gehabt. Anfangs haben wir es probiert, aber das war nur peinlich. Mir ist egal, was er macht, wenn er nur die Miete zahlt und das Auto betankt.«

14

Müde von der Reise warf sich Per aufs Sofa und schaltete den Fernseher ein. In den Lokalnachrichten wurde dieselbe Reportage über den Brand gebracht, die schon am Morgen gelaufen war. Man spekulierte im Studio über Terroranschläge und extreme politische Gruppierungen, zeigte dann einen Rückblick auf den Brand in Örebro 1854, in dessen Folge ein Drittel der Stadtbevölkerung ohne Wohnung dagestanden hatte, und blies das Ganze mit Interviews auf. Er zappte zum Discovery Channel rüber, wo ein Bericht über Krankheiten kam, die man nachweisen konnte, indem man die Beinknochen ägyptischer Mumien untersuchte, und Per wollte gerade in die Küchenecke gehen und Kaffee aufsetzen, als das Telefon unerwartet klingelte.

»Hallo, ich bin's. Bella.« Er verspürte einen leichten Schwindel. »Du hast lange nichts von dir hören lassen. Ist was passiert? Weißt du, ich habe Mama von uns erzählt, und sie hat sich so gefreut. Meine Eltern würden dich gern kennenlernen. Sie haben uns kommendes Wochenende zum Essen eingeladen. Was meinst du? Warum bist du so still? Sag doch was, Per!«

»Bella, du bist eine nette Frau, und du bist wirklich liebenswert, aber …«

»Das wäre nächsten Samstagabend um sieben. Es ist ein Verwandtentreffen. Ich weiß überhaupt nicht, was ich anziehen soll. Bist du eigentlich gerade zu Hause? Weißt du, Papa hat was von einer echt schönen Wohnung gehört, drei Zimmer mit Blick über den Fluss. Er würde sicher auch was dazuschießen …«

»Bella, hör mir mal zu. Ich will nicht, dass wir uns wiedersehen. Wir haben einander einen Moment Wärme und Nähe gegeben. Als erwachsene Menschen waren wir uns aber einig darüber, dass es sich damit erledigt hatte.«

Es wurde still am anderen Ende. Er konnte hören, wie sie Luft holte.

»Hör mal zu, ich war nicht einig. *Du* hast gesagt, dass es sich damit erledigt hat.«

»Weißt du was, die eine Nacht war okay, aber ich will nicht, dass es weitergeht. Es gibt jemand anders, an den ich denke, und da fühlt sich das nicht gut an.«

»Du hast gesagt, dass du Single bist und dass du meine Brüste magst.«

»Beides ist wahr, aber das heißt noch lange nicht, dass ich mich weiterhin mit dir treffen will. Wie bist du denn an meine Handynummer gekommen?«

»In deiner Brieftasche war ein Zettel.« Er vernahm einen kleinen Triumph in ihrer Stimme.

»In meiner Brieftasche? Verdammt!« War die Frau noch ganz normal?

»Hab mal darin nachgeschaut, als du geschlafen hast. Ich weiß auch, wo du wohnst. Bist du allein?«

»Bella, ich will dich nicht wiedersehen. Noch mal danke für die Nacht, die wir zusammen hatten. Die war schön. Und jetzt finde ich, dass wir uns verabschieden sollten. Ich wünsche dir viel Glück. Du hast jemanden verdient, der dich lieben kann.«

»Du verdammtes Arschloch! Ich hasse dich! Ich werde ...« Er schaltete das Handy aus und warf es aufs Bett, weit weg von sich, als wäre es ansteckend. Innerlich zitterte er. Es war ein verdammter Fehler gewesen. Er ging in die Küche, öffnete die Balkontür und nahm ein paar tiefe Atemzüge, schaute über die Straßen mit ihren blinkenden Autoscheinwerfern und das schwarze Wasser des Hjälmarsees.

Wie unnötig das Ganze doch war. Er war ja weniger aus sexueller Lust mit ihr gekommen, sondern hauptsächlich, weil er es in seinem benommenen Zustand nicht geschafft hatte, ihrem nie versiegenden Redefluss zu widerstehen. Vielmehr hatte er Ekel empfunden, als die Betäubung nachließ und er mit ihrer Hand auf seinem Geschlecht unter einer Betthimmelhölle aus Spitze und Tüll erwacht war. Morgenständer hat Gold im Mund, hatte sie ihm ins Ohr geflüstert, und er hatte sich ganz kurz gewünscht, tot zu sein. Rosa Tischdecke, rosa Gardinen, rosa Topflappen und rosa Blumen am Fenster in grässlich rosafarbenen Übertöpfen. Rosa Plastikgeschirr, rosa Teppich und in der Küche eine rosa Kaffeemaschine. Nie wieder.

Er hätte fast einen Herzinfarkt bekommen, als das Telefon auf dem Schreibtisch klingelte. Folke, war sein erster Gedanke. Ich habe nicht vor, gleich zu sterben, und falls sich das ändern sollte, rufe ich an, hatte er gescherzt. Klar fährst du nach Örebro zurück. Jetzt fahr nur, ich rufe an, wenn etwas ist.

»Per Arvidsson«, meldete er sich.

»Glaub ja nicht, dass du mich so leicht loswirst.«

»Bella, tu dir das nicht an, ich bitte dich.«

»Das wirst du noch bereuen. Verlass dich auf Bella. Ich bin kein Putzlumpen, in den man sich schnäuzt und den man dann wegwirft. Du wirst schon noch von mir hören, du elende Ratte.«

Er zog den Telefonstecker raus und setzte sich in den Sessel. Der Magen fühlte sich wie ein harter Knoten an, im Kopf brauste es vor unterdrücktem Widerwillen. Vor allem tat sie ihm leid, aber damit war ihr wohl kaum gedient. Er hatte versucht, ihr nicht wehzutun, aber abgewiesen zu werden ist immer kränkend.

Hier saß er nun wie ein Gefangener in seiner 35-Quadratmeter-Wohnung, von allem Kontakt zur Umwelt abgeschnitten. Das war doch verrückt! Was machte er hier eigentlich? Folke konnte jeden Moment anrufen. Arvidsson jagte ein Stück Pizza durch die Mikrowelle, goss sich ein großes Glas Milch ein und setzte sich ohne Appetit an den Tisch. Er musste den Stecker wieder reinstecken. Das war doch lächerlich. Das Klingeln ließ nicht lange auf sich warten. Wenn das Bella ist, dann schaffe ich mir einen Anrufbeantworter und ein Telefon mit Nummerndisplay an, versprach er sich selbst und nahm den Hörer ab.

»Ich bin nicht durchgekommen, was machst du denn? Hier ist Svenne. Kommst du mit einen trinken?« Große Erleichterung. Eine menschliche Stimme in der Isolation. Immerhin jemand, mit dem man reden konnte. Sie beschlossen, ins Bishops Arms zu gehen. Arvidsson nahm die Whiskyflasche und schaffte es noch, zwei Gläser zu kippen, ehe Svenne anklingelte. Er brauchte einfach etwas Beruhigendes.

Es wurde nicht viel geredet im Pub, aber die Gesellschaft linderte dennoch die Nachwehen des Gesprächs mit Bella. Hier wollte man trinken und fröhlich sein. Ein Bier, noch ein Bier, und dann noch ein drittes, und dann nach dem schönen Geschlecht Ausschau halten. Vielleicht war Felicia nicht der Typ, der in die Kneipe ging. Wahrscheinlich war sie verheiratet, hatte vier Kinder und war im Elternbeirat, sagte er sich selbst, schaffte es aber nicht, sich davon zu überzeugen. Als sie sich auf dem Bahnhof begegnet waren, hatte sie überhaupt kein Elternbeiratslächeln gehabt, ganz im Gegenteil.

»Die hier«, sagte Svenne, als eine junge Frau in sehr kurzem Rock vorbeikam.

»Du hast doch Pernilla«, sagte einer der Jungs, der sich gerade das Bier aus dem Schnurrbart gewischt hatte und jetzt aufstand, um zur Toilette zu gehen.

»Man wird sich doch wohl ein bisschen umsehen dürfen. Ich versuche was für dich zu finden, Per.«

»Das mach ich schon selbst.«

»Der Goldene Hosenladen? Das kannst du doch wohl besser, oder?«

»Kennst du sie?«

»*Jeder* kennt sie«, seufzte Svenne und legte seinen breiten Arm in einer onkelhaften Umarmung um Pers Hals. Das war an sich eine traurige Nachricht, aber dennoch erleichternd, die Schuld auf *jeden* verteilen zu können, anstatt allein mit dem Schwarzen Peter in der Hand dazusitzen.

Nach einer Stunde bekamen die Kopfschmerzen, die direkt unter der Stirn lagen, eine Intensität, die ihn dazu brachte, sich zu verabschieden. Svenne und die Jungs brachen ebenfalls auf. Der Taxikerl mit dem wilden Schnurrbart, der in Abwesenheit von den anderen »Bleifuß« genannt wurde, musste in dieselbe Richtung wie Per. Sie redeten über Autos und Fußball und machten ihrem Unmut über die gigantische Staatsverschuldung Luft, bis »Bleifuß« an der Drottninggatan abbog. Vor McDonald's stand eine Traube junger Männer, die laut herumgestikulierten. Arvidsson hatte ein unbehagliches Gefühl und ging mit einer gewissen Wachsamkeit an ihnen vorüber.

Am Zebrastreifen an der Rudbecksgatan hielt ein schwarzes Auto direkt vor ihm. Jemand stieg aus und kam auf ihn zu. Eine Frau in weißem Mantel. War das möglich? Es war tatsächlich Felicia! Sie drückte ihm einen Zettel in die Hand, sah ihn an und blinzelte mit dem einen Auge. Das Himmelreich währte einen Augenblick, bis sie wieder zum Auto lief, das dann die Straße hinunterglitt. Arvidsson blieb auf dem Zebrasteifen stehen und wurde, während er ihr nachschaute, fast von einem Taxi überfahren. Felicia! Eine Erscheinung in der Nacht. Er schaffte es kaum, seinen Schlüssel aus der Tasche zu nesteln. Der Fahrstuhl rauschte zum dreizehnten Stock hinauf. Direkt in den Himmel in die jubelnden Höhen des Glücks.

Eine Telefonnummer auf einem Zettel. Sie hatte ihm ihre Telefonnummer gegeben. Sechs Ziffern mit Bleistift auf der Rückseite einer alten Quittung, und das Leben wurde zu einem einzigen Karneval, einem tanzenden Schwindel, einem Fest!

Voller Whisky, Bier und Menschenliebe gab er sich im Flurspiegel selbst einen Kuss, und dann rief er Pernilla an. Er ging davon aus, dass sie sowieso aufgewacht war, als Svenne reingetrampelt war. Sie klang, wenn auch nicht abweisend, so doch sehr müde. Geliebte Schwester! Wenn sie in der Nähe gewesen wäre, hätte er sie fest in den Arm genommen.

»Dann solltest du sie anrufen. Ruf sie an und lass uns andere Sterbliche in Frieden schlafen.«

Sie hatte recht. Wenn er nicht jetzt Felicia anrief, dann würde nichts daraus werden, so gut kannte er sich selbst. Er musste es jetzt tun, da er sich mutig und stark und fast schön fühlte. Morgen früh würde der Zauber gebrochen sein. Der kühne Ritter würde wieder ein gewöhnlicher Polizeiinspektor sein und Wankelmut sein stolzer Harnisch.

»Viel Glück, kleiner Bruder. Und pass auf dich auf.« Erst hörte er die Ermahnung nicht, dann sickerte sie langsam in sein Bewusstsein. Als ob Pernilla wusste oder ahnte, wie sich seine Stimme immer verkrampfte und schließlich versagte, wie er schwieg, anstatt etwas zu klären – bis ein etwas redefreudigerer Gockel vorbeischwebte und sich die Marzipanrosen aus der Torte nahm.

Seine Handflächen klebten vor Schweiß, als er auf dem Handy herumdrückte, die ersten vier Nummern wählte und dann auflegte. Verdammt! Er musste sich erst überlegen, was er sagen sollte. Und dann entscheiden, was er antworten würde, wenn sie dieses oder jenes sagte. Wenn sie ihm ihre Mailadresse gegeben hätte, dann wäre es viel einfacher gewesen. Dann hätte er das Schweigen zwischen den Worten in der Telefonleitung nicht hören müssen. Dann hätte er Zeit zu antworten und sich forsch und witzig auszudrücken.

Der Whisky war alle. Per schüttete sich die letzten Tropfen direkt aus der Flasche in den Mund. Jetzt oder nie. Wenn sie nicht angerufen werden wollte, dann hätte sie ihm den Zettel nicht gegeben. Man stirbt nicht davon, dass es mal still wird in der Leitung. Warum sollte sie ihm die Nummer geben, wenn sie nicht wollte, dass sie sich trafen? Wo würden sie sich treffen? Was sollte er vorschlagen? Komm jetzt sofort zu mir, die Nacht ist noch jung. Ich bin einsam, und ich friere, wie der Goldene Hosenladen. Er schob den Gedanken mit Schaudern beiseite. Jetzt musste er sich aber mal zusammenreißen. Jetzt! Fünf Ziffern, ein tiefer Atemzug und eine Sieben. Sie ging nach dem ersten Klingeln ran.

»Felicia Sjögren.«

»Hallo, ich bin's, Per.«

»Also rufst du doch noch an.«

»Du hast mir deine Telefonnummer gegeben.«

»Ich weiß. Und das ist schon fast eine Stunde her. Ziemlich viel zu tun, oder was?«

»So ungefähr. Habe noch ein wenig aufgeräumt.« Er hörte selbst, dass die Stimme einen Halbton sank. Jetzt musste er es sagen. Ein Treffen ausmachen. Los jetzt! »Was wolltest du?«

»Mich für die Rosen bedanken?«

»Ach so.« Wollte sie nur das? Sich für die Rosen bedanken?

»War das deine Frau, die dich am Bahnhof abgeholt hat?« Er hörte das Lächeln in ihrer Stimme. »Waren die Rosen eigentlich für sie?«

»Pernilla ist meine Schwester.«

»Okay. Dann würde ich im Hinblick auf dein Angebot vom Freitag anfragen, wie wäre es mit Mittagessen morgen? Um halb zwölf im Stadtgarten. Die Chance, einen Tisch zu bekommen, ist größer, wenn wir früh hingehen. Das Restaurant ist in einem Gewächshaus. Was meinst du?«

»Mit mir?« Er hätte sich am liebsten die Zunge abgebissen.

»Ja, warum nicht? Aber es kann genauso gut einer deiner Nachbarn sein, wenn da jemand ist, den du wecken und fragen kannst. Ich bevorzuge etwas ältere Männer mit Schnurrbart. Aber es kann auch ein schnittiger Produktentwickler oder ein wohlhabender Unternehmensberater sein.«

»Ich werde das Angebot persönlich annehmen.«

»Das dachte ich mir.«

Yes! In einem wirbelnden Walzer ohne Sinn und Verstand rauschte Per auf den Balkon hinaus und umarmte die Stadt. Alle banalen Klischees von der Liebe hatten plötzlich eine andere Bedeutung erhalten. Das Leben war einfach wunderbar, genießbar, unschlagbar schön!

15 Als der Morgen kam, hatte Per Arvidsson kaum ein Auge zugetan, aber er fühlte sich so ausgeschlafen und frisch wie schon lange nicht mehr. Im Polizeirevier blieb er einen Augenblick am Empfang stehen und wechselte ein paar Worte mit seinen Kollegen. In der Post vom Vortag war eine Tarotkarte gewesen. Gunilla zeigte sie ihm: ein brennender Turm mit Menschen, die zu Boden fielen. Kein Absender.

»Vielleicht bezieht sich das auf den Krankenhausbrand«, sagte sie. »Ein dummer Scherz?«

Per schlug vor, die Karte zu dokumentieren und zu archivieren. Er sortierte seine Post, unterhielt sich mit Stensson und bat um einen freien Nachmittag, für den Fall, dass sich das Mittagessen mit Felicia als glücklicher erweisen sollte, als er zu hoffen wagte.

Auch an diesem Morgen gab es Anzeichen dafür, dass jemand seinen Schreibtisch durchsucht hatte, und das verlangte nach einer baldigen Erklärung. Offenkundig war jemand am Werk, der kein Gespür für die Reviergrenzen anderer Menschen hatte. Die Papiere lagen nicht in derselben Reihenfolge im Fach, wie er sie am Abend zuvor sortiert hatte. Per nahm sich vor, ehe er ging, ein Stück Papier in die Schreibtischschublade zu stecken. Wenn das Blatt am nächsten Morgen auf dem Fußboden läge, dann wäre klar, dass jemand seine Schublade geöffnet hatte. Er hatte zwar nichts zu verbergen, aber es war doch kein gutes Gefühl, seinen Arbeitskollegen nicht vertrauen zu können.

Die Uhr arbeitete sich Minute um Minute auf die Frühstückspause zu. Per versuchte, sich auf eine Anzeige wegen Autodiebstahls zu konzentrieren, und musste den Text doch mehrere Male lesen, ehe er begriff, worum es ging. Seine Gedanken kreisten die ganze Zeit um das Treffen mit Felicia. Etwas abwesend nahm er einen Telefonanruf entgegen. Es war Lena. Sie würde nicht vor zehn Uhr kommen können. Paula hatte einen Termin beim Sozialamt. Die letzten Male hatte Lenas Schwester die Termine verpasst, und es bestand Gefahr, dass ihr die Unterstützung gekürzt wurde.

Er sagte, dass er das gut verstehe, bereute die Formulierung jedoch gleich. Wie sollte ein Außenstehender Lenas Hölle verstehen können? Gleichzeitig musste er zugeben, dass ihn ihr mangelndes Engagement bei der Arbeit zunehmend verärgerte. Oftmals war sie einfach schlampig. Es war ihm ein Rätsel, warum sie Polizistin geworden war, denn der Job schien sie überhaupt nicht zu interessieren. Um keine Formulare ausfüllen zu müssen, sah sie von Strafanzeigen ab, selbst wenn angehaltene Autofahrer sie anmotzten und sich schlichtweg ungehörig verhielten. Das hatte in der letzten Zeit zu immer heftigeren Diskussionen zwischen ihnen geführt. Wenn man aus einem Lokal angerufen wurde, um einen Besoffenen wegzuschaffen, dann reichte es nicht, an der Tür eine lahme Aufforderung auszusprechen. Wenn man sich mit der Streife in der Stadt blicken lassen sollte, dann durfte man nicht in der Garage hocken und schlafen.

»Arvidsson, könntest du bitte eine Besucherin empfangen? Jenny Nygren. Sie will nicht sagen, worum es geht, sondern will mit einem Polizisten unter vier Augen sprechen. Wirkt etwas verängstigt.«

»Ist okay.«

Er ging der jungen Frau auf dem Flur entgegen, wo sie sich ängstlich an die Wand drückte, und begleitete sie ins Verhörzimmer. Sie sah ihm nicht in die Augen, und ihre Hand war kalt und feucht, als sie sich begrüßten.

»Ich habe im Radio gehört ... ich glaube, Sie suchen mich.«

»Ja?«

»Mir wurden meine Kleider im Stadtpark gestohlen.« Jenny setzte sich auf den Stuhl, den er ihr zuwies. Nachdem er die notwendigen Personendaten aufgenommen und Zeit und Ort notiert hatte, bat er darum, das Aufnahmegerät einschalten zu dürfen.

»Erzählen Sie uns bitte, was Ihnen in der Nacht vom Samstag, dem 16. Oktober im Stadtpark widerfahren ist.«

»Ich hatte Streit mit meinem Freund. Ich hab Schluss gemacht. Es gibt einen anderen Typen, mit dem ich zusammen sein will. Ich habe eine Tasche mit dem Notwendigsten gepackt und bin gegangen. Greger und seine Kumpel sind hinter mir her in den Stadtpark. Ich habe sie erst gesehen, als ich beim Parkplatz vor der Gesundheitszentrale war. Da bin ich gerannt. Sie haben mich eingeholt.« Die junge Frau verstummte und verbarg das Gesicht in den Händen.

»Was ist dann passiert?«, fragte er, als sie den Kopf wieder hob und ihn anschaute.

»Sie haben mir gezeigt, was man mit einer Hure macht. Aber ich bin nicht so eine. Ich habe nie einen anderen Typen gehabt als Greger. Ich konnte einfach nicht länger mit ihm zusammen sein.« Nach der detaillierten Beschreibung dessen, was dann passiert war, schämte Arvidsson sich, zum männlichen Geschlecht zu gehören. Am liebsten hätte er diesen Fall an Lena übergeben.

»Ich will keinen Streit mehr. Ich will einfach nur meine Ruhe. Ich will das Ganze auch nicht anzeigen. Aber als ich im Radio gehört hab, dass ihr mich sucht, dachte ich, es wäre am besten, wenn ich mal vorbeikomme.«

»Sie haben erzählt, dass eine Frau über Sie gebeugt stand und dass sie Ihren Rock und Ihren Gürtel mitgenommen hat, ehe sie wieder verschwand. Können Sie den Gürtel beschreiben?«

Arvidsson wurde ein wenig schwindelig, als er begriff, was sich hinter dem Bericht der Frau verbergen könnte. Er bat sie einen Moment zu warten, dann holte er Stensson und ein Foto vom Brand im Krankenhaus, auf dem die Reste des Gürtels und des geblümten Stofffetzens zu sehen waren. Obwohl die Schnalle zum Teil geschmolzen war, konnte die Frau sie mit großer Sicherheit identifizieren.

»Die hat mein Bruder für mich gemacht. Eigentlich ist er Silberschmied, aber zurzeit macht er auch schmiedeeiserne Sachen. Er hat mir den Gürtel zum Abitur geschenkt. Ich habe ihn gebeten, mir eine Fledermaus zu machen, und ich glaub, es gibt nicht viele Gürtelschnallen, die so aussehen wie diese.«

»Können Sie die Frau beschreiben, die sich über Sie beugte und Ihre Sachen mitnahm?«

»Es war so dunkel. Ich weiß es nicht. Sie trug eine Mütze und eine Kapuzenjacke.«

»Erinnern Sie sich an irgendwelche Farben?«

»Ihre Kleidung war eher dunkel. Aber ich erinnere mich

nicht mehr, wie sie aussah. Ich war so aufgeregt und verängstigt. Das Licht kam von der Straßenlaterne hinter ihr. Ihr Gesicht lag im Schatten.«

»Wir haben den Brand mit der Videokamera gefilmt. Ich möchte, dass Sie uns helfen und sehen, ob Sie eine der Personen dort identifizieren können. Es kommt vor, dass der Täter an den Ort zurückkehrt, um die Wirkung seines Werks zu betrachten. Ich möchte, dass Sie ganz genau hinschauen, ob Sie jemanden sehen, der der Frau ähnlich sieht, die Ihren Gürtel mitgenommen hat.«

»Wenn ich helfen kann, dann tue ich das gern. Die Sache mit der Schwesternschülerin, die ums Leben gekommen ist, ist so schrecklich. Meine Schwester hat sie gekannt. Sie hieß Miriam Wide, nicht wahr? Es stand nicht in der Zeitung, aber meine Schwester hat es gesagt.«

»Ja. Haben Sie ein Foto von Ihrem Exfreund?«

»Ich will ihn nicht anzeigen. Er hat um Entschuldigung gebeten, und dann hat er mir geholfen, zu meiner Schwester zu kommen. Er hat es ja bereut. Manchmal, wenn er nicht schlafen kann, nimmt er Rohypnol. Wenn er ein paar Bier trinkt und dann diese Tabletten nimmt, dann knallt er voll durch. Deshalb hab ich auch Schluss gemacht.« Jenny nahm ein Foto aus ihrer Brieftasche. »Ich habe es noch nicht rausnehmen können. Ich will es nicht. Sie können es behalten, wenn Sie wollen, ansonsten werfen Sie es weg.«

Arvidsson nahm das Foto und erstarrte. Darauf war ein Mann mit rasiertem Schädel und einer groben Kette um den Hals zu sehen. Das Gesicht kam ihm sehr bekannt vor.

Gegen zehn Uhr kam ein Anruf vom Hauptbahnhof wegen einer Schlägerei. Wie immer hatten sich die Störenfriede in Luft aufgelöst, als die Streife kam. Danach führte er ein ernstes Gespräch mit zwei jungen Langfingern in der Parfümabteilung von Åhléns. Als er wieder seine Zivilkleidung trug, bat er Lena, ihn vorm Schloss rauszulassen.

»Waidmannsheil!« Sie sagte es ohne ein Lächeln. Es klang mehr nach »Pass auf dich auf« oder »Hoffentlich wirst du nicht enttäuscht sein«. Warum darf man nicht mal ganz einfach nur glücklich sein, ohne dass die Menschen um einen herum erwarten, dass man von den Göttern bestraft oder vom Blitz getroffen wird, dachte er und lächelte ihr zu. Jetzt im Moment war er nun mal glücklich, erwartungsvoll und wahnsinnig verliebt. Es ist ein Menschenrecht, so zu empfinden, dachte er, und das soll mir keiner zu irgendetwas reduzieren, das man »Mittelmäßigkeit« nennt.

Die Sonne glitzerte im Svartån, der ihm zum Stadtpark hinunter folgte. Ein glücklicher Junge, der wahrscheinlich gerade die Schule schwänzte, zeigte stolz die Regenbogenforelle, die er eben aus dem Fluss geholt hatte. Aber Per Arvidsson hatte keine Zeit, stehen zu bleiben und sich mit ihm zu unterhalten. Am Flussufer, genau dort, wo die »Gustaf Lagerbjelke« vertäut lag, stieß er auf den Taxifahrer namens Bleifuß, lief aber mit einem kurzen »Hallo«, das er wie einen Wimpel in der Luft flattern ließ, an ihm vorbei.

Fast fünfzehn Minuten zu früh stand er dann im Eingang des Restaurants und trat von einem Fuß auf den andern. Die feuchte Gewächshauswärme füllte seine Lungen. Er versuchte die Goldfische im Mosaikspringbrunnen zu zählen. Sah auf die Uhr. Betrachtete die tropischen Gewächse. Eukalyptus, Bougainvillea. Arabische Kaffeepflanze, Feige und Minikiwi stand auf den Schildern. Er sah wieder auf die Uhr. Schaute nach, ob Felicia ihn auf dem Handy angerufen hatte.

Plötzlich fühlte er sich beobachtet. Ein primitiver und rational unerklärlicher Instinkt sagte ihm, dass jemand ihn in diesem Moment ansah. Er drehte sich um und begegnete auf der anderen Seite der Schlingpflanzen zwei kleinen und sehr blauen Augen. Die Frau betrachtete ihn, ohne den Blick abzuwenden. Die Augen saßen ungewöhnlich weit auseinander und hinter dicken Brillengläsern. Ein außergewöhnliches Gesicht. Die Frau war höchstens einsfünfzig groß. Irgendetwas an ihr kam ihm bekannt vor. Es dauerte ein paar Sekunden, bis er begriff, dass es Lenas Schwester war. Er grüßte, aber sie erwiderte nichts. Als er zum Eingang ging, folgte sie ihm ein Stück in einiger Entfernung.

Er sah wieder auf die Uhr. Drei Minuten waren vergangen. Er starrte auf die Uhr und prüfte, ob das Handy eingeschaltet war. Plötzlich stand sie da. Felicia! In ihrem auf Figur geschnittenen weißen Mantel, das schwarze Haar zu einem losen Knoten aufgesteckt, der einen wunderbaren Nacken entblößte. Die Erkenntnis, dass sie hier im wirklichen Leben vor ihm stand, überwältigte ihn wie eine warme Welle und ließ ihn innerlich erbeben.

»Hast du warten müssen?«

»Mein ganzes Leben lang.« Er wusste nicht, wo er das hernahm, aber es klang gut. Sie lachte, und er nutzte die Gelegenheit, sie leicht zu umarmen und ihr einen Kuss auf die Wange zu geben, solange der Mut dazu noch da war. Eigentlich war Felicia nicht das, was man eine klassische Schönheit nennt. Ihre Nase war ein wenig zu groß, der Mund zu breit. Aber sie hatte etwas sehr Weibliches und Sinnliches. Ein offenes, vertrauensvolles Gesicht, eine Verletzlichkeit, als könne sie ihre Gefühle nicht verbergen. Als er ihr ein Kompliment machte, lachte sie und bedeckte ihre Narbe auf der Oberlippe mit der Hand. Er schaute weg, um sie nicht zu verunsichern.

»Ich bin nie schön gewesen, aber ich mag es, wenn man mir eine Weile das Gefühl gibt, als wäre ich es.« Er ließ den Blick auf ihr ruhen, als sie ging, um noch mehr Salsa und Aioli zu holen. Ein Teil ihrer Schönheit lag in ihrer Bewegung, in ihrer Haltung. Man würde Felicia niemals auf einem Foto einfangen können, ohne dieser Dimension verlustig zu gehen.

»Ich will alles von dir wissen«, hatte sie gesagt. Und zu seinem Erstaunen merkte er, dass das Gespräch ohne Schwierigkeiten dahinfloss. Wenn er schwieg, dann war das Schweigen nicht schwer und belastend, sondern ein Raum für Gedanken. Sie schien ihr Tempo unbewusst an seines anzupassen. Fing von der Basilikumpflanze, die auf dem Tisch stand, ein wenig Duft in der Hand ein, nickte einem Bekannten zu, ohne jedoch ihre Aufmerksamkeit von ihm abzuwenden, die gleichzeitig nie aufdringlich wurde.

»Erzähl von Pernilla«, sagte sie und fuhr mit dem Finger durch die Flamme der Kerze, die in einem Messingständer auf dem Tisch brannte. Er verfolgte die Bewegung und beobachtete, wie sie mit dem Finger in der Flamme innehielt, bis sie sich fast verbrannte. Er nahm ihre Hand, damit sie sich nicht wehtat, und um sie in seiner zu halten. So blieben sie sitzen. Vorsichtig flocht sie ihre Finger in seine. Eine Hand ohne Ringe mit schönen Nägeln. Eine fürsorgliche Hand, die sich in seiner Phantasie in wilden Kreisen über seinen Körper bewegte.

»Du hast schöne Hände. Spielst du Klavier?«, fragte er.

»Nein, dazu bin ich viel zu unmotorisch. Ich habe eine Vorstellung, wie es klingen sollte, aber rein technisch ist es mir völlig unmöglich, irgendein Tempo hinzukriegen. In der Schulzeit hatte ich Klavierstunden, habe mich durchgekämpft, bis der Lehrer einmal den Deckel des Klaviers über meinen Fingern zuklappte. Wahrscheinlich hat er es nicht mehr ausgehalten. Ich habe auch nie zu Hause geübt. Aber ich höre gern Klaviermusik, und zwar so laut, dass man es im ganzen Körper spürt. Im Sommer hatte ich die Fenster offen und habe laut Chopin gehört. Meine Nachbarn saßen im Garten und grillten. Als ich rauskam, haben sie applaudiert. Ja, wirklich. Sie haben gedacht, ich hätte das Stück selbst gespielt. Und weil man nicht jeden Tag einen Applaus bekommt, habe ich mich bedankt und ihn entgegengenommen.«

»Mit welcher Betrügerin ich hier den Tisch teile.«

»Oh, wenn du wüsstest!«

»Und wer ist nun Felicia?«, fragte er sie später im Rosengarten des Stadtparks. »Du hast mich dazu gebracht, dass ich nur von mir geredet habe. Das ist unfair.«

»Da gibt es nicht viel zu sagen. Ich bin nach Örebro gezogen, nachdem ich mein Medizinstudium beendet hatte. Davor habe ich als Stewardess und Reiseleiterin gearbeitet.«

»Darf man eine kleine eifersüchtige Frage stellen? Wer war der Mann, der beim Abendessen in der Freimaurerloge neben dir saß? Ein älterer Mann mit Schnurrbart, nach früheren Aussagen also genau dein Typ.«

»Ein Freund.« Felicia bekam einen abwesenden Blick, und Per konnte nicht anders, als sie in den Arm zu nehmen. Komm zurück zu mir, sei mir nah. Sie reichte ihm genau bis zum Kinn, obwohl sie Schuhe mit hohen Absätzen trug. Und sie roch wunderbar. Das weiche Haar berührte seine Lippen. In der Trunkenheit des Augenblicks wollte er sie küssen, aber die Gelegenheit glitt ihm buchstäblich aus den Händen. Felicia beugte sich herab und schloss die Hände um eine der gelben Zonta-Rosen, sog den Duft ein und seufzte vor Wohlbefinden. »Das ist ein Freund von mir. Eigentlich habe ich zuerst seine Frau kennengelernt. Das ist eine seltsame Geschichte. Ich war am Fluss unterwegs, nach der Abendschicht. Sie saß in ihrem Rollstuhl auf der Wiese direkt am Svartån. Ich bemerkte, dass sie sich umsah, als wolle sie sehen, ob sie allein wäre. Mich sah sie nicht, denn ich war wohl von einem Baum verdeckt. Plötzlich bewegte sich der Rollstuhl auf das Wasser zu, und zwar mit Absicht, ihre Hände drehten die Räder. Es ging so schnell. Ich sah es und rannte so schnell ich konnte, konnte aber nicht verhindern, dass der Rollstuhl mit ihr ins Wasser fiel. Ich sprang in den Fluss und zog sie an die Wasseroberfläche. Das hätte übel ausgehen können. Sie klammerte sich fest und drückte mich unter Wasser. Immer wenn mein Kopf über Wasser war, schrie ich. Irgendjemand hat uns gehört. Mit vereinter Hilfe konnten wir die Frau ans Ufer ziehen. Sie hatte aufgehört zu atmen. Ich fühlte keinen Puls, also fing ich mit den Wiederbelebungsversuchen an. Als der Notarzt kam, war sie bei vollem Bewusstsein. Sie hat versucht, sich das Leben zu nehmen, weil sie keine Belastung für ihren Mann sein wollte. Die ganze Sache hat letztlich ihrem Eheleben neuen Schwung verliehen. Es ist doch erstaunlich, dass das Leben manchmal erst in der Nähe des Todes wirklich lebendig wird. Er nahm sich Urlaub, und sie reisten an die Orte, die sie schon immer hatte sehen wollen. Ich wurde wie eine Tochter für sie, und sie wurden die Eltern, die ich gern gehabt hätte. Manchmal leihe ich mir ihren Zweitwagen, einen BMW. Die Frau sitzt seit vielen Jahren im Rollstuhl und fährt nicht mehr selbst.«

»Was für ein Glück, dass du in der Nähe warst, sonst hätte sie keine Chance gehabt.«

Plaudernd gingen sie am Fluss entlang in Richtung des Freilichtmuseums Wadköping. Die Luft war hell und klar, und der Himmel über ihnen wie ein unendliches blaues Meer, in dem die Gänse in ständig veränderten Formationen auf wärmere Länder zusegelten. Vom Spielplatz hörte man fröhliches Lachen. Felicia schob ihre Hand unter seinen Arm. Er passte seinen Schritt an und wünschte, dieser Spaziergang würde ewig währen. Und er dankte seinem glücklichen Stern, dass er vorausschauend genug gewesen war, sich den Nachmittag freizunehmen.

Sie spazierten an den kleinen Buden in Wadköping entlang und fühlten sich, als wären sie im Urlaub. In der alten Bäckerei kauften sie sich ein paar Blaubeermuffins und im Krämerladen Karamellbonbons. Als sie wieder in die Sonne traten, zeigte Arvidsson auf ein zweistöckiges Gebäude aus dem 17. Jahrhundert.

»Schau mal, da ist die Königshütte, wo König Karl IX. mal übernachtet haben soll. Dort gibt es eine Wandmalerei, die ich mir gern ansehen würde. Eine Gerichtsszene. Komm!«

Sie lachte über seinen Eifer und folgte ihm. Es dauerte eine Weile, bis ihre Augen sich an das Dunkel im Haus gewöhnt hatten. Schließlich standen sie vor der Wandmalerei. Er hätte Felicia am liebsten in den Arm genommen und geküsst, aber der Mut wollte sich auch jetzt nicht einfinden.

»Ich habe mir die lateinischen Begriffe auf der Wandmalerei übersetzen lassen«, sagte Per. »Soll ich dir das Bild erklären?« Felicia nickte, und er stellte sich schräg hinter sie, um sie berühren zu können. Vorsichtig legte er einen Arm um ihre Schulter. Wenn sie das nicht wollte, musste sie nur einen halben Schritt nach vorn treten. Aber sie blieb. Es war bitterkalt. Er vergrub die Nase in ihrem Haar. »Der Mann in der Mitte mit der Krone und dem Schwert in der Hand ist der Richter. Die beiden jungen Frauen zu seiner Seite, die ihm ins Ohr flüstern, sind die Dummheit und das Misstrauen. Sie tragen den Thronhimmel über seinem Kopf. Zu seinen Füßen liegen ein Hund, ein Hahn und eine Schlange. Sie symbolisieren die Tugenden, die ein Richter haben sollte: Maß, Wachsamkeit und Vorausschau. In der Hand hält er etwas, das wie Zaumzeug aussieht. Es könnte ein Symbol für die Selbstbeherrschung sein, vielleicht aber ist es nur die missratene Darstellung einer Waage. Links siehst du zwei gut gekleidete Frauen, die Reue in der Nonnentracht und die Wahrheit in kostbaren

Kleidern mit dem Zepter in der Hand. Das sind die Verteidiger. Rechts eine andere Ansammlung von Damen: die Seite der Ankläger. Der Hochmut, der den Unglücklichen, einen Jungen in Armenkleidern, vor den Richter zerrt. Rechts von ihm befinden sich zwei Frauen, auch sie in einfachen Kleidern, vielleicht die Dienerinnen des Hochmuts. Der Betrug, der den Angeklagten mit einer Bürste anschwärzt, und die Falschheit, die ihn mit Schmutz bewirft. Sieh mal da, zwischen den beiden Gruppen läuft ein nackter Junge. Das ist die Verleumdung.«

»Die Ornamentik am äußeren Rand finde ich interessant, eine reiche Bildersprache, von der wir vermutlich nicht mal die Hälfte verstehen. Die Taube müsste für den Heiligen Geist stehen. Der Rest erinnert mich am ehesten an Spielzeug.«

»Und schau mal, die beiden nackten Figuren in den oberen Ecken. Was könnten die darstellen?« Arvidsson legte beide Arme um Felicia, die in ihrem dünnen Mantel vor Kälte zitterte. Sein Mund suchte sich von der Stirn über die Wange hinunter zu ihrem Mund. Sie stellte sich auf Zehenspitzen und kam auf ihn zu. Er musste innerlich lachen und dachte an Lenas Rorschachtest. Dann dachte er eine ganze Weile gar nichts mehr.

»Die beiden sehen aus wie ein Mann und eine Frau. Sie spielen mit dem Feuer«, sagte Felicia schließlich.

Ihre Brust leuchtete weiß in dem Mondlicht, das durch sein Fenster im dreizehnten Stock fiel. Ihre Augen glänzten schwarz mit unendlich großen Pupillen. Die Narbe auf ihrer Oberlippe war in dem schwachen Licht nur als schmaler Strich zu erkennen.

»Nein, mach das Licht nicht an.« Felicia fing seine Hand ab. Küsste seine Finger.

»Ich will dich sehen.« Per strich eine Haarsträhne, die ihr ins Gesicht gefallen war, beiseite und hielt ihre beiden Wangen in seinen Händen. »Wir können die Kerze auf dem Schreibtisch anzünden, wenn du willst. Bist du schüchtern?«

»Nein, eigentlich nicht. Ich habe nur etwas Besonderes vor.«

»Hm, klingt spannend.«

»Der Mensch ist ein Wesen des Tages. Der dominierende

Sinn ist das Sehen. Erst wenn man nicht sieht …« Felicias weiche Hände legten sich über seine Augen. »… kann man sich auf das Gefühl konzentrieren.« Vorsichtig berührte sie mit ihren Fingerspitzen die Innenseiten seines Unterarms und schrieb mit den Fingern die Worte »Liebe dich«, ehe sie seine Hand nahm und ihn vorsichtig zum Bett führte und ihn mit geübten Händen auszog. »Ein einziger Quadratzentimeter Haut enthält fünftausend Berührungsrezeptoren. Das Gehirn ist die stärkste erogene Zone des Körpers. Schließ die Augen.«

»Ist das ein Experiment?«

»Nein, Wissenschaft und Erfahrung.« Er hörte das Lachen in ihrer Stimme. »Schließ die Augen und fühl einfach. Ich wärme Öl in meinen Händen und beginne außen, wo sich weniger Berührungsrezeptoren befinden. Dann arbeite ich mich bis zum Brennpunkt vor …«

Als Per Arvidsson mehrere Stunden später ermattet und sehr glücklich in die Dunkelheit starrte und ihren ruhigen Atemzügen lauschte, dachte er an das Wort Sehnsucht. »Ich habe mich mein ganzes Leben lang nach dir gesehnt, ohne es zu wissen«, das hatte er ihr ins Ohr geflüstert. »Ich habe mich nach dir gesehnt und dich vermisst, ohne zu wissen, dass du es warst.« Vielleicht musste man erst Sehnsucht empfinden, um etwas voll und ganz würdigen zu können. Wie nach einer wahnsinnigen Nachtschicht, wenn man endlich schlafen darf und sich so nach Schlaf sehnt, dass der ganze Körper vor Müdigkeit schmerzt. Oder wenn man sich nach Stunden des steilen Aufstiegs in sengender Sonne an einem eiskalten und klaren Bergbach niederlassen, seinen Krug mit Wasser füllen und den Durst stillen darf. So hatte er sich nach einer Frau in seinem Leben gesehnt. Mit diesem Gedanken fiel er in einen tiefen Schlaf.

Als er die Augen öffnete, war es immer noch dunkel. Er horchte auf ihre Atemzüge, konnte aber nichts hören. Plötzlich hellwach, tastete er nach ihr. Das Bett war leer. Er warf die Decke beiseite und stand auf. Könnte es sein, dass sie gegangen war, ohne dass er es bemerkt hatte? War alles, was geschehen war, zu schön, um wahr zu sein? Er warf einen Blick auf den Wecker. Viertel vor vier. Felicia war nicht in der Küche. Sie hatte auch keinen Zettel hinterlassen. Als Per in den Flur ging, um zu sehen, ob sie ihre Kleider mitgenommen hatte, sah er ein schwaches Licht, das unter der Badezimmertür hervordrang. Er machte sie einen Spalt auf und sah sie mit dem Kerzenständer vor dem Spiegel stehen. Das Licht warf ihr seltsame Schatten ins Gesicht, und die Flamme wurde wie ein kleines, gelbes Messer in den geweiteten Pupillen ihrer Augen reflektiert. Sie stand ganz still, hörte ihn nicht. Ihr Blick war auf einen Punkt weit hinter dem Glas fixiert.

»Felicia?«

Sie drehte sich langsam um.

»Felicia, bist du richtig wach?«, fragte er und versuchte, sie in den Arm zu nehmen. Sie wehrte sich, hielt die Kerze vor sich und sah ihn einen Moment lang erstaunt an.

»Ich wollte die Lampe nicht anmachen, um dich nicht zu wecken.«

16

Den ganzen Tag lang hatte der Gedanke, Madame Elaine anzurufen, wie ein pochendes Verlangen in ihren Fingern gesteckt. Auf eine erstaunliche Weise hatte die Gegenwart des Mediums den Bildern, die Pyret heraufbeschwören konnte, Klarheit verliehen, und die Deutungen waren leichter geworden. Eine wichtige Entdeckung.

Pyret hatte ihre Karten zusammengeräumt, den Hörer abgenommen und dann wieder aufgelegt. Sie wollte zwar an der Fähigkeit des Mediums teilhaben, in die Zukunft zu schauen, wäre aber am liebsten der eindringlichen Schärfe in den braunen Augen ausgewichen. Nach dem Treffen von Angesicht zu Angesicht war Madame Elaine gar nicht mehr so angenehm anonym wie zu Beginn ihrer Bekanntschaft. Außerdem war ihr Verhalten unklar und nachgiebig gewesen. Sie tragen selbst die Verantwortung für Ihre Entscheidungen, hatte sie gesagt. In den Karten sehe ich die Voraussetzungen, aber die Entscheidungen treffen Sie selbst. Bezahlt man nicht gerade dafür, die Last der Verantwortung ablegen zu können?

Es musste noch andere Tarot-Kartenlegerinnen geben, an die man sich wenden konnte. Pyret griff nach einem Stapel Illustrierter und setzte sich an den Küchentisch, um die Anzeigen zu lesen. Grabsteine – direkt vom Hersteller. Kaufe Zahngold. Frei von Schmerzen ohne Medizin – mit dem neuen Schallwellengerät erfahren Sie schnelle und effektive Schmerzlinderung. Liebe – was empfindet er für Sie? Rufen Sie an, und fragen Sie eines unserer erfahrenen Medien. Was für ein Unsinn! Schließlich fand Pyret die einzige interessante Anzeige in der mittleren Spalte der letzten Seite und kreiste sie mit einem roten Filzstift ein: Ich sehe Ihre Zukunft und Ihre Vergangenheit. Rufen Sie kostenlos an, um sich zu informieren. Sprechstunde zu Hause und in meditativer Atmosphäre. Bella.

Eine normale Telefonnummer. Örebro, wie praktisch. Sie machten einen Termin aus, noch am selben Abend um halb neun, achthundert Kronen für eine einstündige Séance. Wenn sie so viel Geld nehmen konnte, war Bella wahrscheinlich sehr gefragt.

Während sie darauf wartete, dass es halb neun werden würde, ging Pyret langsam die Drottninggatan hinunter und sah sich die Schaufenster an. Die Luft war eiskalt. Als sie sich der Brücke zum Schloss näherte, blies der Wind schneidend durch ihre Kleidung. Pyret blieb mitten auf der Brücke stehen und sah das schwarze Wasser im Wallgraben gurgelnd die herabgefallenen Blätter mitreißen, auf seinem Weg hinunter zur Mühlenbrücke und der Kanzleibrücke, deren Konstrukteur sich auf dem Dachboden des Schlosses erhängt hatte, weil er fürchtete, seine Brücke würde nicht halten.

Vor dem Nöjeskrogen versammelten sich schick gekleidete Menschen und redeten und lachten. Pyret kam an einem Zeitungskiosk vorbei. Die Schlagzeilen über den Brand im Universitätskrankenhaus waren inzwischen durch andere Schlagzeilen ersetzt worden, die von Prominenten und vom niederschmetternden Ergebnis der schwedischen Damen-Fußballmannschaft im Finale gegen Deutschland handelten. Ein Schiedsrichterskandal. Einen kleinen Augenblick konnte man sich im Zeitungskiosk aufwärmen, ehe jemand fragte, ob man einen Wunsch hätte. Mit einem vagen Schuldgefühl kaufte sie eine Schachtel Zigaretten, gelobte sich selbst, dass es die letzten seien, und ging dann weiter zur Nikolaikirche.

Die Kirche war nicht verschlossen, wie sie vermutet hatte. Da drinnen gab es Wärme, Musik strömte ihr entgegen, Orgel und Gesang schoben sie durch die Tür. Auf der linken Seite stand eine Kiste mit Sand, und im Sand brannte ein Meer von weißen Kerzen. Sie blieb stehen und schaute sie verwundert an. So viel Fürsorge – reine, weiße Gedanken des Wohlwollens und gute Wünsche, Gedanken der Liebe und Gedanken der Trauer, die im Sand brannten. Das war schön. Im Luftzug von der Tür tanzten die Flammen. Das Feuer füllte ihren Blick ganz aus, sättigte ihn mit Licht und Leben. Wenn sie es nur wagte, eine Kerze zu nehmen und sie anzuzünden. Eine Kerze, verbunden mit einem Gebet an den Ewigen: Lass niemanden mein Ich nehmen und meine Gedanken vertauschen, sodass ich ausgelöscht werde.

Und eine Stimmte hallte unter dem Gewölbe wider und antwortete ihr: »Wenn ich mit Menschen- und mit Engelszungen redete und hätte die Liebe nicht, so wäre ich ein tönendes Erz oder eine klingende Schelle. Und wenn ich prophetisch reden könnte und wüsste alle Geheimnisse und alle Erkenntnis und hätte allen Glauben, sodass ich Berge versetzen könnte und hätte die Liebe nicht, so wäre ich nichts. Und wenn ich alle meine Habe den Armen gäbe und ließe meinen Leib verbrennen und hätte die Liebe nicht, so wäre mir's nichts nütze.«

Das Medium, das vor Pyret saß und auf dem runden, rosa gestrichenen Tisch die Karten auslegte, trug eine blaue Häkelmütze, die sie in die Stirn gezogen hatte. Darunter hing das lange helle Haar hervor. Wenn die Einrichtung bei Madame Elaine dezent gewesen war, so war Bellas Sprechzimmer das genaue Gegenteil. Hier gab es alle nur denkbaren Attribute: Traumfänger, Shivafiguren, ägyptische Hieroglyphen, Portraits von Sami und Indianern, Kristalle und Handbücher zur Yin-Yan-Heilung, Auradiagnostik und Tantrasex in einer unsäglichen Mischung, und das alles umgeben von einem rosa Nebel und qualmigen Räucherstäbchen. Die Amulette und

Steine um Bellas Hals folgten klirrend ihren Bewegungen. An jedem Finger glitzerte ein Ring mit einem Stein, manchmal auch zwei, und an den Ohren hingen girlandenartige Reihen von Kristallen.

Als Bella die Karten ausgelegt hatte, holte sie tief Luft und machte eine einladende Bewegung mit den Händen. Bitteschön, dies ist Ihr Leben.

»Da gibt es einen Mann, an den Sie denken. Sie fragen sich, was er für Sie empfindet. Ist das so?«

Pyret antwortete nicht, sondern schloss die Augen. Sie hatte gesehen, was sie sehen wollte. Die Karte mit den sieben Schwertern im Rücken, die Last des Vergangenen, der Tod und die betrügerische Sichel des Mondes.

»Das sieht düster aus. Sie haben doch wohl nicht vor, jemanden umzubringen, oder?« Bella lachte und entblößte dabei eine Lücke zwischen den Vorderzähnen. »Ich glaube, ich habe noch nie so finstere Karten gesehen. Sie sind umgeben von negativen Energien. Es ist an der Zeit, dass Sie das mal anpacken. Sie können sich nicht damit abfinden, immer nur Opfer zu sein. Sehen Sie diese Karte hier? Sie heißt das Ass der Stäbe und erfordert Handeln. Stäbe stehen für Aktivität und Kreativität, müssen Sie wissen.«

»Was bedeutet das? Ich habe das Gefühl, als würde die Karte mit dem Mann auf mich zukommen. Die da.« Pyret spürte, wie sich ihr das Herz in der Brust zusammenkrampfte. »Ich sehe diese Karte deutlicher als die anderen.«

»Der König der Schwerter. Hat er Sie verletzt? Männer sind ein betrügerisches Geschlecht, ich weiß, wovon ich spreche. Behandelt er Sie, als ob nichts geschehen wäre? Ignoriert er Sie einfach? Diese verdammten Männer! Sie nutzen uns aus und betrügen uns, sie missbrauchen uns, und dann gehen sie, als wäre nichts gewesen. Ich denke, Sie sollten dafür sorgen, dass die Sache ein Ende hat. Jagen Sie das Messer in ihn, und drehen Sie es herum, da, wo er es am meisten spürt, sodass er es nie vergisst.«

17 Angesichts des Stroms von Konferenzteilnehmern, die an diesem Dienstagabend im Conventum von Örebro eintrafen, überkam Pyret ein nagendes Unbehagen. Plötzlich wurde sie der Gesichtszüge gewahr, die die unterbewussten Ströme in ihr zum Leben erweckt hatten. Es war ihr früher schon passiert, dass die Erinnerung ihr einen Streich gespielt hatte. Dass sie, die erwachsene Frau, die Schicht um Schicht aus Vergessen und Verdrängen auf die Vergangenheit gelegt hatte, plötzlich in das schwarze Loch zurückgesogen wurde, das zum Chaos der Kindheit geführt hatte.

Er sah sie an, ohne sie zu sehen. Zwischen ihnen standen ein Wagen mit Putzmitteln und drei Jahrzehnte der Veränderung. Zielgerichtet ging er an der Rezeption vorbei und weiter in den Konferenzraum. Vom Lager hinter dem Konferenzraum aus konnte Pyret durch ein schmales Fenster beobachten, wie er seine Papiere auf dem Tisch zurechtlegte und den Overheadprojektor einschaltete.

Von Gefühlen überwältigt, drückte sie das Gesicht an die Scheibe. Es war auf die Entfernung schwer zu erkennen, ob er es wirklich war. Ein hoher klingender Ton schnitt ihr durch den Kopf und verschloss mit einem Mal die Ohren. Pyret starrte ihn an, suchte Gesichtszüge, die dem Mann von den Zeitungsausschnitten ähnelten. Er fuhr sich mit der Hand übers Kinn und dann den Hals hinunter. Dieselbe Geste, dieselbe Bewegung, derselbe Gang wie damals. Über dreißig Jahre körperlichen Verfalls boten eine ausgezeichnete Verkleidung. Ein ergrauter alter Mann mit Glatze, Brille und einem Bierbauch, aber die Bewegungen waren dieselben. Die Luft schien zu schwer zum Atmen. Es pochte in den Fingern und am Mund, der plötzlich ausgetrocknet war und wie versteinert.

Ein Mann in dunklem Anzug, weißem Hemd und Schlips machte den alten Mann auf sich aufmerksam. Sie hörte sie miteinander reden. Der Vortrag sollte in der Arena des Conventum gehalten werden, die bereits voll besetzt war. Fünfzehnhundert Menschen warteten. Nach dem Vortrag würde es eine halbe Stunde Pause geben, und dann würde es im unteren Stockwerk mit dem Bankett weitergehen.

Pyret schnappte sich die Teilnehmerliste von den hinteren Bankreihen. Die Buchstaben verschwammen vor ihren Augen zu einem Durcheinander von kleinen Pünktchen, bis sie seinen Namen und den Text über ihn richtig lesen konnte. Professor Emeritus Frank Leander, Vortrag von 16.00 bis 17.30 Uhr. »Fetales Alkoholsyndrom« war das Thema des Vortrags. Und dann, während des Banketts nach dem Vortrag, sollte ihm der internationale Preis verliehen werden, für den ihn sein Lebenswerk und die Forschung qualifiziert hatten.

Als sie seine trockene, knarrende Stimme aus dem Lautsprecher hörte, war sie ganz sicher, dass er es war. Das Publikum folgte seinen Ausführungen und lachte. Das Witzige an dem, was er gerade gesagt hatte, entging ihr. Sie hasste sie alle. Hasste ihre aufgerissenen Münder und ihr Gelächter. Steif an den Türrahmen gelehnt, hörte sie ihn von dem reden, was eigentlich privat sein sollte. In leicht scherzendem Tonfall rechtfertigte er den Fall, die Erniedrigung, die Scham. Zerrte an dem, was vergessen und unausgesprochen sein sollte, und wühlte darin herum. Machte sich wichtig mit dem, was nicht einmal ihm gehörte – das Leben, das er niemals hatte teilen müssen und auch nicht hatte verbergen müssen.

Der Ekel überkam sie, und sie rannte zur Toilette. Schloss sich in der Dunkelheit ein und kauerte sich auf dem Fußboden am Papierkorb zusammen. Würgte und würgte, aber es kam nichts.

Frank Leander, der selbstherrliche Richter, der ihr ihre Mama genommen hatte. Sie zur Trennung verurteilt hatte. Mutter und Kind mit seinem Schwert geteilt hatte, ohne zu sehen, dass ihre Herzen zusammengewachsen waren. Der Ort, an den Mama kommen sollte, hieß Entzug. Die Zeit wurde zu einem Stundenglas mit langsam rieselndem Sand, zu einer Ewigkeit ohne Nähe, ehe sie einander wieder umarmen durften. Sie hätten sich umarmen können, wäre da nicht das eklige sabbernde kleine Bündel gewesen, das sie im Kinderwagen mit nach Hause brachte. Ausgehungert nach Nähe hatte Pyret sich angeklammert, sich um Mamas Bein geschlungen und war doch weggeschubst worden.

Um von dem berichten zu können, was sich im Schattenreich

bei den Bösen Grauen abgespielt hatte, hätte sie einen Schoß gebraucht, Mamas warmen Schoß und ihre sanfte Stimme, bis das Harte im Bauch hätte schmelzen und die Worte hätten herauskommen können. Es war so unglaublich beschämend. Die Frau, bei der sie gewohnt hatte, als Mama im Entzug war, hatte sie gezwungen, ohne Unterhose im Kinderbett zu liegen. Hatte sie genötigt, die Beine zu spreizen und ihr Allerheimlichstes zu zeigen. Mit der Taschenlampe hatte sie geleuchtet, um etwas zu sehen. Ein aufgeregter Anruf in der Kinderklinik. Pyret konnte noch die Stimme hören. Wie die Frau am Telefon über ihr privates »Pipi« geredet hatte, über die Narben, die es da gab. Konnten die sehen, dass sie sich in den Schlaf gefummelt hatte? Dass ihre kleinen Kinderfinger den Trost gesucht hatten, den sie kriegen konnten? Sie waren mit dem Taxi in die Klinik gefahren. Das Gesicht des Kinderarztes war groß und ernst und erschreckend nah gewesen, als er ihr befahl, die Hosen auszuziehen. Sie hatte sich geweigert, getreten, gebissen und gezerrt. Ihn am Arm gekratzt, bis es geblutet hatte. Die Stimmen hatten versucht, sie zu beruhigen, zu befehlen, zu bitten und zu drohen, bis sie ihnen zu Willen gewesen war und ihren heimlichen Raum unter dem Scheinwerferlicht der Untersuchungslampe geöffnet hatte.

Sie hatten Zugang zu ihrem Körper bekommen, aber nicht zu ihren Gedanken. Es gab einen Ausweg, den gefährlichen Weg durch das Reich des Feuers, wo die Sieben sie mit ihrem Wagen aus glühendem Eisen in Empfang nahmen.

Sie spülte sich das Gesicht mit kaltem Wasser ab. Stopfte Pyrets ängstliches Wesen tief in den Körper der erwachsenen Frau hinein, der völlig außer Kontrolle geraten war. Sie betrachtete sich eilig im Spiegel. Das Kindergesicht auf der anderen Seite des Glases war verschwunden. Sollte sie bleiben, oder musste sie sich krankschreiben lassen, um durch den Tag zu kommen? Was war jetzt nötig? Genugtuung. Der Gedanke zuzusehen, wie all das Beschämende durchs Feuer gereinigt wurde, gab ihr Kraft. Es lag so ein Triumph in den brennenden Flammen, in dem tanzenden, spielenden Feuer und dem Rauch, der alle Spuren der Scham verwischte. Die fröhlich hüpfenden Funken und die Hitze, die alles verbrannte und eine schwarze Decke zurückließ, die versöhnlich alles einhüllte, was nicht mehr war.

Wie im Fieber bereitete sie jeden Schritt vor, durchdachte jede Maßnahme, wog Risiken gegen Vorteile ab, während der Nachmittag in den Abend überging. Auf der Toilette eingeschlossen, studierte sie den Grundriss des Gebäudes. In der Zentrale, wo das Sprinklersystem außer Funktion gesetzt werden konnte, gab es sogar ausführliche Ortsbeschreibungen und Notfallmaßnahmen, die von der Brandschutzbehörde beigefügt worden waren. Nur war der Raum leider verschlossen, und einen Schlüssel zu organisieren, wäre ein zusätzliches Risiko gewesen. Von dem schwarzgrauen Studio, das früher einmal ein Kindertheater gewesen war, konnte sie über die Geheimtreppe zum Parkhaus Süd kommen, dann in die Stadt und so die notwendigen Einkäufe erledigen, ohne an der Rezeption vorbeizumüssen. Ein Plastikkanister mit Benzin und Putzwolle aus Baumwolle passten problemlos in die Schultertasche. Das Messer kam in den Jackenärmel.

»Frank Leander? Dürfte ich ein paar Worte mit Ihnen wechseln? Ich habe Ihren Vortrag gehört. Der war wirklich sehr anregend. Ich arbeite als Reporterin für die …« Ohne nachzufragen oder sich zu wehren, folgte er ihr in den Gruppenraum, den sie vorbereitet hatte. Geschmeichelt durch die Aufmerksamkeit der Medien. Große Schlagzeile. Foto. Vielleicht Seite eins in großer Auflage. Seine selbstherrliche Miene, die er hinter den zusammengezogenen Augenbrauen zu verbergen suchte, schien durch. Sie ließ ihm den Vortritt. Es war durchaus eine Genugtuung, das selbstzufriedene Lächeln aus seiner Visage weichen zu sehen, gefolgt von zunächst Enttäuschung und dann Angst, als er den Ernst der Lage begriff. Wenn er in diesem Moment um Vergebung gebettelt und gefleht hätte, dann hätte er vielleicht leben dürfen. Aber sein Gesicht zeigte keine anderen Gefühle als Abscheu und Hass.

»Wollen Sie Geld, oder was?«

»Nein.« Sie flüsterte ihren Namen in sein Ohr, den geheimen Namen, den er ihr gegeben hatte, und drehte das Messer um.

Pyret musste den Ort nicht einmal verlassen. Sie musste sich einfach nur unter die Schaulustigen mischen. Wie damals als Kind, als sie den brennenden Weihnachtsbaum mit den brennenden Kerzen betrachtet hatte. Die Spannung, die durch den ganzen Körper ging. Eine Art Glücksgefühl. Eine Demonstration der Stärke. Jetzt sieht man mich. Jetzt bemerkt man mich. Jetzt gibt es mich. Und die Stimme der Mutter: Mein Liebling, geliebtes Kind. Worte, die so gut taten, richteten sich im Bauch ein und bekräftigten, dass alles so war, wie es sein sollte.

18

Per Arvidssons erster Gedanke, als die Notrufzentrale die Nachricht von einem Brand im Conventum weiterleitete, galt Felicia, die sich dort befand, um einen Vortrag über maligne Melanome zu hören, und der zweite Pernilla. Mit Pernilla hatte er am Abend zuvor telefoniert. Sie würde für den gesamten Ärztekongress verantwortlich sein. Der Kongress stand unter dem Thema »Durch Lebensstil verursachte Krankheiten«, und es gab ein breites Angebot an Vorträgen, die gleichzeitig in verschiedenen Räumen des Conventum stattfanden. Hoffentlich ging es ihr gut. Er spürte die Sorge in seinem Körper. Als Tagungsbetreuerin musste sie an erster Stelle die Sicherheit der Teilnehmer gewährleisten.

Es gab noch keine Informationen darüber, was eigentlich geschehen war und wie umfangreich der Brand war. Gunilla am Empfang hatte gesagt, Lena sei bereits dort. Sie hatte das Polizeigebäude eine knappe Stunde zuvor verlassen, um sich in ihrer Funktion als Betriebsrätin mit der Leitung des Conventum zu treffen. Sie wollte über die Sicherheitsmaßnahmen bei dem geplanten Polizeikongress sprechen, der im nächsten Frühling in Örebro stattfinden sollte.

Als Arvidsson und seine Kollegen sich dem Conventum näherten, herrschte bereits Panik. Konferenzteilnehmer quollen aus dem Gebäude, neugierige Schaulustige waren auf dem Weg dorthin. Einige Besucher drängten zu den wartenden Bussen, die wegen des Staus und der Menschenmassen nicht losfahren konnten. Arvidsson fluchte leise. Die Leute bewegten sich trotz Blaulicht und Sirenen nicht von der Stelle. Man konnte mit dem Streifenwagen nicht vorwärtskommen, ohne das Risiko einzugehen, jemanden zu verletzen.

Fast eine Stunde verging, ehe Absperrungen an der Drottninggatan, der Änggatan und der Näbbtorgsgatan eingerichtet werden konnten, um das Viertel abzuriegeln. Zu dem Zeitpunkt war der Brand bereits unter Kontrolle, und die Räume waren dank der kundigen Mitarbeiter des Kongresszentrums evakuiert, die alle Türen geschlossen, Notrufe getätigt und die Konferenzteilnehmer zum Eingang gelotst hatten. Der Notruf hatte ebenso funktioniert wie die Sprinkleranlage. Bisher gab es weder Tote noch ernsthaft Verletzte. Ungefähr zwanzig Personen wurden zur Beobachtung ins Krankenhaus gebracht.

Unter den Personen, die identifiziert und verhört werden sollten, hatte Arvidsson Bella Svanberg gesehen. Ihr rosa Sweatshirt schien fast von selbst zu leuchten. Er ging ihr aus dem Weg, indem er sich mit dem Rücken zu ihr stellte, um eine Konfrontation zu vermeiden, denn er wusste nicht, was sie sagen würde, wenn sie hier aufeinanderträfen. Bella wurde Lena Ohlsson zugeteilt, und er konnte erst einmal aufatmen. Was machte denn die Blaubeermütze hier? Er erinnerte sich nur schwach, dass sie für eine Putzfirma arbeitete, andere Erinnerungen waren dafür umso stärker. Er schob den Gedanken weg und versuchte, sich auf das Verhör einer jungen Konferenzteilnehmerin zu konzentrieren, die sich im Flur befunden hatte, als sie plötzlich eine laute Explosion gehört hatte.

Er prüfte ihre Personendaten und stellte die einleitende Frage: »Waren außer Ihnen noch andere Leute im Flur?«

»Eine dunkel gekleidete Person lief aus einem der Gruppenräume und dann in eine Tür auf der anderen Seite des Flures. Schwer zu sagen, ob es ein Mann oder eine Frau war. Ein kleiner Mann oder eine große Frau.«

Arvidsson bat sie, ihm auf einem provisorischen Lageplan des Kongresszentrums den Ort des Geschehens zu zeigen. In ihrem aufgeregten Zustand fiel es ihr schwer, sich auf dem Plan zu orientieren. Gemeinsam rekonstruierten sie, aus welchem Raum die dunkel gekleidete Person gekommen sein musste. Vom Ende des Flurs führte laut der Zeichnung eine Feuertreppe zum Parkhaus Süd.

»Ich merkte, dass es nach Feuer roch, und dann kam mir auch schon der Rauch entgegen. Ich erwischte eine Putzfrau, die mir half, zum Eingang zurückzufinden. Es war so viel Rauch überall, dass man nichts mehr sehen konnte. Ein Mann, der unbedingt noch mal zurückwollte, weil er seine Aktentasche im Vortragssaal vergessen hatte, hat mich umgerannt. Der hat vermutlich nicht kapiert, wie ernst die Lage war.«

Arvidsson ließ die Videokamera über die Menschenmenge und die Zeugen, die im angrenzenden Bibliotheksgebäude versammelt waren, gleiten. Dann filmte er weiter durch den Eingang vom Conventum und hinauf zur Rezeption. Der Rauch hing wie eine dicke schwarze Decke in den Räumen.

Nach weiteren zwei Stunden war der Brand unter Kontrolle. Im Raum, der mithilfe der Zeugenaussage der jungen Frau als Ursprungsort des Brandes identifiziert worden war, fand man die verbrannten Überreste eines Menschen, der vornüber zu Boden gefallen war. Das Auge der Kamera fuhr durch den Raum. Durch die Überhitzung hatte sich das Dach fast zehn Zentimeter gehoben, Gipsplatten hatten sich gelöst und waren herabgefallen. Von den Gardinen war nichts mehr übrig, nur noch der Korpus des heruntergebrannten Sessels und das Bündel eines menschlichen Körpers auf dem Boden. Auf den ersten Blick konnte man nicht sagen, ob es sich um einen Mann oder eine Frau handelte. Eine erste vorsichtige Einschätzung der Rettungsleitung vor Ort lautete, dass es sich um Brandstiftung handele. Die starke Brandentwicklung sowie andere Funde unterstützten diese Hypothese. Doch es würde noch weitere Wochen, vielleicht Monate Arbeit erfordern, bis die Ermittlungen zu den Akten gelegt werden könnten.

Kurz vor zehn Uhr abends, bevor die nächtlichen Patrouillen begannen, versammelte sich die Polizei im Konferenzraum zu einer Besprechung. Das Studio und der besagte Gruppenraum zogen die besondere Aufmerksamkeit auf sich. Normalerweise war die Holzklappe im Fußboden des Studios mit einem Teppich bedeckt. Nach Aussage der Putzfrau, die man verhört hatte und die auch bestätigen konnte, dass sie der Hauptzeugin bis zur Rezeption geholfen hatte, verhielt sich das immer so. Als die Polizei an den Ort kam, war die Holzklappe jedoch geöffnet und die Treppe nach unten sichtbar gewesen. Der Teppich hatte nachlässig zusammengeschoben neben dem Niedergang gelegen. Direkt vor der Tür zum Parkhaus Süd hatte man einen leeren Plastikkanister gefunden, der offenbar Benzin enthalten hatte. Wenn das so war, dann hatte die Geheimtreppe höchstwahrscheinlich dem Brandstifter als Fluchtweg gedient.

Bis zu den Nachrichtensendungen um zehn Uhr desselben Abends hatte man sich entschieden, die Identität des Opfers zunächst nicht preiszugeben. Es war ein Mann. Die Gesichtshälfte, die durch den Kontakt mit dem Fußboden geschützt gewesen war, war so gut wie unversehrt, die andere war nicht mehr vorhanden. Die Brieftasche, die er in der Innentasche des Jacketts trug, war noch erhalten. Hier fand man die Identitätsnachweise, die Telefonnummern der nächsten Angehörigen und den Organspenderausweis – unter den gegebenen Umständen ein wenig makaber, dachte Arvidsson. Es handelte sich bei dem Verstorbenen mit größter Wahrscheinlichkeit, um den Professor Emeritus Frank Leander. Früher in der Kinderpsychiatrie tätig und Verfasser von zahlreichen Forschungsarbeiten. Die Polizei hatte kurz vor der Ausstrahlung der Abendnachrichten Kontakt zu seiner Ehefrau bekommen. Eine Reihe von Fotos vom Brandort wurde herumgereicht. Die gerichtsmedizinische Obduktion der Leiche würde weitere Hinweise geben, ebenso die Zahnkarte. Da man noch auf gesicherte Informationen wartete, musste die Benachrichtigung der Medien zunächst aufgeschoben werden.

Hingegen hatten die Ermittlungen des Brandes im Putzraum des Universitätskrankenhauses neue Ergebnisse erbracht. Die Zahl der Toten war jetzt auf drei angestiegen. Ein älterer Mann, der sich in der Notaufnahme direkt vor dem Desinfektionsraum, in dem der Brand ausgebrochen war, befunden hatte, war nach Hause gefahren, anstatt die Gesundheitszentrale aufzusuchen, wie man ihm geraten hatte, da er dem giftigen Rauch ausgesetzt gewesen war. Im Lauf der Nacht war er, noch ehe der Notarzt kommen konnte, an einem Lungenödem gestorben.

»Konnte Jenny Nygren jemanden auf den Videofilmen identifizieren?«

»Sie hat eine Freundin wiedererkannt, die auf der Intensivstation arbeitet, konnte aber nicht sicher sagen, ob jemand der Frau aus dem Stadtpark ähnelte. Es war ja dunkel gewesen, und sie hatte nach der Misshandlung einen Schock.«

Arvidsson hörte sich mit einem gewissen Ekel das erste Protokoll von der Obduktion der Schwesternschülerin Mirjam Wide an, die bei dem Brand im Krankenhaus ums Leben gekommen war. Der Rauch, den sie eingeatmet hatte, hatte wahrscheinlich eine Temperatur von fünfhundert Grad oder mehr gehabt. Die Verletzungen der Atemwege waren detailliert beschrieben. Ein Atemzug, und sie war zum Tod verurteilt gewesen. Es war fast Mitternacht, ehe Arvidsson seinen Bericht geschrieben hatte und das Polizeigebäude verlassen konnte.

Er sah ihre Silhouette in der Nachtbeleuchtung des Zeitungskiosks vor dem Hochhaus, in dem er wohnte. Es gab keinen Zweifel. Bella wartete auf ihn. Das helle Haar fiel ihr in silbernen Schlingen über die Schultern. Mit Capri-Jeans und hohen schwarzen Lackstiefeln marschierte sie vor der Tür auf und ab. Per zitterte innerlich vor Erschöpfung. Warum konnte sie ihn nicht einfach in Ruhe lassen? Wenn er sich schnell zwischen die parkenden Autos hockte, würde er ihr entkommen. Nein, das war doch absurd.

»Jetzt weiß ich, wo du arbeitest«, sagte Bella. »Ich habe dich heute gesehen.«

»Was willst du von mir?« Er suchte nach seinem Schlüssel in der Tasche und fing an, mit dem Schloss zu kämpfen.

»Ich weiß vielleicht was, was du nicht weißt.« Bellas Zungenspitze spielte in ihrem Mundwinkel.

»Gut möglich.« Er öffnete die Tür. Sie drängelte sich vor ihn und warf sich ihm an die Brust. »Hör jetzt auf, Bella.« Er packte sie härter, als er vorgehabt hatte, am Arm.

»Wenn ich mit raufkommen kann, dann könnte ich dir

vielleicht was erzählen. Etwas, was ich deiner Kollegin Lena Ohlsson nicht gesagt habe. Ich habe ihre Visitenkarte in meiner Handtasche. Aber ich will mit dir reden. Nur mit dir.«

»Es wird sicher in den nächsten Tagen ein Ermittler mit dir Kontakt aufnehmen. Ich denke, du solltest jetzt nach Hause gehen.« Arvidsson dachte an Felicia, die bestimmt da oben in der Wohnung schlief. Erschöpft von der Arbeit, nachdem sie die Patienten, die dem Rauch ausgesetzt gewesen waren, in der Notaufnahme behandelt hatte. Bestimmt hatte sie viele Überstunden machen müssen. Morgen um acht Uhr musste sie wieder vor Ort sein, klar im Kopf, gut funktionierend und voller Anteilnahme. Er musste Bella loswerden, und zwar schnell. »Ich rufe dich morgen auf dem Handy an«, sagte Bella. »Lena Ohlsson hat gesagt, dass ihr freihabt. Dann könnten wir ja im Pizza-Planet was zu Mittag essen. Wenn du versprichst, dass wir uns da sehen, lasse ich dich heute Abend in Ruhe.«

Er versprach es, obwohl tausend Alarmglocken läuteten, er versprach es, weil er so erschöpft war und die Sehnsucht nach Felicia ihn zu einem leichten Opfer machte.

Als Per Arvidsson dann dastand und die schlafende Felicia betrachtete, vergaß er alles. Sie sah aus wie ein kleines Kind, ein kleines Schulmädchen, wie sie mit dem Gesicht in der Armbeuge dalag und schlief. Eine große Zärtlichkeit überkam ihn, ein so starkes Gefühl, dass er ganz davon erfüllt war, von der Größe des Moments und dem seltsamen Geschick, das dieses wunderbare Geschöpf in sein Bett geführt hatte. Sie bewegte sich ein wenig im Schlaf. Er widerstand dem Impuls, ihre Wange zu streicheln. Plötzlich schlug sie die Augen auf, und starrte ihn erschrocken und verständnislos an, ehe ein Lächeln auf ihr Gesicht trat. Er kroch zu ihr und zog sie an sich. Ihr Haar roch nach Feuer. Seines wahrscheinlich auch.

»Eine Frau hat angerufen. Sie hat nicht gesagt, was sie wollte.«

Per ließ es unkommentiert. Er lag lange wach und dachte nach. War es nicht besser, die Wahrheit zu sagen, obwohl sie gar nichts mit ihm und Felicia zu tun hatte? Nein, das wäre zu heikel. Es war besser, die Beziehung erst zu festigen, ehe man irgendwelche unangenehmen Dinge aus der Vergangenheit präsentierte. Im schwachen Licht von der Stadt konnte er das Bild mit der Gerichtsszene sehen, das er hatte rahmen lassen und das jetzt neben der Eingangstür hing. Die Wahrheit, eine große, aufrechte Frau, erhob den Stab, aber sie erreichte den Schuldigen nicht, der im festen Griff des Hochmuts war.

Bella Svanberg zog sich um, legte etwas zusätzlichen blauen Lidschatten auf und besah sich im Spiegel. Das lange schwarze Kleid, der Schal um die Schultern und die blaue Mütze über dem offenen Haar ließen sie interessant und unergründlich wirken. Sie besserte noch einmal den Eyeliner nach. Mit einem erwartungsfrohen Gefühl ging sie zum Fenster, um zu sehen, ob das Auto, das sie abholen sollte, schon gekommen war. Die großen Tannen auf dem Spielplatz verdeckten den Blick auf die Einfahrt. Vielleicht war es am besten, wenn sie gleich zum Parkplatz runterging. Bella stieg in ihre spitzen schwarzen Schuhe und schloss die Eingangstür zu. Wenn alles gut lief, dann würde sie nie wieder beim Arbeitsamt aufkreuzen müssen. Sie würde eine berühmte Person sein. Eine eigene Kolumne in einer Illustrierten kriegen oder, noch besser, eine Fernsehsendung, in der sie die Fragen der Zuschauer über Signale aus der Atmosphäre beantworten könnte.

Als die Journalistin von der großen Abendzeitung vor dem Conventum mit ihr Kontakt aufgenommen hatte, war sie gelinde gesagt perplex gewesen. Inzwischen hatte sich die erste Überraschung gelegt, aber es war immer noch eine Anspannung da, die große Frage, wie die Zukunft aussehen würde, wenn der Artikel erst veröffentlicht war. Das Medium von Örebro – eine Reportage über mehrere Seiten hatte die Journalistin versprochen. Danach würden sich die Leute um Termine bei ihr reißen. Schon bald würde sie eigene Kurse in medialer Entwicklung halten und von jedem Kursteilnehmer dreitausend Kronen nehmen, sich ein teures Auto und eine neue Wohnung kaufen.

Bella warf einen Blick auf die Uhr. Sieben Minuten vor eins. Ein Uhr nachts hatten sie als Zeitpunkt für das Interview ausgemacht. Die Uhrzeit war schon ein wenig schräg, aber die Journalistin hatte gesagt, das sei die Idee des Fotografen gewesen. Die Fotos sollten bei Nacht in einem Spukschloss am Hjälmaren gemacht werden, damit sie die richtige Atmosphäre hätten. Warum auch nicht? Der Fotograf wusste schon am besten, welche Bilder sich gut verkauften.

In der Dunkelheit, weit von der Straßenlaterne entfernt, stand ein Auto. Die Scheinwerfer gingen an, als Bella sich näherte. Sie beeilte sich. Erkannte die Fahrerin von ihrer früheren Begegnung. Sie machte die Tür auf und setzte sich auf den Beifahrersitz.

19

»Wenn du beschlossen hast, mit deiner Schwester und ihrem Mann in den Nöjeskrogen zu gehen, dann solltest du das tun, finde ich. Ich habe zu Hause noch eine Menge Sachen zu erledigen.« Felicia sah nicht einmal von der Zeitung auf. Sie wirkte sauer, und er hatte das Gefühl, als sei sie verletzt. Der Artikel über staatliche Zuschüsse zur Filmindustrie, den sie las, konnte sie kaum so verärgert haben. Als er aufgewacht war, hatte sie nicht neben ihm im Bett gelegen, sondern auf dem Sofa. Hatte er etwas gesagt oder etwas zu tun oder zu sagen vergessen? Den ganzen Morgen lang hatte sie kaum ein Wort von sich gegeben. Als er fragte, ob sie wach sei, und sie mit seinen Händen gesucht hatte, hatte sie sich ihm entzogen.

Wahrscheinlich war sie müde und völlig fertig. Damit versuchte er sich zu beruhigen. Den Morgen hatte er sich ganz anders vorgestellt, dabei war er extra aufgestanden, um ihr Gesellschaft zu leisten, obwohl er doch nicht vor mittags aus dem Haus musste. Er hatte ihr das Frühstück ans Bett bringen wollen, aber sie hatte das nicht zugelassen.

»Ich würde dich aber gern meiner Schwester vorstellen. Pernilla ist neugierig, das kannst du dir doch denken. Willst du nicht mitkommen?« Per sah sie an. Auch jetzt schaute sie nicht auf. In ihrem Mundwinkel zuckte es ein wenig, als würde sie gleich anfangen zu weinen, zu lachen oder ihm eine hässliche Grimasse ziehen.

»Ich hab keine Lust.« Sie stand auf und ging in die Küche, um ihre Teetasse auszuspülen. Dann öffnete sie die Tür und trat auf den Balkon hinaus. Die Kälte umfing sie und drang dann weiter durch das Zimmer zu dem Platz, an dem er stand.

»Kommst du heute Abend her? Schläfst du heute Nacht hier?«, fragte er.

»Das habe ich noch nicht entschieden.«

»Aha, du hast es noch nicht entschieden«, echote er etwas dümmlich. »Ich möchte aber gern, dass du kommst.«

»Ich muss morgen arbeiten. Ich brauche meinen Schlaf.«

»Wie meinst du das denn? Ich habe nicht vor, Pernilla und Svenne mit hierher zu bringen. Ich muss die Vorstellung auch nicht sehen, wenn es dir wichtig ist, dass ich zu Hause bleibe. Bist du müde, oder stört dich etwas anderes?«

»Vielleicht.« Sie hielt ihn wie eine Fliege an einem Flügel, während er verzweifelt mit dem anderen flatterte. Jetzt sag es schon. Sag, was es ist. Quäl mich nicht.

»Was ist denn los? Kann ich was tun?«

»Wie wäre es, mal die Wahrheit zu sagen?«

»Die Wahrheit?« Er dachte fieberhaft nach, aber die Gedanken sausten ohne Ziel und Kontrolle durch seinen Kopf.

»Eine Frau hat angerufen und sich als die Mutter deiner Kinder vorgestellt. Ida, Lovisa und Sebastian, falls du sie vergessen haben solltest. Du bist dieses Wochenende dran, die Kinder zu nehmen, und du hast den Unterhalt nicht pünktlich gezahlt. Sie wollte das gern bei einem Mittagessen mit dir besprechen. Pizza-Planet, auf der anderen Straßenseite, dreizehn Uhr. Sie lässt dir ausrichten, dass es dich teuer zu stehen kommen wird, wenn du nicht kommst.«

Arvidsson war fassungslos. Er machte einen Versuch, Felicia zu umarmen, aber sie glitt aus seinem Arm und ging zur Tür.

»Bella?«, fragte er nach.

»Genau, so hieß sie. Das heißt, du streitest es wenigstens nicht ab.«

Felicia wand sich aus seinen Armen und legte die Hand auf die Türklinke.

»Ida, Lovisa und Sebastian existieren gar nicht, und somit

kann ich auch keinen Unterhalt schuldig sein. Ich habe niemals mit Bella Svanberg zusammengewohnt, und ich will auch nichts mit ihr zu tun haben.«

Erst jetzt, als sie im Flur standen, sah er es, jetzt fiel sein Blick auf das Bild mit der Gerichtsszene. Jemand hatte mit rotem Filzstift der personifizierten Wahrheit Hörner und einen Schwanz gemalt und aus dem Zepter einen Schürhaken gemacht. Felicia richtete sich auf und sah ihn unter den Haaren, die ihr in die Stirn gefallen waren, wütend an.

»So weit die Wahrheit«, sagte sie demonstrativ.

»Ich sage aber die Wahrheit!« Er wurde laut, und sie zuckte zusammen, als würde sie mit einem Schlag rechnen. Er bereute es gleich. Falsche Taktik. Alles falsch. Verdammt noch mal! Warum musste das hier geschehen?

»Aha, und mit wem isst du heute zu Mittag?«, fragte sie und nagelte seinen Blick fest.

»Mit Bella ... Es ist aber nicht so, wie du denkst. Bleib, Felicia.«

»Hau ab und lass mich in Ruhe.«

»Felicia. Es ist nicht, wie du denkst.«

»Ich weiß überhaupt nicht, warum ich hier bleibe und dir zuhöre. Ich hätte gestern Abend schon einen Zettel schreiben und gehen können. Wie masochistisch bin ich eigentlich?« Sie öffnete die Wohnungstür.

Er zog sie zurück und machte die Tür wieder zu. Hielt sie ganz fest in seinem Arm und erklärte ihr die Geschichte, so gut er sie eben erklären konnte.

»Aber warum musst du mit ihr essen gehen? Das verstehe ich nicht.«

»Wenn man mit wild gewordenen Pferden zu tun hat, dann hält man sie entweder weit von sich weg, sodass sie einen nicht erreichen, wenn sie treten, oder so nah, dass sie nicht treten können.«

»Wenn du sie nah ranlässt, dann wird sie dich auffressen. Was passiert, wenn du nicht hingehst?« Felicia stand ganz still in seinem Arm, ohne Widerstand zu leisten.

»Wahrscheinlich wird sie meiner Kollegin alle möglichen wilden Phantasien unterbreiten. Halbwahrheiten und Lügen in einer geschmacklosen Mischung. Bella war gestern mitten im Getümmel im Conventum. Vielleicht wird sie erzählen, sie habe gesehen, wie du den Brand gelegt hast, oder Pernilla, nur um mir zu schaden, oder irgendeinen anderen Wahnsinn, dem aber trotzdem nachgegangen werden muss. Ich weiß nicht, was ich tun soll.«

»Vielleicht sollten wir alle drei zusammen zu Mittag essen. Wie findest du das? Ich kann sie bitten, mir Fotos von Ida, Lovisa und Sebastian zu zeigen. Mal sehen, ob sie ihrem Vater ähnlich sind. Wenn wir sie am Wochenende hier haben, dann ist es doch gut, wenn ich schon mal weiß, wie sie aussehen.« Felicia lachte so, dass die weißen Zähne in der Dämmerung des Flures leuchteten. Kicherte, als hätte jemand sie gekitzelt. »Wie wäre es mit einem Happy Meal bei McDonald's am Samstag, und danach gehen wir mit ihnen ins Abenteuerbad in Gustavsvik? Aber ich muss jetzt wirklich zur Arbeit. Wir sehen uns im Pizza-Planet.« Sie küsste ihn, ein Kuss, aus dem sie sich herauswinden musste, damit sie die Kleider am Leib behalten und rechtzeitig zur Arbeit kommen konnte.

»Ich liebe dich, Felicia«, rief er ihr im Treppenhaus nach, aber sie war bereits im Fahrstuhl verschwunden.

Als sie gegangen war, warf sich Per Arvidsson aufs Bett und starrte an die Decke. In der Küche lief das Radio. Er schaffte es nicht, aufzustehen und es auszuschalten. Der Reporter spekulierte über Brandursachen, der Pressesprecher der Polizei wurde interviewt, Politiker äußerten Vermutungen, und auch die Allgemeinheit durfte ihre Meinung über die Bedrohung, die über Örebro lag, kundtun. Alle anderen gesellschaftlichen Fragen wurden von der ersten Seite gekickt und verkümmerten zu kleinen Notizen auf den Innenseiten.

Beim Gedanken daran, was Bella wohl alles ausspucken würde, wenn man sie zum Gegenstand der Aufmerksamkeit der Medien machte, drehte sich Per der Magen um. Hätte er seinen Kollegen davon berichten und die ganze Misere offenlegen sollen? Aber schon die Vorstellung, Lena erzählen zu müssen, wie die Dinge wirklich lagen, ließ ihn innerlich aufstöhnen. Um zu beweisen, dass Bella Svanberg keine glaubwürdige Zeugin war, würde er gezwungen sein zu berichten, wie man sie gemeinsam aus dem Lokal geworfen hatte, welche Szene über seine angebliche Vaterschaft sie am Telefon vorgespielt hatte, und womöglich auch noch, wie er die Nacht in ihrer rosa Hölle verbracht hatte. Und das auf einer neuen Stelle. Unmöglich.

In den Stunden, die er eigentlich darauf hätte verwenden sollen, sich auszuruhen und neue Kräfte für die nächste Schicht zu sammeln, wanderte Arvidsson in seiner Wohnung auf und ab, setzte Kaffee auf, der dann kalt wurde. Duschte, schwitzte wieder, musste noch einmal duschen. Las die Zeitung, ohne irgendwelche Zusammenhänge herstellen zu können. Als es auf ein Uhr zuging, war er nicht hungrig, aber doch als Erster im Restaurant. Normalerweise konnte er locker und ohne mit der Wimper zu zucken eine große Pizza essen. Jetzt starrte die Pizza ihn mit ihren Olivenaugen an und verzog ihre Muschelmünder, und er blieb am Tisch sitzen und wartete.

Vom Fenster aus konnte er den Olof-Palmes-Torg und den Eingang zum Conventum überschauen. Die Absperrungen waren entfernt worden. Die Flaggen tanzten im Wind, als sei nichts geschehen. Die Menschen drängten sich an den Bushaltestellen, schützten sich vor dem Wind, der an allem, was ihm in den Weg kam, zerrte und riss.

Bella war nicht zu sehen. Er hatte Angst gehabt, dass sie als Erste kommen würde. Dass sie schon dasitzen und mit ihrer Blaubeermütze auf ihn warten würde, beleidigt oder siegesgewiss. Er wusste nicht, was schlimmer wäre. Punkt ein Uhr sah er Felicia quer über die Straße kommen, nachdem sie ihr Fahrrad abgestellt hatte. Die Haare wirbelten im Wind, wurden zur Seite geworfen und fielen dann über ihre Schultern. Sie winkte, und das Gefühl der Zusammengehörigkeit floss durch den Raum auf ihn zu.

Als sie ihm dann gegenübersaß, wünschte er sich, dass sie allein wären und unter ein dickes Daunenpolster kriechen könnten, um einander wieder und wieder zu entdecken, jedes Muttermal, jede kleine Narbe. Die Lust machte ihn träge im Kopf und schwindelig. Er strich mit dem Zeigefinger über ihren Mund, über die Narbe unter der Nase. Sie hielt die Hand vor ihren Mund, sprach aber weiter von der Arbeit, von den Patienten, die dem Rauch ausgesetzt gewesen waren, jetzt aber außer Gefahr waren. Sie erzählte, dass im Krankenhaus eine erstaunliche Ruhe herrschte, eine ungewöhnliche Einigkeit und ein Gemeinschaftsgefühl. Alle redeten mit allen über das Schreckliche, das geschehen war. Leute, die einander sonst kaum gegrüßt hatten, gingen jetzt zusammen in die Kantine und sprachen miteinander, als würden sie sich schon ewig kennen. Nachts halfen sich die Stationen untereinander aus, um die Mitarbeiter zu verteilen, damit niemand eine Schicht allein machen musste. Die Bewachung des Krankenhauses durch die Wachgesellschaft war verstärkt worden.

»So schlimm Katastrophen auch sind, haben sie doch immer etwas, was die Leute stärker miteinander verbindet«, meinte sie. »Aus dem Bösen kommt etwas Gutes. Wir sehen, wie verletzlich wir ohne einander sind.« Felicia sah auf die Uhr. »Ich muss zurück. Wir sehen uns heute Nacht.« Sie küsste ihre äußersten Fingerspitzen und blies ihm den Kuss zu.

Er stand auf und begleitete sie zum Fahrradständer. Wärmte ihre Hände in seinen und wollte sie am liebsten gar nicht loslassen. Sie lachte über ihn, ein freundliches Lachen, knöpfte seine Jacke zu und wickelte mit zärtlichen Bewegungen den Schal um seinen Hals.

Von Bella war nichts zu sehen. Vielleicht hatte sie die beiden durch das Fenster gesehen und dann von dem Treffen Abstand genommen. Per Arvidsson beschloss, nicht mehr an die Sache zu denken. Was konnte er auch anderes tun?

Svenne und Pernilla warteten vorm Nöjeskrogen. Svenne trug ein weißes Hemd und einen Schlips und sah völlig anders aus als sonst, fand Per. Rasiert und sauber und ordentlich. Von der Ehefrau in der Zwangsjacke mitgeschleift. Kaum waren sie an ihrem Tisch direkt an der Bühne, da legte er auch schon den Schlips ab und knöpfte das Hemd auf. Dann noch einen großen Schluck Bier, und er fühlte sich wieder wie ein Mensch.

»Sieh mal, da hinten ist Peter Flack!«, rief er und stieß Per mit dem Ellenbogen in die Seite.

»Nicht mit dem nackten Finger auf angezogene Leute zeigen.« Pernilla fing seinen Arm in der Bewegung ab. »Weißt du eigentlich, wie viele Kalorien so ein Bier hat? Bei deiner sitzenden Tätigkeit brauchst du die nicht. Du wirst nur fett davon. Was hast du denn mit deiner Halskette gemacht? Hast du sie verloren?« Svenne fuhr sich mit der Hand an den Hals und fühlte nach. »Wann hast du sie zuletzt gehabt? Du nimmst sie doch nie ab.«

»Nein.« Er sah sie an und riss die Augen auf, als würde er sich plötzlich an etwas erinnern.

»Weißt du noch, wann du sie zuletzt hattest? Denk mal nach«, ermunterte Pernilla ihn.

»Shit!« Svenne sah der hübschen Bedienung nach, die in einem sehr kurzen weißen Rock und mit tiefem Ausschnitt vorbeitänzelte. Pernilla fasste ihn am Arm. »Hattest du den Thorshammer dabei, als wir von zu Hause losgefahren sind? Hast du ihn vielleicht in der Dusche verloren oder als wir aus dem Auto ausgestiegen sind?«

Svenne kam nicht dazu zu antworten. Auf einmal strömte Musik direkt über seinem Kopf aus den Lautsprechern, und die Bühne füllte sich mit jungen Künstlern, die ihnen schon bald eine Reihe von guten alten Schlagern kombiniert mit witzigen Sketchen präsentieren würden. Arvidsson sang aus vollem Hals mit und stampfte den Takt zu Julia Cæsars Paradenummer »United States of Emörrika«. Die Bedienung, die eben noch bei ihnen am Tisch gewesen war, setzte sich an den Rand der Bühne, fasste Svenne unter das Kinn und sang für ihn und nur für ihn, dass er so küssen würde, wie ein Mann es tut. Sie sah ihm tief in die Augen, bis er rote Flecken im Gesicht bekam.

Pernilla verschwand auf die Toilette und kam erst nach einer Ewigkeit wieder zurück. Svenne sah bedrückt aus. Bestimmt dachte er über seine Goldkette nach und war deshalb ausnahmsweise einmal nicht sehr gesprächig. Arvidsson betrachtete die schräge Einrichtung, die Säulen mit Netzstrümpfen und die lachsrosa Damenunterwäsche in Riesenformat an den Wänden, während Pernilla weiterhin mit Svenne stritt. Das hier war eine Sache zwischen den beiden, und Per gedachte nicht, sich einzumischen.

»Du musst doch wissen, wann du die Kette zuletzt hattest. Findest du nicht, Per? Svenne ist so schlampig mit seinen Sachen, mit dem Geld, mit allem. Ich muss immer zusehen, dass das Geld reicht, dass die Rechnungen bezahlt werden, dass die Wäsche gewaschen wird und dass wir etwas zu essen haben. Er wird nie erwachsen.«

»Ich habe heute das Auto gewaschen. Und ich habe mich rasiert.«

Avidsson fiel nichts Besseres ein, als etwas noch Schlimmeres zu erzählen. Von Bellas neuestem Auftritt.

»Sie putzt im Conventum, im Auftrag einer Zeitarbeitsfirma«, fuhr er zu Pernilla gewandt fort. »Ihr müsst euch bei der Arbeit schon einmal begegnet sein. Wie ist sie denn eigentlich so?«

»Also, ich habe sie da noch nie gesehen.« Pernilla runzelte die Stirn. »Sie muss die Neue sein. Verdammt, Svenne, du musst doch wissen, wo du deine Halskette abgelegt hast! Wenn du schon in der Gegend rumfickst, dann kannst du doch wenigstens auf deine Sachen aufpassen. Du hast sie doch nicht verschenkt? Hast du das?«

Arvidsson beschloss, ein Bier an der Bar zu nehmen, bis der Familienstreit beigelegt war. Das Gespräch am Tresen drehte sich, wie zu erwarten gewesen war, um den Brand im Conventum.

»Es ist doch wirklich zu übel, dass die Polizei nicht einmal einen Verdächtigen hat.« Ein Mann in schwarzem Polohemd, schwarzem Jackett und mit einem ordentlichen kleinen Kinnbart nahm einen Kognakschwenker in Empfang und sah sich nach jemandem um, mit dem er reden könnte. Der Satz war als Köder ausgeworfen, und Arvidsson biss sofort an. Er war derselben Ansicht. Zu übel aber auch, dass die Polizei keinen Verdächtigen hatte. Die Miene des Manns in Schwarz hellte sich auf, und er machte ein paar Schritte in Arvidssons Richtung.

»Ich habe den Toten gekannt, müssen Sie wissen. Frank Leander und ich waren Studienkollegen. Er war schon damals verdammt gut im Halten von Vorträgen. Wir hatten denselben Rhetorikkurs an der Universität belegt. Sie wissen schon, Platon, Cicero. Ich muss sagen, dass ich ihn manchmal in Verdacht hatte, eigene griechische Geistesgröße zu erfinden. Oder haben Sie etwa jemals von der Theorie des Dioflexnes über Chaos und Kosmos gehört?«

Per konnte sich an nichts dergleichen erinnern. Vielmehr musste er gestehen, dass seine Kenntnisse in Philosophie nur sehr rudimentär waren.

»Frank war verteufelt gut mit den Griechen. Weil ihr die Chaostheorie des Dioflexnes ja alle kennt, gedenke ich keine Zeit damit zu verschwenden, weiter darauf einzugehen. Und dann leitete er alles, was er hatte sagen wollen, aus dem hervor, was uns verborgen geblieben war. Schon damals hatte er eine ziemliche Wirkung auf Frauen. Hat nichts anbrennen lassen, bis er eine Frau gefunden hat, die er heiraten konnte. Die Opernsängerin Lovisa Bjerhov brachte ihn dann schließlich dazu, sich zu binden. Von der haben Sie bestimmt schon mal gehört, oder?«

Per schüttelte den Kopf. »Höre keine Opern.«

»Reiche Familie mit viel Grundbesitz, ihr Vater war Lateinprofessor, Status und Glamour. Leander wusste, was er tat, als er sich mit ihr verbandelte und sich so mit einem Mal aus dem armseligen Leben als Student und Bohemien erhob. Ja, verdammt, was für ein Leben man damals lebte. Leander konnte jeden unter den Tisch saufen. Das würde man gar nicht glauben, wenn man sein Fernsehprogramm über gesunde Lebensführung sieht. Nein, wirklich, er trieb es am schlimmsten von uns allen.«

20

Per hatte seiner Schwester schon mehrmals versprochen, mit ihr den Bergslagswanderweg zu gehen, um dort die Orte kennenzulernen, die sie ihm so gern zeigen wollte. Die Namen waren phantasieanregend: Trolltopf und Wolfskessel. Aber die Zeit in Felicias Nähe kannte keine Grenzen und wollte kein Ende. Als Pernilla dann zweimal am selben Abend angerufen und auf ihn eingeredet hatte, versuchte er, sich mal ein wenig von außen zu betrachten und zusammenzureißen.

»Ich zeige dir die schönsten Plätze, die ich kenne. Sie sind, gelinde gesagt, schwer zugänglich, aber sie sind die Mühe wert«, hatte sie ihm versprochen. Per zweifelte. Jede Minute ohne Felicia war eine Wüste an sinnloser Zeit und mangelnder Anregung.

Sie gingen bei Sonnenaufgang los. Der Nebel lag dicht über dem Weg. Sie kamen am Frösvidal vorbei und wanderten dann über den Schotterweg zum Naturreservat Trolldalen, wo die seltsame Natur von der Kraft des Schmelzwassers geformt worden war. An der Stelle, wo die Wassermassen gezwungen waren, die Richtung zu ändern, war ein riesiger Kessel entstanden. Eine Einbuchtung im Berg mit schäumendem Wasser, in dem die heruntergefallenen Blätter wie Boote im Strom schwammen. Wie hätte man dieses Phänomen in alten Zeiten auch anders erklären sollen, als dass die Trolle es als Topf benutzten?

Die Luft war angenehm kühl. Es roch nach Nadelwald, Pilzen und Regen. Pernilla ging vorneweg, in einem etwas schwankenden, lustigen Gang, der den Rucksack auf dem Rücken wippen ließ. Per empfand eine wachsende Zärtlichkeit für seine Schwester. Die wenigen Male, die sie über ihre Kindheit gesprochen hatten, hatten ihm klargemacht, dass er der Privilegierte von ihnen beiden gewesen war. Ihre Kindheit war eine Wanderung von einem Kinderheim zum nächsten gewesen. Wie überlebt man eine solche Kränkung? Wie lebt man mit dem Gefühl, für niemanden einzigartig zu sein? Sie drehte sich um und zwinkerte ihm zu, als hätte sie seine Gedanken gehört.

»Zurzeit kriegt man ja nicht viel von dir zu sehen«, sagte sie.

Per lachte. »Ich bin in meinem ganzen Leben noch nie so verliebt und glücklich gewesen. Und habe noch nie so viel Angst gehabt, dass es enden könnte. Es ist immer so was wie ein Vorbehalt da – es ist zu schön, um wahr zu sein. Wenn man sein Glück auslebt, dann werden die Götter eifersüchtig und nehmen Rache.«

Pernilla blieb stehen, bis er aufgeschlossen hatte, und strich sich die verschwitzten Haare aus der Stirn. Eine witzige kleine Falte schlich sich über die Nasenwurzel.

»Wie viel älter ist sie als du? Das grenzt ja schon fast an Kindesentführung, Per. Aber vielleicht ist das ja eine gut durchdachte Investition. Frauen leben länger als Männer, deshalb sollte man sich als Frau einen jüngeren Mann suchen. Als Ärztin weiß sie sicher, was sie tut. Hat sie dich schon gefragt, welche Erbkrankheiten es in der Verwandtschaft gibt?«

»Sie ist genau ein Jahr jünger als du. Wollen wir nicht bald mal eine Kaffeepause machen?«

»Was bist du gierig! Wir essen, wenn wir am Wolfskessel sind. Das ist das Ziel. Da gibt es vielleicht ein belegtes Brot oder zwei. Ich kann auch eine Scheibe Wurst auf einen Stock spießen und dich damit locken, wenn du willst. Weißt du …« Pernilla unterbrach sich mitten im Satz. »Ich habe mir solche Sorgen gemacht, was du wohl von mir denken würdest und ob du enttäuscht sein würdest. Es ist ja nicht gesagt, dass man einander mag, nur weil man Bruder und Schwester ist. Ich freue mich so über dich, ich bin so froh, dass du gekommen bist. Es ist, als hätte ich mein ganzes Leben auf dich gewartet.«

»Ich auch.« Per legte den Arm um sie und hielt das Gesicht in die Sonne. Das Leben war wunderbar. Völlig hingerissen lauschte er den Vogelstimmen. Der Ruf einer Waldtaube und etwas weiter entfernt die Trommelwirbel eines Spechts. Auf dem Schild am Beginn des Weges stand, dass es auch Raufußkäuzchen in der Gegend gebe. Nach dem nächtlichen Regen sanken ihre Schritte tief in den moosigen Untergrund ein, die Steine waren verräterisch glatt, als sie den Bach überquerten. Pernilla rutschte aus und schlug sich das Knie an. Es war nicht schlimm, aber sie blieben doch eine Weile in der Hocke sitzen und betrachteten die Schönheit um sie herum, die Birkenblätter, die von den Bäumen gefallen und wie runde Goldstücke auf den Boden des Bachs gesunken waren.

Der Berg stieg rechts und links der Schlucht fast lotrecht nach oben. Die Wand war in jahrhundertealtes, unberührtes Moos gekleidet. Von dort oben hatten sich abgestorbene Bäume in einer Art kollektivem Selbstmord den Abhang hinuntergestürzt und lagen jetzt wie ein Mikadospiel aus leblosem Holz da.

Die Wurzeln der Bäume waren wie Schlingpflanzen, und

Tannenzweige schlugen ihnen in die Gesichter. Der Atem stand ihnen wie weißer Rauch vor den Mündern, als sie endlich den Wolfskessel erreichten, einen zweigeteilten Wasserfall. Sie ließen sich auf dem Felsen mitten zwischen den Wasserfällen nieder. Die Sonne spielte durch die Äste der Bäume. Der weiße Wasserschaum lag wie Zuckerwatte an den Außenrändern des Falls. Pernilla holte Kaffee und Brote heraus.

»Koffeinfrei«, sagte sie. »Seit du hier bist, beginne ich mich an Sachen aus meiner frühen Kindheit zu erinnern. Kleinigkeiten, von denen ich gar nichts mehr wusste. Als ich acht Jahre alt war, sind wir nach Örebro gezogen. Und einmal, kurz bevor entschieden wurde, dass ich zu meiner neuen Pflegefamilie sollte, sah ich dich auf einem Spielplatz. Du hast zusammen mit einem kleinen Mädchen mit Rattenschwänzen und einem hellblauen Kleid auf einer Schaukel gesessen. Du hattest eine bunte Kappe auf, mit einem kleinen Propeller obendrauf.«

»An die Kappe kann ich mich erinnern. Folke hatte sie mir in Frankfurt gekauft.«

»Ich war so glücklich, dich zu sehen. Du warst mein kleiner Bruder, gehörtest nur mir, und niemand durfte dich mir wegnehmen. Ich rannte los, rutschte aber auf dem Asphalt aus und schürfte mir die Knie und das Kinn auf. Als ich wieder aufstehen wollte, stand deine Adoptivmutter da. Sie packte mich hart am Arm und sagte, dass ich dich in Ruhe lassen solle. Ich schrie wie verrückt, aber du hast mich nicht gesehen. Du hast einfach immer weiter mit dem Mädchen geschaukelt und gelacht, und ich hasste sie und deine Mutter derart, dass ich sie auf der Stelle hätte umbringen können. Dann hat deine Mutter dich ins Auto geschoben. Ich rannte hinterher. Rannte so lange ich konnte neben dem Auto her und versuchte, die Autotür an der Seite, wo du saßest, aufzumachen. Kannst du dich daran erinnern?«

»Nein, tut mir leid. Jedenfalls im Moment nicht.«

»Als ich siebzehn war, zogen meine damaligen Pflegeeltern nach Wien. Ich wollte nicht als unbezahltes Au-pair-Mädchen mitgehen. Das gab natürlich ein Wahnsinnstheater. Das Jugendamt wurde eingeschaltet. Ich durfte bei Svennes Familie wohnen. Ich war schon damals mit ihm zusammen. Wir haben im Lauf der Jahre natürlich ein paar Mal Schluss gemacht und waren dann wieder zusammen, aber im Grunde genommen gibt es da doch das Gefühl, dass wir zusammengehören.«

»Ich wollte dich gerade fragen. Wie geht es euch miteinander?« Per warf einen Stein über den Felsrand und hörte durch den Vogelgesang einen plumpsenden Laut. Es wurde ganz still. Nur noch das Rauschen des Wassers war zu hören.

»Wir halten zusammen.« Pernilla kniff ihn ein wenig in die Wange, und er konnte nicht umhin zu erzählen, wie wunderbar Felicia sei, was sie gesagt habe, was sie getan habe, was er gedacht habe. Und als er erst einmal angefangen hatte, strömten die Worte nur so aus ihm heraus. Pernilla lachte.

»Man muss sich wie ein Gott fühlen, wenn man von dem einzigen perfekten Menschen der Welt geliebt wird. Da bin ich doch ein wenig neidisch.« Sie saßen eine Weile nebeneinander, ohne etwas zu sagen. »Wohnt ihr eigentlich zusammen?«

»Das hat sich mehr oder weniger so ergeben.«

Stück für Stück hatten sich unbekannte weibliche Gegenstände in der Wohnung angesammelt. Er behandelte sie wie die Relikte von Heiligen. Die Körperlotion, die nach Felicia roch, die nach Liebe roch, ihr Duft im Bettzeug. Der seidene Morgenmantel, die Kuhle im Kissen von ihrem Kopf. Ein paar CDs. Wenn man mit dem Menschen, den man liebt, gemeinsam Musik hört, dann bekommt das eine andere Intensität und Bedeutung.

»Hast du gehört, was ich gesagt habe? Hörst du mir überhaupt zu?«, fragte Pernilla.

»Entschuldige. Ich war wohl nicht ganz …«

»… zurechnungsfähig. Wo wohnt sie denn, ich meine sonst, wenn sie nicht bei dir wohnt?«

»In einer der Wohnungen am Fluss, glaube ich.«

»Glaubst du? Warst du noch nie dort? Sag mal, Per, was weißt du eigentlich von ihr?« Pernilla hatte plötzlich wieder diese Falte zwischen den Augen. »Ich finde, man sollte am Anfang, wenn man sich gerade erst kennengelernt hat, ein wenig vorsichtig sein. Nicht zu forsch. Es ist doch gut, wenn man irgendwas schriftlich hat, ehe man zusammenzieht.«

Er verspürte wachsenden Ärger. Musste er sich das antun?

»Ich liebe sie. Wenn du etwas weißt, was ich nicht weiß, dann spuck es jetzt aus. Ansonsten will ich keine weiteren Beschuldigungen hören. Wir sind erwachsene Menschen, Pernilla. Ich weiß, was ich tue.«

»Das klang nach der Nacht mit der Blaubeermütze aber nicht so! Hieß sie nicht Bella?«

»Jetzt bist du aber ungerecht. Das war eine Notlage.«

»Okay. Ich habe etwas gehört.« Pernilla zögerte ein wenig, ehe sie weiterredete. »Ich hoffe, dass nichts dran ist. Eine Freundin von mir glaubt, dass Felicia ein Verhältnis mit Morgan Fernström hat. Bestimmt hast du sein Bild schon mal in der Zeitung gesehen. Er ist ein Finanzgenie und taucht in jedem Zusammenhang auf. Seine Frau sitzt im Rollstuhl. Felicia ist genau die richtige Umrahmung für seine Erscheinung: eine gutaussehende Ärztin, ein Schmuckstück. Sie fährt sein Auto. Wohnt in einer seiner Wohnungen. Es tut mir leid, Per, ich wünschte, ich hätte dir das nicht erzählen müssen.«

»Gibt es denn nichts Schönes, was neidische Menschen nicht beschmutzen müssen? Was du da gehört hast, ist eine reine Lüge!«

»Ich will ja nur dein Bestes«, sagte Pernilla, als er sich so weit beruhigt hatte, dass er ihr erzählen konnte, wie die Dinge wirklich lagen.

»Können wir von etwas anderem reden?« Per stand auf und ging zur Felskante vor. Er wollte ihre unmittelbare Nähe fliehen und den Unwillen und die schlechten Gedanken abschütteln, die sie in sein Ohr geflüstert hatte. Was für ein dreckiges Gerede! Es schien ihm an der Zeit, aufzubrechen. Er wollte einfach nur nach Hause, nach Hause zu Felicia. Mit einem kurzen Dank für das Essen, das sie mitgebracht hatte, stand er auf und ging auf den Säulenwald aus grauen Tannen zu, durch den der Weg verlief. Er ging immer schneller. Oberhalb der Bergformationen war der Boden eben. Es erstaunte ihn, dass die Bäume direkt an der steilen Wand wachsen konnten. Manchmal spreizten sich die Wurzeln in einem Luftgriff, manchmal waren die von selbst gekappten Spitzen seltsam verknotet, damit sie nicht zu hoch wuchsen und vom Wind gepackt wurden, um dann ihren unglücklichen Kameraden über die Kante zu folgen.

»Warte auf mich, Per.« Er hörte die Tränen in ihrer Stimme. »Warte auf mich.«

Sie setzten sich auf einen ausgeblichenen Stamm und verschnauften. Per öffnete die Hand und lud sie zu einer Handvoll überreifer Blaubeeren ein. Sie lächelte, und ihr Gesicht war ein einziges Flehen.

»Ich will doch nur dein Bestes.«

Gemeinsam schauten sie über die Schlucht. Der Nebel schien dichter zu werden. Direkt am Felsrand stand eine grau gewordene Tanne, deren Krone zu Boden hing, der Körper war verschlungen und verdreht. Der Anblick machte ihn wehmütig.

»Ich möchte dir etwas erzählen, Per.« Ihr Gesicht wurde zu einer strengen Maske. Der Blick verdunkelte sich. »Du musst mir versprechen, dass es unter uns bleibt. Dass du nie im Leben irgendjemandem auch nur andeutest, was ich zu dir gesagt habe. Kann ich dir vertrauen?«

»Natürlich kannst du das.« Er merkte, dass sie zitterte, und legte die Arme um sie.

»Ich habe Helen geholfen zu sterben. Es war nicht auszuhalten. Sie bat mich, flehte mich an, dass ich es tun solle. Also habe ich ihr die Sauerstoffmaske abgenommen und sie mit dem Kissen erstickt.«

Per nahm den Arm von der Schulter seiner Schwester und starrte sie an, als könnte er die Worte, die sie sagte, nicht mit der wirklichen Person, die jetzt gerade neben ihm auf dem Baumstamm saß, zusammenbringen.

»Sag etwas, Per! Rede mit mir! Du musst sagen, dass du verstehst, warum ich das getan habe.«

Die Gedanken wirbelten in seinem Kopf herum. Als Polizist hatte er die Pflicht, jede Art von Verbrechen zur Anzeige zu bringen. Seine eigene Schwester hatte einen Mord gestanden. Wenn er das doch nur nicht hätte erfahren müssen, dachte er. Wenn er doch zu Hause bei Felicia geblieben wäre, dann hätte er das Geheimnis nicht mittragen müssen. Doch im selben Moment, als er das dachte, schämte er sich schon für seine jämmerliche Art.

»Sieh mich an, Per, sieh mich an.«

Er konnte es nicht. Die Gedanken brauchten Zeit, um ihren Platz und ihre Bedeutung zu finden. Er stand auf, ging vor zur Steilkante und sah, wie sich der Bach da unten in der Schlucht zwischen verrottendem Farnkraut und moosbekleideten Wurzelbergen dahinschlängelte.

Vielleicht lag es daran, dass er zusammenzuckte, als sie ihre Hand auf seinen Rücken legte. Vielleicht stolperte sie und fiel gegen ihn. Hinterher waren sie viel zu erschrocken, um klären zu können, wie es passiert war. Der Abhang kam ihm im Bruchteil einer Sekunde, während er zwischen festem Boden und Ewigkeit schwebte, entgegen. Er fiel und rutschte halb über den Felsrand. Er bekam mit den Fingern eine Spalte zu fassen, dann eine kleine Tanne, die nachgab, Pernillas Bein, Pernillas Jacke. Das eine Bein wieder hinauf über die Kante und dann das andere. Das Adrenalin rauschte durch den Körper. Das Herz saß ihm als Kloß im Hals. Wie ein achtbeiniges Insekt rollten sie ein paar Meter von dem Abgrund weg, bis er die Augen öffnete und ihr Gesicht über sich sah. Den schreienden Mund. Die weit geöffneten Augen. Und sie küsste ihn. Bedeckte sein Gesicht mit Küssen. Eine lange Weile blieben sie fest umschlungen auf dem harten Boden liegen.

»Ich hab mich so erschrocken. Du bist mein kleiner Bruder, du gehörst nur mir.«

Ich bin ein großer Egoist, dachte er. »Tut mir leid, Pernilla. Ich kann nicht so schnell begreifen. Ich brauche Zeit. Ich verstehe, dass es unglaublich schwer gewesen sein muss.«

21

Nach dem ersten anregenden Gefühl, als das Leichenfeuer des Conventum brannte, hatte das Grau des Alltags wieder die Oberhand gewonnen. Stück für Stück war die Unruhe herangekrochen. Durch ihren Kontakt zu den Seherinnen meinte Pyret ein Fenster zur Zukunft gefunden zu haben.

Eine Möglichkeit, sich Vorteile zu verschaffen und Kontrolle zu gewinnen. Sie hatte gehandelt, ohne daran zu denken, dass sie sich damit auch selbst entblößte. Hätte sie sich auf die anonymen Gespräche am Tarot-Telefon beschränkt, dann wäre sie nicht in eine so gefährliche Situation geraten.

Am meisten Einsicht und Nähe hatte ohne Frage Madame Elaine gezeigt. Die Ergebenheit, die sie in Bezug auf ihre besondere Gabe zeigte, war etwas Besonderes. »Eigentlich haben wir alle mehr oder weniger Kontakt mit dieser Form des Bewusstseins«, hatte sie erklärt. »Haben Sie noch nie gespürt, dass jemand Sie ansieht, und wenn Sie sich umdrehen, dann steht jemand da? Oder an jemanden gedacht, der gleichzeitig an Sie dachte? Man kann nicht alles, was geschieht, in einem Labor wiederholen. Wenn Sie einmal richtig verliebt waren, dann werden Sie verstehen, was ich meine. Würden Sie in einem Labor und auf Kommando dieses Gefühl wiederholen können?«

Pyret hatte nachgedacht. Das Gefühl der Verliebtheit, dieser berauschende Zustand, diese selbst gewählte, schlichtweg pathologische Verletzlichkeit – danke bestens. Wer würde sich einen solchen Wahnsinn herbeiwünschen? Nein, da konnte sie nur ihrem glücklichen Stern danken, dass sie derartige Gefühle nie hatte hegen müssen. Männer waren in der Hinsicht ja so leicht zu manipulieren. Was war Sex denn anderes als Technik? Was war Zusammengehörigkeit anderes als ein paar ständig wiederholte bestätigende Phrasen? Dass ein Mensch freiwillig für die erzwungene Hölle der Verliebtheit alle Kontrolle fahren ließ, lag für sie außerhalb jeder Vorstellung.

Unterlagen Seherinnen der Schweigepflicht? Beim Gedanken daran, dass die Sozialbehörden von geschwätzigen Kartenlegerinnen Argumente erhalten könnten, musste sie den Mund verziehen. Natürlich unterlagen sie nicht der Schweigepflicht. Wie hatte sie nur so naiv sein können? Natürlich wusste Madame Elaine, was Pyret getan hatte. Solange es sie da draußen gab und sie sich in ihr Bewusstsein einschalten konnte, würde sie sich nicht sicher fühlen können. Eine schlimme Erkenntnis.

Madame Elaine nahm die Buchung einer weiteren Séance mit einem Gefühl der Beunruhigung entgegen. Nachdem sie den Hörer aufgelegt hatte, fühlte sie die Kälte durch ihren ganzen Körper kriechen, sogar in die Beine, die sonst keinen Kontakt zum Bewusstsein hatten. Eine dringende Kundin, die anonym bleiben wollte. Das Gefühl einer Gefahr folgte ihr in die Küche, wo sie den Wasserkocher einschaltete, um sich ihren Vormittagstee zu machen. Es verließ sie auch nicht, als die Friseurin wie jeden Tag zur Gesichtspflege, Maniküre und Haarpflege kam. Nicht einmal die Fußmassage konnte ihr die Entspannung schenken, auf die sie gehofft hatte.

Als die Friseurin sich verabschiedet hatte, wartete Elaine Fernström, bis die Tür ins Schloss fiel. Dann rollte sie zu ihrem kleinen braunen Tisch und zündete die Kerze an. Nicht einmal in der Meditation konnte sie Ruhe finden, und sie gab nach zehn Minuten auf. Die Tarotkarten lagen noch da, wo sie sie hingelegt hatte. Sie hatte sich vorgenommen, nicht vor dem Silvesterabend über die Karten ihre eigene Zukunft erfahren zu wollen. Aber den Karten eine Frage zu stellen, das bedeutete ja nicht, den Ereignissen auf dieselbe Weise vorzugreifen. Sie mischte das Spiel und hob mit der linken Hand ab, reihte die Karten zu einem Fächer auf und zog eine. Als sie diese herumdrehte, fielen ihr die übrigen Karten aus der Hand. Eine einzige Karte blieb übrig. Es war das grinsende Gesicht des Todes. Als sie sich beruhigt hatte, wählte sie die Handynummer der Person, die in der Firma Fernström für die Immobilien verantwortlich war.

»Streichen Sie die Adresse in Varberga, und lassen Sie das Telefon abstellen. Sorgen Sie dafür, dass niemand mich erreichen oder meine Identität herausfinden kann.«

»Eine kluge Entscheidung. Das hat Ihr Mann schon die ganze Zeit empfohlen.«

»Ja, aber aus dem falschen Grund.«

Als Pyret am selben Abend im Bus von Varberga zurück in die Stadt saß, war es, als habe sie den Boden unter den Füßen verloren. Die Wohnung, in der sie sich mit Madame Elaine verabredet hatte, war leer gewesen, und es sah aus, als würde schon lange niemand mehr dort wohnen. Sie hatte sich auf Zehenspitzen auf den Rasen gestellt und hineingeschaut, doch kein Möbelstück war zu sehen. Unter der Telefonnummer, die sie im Laufe des Vormittags angerufen hatte, antwortete eine Frauenstimme, dass die Nummer nicht vergeben sei. Sie hatte es mehrere Male versucht, für den Fall, dass sie sich beim ersten Mal verwählt hätte.

Was war jetzt Einbildung und was war Wirklichkeit? Hatte es Madame Elaine vielleicht nie gegeben, und sie war nur eine Projektion ihres Über-Ichs? Frank Leander würde sich nie mehr auf Kosten anderer lustig machen. Doch für seinen Tod trug Bella Svanberg die ganze Verantwortung. Stecken Sie ihm das Messer dorthin, wo es am meisten wehtut. Aber wenn Bella schuld war, warum verspürte dann Pyret so eine erstaunliche Unruhe im Körper? Lag es daran, dass Bella jetzt im Jenseits war, in der Geisterwelt? Vielleicht war ihre Kraft dort stärker als in der Wirklichkeit?

Pyret beeilte sich, nach Hause zu kommen, um in der Dunkelheit Schutz zu suchen, dort, wo kein Blick sie fand und keine Stimmen ihre eigenen Gedanken verdrängen konnten.

22

Als Per an seinen Arbeitsplatz kam, lag das Blatt Papier, das er unter die Schreibtischschublade geschoben hatte, auf dem Fußboden. Er hatte Stensson aufgesucht, um über die Sache reden zu können, doch der war mit wichtigeren Dingen beschäftigt gewesen. Man sollte das Ganze vielleicht nicht überbewerten, doch Arvidsson störte der Gedanke, dass seine Sachen nicht in Ruhe gelassen wurden. Andererseits war es nichts, worüber er lange streiten wollte. Er hatte noch eine Schicht im Außendienst abzuleisten, dann würde er seinen Platz bei den Ermittlern einnehmen. Nach dem Brand im Conventum war seine Erfahrung im Erstellen einer Zeitachse gefragt. Die wenigen Kollegen, die darin Routine hatten, waren mit dem Krankenhausbrand beschäftigt. Es wurde auch schon davon gesprochen, Verstärkung vom Landeskriminalamt einzufordern. Lena würde eine weibliche Auszubildende an die Seite gestellt bekommen, und sie schien auch nicht unzufrieden mit dieser Aufgabe.

Während er darauf wartete, dass Stensson Zeit hätte, ließ Per sich im Aufenthaltsraum nieder, wo Lena bereits mit ihrem täglichen Stapel von Abendzeitungen saß. Per schnappte sich eine. Die Hälfte der ersten Seite war mit einem Portrait von Frank Leander ausgefüllt. Das Foto zeigte einen ernsten Mann mit schwarzem Brillengestell, dünner Nase, zweigeteiltem Kinn und einem Kranz grauer Haare. »67-jähriger Professor Opfer eines Mordbrandes«, lautete die Schlagzeile. Ganz unten auf der Seite war eine Fotoserie vom Brand im Conventum zu sehen. Man konnte den mit Rauch gefüllten Korridor erkennen, den ausgebrannten Gruppenraum, wo der Tote gefunden worden war, und den Volksauflauf vor dem Haus mit den Feuerwehrautos im Vordergrund. Dann folgte eine lange Liste der Verdienste von Frank Leander, mit Ehrbezeugungen von Kollegen und Freunden gespickt. Die nächsten Angehörigen waren eine Frau und eine Tochter. Das Bild von der Frau wirkte, nach Frisur und Kleidung zu urteilen, als stamme es aus einer längst vergangenen Zeit.

»Stensson wird die Ermittlungen leiten.« Lena verzog das Gesicht und angelte nach der Zeitung, die Arvidsson auf den Tisch gelegt hatte, um sich noch einen Kaffee zu holen.

»Hast du noch was gehört?«, fragte er.

»Noch nicht. Oder doch, heute Morgen hat mir der Techniker etwas Seltsames erzählt. Leander hatte in seiner Brieftasche zwei Tarotkarten, die die Gerechtigkeit und den Tod symbolisieren.« Lena breitete die Zeitung auf dem Tisch aus. »Das Detail mit den Tarotkarten ist noch nicht bis zur Presse durchgesickert, obwohl es sicher nur noch eine Frage der Zeit ist, bis irgendeine Zeitschrift ein Interview mit dem Ermittlungsleiter machen will, der Verbrechen mithilfe der Geisterwelt aufklärt. Ich glaube, Stensson geht zu weit, wenn er ein Medium in diesen Fall einschaltet.«

»Da steht, Leander sei mit einem Messer niedergestochen worden. Haben die diese Informationen von uns?« Arvidsson zeigte auf die aufgeschlagene Zeitung.

»Weiß nicht. Ein Messerstich in die Brust. Dreizehn in den

Rücken. In wilder Raserei zugestochen – so lautet die erste Einschätzung der Gerichtsmedizin. Die Techniker sind dabei, die Gespräche von Leanders Handy durchzugehen. Der letzte Anruf kam vom Sprecher des Ärzteverbandes. Ein Glückwunsch.«

»Leander wollte einen mit hunderttausend Kronen dotierten Preis entgegennehmen, der ihm für seine Forschungen über das fetale Alkoholsyndrom verliehen werden sollte. Dabei geht es um Schäden, die das Neugeborene erleidet, wenn die Mutter während der Schwangerschaft zu viel Alkohol getrunken hat, steht hier.« Per las im Stillen weiter und fasste dann laut zusammen: »Leander hat dieses Phänomen als einer der ersten Ärzte beschrieben. 1968 veröffentlichte er das Ergebnis seiner ersten Studie. Seither werden seine Artikel in medizinischen Zeitschriften vom Fachpublikum in aller Welt gelesen. Der jüngste Artikel handelt vom Zusammenhang zwischen der schädlichen Wirkung von Äthanol und einer verminderten Menge Zink im Blut des Fötus. Zink ist für die Produktion von Insulin und die Bildung der DNA von Bedeutung. Zu wenig Zink kann eine Wachstumshemmung bei solchen Kindern erklären. In seiner Fernsehsendung ›Leben und Gesundheit‹ hat er auf Zuschauerfragen geantwortet. In der letzten Sendung hat er über die einseitige Berichterstattung zu den positiven Effekten des Weins auf die Gesundheit geschimpft. Eine eigene Fernsehsendung sogar! So was könnte manche Fachkollegen sicher ganz schön neidisch machen. Hier sind übrigens die anderen Forscher aufgelistet, die für den Preis nominiert waren.«

»Du glaubst also, Neid könnte ein Motiv sein?«

»Einige Vermutungen gehen in diese Richtung«, sagte er. »Aber es muss nicht so sein. Hier steht auch, dass er Gutachter in Sorgerechtsverhandlungen war. Das könnte ein Motiv sein. Oder es war ganz einfach ein Verrückter. Dreizehn Messerstiche in den Rücken, einen tödlichen in die Brust – das würde durchaus dafür sprechen.«

»Es hat eine Reihe von Reaktionen auf die Glorifizierung des Professors durch die Medien gegeben«, fuhr Lena fort. »Die Ehefrau wird sicherlich noch weitere postume Ehrenbezeugungen für seinen Einsatz in der Alkoholforschung entgegennehmen dürfen. Es sind aber auch anonyme Beschwerden beim Preiskommittee eingegangen.«

»Das würde den Neid als Motiv bestätigen. Ein übergangener Kollege, dem nach Jahren verdienstvoller Arbeit die Anerkennung nicht zuteil wurde, die er verdient. Wer weiß? Die Frau von Frank Leander und seiner Tochter sind unten. Stensson wird sie verhören. Ich werde als Zeuge dabei sein.« Per warf einen Blick auf seine Armbanduhr. »Und zwar jetzt.«

Das Gesicht von Lovisa Leander war farblos. Mit dem grauen, welligen Haar und dem dunkelgrauen Wollkleid sah sie aus, als käme sie direkt aus der Unterwelt. Sie sprach extrem leise, und Stensson musste sie wieder und wieder bitten, das Gesagte zu wiederholen, während er die notwendigen Formalien aufnahm und das Aufnahmegerät startete.

»Wissen Sie, ob Ihr Mann irgendwelche Feinde hatte? Ob er irgendeiner Bedrohung ausgesetzt war?«

»Wer hätte Frank etwas Böses gewollt? Er war der Befürworter einer gesunden Lebensweise und ein wahrer Pionier der Wissenschaft. Die Gerichte hatten den größten Respekt vor seiner Erfahrung. Er hat sein Leben dem Bestreben gewidmet, Menschen in Schwierigkeiten und Krankheiten zu helfen. Er hat beispielsweise ein Kinderheim in Rumänien gegründet. Ich weiß nicht, wie ich diese Aufgabe jetzt weiterführen soll. Das war sein Lebenswerk. Er hat jede Gelegenheit genutzt, Geld dafür zu sammeln.« Die schmalen Hände von Lovisa machten sich ununterbrochen an der Armlehne zu schaffen. Ihre langen, silbern lackierten Fingernägel kratzten auf dem Holz. »Es muss ein Verrückter gewesen sein. Oder jemand, der ihn mit einer anderen Person verwechselt hat. Ich kann mir nicht vorstellen, dass jemand einen Grund haben sollte …«

»Und Sie haben in der letzten Zeit auch keine Veränderung an ihm bemerkt? War er ängstlicher oder aufgekratzter oder schweigsamer als sonst?« Arvidsson stellte fest, dass Stenssons eigene Stimme und sein Sprechtempo sich der langsamen, wohlartikulierten Redeweise der Frau anpassten.

»Ich versichere Ihnen, wenn Frank über irgendetwas beunruhigt gewesen wäre, dann hätte er es nicht gezeigt. Es war ihm so viel daran gelegen, dass wir uns keine Sorgen machten, er war so fürsorglich. Wenn er bis spät arbeitete, dann schlief er im Arbeitszimmer, um meinen Schlaf nicht zu stören. Meine Gesundheit ist schon immer etwas angegriffen gewesen. Ich brauche meine zehn Stunden Schlaf, Frank hingegen konnte mit vier Stunden auskommen, wenn er viel zu tun hatte. Er ist einer der Menschen, die immer ein Projekt am Laufen haben müssen. Unermüdlich, immer aktiv, wenn Sie verstehen, was ich meine.«

»Wie lange waren Sie verheiratet?« Arvidsson sah zu, wie Frau Leander den äußersten Zipfel ihres Taschentuchs nahm und ihn in einer fast theatralischen Geste zum Auge führte. Er schämte sich ein wenig über seine negative Betrachtungsweise.

»Weihnachten wären es dreißig Jahre gewesen. Wir hatten vorgehabt, nach Franks Pensionierung nach Florida zu reisen, um meine Schwester zu besuchen, Golf zu spielen und uns ein wenig zu entspannen. Frank wollte eine Woche bleiben, ich zwei. Danach wollte er nach Rumänien weiterreisen. Eigentlich hatte ich ja gedacht, wir würden alles ein wenig ruhiger angehen lassen können, jetzt, da wir beide pensioniert sind. Das habe ich oft zu ihm gesagt.«

»Und Sie haben, soweit ich gehört habe, mit Musik gearbeitet?«

»Ich bin Opernsängerin. Nein, wahrscheinlich haben Sie nie von mir gehört. Lovisa Bjerhov. Sie sind zu jung. Frank und ich haben uns über die Musik kennengelernt. Er war ein großer Musikliebhaber.«

»Hatte Franks Tochter denn auch etwas zu erzählen?«, fragte Lena neugierig.

»Ich war bei dem Verhör mit ihr nicht dabei. Stensson wollte das selbst machen. Ich habe sie kurz gesehen, als sie vorbeiging. Sie ähnelt ihrer Mutter, etwas ätherisch und verträumt. Aber der Schein trügt. Sie ist Ärztin, wie ihr Vater. In ausländischen Internaten erzogen. Spricht mindestens fünf Sprachen fließend und ist eine erfolgreiche Fechterin. Bronze bei der Weltmeisterschaft, hat Stensson gesagt.«

»Dann ist klar, dass er sie allein verhören wollte. Bestimmt ist sie jung und hübsch«, sagte Lena und zuckte die Schultern. Arvidsson ließ diese Behauptung unkommentiert.

Sie gingen zusammen zum Konferenzraum, wo einer der Videofilme vom Brand in der Notaufnahme gezeigt wurde. Ein Kollege hatte ihn gedreht. Es war interessant, den Verlauf des Geschehens aus einer anderen Perspektive zu sehen. Die Volksmenge vor dem Krankenhaus. Eine Krankenschwester mit einer Liste in der Hand hakt die Patienten ab und lässt sich die Namen von Angehörigen sagen, die mit in der Notaufnahme waren. Eine schwer verletzte Frau wird auf einer Trage hereingefahren. Ein weißer Kittel flattert vorbei und verschwindet wieder aus dem Blick der Kamera. Ein neues Bild von der Seite. Ein Gesicht hinter dem Kaffeeautomaten. Felicia. Sie war nicht von Anfang an vor Ort gewesen, davon war er überzeugt. Wahrscheinlich war sie zu einer späteren Schicht gerufen worden.

Um 14.25 Uhr ging ein Alarm ein. Lena hörte mit verärgerter Miene zu und fluchte dann laut: »Verdammte Scheiße, jetzt müssen wir Überstunden machen!«

Die Zentrale hatte einen Anruf aus dem neu eröffneten Schmuckgeschäft in der Köpmangatan erhalten. Zwei Männer hatten dort Goldringe verkaufen wollen, und der Juwelier wollte sichergehen, dass es sich nicht um Diebesgut handelte. Nachdem man die Schmuckstücke beim Warenregister und dem Diebstahlregister eingegeben hatte, erhielt man einen Treffer, der schnell auf einen Einbruch in ein Einfamilienhaus in Fjugesta vor ungefähr vier Monaten hinwies. Nach Aussage des Ladenbesitzers befanden sich die Männer immer noch im Geschäft.

Arvidsson und Ohlsson begaben sich schleunigst in die Garage, um mit der Streife dorthin zu fahren. Lena setzte sich ans Steuer und jammerte pausenlos, weil sie am nächsten Tag einen Arzttermin mit Paula hatte: »Was soll ich bloß mit ihr machen? Wenn der Arzt doch nach Hause kommen würde, dann wäre alles viel einfacher. Ich kann sie ja nicht hintragen. Und dann der Mist mit dem Sozialamt. Wenn sie den Termin verpasst, kriegt sie kein Geld mehr. Die kapieren aber auch gar nicht, wie Paula funktioniert. Man müsste eigentlich immer dabei sein und alles erklären …«

Arvidsson wartete schweigend und konzentrierte sich auf den Einsatz, der ihnen bevorstand.

»Und vielen Dank auch, dass du so aufmerksam zuhörst, Mann!«

»Können wir die privaten Sachen bitte später besprechen? Halt an und dreh um! Hörst du nicht, was ich sage? Dreh um! Hast du nicht gesehen, dass sie aus dem Juwelierladen rausgerannt sind? Da, zum Auto auf der anderen Straßenseite! Dreh um!«

Arvidsson schaltete das Martinshorn ein. Lena sah sich nach einem Platz um, wo sie wenden könnte. Vor ihnen geriet ein roter Audi ins Schleudern. Lena bremste. Sie waren noch nicht ganz zum Stehen gekommen, da war Arvidsson schon aus dem Wagen und am anderen Auto. Er zog den Fahrer heraus, riss ihm die Arme hoch, warf ihn über die Motorhaube und legte ihm Handschellen an. Die beiden Männer auf dem Rücksitz waren im Nu aus dem Wagen. Arvidsson schrie nach Lena. Erst da wandte sie den Kopf und stieg aus. Sie zuckte mit den Schultern. Die Männer waren schon zu weit weg, als dass es Sinn gehabt hätte, ihnen zu folgen. Arvidsson fluchte laut. Wenn sie nicht so verdammt träge gewesen wäre, dann hätte sie die beiden wenigstens bei einer späteren Gegenüberstellung identifizieren können. Ihre Gleichgültigkeit brachte ihn aus seiner gewohnten Ruhe.

»Da hätte mir mein Nachbar mit dem Rollator mehr geholfen als du! Wir nehmen den Typen mit.« Lena stand mit hängenden Armen vor ihm. Der Fahrer entdeckte seine Chance auf eine Verteidigungsrede.

»Was denn, was denn, ich sollte sie doch nur zur Pizzeria fahren, Mann. Ich kenne die gar nicht.« Der hochgewachsene, pickelige Mann wurde mit Lena auf dem Rücksitz platziert. Auf dem Revier angekommen, setzte Lena sich an den Computer, konnte sich aber nicht konzentrieren.

»Weshalb wollen wir ihn denn festhalten? Was hat er sich zuschulden kommen lassen? Ich finde, dass er eigentlich wegen nichts verdächtigt wird. Er sollte doch nur diese unbekannten Männer in eine Pizzeria bringen. Kannst du das nicht schreiben?«

»Dann verhör sie eben! Verdammte Scheiße! Irgendwas kannst du ja wohl machen, oder?«

Lena stöhnte laut und nahm die wichtigsten Daten auf. Als sie so weit war, dass sie den Typen ziehen lassen wollte, kam Arvidsson mit einem ganzen Stapel von unaufgeklärten Einbrüchen und Ladendiebstählen aus dem letzten Jahr. »Klär das hier bitte auch gleich. Und nimm ihn in die Mangel! Die von der Kripo haben ja gerade keine Zeit, wie du weißt. Was ist denn los?«

Lena stand auf, trat ihren Stuhl beiseite und rannte aufs Klo. Er hörte, wie sie hinter sich abschloss.

»Was ist denn, Lena?«

»Du kapierst aber auch gar nichts!«

23

Als Felicia ihn am selben Morgen nach einer ganzen Reihe von Abschiedsküssen zum letzten Mal geküsst hatte, hatte Per selbstverständlich angenommen, dass sie da sein und auf ihn warten würde, wenn er nach Hause käme. Er hatte sich beeilt. Nur bei Lucullus hatte er kurz haltgemacht, die Zutaten zum Abendessen eingekauft und auf dem Markt einen Strauß roter Rosen und eine Flasche Rioja erstanden.

»Ich bin zu Hause!« Keine Antwort. Felicia wollte ab zwölf Uhr Überstunden abgleiten. Ob etwas passiert war? Nach einer Stunde Wartens fing er an, das Essen zuzubereiten. Am schönsten war es natürlich, gemeinsam zu kochen, ein wenig am Wein zu nippen und sich sozusagen im Vorbeigehen zufällig zu berühren. Ein Vorspiel für spätere Genüsse. Es war so sinnlich, das Essen zusammen abzuschmecken, die optimale Würze zu finden und zu wissen, dass das Beste noch kommen würde. Wenn man so lange warten konnte. Er lächelte in sich hinein bei der Erinnerung daran, wie sie am Spültisch Sex gehabt hatten. Wie er sie auf den Küchentisch gelegt und sie im warmen Licht des Kerzenleuchters genommen hatte. Dann weiter auf dem Fußboden im Flur, wie er sie spielerisch ins Badezimmer, dann ins Schlafzimmer gejagt hatte, bis sie den Akt unter dem Sternenhimmel auf dem Balkon abgeschlossen hatten, während der Verkehr auf Rudbecksgatan unter ihnen pulsierte. Eine Übung in Selbstbeherrschung. Die Schnitzkartoffeln waren allerdings angebrannt gewesen. Alles hat seinen Preis.

Er starrte auf sein Handy. Sollte er sie anrufen? Nein, wenn sie mitten in der Arbeit war, dann wollte er sie nicht stören. Er hörte die Mailbox ab. Die drei letzten Mitteilungen waren von Felicia. Sie handelten davon, was sie mit ihm anstellen würde, wenn sie nach Hause käme. Die erste Nachricht hatte er während der Kaffeepause im Aufenthaltsraum abgehört und war so heftig errötet, dass Lena gefragt hatte, ob es ihm nicht gut ginge. Die anderen beiden hatte er dann lieber in Abgeschiedenheit abgehört. Nachdem er das Abendessen so weit wie möglich vorbereitet hatte, hatte er immer noch nichts von Felicia gehört. Eine Unruhe machte sich in ihm breit, und er beschloss, joggen zu gehen, eine kürzere Runde auf der beleuchteten Strecke an der Universität.

Draußen nieselte es. Über dem Wald lag grauer Dunst. Auf der ersten Runde schien er einem jungen Mädchen mit Pferdeschwanz Angst zu machen. Sie drehte sich ständig um und starrte ihn an, als er immer näher kam. Er versuchte, freundlich zu lächeln, als er an ihr vorbeilief, nicht zu freundlich, eher väterlich und beschützend. Seine Gedanken kreisten die ganze Zeit um Felicia. Das Zusammentreffen am Bahnhof. Minute für Minute ging er die Begegnung durch. Wie schön sie gewesen war, wie sie da im Schein der Straßenlaterne in ihrem weißen Mantel, mit dem glänzenden dunklen Haar gestanden hatte. Was wusste er eigentlich von ihr? Wo war sie jetzt?

Er schob die unwillkommenen Gedanken beiseite. Wenn Pernillas abwegige Vorbehalte ihn dazu bringen würden, in die falsche Richtung zu denken, dann wäre das ein reiner Betrug an Felicia. Nach einer Runde blieb er stehen und nahm sich eine Handvoll Blaubeeren, während er nachdachte. Zum Entsetzen des armen Mädchens, das, als sie ihn keuchend in den Blaubeeren kauern sah, wie vom Donner gerührt stehen blieb und geradewegs in den Wald rannte.

»Ich bin Polizist. Ich kann mich ausweisen«, rief er ihr hinterher, erntete jedoch nur einen angsterfüllten Blick.

Um neun Uhr hatte Felicia immer noch nichts von sich hören lassen. Per schaltete die Nachrichten ein, konnte sich aber nicht konzentrieren. Fotos vom Brand im Conventum wurden mit Interviews von Feuerwehrleuten, der Leitung des Kongressgebäudes und der Allgemeinheit gemischt. Bilder von der Preisverleihung glitten über den Bildschirm. Herren im Frack. Ein Interview mit dem Sprecher des Verbandes. Frank Leanders Gesicht huschte in Sequenzen aus einem Amateurfilm in Schwarz-Weiß vorbei. Private Bilder. Sommer am Strand. Leander, der am Meeresufer entlanggeht und ein kleines Mädchen an der Hand hält. Das Kind lässt seinen Eimer fallen und zeigt auf eine Sandburg weiter hinten. Er lacht und nimmt sie auf den Arm. Zusammen sehen sie sich die Burg an, die sie gebaut hat. Beide lachen in die Kamera.

Per Arvidsson saß immer noch da und wartete auf den Wetterbericht, als der Spielfilm auf dem Vierten schon lange angefangen hatte. Könnte Felicia etwas zugestoßen sein? Die Angst, die das Mädchen auf dem Joggingweg empfunden hatte, war sicherlich nicht völlig unberechtigt. Ab und zu geschah es ja ... Sollte er Felicia vor dem Krankenhaus abholen? Per drückte ihre Nummer auf seinem Handy und wurde von ihrer Mobilbox begrüßt. Er hinterließ eine wenig geistvolle Nachricht und fluchte vor sich hin. Sie könnte doch wenigstens mal anrufen. Es war doch klar, dass er sich fragte, wo sie blieb.

Per schaltete den Fernseher aus und legte eine CD von Eva Cassidy ein. »Autumn Leaves« war die Melodie, die sein Herz am meisten berührte. Das Gefühl, das dieses Lied ihm vermittelte, war gleichbedeutend mit Felicia – eine ständige Sehnsucht, ehe er gewusst hatte, dass sie es war, nach der es ihn verlangte. Wo konnte sie nur sein? Die Musik öffnete ihm wie immer den Zugang zu seinen Gefühlen. Er stand mit Tränen in den Augen am Fenster und starrte in die Dunkelheit hinaus. Was weißt du von ihr, Per? Ein Keim der Unruhe, der zur Eifersucht heranwachsen kann. In seiner Nervosität gefangen, wanderte er in der Wohnung herum und berührte alle möglichen Gegenstände. Als das Telefon klingelte, stürzte er sich darauf.

»Per Arvidsson?«

»Hallo, Per. Ich bin's, Papa. Du hast noch nicht geschlafen?«

»Nein, gar nicht.« Er hoffte, dass man ihm die Enttäuschung nicht anhörte. »Wie geht es dir, Papa?« Es wurde seltsam still in der Leitung. »Hallo, bist du noch dran, Papa? Bist du da?« Schniefen, Räuspern, ein zischender Hustenanfall. »Was ist denn? Ist was mit Mama?«

»Nein, mit Britt ist alles in Ordnung. Ich wollte dich nicht stören, aber ich glaube, es wird nicht mehr lange gehen.« Die Worte kamen stoßweise, eins nach dem andern.

»Ich setze mich sofort ins Auto.«

»Nein, Per, warte bis morgen. Ich hab nur das Gefühl, so allein zu sein. Jetzt haben sie mir Morphium und etwas zur Beruhigung gegeben. Ich werde schlafen. Wenn du morgen Zeit hast zu kommen, dann wäre das schön.«

Da meint man, seine Eltern wären immer für einen da, und alles werde so bleiben, wie es schon immer war, dachte Per, als er sich später im Bett zusammengerollt hatte. Er lag mit angezogenen Beinen da, das Kissen aufs Gesicht gedrückt, als würde er sich sogar in seiner Einsamkeit für seine Tränen schämen. Vom obersten Regalbrett im Kleiderschrank hatte er die Propellermütze geholt, die er von Folke bekommen hatte, und drückte sie jetzt an seinen Bauch.

Die Fürsorge, die Tatsache, dass jemand an einen denkt, das war bisher immer so selbstverständlich gewesen. Gedanken und Erinnerungen wirbelten in seinem Kopf herum. Wie er schon früh in der dunklen Waschküche zwischen den Häusern mit Mädchen herumprobiert hatte und dabei von Britt ertappt worden war, die ihm mit Schlägen gedroht hatte, wenn der Papa nach Hause käme. Schläge, die es nie gegeben hatte. Folke und er hatten zusammen geangelt, Modellflugzeuge gebaut, gelesen und neue Welten entdeckt, an Mopeds rumgebastelt, dann an Autos, und sie hatten ihre Gedanken geteilt. So viel Zeit, so viel Aufmerksamkeit und Liebe dürfen nicht alle Menschen erfahren, das wurde ihm auf einmal bewusst.

Mit schwerer Seele und schweren Augenlidern musste er dann doch eingeschlafen sein. Gegen vier Uhr wurde er von einem fremden Geruch aus seinem unruhigen Dämmern gerissen. Der erstickende Duft von schwerem Herrenparfüm. Ein süßlicher Gestank. Eigentlich roch es mehr wie eine Art Insektenvertilgungsmittel.

Per streckte die Arme nach Felicias Körper aus. Sie schlief mit den Kleidern am Leib. Er hörte ihre ruhigen und gleichmäßigen Atemzüge. Erst verspürte er eine große Erleichterung, dann überfielen ihn die unwillkommenen Gedanken. Pernillas Stimme. Frag sie, wo sie gewesen ist, weck sie auf, und nagle sie fest. So kann sie dich doch nicht behandeln. Er war jetzt ganz wach, hellwach. Das Gespräch mit Folke am Abend zuvor drehte sich wie ein scharfkantiger und zackiger Stein im Bauch hin und her. Verzweifelt robbte er an Felicias warmen Körper heran. Sie befreite sich von ihm, rutschte zum Rand hin.

»Ich mag jetzt nicht.«

Der Gestank war auch in ihrem Haar und dem weißen T-Shirt. Der Geruch von einem anderen Mann. Per stand auf und setzte sich an den Küchentisch. Dort blieb er sitzen, bis der Wecker um halb fünf klingelte. Felicia sah ihn verschlafen an, als er ihn ausschaltete.

»Wo warst du gestern?« Er setzte sich ans Fußende des Bettes und rüttelte an ihren Beinen, bis sie sich bewegte.

»Warum klingelt denn der Wecker? Ist heute nicht Samstag?«, fragte sie und versuchte, sich aus der Decke zu winden, die sich um ihren Körper gewickelt hatte.

»Wo warst du? Was ist passiert?« Er schloss die Augen und merkte, dass er den Atem anhielt, während er auf die Antwort wartete.

»Was für eine Schicht, ich sag's dir! Es war wie im Krieg. Wir haben sieben Patienten reingekriegt, von denen einer mit einem allergischen Schock in der Notaufnahme gestorben ist. Eine junge Frau. Ich hatte vorgehabt, früher zu gehen, aber es ging einfach nicht.«

»Na ja, selbst wenn du nicht schon ab Mittag freinehmen konntest, dann hättest du doch spätestens um halb fünf Schluss gehabt.«

»Ja, aber ich konnte nicht mal zur normalen Zeit gehen. Als ich gegen sieben langsam fertig war und die letzten Dinge diktieren wollte, da kam eine von den Krankenschwestern und sagte, der Mann wolle seine tote Frau nicht hergeben. Verstorbene Patienten dürfen vier Stunden auf Station liegen, dann müssen sie in den Kühlraum gebracht werden. Es klingt furchtbar zynisch, aber wir brauchten das Zimmer. Wir mussten noch mehr Patienten unterbringen, und der Platz reichte nicht. Ich habe zwei Leute nach Hause geschickt, obwohl die eigentlich ein Bett gebraucht hätten. Der Mann war völlig blockiert. Ich habe von sieben Uhr abends bis um Viertel nach drei in der Nacht bei ihm gesessen, habe ihn im Arm gehalten wie ein Kind und ihn getröstet. Habe mit ihm geredet, bis er loslassen und sie gehen lassen konnte. Der Todesfall war für ihn so plötzlich gekommen. Das war ein Schock für ihn. Er brauchte Zeit, um herauszubekommen, was vorher passiert war, um ihren Körper loslassen zu können. Ich bin so schrecklich müde, Per, Warum hast du den Wecker gestellt?«

»Ich muss nach Kronviken.« Er kroch zu ihr, legte seinen Kopf auf ihren Bauch und erzählte. Sie strich ihm über das Haar. Wiegte ihn und ließ ihn weinen.

»Ich komme mit dir. Ich kann im Auto schlafen. Wenn du willst, dass ich mitkomme.« Sie sah ihm in die Augen, und er blinzelte. »Eigentlich wollte ich dich mit zwei Tickets nach Rom überraschen«, sagte sie. »Eine fünftägige Reise. Das sollte ein verspätetes Geburtstagsgeschenk sein. Das machen wir, wenn es besser passt.«

»Ich liebe dich, Felicia.«

»Ich liebe dich auch. Hast du dir Sorgen gemacht?«

»Und wie.«

24 Per Arvidsson hatte die Umgebung im Krankenhaus noch nie als erschreckend empfunden. Doch jetzt nahm er die Menschen um sich herum mit einer anderen Schärfe wahr. Er bemerkte die magere Frau, die am Eingang in ihrem Rollstuhl saß und rauchte, daneben einen weißhaarigen Mann in blauer Krankenhauskleidung, der sich auf das Gestell seines Tropfs stützte. Wie sah ihr Alltag aus? Ein Junge mit verdrehtem Körper saß in einem Elektrorollstuhl. Wie stand es um seine Möglichkeiten, ein normales Leben zu führen? Hinter ihnen im Fahrstuhl stand eine erschöpfte Mutter, die ein laut schreiendes Mädchen im Arm hielt. Das heisere und herzzerreißende Schreien füllte den engen Raum aus.

Felicia nahm seine Hand, sie war kalt und feucht. Als die Frau und das Kind auf der Kinderstation ausstiegen, sah sie ihnen nach, so lange es ging. Per und Felicia gingen den kahlen, grün gestrichenen Flur zum Empfang hinunter. Die Krankenschwester sagte ihnen, dass Folke in ein Einzelzimmer verlegt worden sei. In einem Stadium, in dem jede Veränderung nur zum Schlechten geschehen kann, bestätigte sie nur, was Folke am Telefon angedeutet hatte.

Eine Woge von Krankenhausgeruch aus Kaffee, aufgewärmtem Essen, Urin und Putzmittel quoll ihnen entgegen. Das Bett in Zimmer 16 war leer. Ein langer Schlauch führte vom Sauerstoffgerät ins Badezimmer. Per klopfte an und öffnete die Tür, als er ein ersticktes Geräusch hörte. Drinnen lag sein Vater auf dem Fußboden, den Kopf in einer Blutlache.

»Was ist passiert?«

»Ich kann nicht atmen, ich krieg keine Luft!«

Die Sauerstoffvorrichtung war unter der Tür hängengeblieben und lag unter dem Waschbecken. Felicia half ihm mit dem Gerät. Dann richteten sie ihn auf, sodass er sitzen konnte, und stellten fest, dass er Nasenbluten hatte. Felicia drückte über der Nasenwurzel und schob seinen Kopf nach hinten.

»Ich musste aufs Klo, und die Luft war einfach alle. Mir wurde schwindelig, und dann erinnere ich mich an nichts mehr.«

Mit vereinten Kräften führten sie Folke zurück ins Bett.

Felicia drehte den Sauerstoff auf vier Liter hoch, nachdem sie Folkes blaue Lippen und die dunklen Nägel gesehen hatte.

»Und wie fühlen Sie sich jetzt? Tut Ihnen etwas weh?«

»Der Kopf. Mir ist so übel. Ich schäme mich so. Ich wollte doch nicht, dass ihr mich so seht, eingenässt und erbärmlich. Nein, jetzt lasst mal die Pfleger ran, die sollen mir mit den Kleidern helfen. Etwas Würde will ich noch behalten.«

Nachdem er Schmerztabletten bekommen und ein schnelles Röntgenbild vom Kopf gezeigt hatte, dass es keine inneren Blutungen gab, war Folkes dringendster Wunsch gewesen, eine Runde Bingolotto zu spielen. Per, der sich innerlich darauf vorbereitet hatte, die Prognosen der Krankheit und andere tiefschürfende Fragen über das Leben zu verhandeln, war ein wenig unruhig. Die Musik der Tanzcombo bedrückte ihn. Wer will denn schon einen Jahresverbrauch an Klopapier und eine Fahrt in die zugehörige Papierfabrik gewinnen? Aber Felicia konnte loslassen. Sie vergrub sich im Sessel, legte die Beine auf einen Hocker, wickelte sich in ihren Mantel ein und schlief. Per wollte gerade fragen, ob sie einen Kaffee wollte, als er bemerkte, dass sie die Augen geschlossen hatte.

»Ich freue mich so für dich, dass du jemanden gefunden hast«, flüsterte Folke. »Wer auf etwas Gutes wartet, der wartet nie zu lang. Du hast dich eben nicht mit dem Erstbesten zufriedengegeben, Per. Bist du glücklich?«

»Ja.« Er war seltsam gerührt.

»Dann bin ich es auch.« Folke versuchte, seine Hand an die Wange des Sohnes zu heben, aber sie fiel kraftlos zurück auf die Decke. Per nahm die ausgestreckte Hand und vollendete die Geste. »Es ist die beste Linderung, die ich bekommen könnte: zu wissen, dass du es gut hast. Wirst du, ehe du nach Örebro zurückfährst, bei Mama vorbeigehen und nach ihr sehen?«

»Ich wollte eigentlich bei dir bleiben.«

»Nein, das will ich nicht. Vielleicht später, wenn ich auf eigenen Wunsch nach Hause entlassen werde. Dann wäre ich dir dankbar dafür, aber jetzt noch nicht. Fahr lieber mit Felicia nach Rom. Nichts macht mich glücklicher als zu wissen, dass es dir gut geht und du etwas Nettes unternimmst. Du kannst ja nicht ewig warten, bis ich sterbe, ehe du mal etwas Schönes machst, oder?«

Der Regen schlug gegen die Windschutzscheibe, und der Wind packte sie, als sie am Sonntag aus dem Auto stiegen, um vor der Rückfahrt nach Örebro in der Goldenen Traube zu Mittag zu essen. Den Vormittag über hatte Felicia Vater und Sohn allein gelassen, damit sie unter vier Augen miteinander sprechen konnten, und dann hatten sie Britt besucht und waren noch bei Pers Elternhaus vorbeigefahren, wo sie auch übernachtet hatten.

Sie bestellten sich das Tagesgericht, pochierten Lachs in Weißweinsoße. Per betrachtete Felicia, wie sie die Kerze auf dem Tisch anzündete und mit dem Finger über der Flamme spielte.

»Du bist so schweigsam. Woran denkst du?«, fragte er.

»An dich. Dass es doch seltsam ist, dass du nicht verheiratet bist und fünf Kinder und eine wunderbare Frau hast, ein Haus und ein Auto und ein Sommerhäuschen mit Satellitenschüssel. Die Anwärterinnen auf das Amt der Frau Arvidsson müssten doch eigentlich Schlange stehen. Es müsste einen ganzen Harem lebendiger Frauen geben, und nicht nur längst verstorbene Jazzsängerinnen.«

»So war es aber nicht. Die Nachfrage war eher mäßig bis schwach. Und dann kam ein Tornado.«

»War ich das?«

»Ja.« Er musste laut über ihre selbstzufriedene Miene lachen. »Jetzt hast du meine Familie gesehen. Aber du hast immer noch nicht viel von dir erzählt.«

»Da gibt es nichts zu erzählen. Ich habe nur einen kleinen Bruder. Er sitzt im Rollstuhl. Wir sehen uns nicht oft. Ich bin viel herumgereist. Habe hier und da Freunde. Weißt du, was ich gedacht habe, als wir bei deinem Vater waren?«

»Es sah eigentlich mehr aus, als würdest du schlafen und nicht denken.«

»Der Schein kann trügen, ich habe gelauscht und meinte, das eine oder andere Kompliment zu vernehmen, und da habe ich die Augen noch ein wenig fester zugemacht, falls vielleicht noch mehr kämen.«

»Hört, hört. Und was hast du gedacht?«

»Meine Assistenzzeit auf der Notaufnahme in Örebro ist bald um. Mein ursprünglicher Plan war es, nach New York zu gehen. Ich habe ein Angebot erhalten, was ich meinte, nicht ausschlagen zu können. Gut bezahlt. Gute Arbeitszeiten. Gute Möglichkeiten zur Forschung. Die Alternative ist das, was die Personalleitung in Örebro mir vorgeschlagen hat. Ein gemischtes Aufgabengebiet, auf zwei Gesundheitszentralen verteilt, eine in Örebro und die andere in Lindesberg, und zwei Tage die Woche in einer Langzeitpflegeklinik in Nora. Ich muss mich bis spätestens Montag entschieden haben.«

Sie konnte einen Moment lang die Enttäuschung in seinem Gesicht sehen, eher er sich wieder fasste. »Ich will, dass du das tust, was das Beste für dich ist. Natürlich wird es einsam werden, wo ich mich doch gerade daran gewöhnt habe, dich in meiner Nähe zu haben, aber ich will nicht, dass du deine Entscheidung später bereust und denkst, du hättest etwas verpasst, was wichtig für dich gewesen wäre. Der Forschungsauftrag in New York wird ja wohl nicht für immer sein.«

»Ich habe aber beschlossen, hierzubleiben.«

»Ich liebe dich. Und das ändert sich nicht, wenn du eine Weile nach Amerika verschwindest. Ich gönne es dir. Aber natürlich kann ich nicht umhin, mich selbstsüchtig und kurzsichtig darüber zu freuen, wenn du bleibst. Ich kann mir nur schwer vorstellen, ohne dich aufzuwachen und einzuschlafen. Das ist schon zu einer Gewohnheit geworden.«

»Wer ist das?«, fragte Felicia plötzlich. »Da steht ein Mann an der Tür. Ich glaube, er grüßt dich.«

»Das sind Hartman und Ek. Der mit der umgedrehten Kappe auf dem Kopf ist Himberg. Meine Kollegen aus meinem früheren Leben in Kronviken.«

»Und wer ist die blonde Frau? Sie starrt uns an.« Felicia ließ Per Arvidssons Hand los und wartete auf eine Antwort. »Wer ist sie, Per?«

»Maria Wern.«

Da stand sie an der Tür. Ungeschminkt und blass, das lange,

blonde Haar zu einem straffen Pferdeschwanz gebunden. Jetzt lächelte sie ihm zu. Jeglicher Verstand wich aus seinem Kopf, und er starrte sie nur noch an. Wie schön sie war und gleichzeitig so elend. Am liebsten hätte er sie in den Arm genommen. Sie beschützt vor … ja, wovor denn? Sie kannten einander schon lange, und er hatte sie nie so erschöpft gesehen. Es musste etwas geschehen sein. Ob sie ernstlich krank war?

»Wer ist sie für dich?« Felicias Gegenwart wurde ihm wieder bewusst, als sie ihre Hand in seine schob. Er sah die Frage in ihren Augen brennen. In diesem Moment wünschte er sie weit weg.

»Ich werde es dir später erzählen.«

Maria kam auf sie zu und stellte sich direkt vor ihn. Er sah das Funkeln in ihrem Blick. Ein Lächeln zuckte in ihrem Mundwinkel. Sie strich sich fast unbewusst mit der Hand übers Haar.

»Maria Wern.« Sie gab Felicia die Hand. »Arvidsson und ich waren Kollegen. Dann ging er in den Kosovo. Und den Rest kennen Sie sicher besser als ich.«

Felicia stellte sich kurz vor. Sie setzten sich gemeinsam mit den anderen Kollegen an den Tisch. Redeten über alles und nichts. Hartman legte seinen großen Arm um Arvidssons Schultern und erzählte die eine oder andere Anekdote aus der gemeinsamen Zeit, um Felicia zu erheitern, die ihm gegenüber neben Maria saß. Maria lachte, vielleicht ein wenig zu laut, ein wenig zu unvermittelt.

Per mied ihren Anblick. Jetzt musste er sich wirklich mal zusammenreißen. Er war schließlich mit Felicia hier, der Frau seiner Träume. Und doch fühlte es sich belastend an, dass sie jetzt gerade dabei war. Es störte ihn, dass es keine Gelegenheit gegeben hatte, Maria unter vier Augen von den Veränderungen in seinem Leben zu erzählen, ehe er sie in einer Gruppe wiedersah. Er hätte ihr schreiben oder sie anrufen können, um ihr zu sagen, dass er jemanden kennengelernt hatte. Wenn es sie überhaupt interessierte.

»Dann darf man ja wohl gratulieren.« Maria beugte sich über seine Schulter, als sie auf dem Weg zur Toilette an ihm vorbeikam.

25 Kaum hatten sie die Stadt verlassen, da fühlte er auch schon Felicias Hand auf seinem Oberschenkel. Eine vorsichtige Anfrage, nur ein leichtes Streicheln. Er spürte die Wärme durch den Stoff der Hose, als ihre Hand sich in kreisförmigen Bewegungen nach oben tastete. Sie beugte sich vor und küsste ihn auf den Hals, zog sein Hemd hoch und küsste ihn auf den Bauch. Er ließ den Schaltknüppel los und fuhr ihr mit der Hand über die Oberschenkel. Der schwarze Rock war hochgerutscht. Seine Fingerspitzen strichen über die Seidenstrümpfe, die mit einer Spitzenkante abschlossen.

Er nahm den Fuß vom Gaspedal und bog, nachdem sie an den letzten Häusern und einer Tankstelle vorbeigefahren waren, nach rechts in einen einsamen Waldweg ein. Er schaltete sein Handy aus. Auf dem Rücksitz war es eng, aber doch angenehmer als draußen im Wind.

»Ich liebe dich, Felicia.« Er sagte es aus ganzer Seele. Hielt ihre Hand an seine Wange, biss vorsichtig in ihren kleinen Finger. »Willst du Kinder mit mir haben?«

Ihr Gesichtsausdruck war nur schwer zu deuten. Sie sah ihn mit einem seltsamen Lächeln an. »Wenn man die Nähe des Todes spürt, dann tauchen neue Gedanken auf, nicht wahr?«

»Wie der Gedanke an Kinder, meinst du? Ich glaube, das wollte ich schon lange.«

»Hätte gar nicht gedacht, dass du den Gedanken mögen würdest, nachts aufzustehen und Windeln zu wechseln.«

»Vielleicht gewöhnt man sich ja daran.«

Kurz nachdem sie an Borlänge vorbei waren, fiel Arvidsson sein Handy ein, und er schaltete es wieder an. Auf der Mailbox war die Stimme von Schwester Angelika von der Klinik. Folkes Zustand hatte sich in den letzten Stunden verschlechtert. Die Lage war ernst.

»Ich kann den Zug nach Örebro nehmen. Lass mich einfach am Bahnhof raus«, sagte Felicia. »Ich würde gern mit dir zurückfahren, aber ich kann nicht. Wenn es geht, nehme ich Urlaub.«

»Ich liebe dich.«

»Und ich liebe dich noch mehr. Ich werde dich immer, immer lieben.« Sie küsste ihn, machte die Autotür zu, kam zurück und küsste ihn noch mal. Ein letztes Flattern ihres weißen Mantels, als sie ins Bahnhofsgebäude ging. Dann überfiel ihn die Unruhe. Die Lage ist ernst, hatte die Stimme gesagt. War das das Ende? Würde er es noch rechtzeitig schaffen? Warum war er nicht seinem ersten Impuls gefolgt und weiter bei Folke geblieben? Warum hatte er sich von den Worten seines Vaters täuschen lassen, wo sie doch beide wussten, dass sie nicht der Wahrheit entsprachen? Was hatte er sich nur dabei gedacht?

Per Arvidsson steckte eine CD in den Spieler. Suchte Trost in der Musik. »East of the Sun«. Die Stimme von Sarah Vaughan erfüllte das Auto. Die Beschilderung am Wegesrand verschwamm immer mehr. Das Licht von den entgegenkommenden Autos brannte in den Augen. Noch zweihundertsiebzig Kilometer bis Kronviken, ewig viel Zeit nachzudenken und sich Vorwürfe zu machen.

Er wurde zusammen mit einer verschleierten Frau in die Notaufnahme gelassen, die ein hustendes Kind im Arm trug. Sie meldete sich, umgeben von zahlreichen Freunden und Verwandten, am Empfang an. Arvidsson fühlte sich einsam. Er erklärte der Schwester sein Anliegen und suchte sich dann selbst den Weg zur Inneren. Die Tür zur Station war verschlossen. Er klingelte und musste eine halbe Ewigkeit warten, bis eine Schwester ihn hineinließ.

Als Per in das Zimmer seines Vaters kam, erhob sich ein weiß gekleidetes Mädchen vom Stuhl. Sie sah aus, als wäre sie höchstens achtzehn Jahre alt, und stellte sich als Schwester Angelika vor.

»Wie geht es ihm?«, fragte er. Die Worte klebten am Gaumen fest.

»Wir gehen am besten raus.« Sie zeigte mit einer Geste auf den Flur.

Er ließ ihr den Vortritt, strich seinem Vater über die Wange und ging dann mit ihr hinaus.

»Die Infektionsparameter sind ungeheuer hoch. Wir haben

ihm eine Bluttransfusion gegeben und die Antibiotika gewechselt. Gestern sind ein CT vom Kopf und ein Skelettszintigramm gemacht worden. Der Arzt hat versucht, Sie per Handy zu erreichen, um Sie zu informieren, aber es war wohl ausgeschaltet.«

»Verdammt!« Das Schäferstündchen mit Felicia flimmerte vor seinem inneren Auge vorbei, und er schämte sich.

»Wir haben heute die Untersuchungsergebnisse erhalten. Ihr Vater hat Metastasen im Gehirn und in den Knochen. So wie es jetzt aussieht, ist es nicht sicher, ob er die Nacht überstehen wird. Sein verwirrter Zustand ist im erhöhten Kalziumwert begründet. Der Tropf soll helfen, den Wert zu senken.«

Sie machte ein entschuldigendes Gesicht, als wollte sie sagen, dass die Verschlechterung nicht ihre Schuld sei. Per hielt sich mit der Hand am Türrahmen fest und spürte plötzlich, wie die Wut in ihm hochkochte.

»Sie sind verpflichtet, mich zu informieren. Ich wäre nicht weggefahren, wenn ich gewusst hätte, wie schlecht es ihm geht.«

»Wir haben noch auf die Ergebnisse des CTs gewartet, vorher konnten wir nichts sicher sagen. Es ist doch besser, wenn man auch gleich eine Behandlung anbieten kann.«

»Und was haben Sie jetzt vor?« Die Stimme klang feindselig, aber er hatte keine Kraft, seine Gefühle zu unterdrücken. Seine eigene Scham, seine Trauer und seine Verlorenheit.

»Alle vier Stunden bekommt er Morphium und Kortison gegen die Schwellung im Gehirn. Und Antibiotika. Wenn nötig, können wir die Sauerstoffzufuhr erhöhen.«

»Hat er denn etwas gegessen? Sie haben ihm doch hoffentlich geholfen, etwas zu essen, oder? Wie war seine Temperatur? Achten Sie darauf, dass er nicht allein auf die Toilette geht? Ich begreife nicht, wie man in einem Krankenhaus hinfallen kann.« Per feuerte eine Batterie von Fragen ab und fühlte sich entsetzlich nervig. Im Versuch, Kontrolle über sein schlechtes Gewissen zu erhalten, klammerte er sich an Fakten fest. Was gibt es noch, was ich als Angehöriger noch nicht erfahren habe, weil es erst zwischen Fremden, Ärzten, die uns nicht kennen, diskutiert werden muss? Verdammt! Hier war kostbare Zeit verschwendet worden, vielleicht die letzten Stunden, die sie zusammen hatten. Die zurückhaltende und geduldige Antwort der Krankenschwester machte ihn wütend. Man musste doch noch mehr tun können! Sofort! Etwas, das ihnen noch mehr Zeit schenkte.

»Er schläft jetzt. Es sieht so aus, als ginge es ihm ganz gut«, sagte sie, als ob sie seine Gedanken gelesen hätte. Sie sah müde aus. Er bemerkte es erst jetzt, da sie nicht mehr lächelte.

»Entschuldigung. Ich kann verstehen, wenn Sie mich anstrengend finden.«

»Ist schon in Ordnung. Wenn Sie wollen, machen wir Ihnen hier drin ein Bett. Ein Feldbett ist alles, was wir bieten können. Wenn Sie Hunger haben, machen wir Ihnen später, wenn es auf Station etwas ruhiger geworden ist, gern Kaffee und ein paar Brote.«

»Danke.« Als Per Folkes Arm berührte, schlug dieser die Augen auf, und sein Blick irrte umher. Die Hände tasteten über die Bettdecke und kriegten den Schlauch vom Tropf zu fassen. Binnen Sekunden hatte er ihn um sein Handgelenk gewickelt und es geschafft, die Nadel herauszuziehen. Das Blut rann über die Hand und auf die weiße Bettwäsche. Folke jammerte laut. Blitzschnell war er auf dem Weg aus dem Bett heraus. Die andere Hand packte den Schlauch vom Urinkatheter. Per konnte gerade noch verhindern, dass Folke ihn herauszog.

»Hast du Schmerzen?« Per kriegte die Klingel zu fassen. Es dauerte einige Minuten, bis jemand kam. Die Schwester klebte schnell ein Pflaster auf die Einstichstelle, legte eine Morphiumtablette auf Folkes Tisch und verschwand wieder auf dem Flur. Es sei gerade ein Patient eingeliefert worden, dem es sehr schlecht gehe und um den sie sich kümmern müsse. Per setzte sich auf die Bettkante und versuchte, Folke Wasser einzuflößen. Er bekam es in die falsche Kehle, hustete und rang nach Luft.

»Hilf mir! Ich will nicht mehr. Ich kriege keine Luft.« Wieder die Klingel. Einer der Weißkittel kam hereingerannt und verschwand wieder, um die Schwester zu rufen. Dann kam er zurück und erhöhte die Sauerstoffzufuhr. Folke verhedderte sich mit den Beinen im Katheterschlauch, schlug das Wasserglas beiseite, sodass es auf dem Boden zersprang. »Hilf mir!« Die Augen, die gar nichts mehr zu sehen schienen, traten aus dem Kopf hervor. Per hielt ihn im Arm, um zu verhindern, dass er sich noch mehr wehtat. Drückte wieder auf die Klingel.

»Ich kriege die Tablette nicht in ihn rein.« Die Schwesternhelferin verschwand auf dem Flur und kam in dem Moment zurück, als Per erneut die Klingel betätigen wollte.

»Die Schwester ist gerade nicht abkömmlich. Sie kommt, sobald es geht.« Per versuchte es wieder mit der Tablette. Folke behielt sie im Mund, schluckte aber nicht. Damit er sie nicht in die falsche Kehle bekam, holte Per sie wie bei einem kleinen Kind mit dem Zeigefinger wieder heraus.

»Hilfe! Ich will nicht mehr leben. Per, ich will nicht mehr!« Folkes Blick war jetzt ganz nah und wild. Seine Augen waren rot. Der Atem ging immer schneller. »Es tut so weh! So entsetzlich weh. Sie haben versprochen, dass ich keine Schmerzen haben muss!« Er wand sich und war drauf und dran, sich wieder aus dem Bett zu kämpfen.

»Die Schwester kommt gleich und setzt eine neue Braunüle.« Per klingelte wieder und erhielt dieselbe Antwort wie schon zuvor. Die Schwester sei zusammen mit dem Narkosearzt bei einem Patienten, dem es sehr schlecht gehe. Eigentlich müsste es zwei Nachtschwestern geben, aber die andere Stelle sei aufgrund von Sparmaßnahmen gestrichen worden.

Langsam bewegte sich die Nacht in Richtung Dämmerung. Nach einer höllischen Stunde tauchte sie auf. Setzte eine neue Braunüle und spritzte Morphium.

»Es gibt keinen besseren Vater als dich. Du bist der beste«, flüsterte Per in Folkes Ohr und lehnte sich dann zurück. Die Müdigkeit brannte im Körper. Ihm war, als sei nur ein kleiner Moment vergangen, als er mit einem Ruck erwachte. Die Nachtschwester hatte die Tür einen Spalt aufgemacht und ließ den Lichtkegel der Taschenlampe über Folkes Gesicht gleiten, um zu sehen, ob die Sauerstoffmaske richtig saß. Dann fiel wieder die sanfte Dunkelheit über das Zimmer.

Gegen halb vier erwachte Per von einem lauten Rums. Es

dauerte ein paar Sekunden, bis er begriff, wo er sich befand, und noch einmal ein paar Sekunden, ehe er den Lichtschalter fand. Folke lag splitternackt auf dem Fußboden. Der Schlauch vom Katheter, der am Bett befestigt war, war bis zur Schmerzgrenze gespannt. Die Sauerstoffmaske lag im Bett, ebenso Folkes Nachthemd.

Die Nacht ging langsam in den Tag über. Die Weißkittel wechselten die Gesichter. Ein neuer Morgen, sonnig und satt von den Farben des Herbstes, suchte sich einen Weg durch das Fenster. Folkes Atem erfüllte den Raum, Atemzug für Atemzug, rasselnd und langgezogen. Lange Zwischenräume, ein schweres Seufzen und dann mehrere Atemzüge hintereinander.

Die folgende Nacht war ebenso unruhig. Lass mich sterben, erspar mir das hier. Tage und Nächte flossen zusammen. Die Gespräche mit Felicia wurden immer kürzer und unzusammenhängender. Sie könne ihn verstehen, sagte sie. Vielleicht war es so.

Als Pernilla am fünften Tag kam, um ihn abzulösen, fuhr er widerwillig nach Hause, um zu duschen. Das Wasser rieselte über seinen Körper. Per merkte, dass er fror, obwohl das Wasser kochend heiß war. Er zog sich saubere Kleider an und fuhr wieder ins Krankenhaus. Alles war unverändert. Pernilla musste wieder nach Örebro zurück. Er umarmte sie fest und lang. Meine Schwester, meine eigene Schwester. Die Dankbarkeit im Schweigen. »Verstehst du mich jetzt?«, hatte sie ihn gefragt, ehe sie die Tür zum Zimmer geschlossen hatte. Er hatte ihr über die Wange gestreichelt. Wie sollte er sie verurteilen, weil sie Helen über die Grenze geholfen hatte? Gerade jetzt wünschte er sich nichts mehr, als dass das Leiden ein Ende finden möge.

Und dann war es zu Ende. Einer der Atemzüge wurde der letzte. Die Stille, das Warten und der Atemzug, der nie kam, wurde zu einem Schrei zwischen den kahlen Wänden. Das Ende, das so aufwühlend und gleichzeitig so ersehnt war. Der Gedanke barg ein vages Schuldgefühl und auch Erleichterung.

Per ging voller Gefühle und leer an Gedanken ins Tageslicht hinaus. Er spazierte unter den Ahornbäumen am Fluss entlang und rief Felicia an. Sie sei nicht erreichbar, teilte man ihm im Krankenhaus mit. Er wählte die Nummer von Pernilla. Svennes Stimme klang angespannt und seltsam. Per meinte, im Hintergrund eine Frauenstimme zu hören.

»Ist Pernilla nicht bei dir?«, fragte er.

26

Kronviken lag in Herbstdämmerung gehüllt da. Kriminalinspektorin Maria Wern sah aus dem Fenster, an dem das Regenwasser in einschläfernden Wellen herunterlief. Die Gedanken, die eigentlich auf die Anzeige konzentriert sein sollten, die sie vor sich auf dem Schreibtisch liegen hatte, wanderten unwillkürlich immer wieder zu dem unerwarteten Zusammentreffen mit Per Arvidsson zurück. Eine Begegnung, die alles wieder aufgewühlt hatte, was doch abgeschlossen sein sollte. Das Gefühl, das so geheim war, dass sie es vor sich selbst verborgen hatte, war in diesem Moment so deutlich geworden.

Jetzt, da er nicht mehr zu haben war, konnte sie sich gefahrlos den Tagträumen hingeben. Konnte es sich leisten, sich vorzustellen, was gewesen wäre, wenn ... wenn sie ihm ihre innersten Gefühle offenbart hätte. Ihre Sehnsucht nach Nähe, aber auch ihre Angst und ihre Zweifel. Sich vorzustellen, was geschehen wäre, wenn sie es ehrlich und ganz offen gesagt hätte. Sein Kuss auf ihrer Stirn. Die Frage, die nie ausgesprochen wurde, die aber den Raum zwischen ihnen ausfüllte. Er hatte sich in der Tür umgedreht. Sie hätte in seinen Arm flüchten können. Aber die Angst vor dem, was das mit sich bringen würde, und die Loyalität Krister gegenüber waren in dem Moment stärker gewesen. Sie hatte sich für den Versuch entschieden, zu flicken, was durch fehlendes Engagement, Trägheit und Egozentrik auseinandergerissen worden war. Krister seinerseits hatte versprochen, die Verantwortung für Haus und Kinder fairer mit ihr zu teilen, zu einem Familientherapeuten wollte er aber auf gar keinen Fall gehen, so viel stand fest.

Wie würde die Zukunft aussehen? Maria verspürte ein Ziehen im Bauch, ein nagendes Gefühl der Ungewissheit. Sie hatten gemeinsam beschlossen, Zeiten für Nähe und Gefühle zu finden. Zeiten ohne Kinder, in denen sie sich, wie die Experten es verordneten, ungeteilt gegenseitige Aufmerksamkeit schenken könnten. Das waren Gelegenheiten, vor denen ihr immer mehr graute. Es fühlte sich so leer an, so schrecklich leer und einsam, wenn sie auch mit ganzem Herzen versuchte, Ausdrucksmöglichkeiten für die Liebe zu finden, die es ja wirklich einmal gegeben hatte. Um die nötige Inspiration für einen Quickie im Auto um die Mittagszeit zu finden, musste sie sich weit von ihrem Körper entfernen. Ein romantisches Abendessen als Vorspiel zu einer Liebesnacht. Die emotionalen Wortspiele, die Zärtlichkeit und die Blicke konnte man nicht auf Bestellung hervorlocken. Alles, worüber sie noch reden konnten, waren die notwendigen Reparaturen am Haus, die Fenster, die neuen Kitt brauchten, und das Treppengeländer im oberen Stock, das ausgebessert werden musste. Die wichtigen Fragen und Antworten jedoch kamen nicht zutage. Sie konnten nicht ausgesprochen werden. Wer bin ich für dich, heute?

Und dann gab es andere Momente, in denen sie mit ihrer ganzen Gegenwart liebte, in verzweifelter Wut über das, was auseinanderzufallen drohte. Er antwortete mit demselben Hunger, um dann auf seine Seite des Bettes zu verschwinden, in Schweigen versunken in dem Augenblick, der zu einer Brücke der Vertrautheit hätte werden können. Wie Flüchtlinge verbargen sie sich in der Dunkelheit vor der Wahrheit. Zwanzig Zentimeter zwischen ihnen im Bett – ein Abgrund. Dort warteten sie darauf, dass die Zeit ihnen einen Ausweg weisen würde. Maria ahnte die Antwort, wollte und konnte sie aber nicht akzeptieren. Zu viele Gefühle hegte sie noch für den Mann, den sie einmal als Vater ihrer Kinder ausgewählt hatte. Doch wenn das Morgenlicht auf sein Gesicht fiel, war er ein Fremder. Wohin gehen deine Gedanken, wenn du die Augen schließt, Krister? Wohin hat uns das Leben geführt?

Felicia hatte ihren Besitzanspruch auf Per demonstriert, indem sie ihn die ganze Zeit berührt hatte, als wüsste oder spürte sie, welche Gefühle es einmal zwischen ihm und Maria gegeben hatte. Steif und ungelenk hatte Maria den langen Weg durch den Raum zurückgelegt, um ihm die Hand zu geben und ihn zu begrüßen. Hatte Felicias abschätzenden Blick gespürt.

Mit kleinen, fast unmerklichen Signalen hielt sich Felicia im Mittelpunkt seiner Aufmerksamkeit. Lächelte ihn an, sodass er erst ihr Lächeln beantworten musste, ehe er ihnen erzählen konnte, wie es ihm an seinem neuen Arbeitsplatz gefiel und wo er wohnte. Er war zweifellos verliebt. Was hatte Maria denn auch geglaubt? Dass er bis in alle Ewigkeit darauf warten würde, dass sie ihren Mann verließ? Ihr hätte klar sein müssen, dass er weitersuchen würde. Und doch deprimierte und verärgerte es sie, zu sehen, wie Felicia ihm den Nacken streichelte und verspielt unter ihrem Tisch einen Schuh auszog und den Fuß in sein Hosenbein schob.

Maria hatte kein Recht, in seinem Leben herumzuschnüffeln, und doch tat sie es, ihre Finger handelten sozusagen selbstständig. Tippten Felicias Namen und den Wohnort im Melderegister ein, um zu sehen, wer diese Frau war. Oder eigentlich eher, um herauszufinden, ob sie dieselbe Adresse hatte wie Per Arvidsson. Wenn sie jetzt noch nicht zusammenwohnten, dann war es nur eine Zeitfrage, bis sie es tun würden. Was könnte sie schon dagegen unternehmen?

Felicia Sjögren. Dreizehn Personen mit diesem Namen gab es in ganz Schweden. Zwei davon in der Gemeinde Örebro: eine Frau von dreiundachtzig Jahren, die in der Nygatan wohnte, und eine Dreijährige in der Flygaregaten. Es gab keine Felicia Sjögren im passenden Alter im Melderegister. Maria suchte erneut und verließ dann das Programm, als hätte sie sich verbrannt. Sie hatte kein Recht, sich in das Leben von Per Arvidsson einzumischen. Wusste er davon? Gab es eine plausible Erklärung? Was sollte sie mit ihrer Entdeckung anfangen?

Maria versuchte, sich auf ihre Arbeit zu konzentrieren. Vor ihr auf dem Tisch lag eine Reihe von Anzeigen wegen Betrugs. Maria sortierte und setzte Prioritäten. Hörte, wie die Kollegen auf dem Flur vorbeigingen, um auszustempeln. Ek steckte den Kopf zur Tür herein und verabschiedete sich. Maria sammelte ihre Papiere ein und loggte sich aus, um einen weiteren Abend und eine weitere Nacht im Fegefeuer zu verbringen.

Nach drei Stunden Schlaf und weiteren zwei Stunden quälenden Wachliegens stand Maria auf und ging in die Küche. Berührte all die wohlbekannten Gegenstände. Strich mit der Hand über das Muster des Ofens, nahm das kleine Glas, in das die Kinder immer ihre Milchzähne legen durften, damit die Zahnfee dann kommen und eine Münze dafür hinlegen würde. Sie strich vorsichtig mit dem Zeigefinger über die gestickten Wandbehänge, die sie zusammen auf einer Auktion in Uppsala gekauft hatten. Jede Bewegung war von Wehmut und Abschied getragen. Sie machte kein Licht, wollte nicht gesehen werden und nicht in den Gedanken, die in ihrem Innern nagten und Raum brauchten, gestört werden. Auf dieselbe Weise ging sie im Wohnzimmer umher, berührte das Bücherregal, die Ölgemälde, die sie von einem reisenden dänischen Künstler gekauft hatten, die Ledermöbel, die sie seit Emils Geburt besaßen und die so teuer gewesen waren, dass sie sich fast nicht trauten, sie zu benutzen.

Auf einmal wurde ihr klar, dass sie sich nicht an diese Dinge gebunden fühlte. All das könnte sie auch loslassen. Das Haus, das sie geliebt hatte, die Kachelöfen und die verglaste Veranda mit der Aussicht aufs Meer. Der Garten mit seinen Obstbäumen und den Kräuterbeeten. Das Boot, das sie endlose Stunden lang in Wind und glühender Hitze gemeinsam abgeschmirgelt und gestrichen hatten. All das hatte seinen Sinn verloren. An der Tür zum Kinderzimmer blieb sie stehen und betrachtete die Kinder. Sah sie an, bis ihr Blick von den Tränen verschleiert war. Sie spürte die Kälte an ihren nackten Füßen nicht, merkte nicht, wie sie auf den Armen eine Gänsehaut bekam.

Lange stand sie da und betrachtete die Kinder, bis sie eine Hand auf ihrer Schulter spürte. Ertappt und verschämt folgte sie ihm ins Schlafzimmer. Wortlos schliefen sie miteinander. Fest packten seine Hände ihr Haar und ihren Nacken, während er verzweifelt stieß und stieß, ohne einen befreienden Orgasmus zu erreichen. Mit zornigen Bewegungen zog er sich an. Die Haustür schlug zu. Sie hörte das Auto starten. Hohläugig starrte sie an die Decke, bis der Wecker klingelte.

27 Dass man mit zweiundachtzig Jahren so glücklich sein konnte, dachte Stig Julin, als er sich in den Bus nach Kronviken setzte. Die Lebenslust war selten so groß gewesen. Die Sonne wärmte sein Gesicht durch die verstaubte Scheibe. Er knöpfte das Jackett zu und machte sich bereit. Bald war es an der Zeit auszusteigen. Er rollte die Zeitung zusammen und steckte sie in die neu gekaufte Ledertasche. Der Mantel war auch neu, die Schuhe ebenso. Seine Tochter hatte ihm geholfen, Hemd und Hose auszusuchen.

Es war ein großer Tag. Die Bäume da draußen vor der Fensterscheibe bogen sich im Wind, verbeugten sich mit ihren orangegelben Löwenmähnen. Er nickte ihnen zu. Bedankte sich für die Aufwartung, die sie ihm machten. Der Herbst war so reich geworden, der Herbst des Lebens, so voller Frucht und Süße. Er hatte ihre Briefe wieder und wieder gelesen, bis er jedes Wort auswendig konnte. Richtige Papierbriefe, die man anfassen und an seine Wange drücken und küssen konnte.

Die jungen Leute schrieben sich Mails. Schon das Wort konnte man kaum aussprechen. Mail. Der Enkel verbesserte ihn jedes Mal. Man sprach es »Mäjl« aus. Das war ganz und gar nicht dasselbe, wie einen Papierbrief zu kriegen. In einem Papierbrief an seine Geliebte musste man die Worte abwägen und die besten auswählen. Die Handschrift musste schön sein, voller Sorgfalt und Raffinesse. Nicht dreist und hungrig wie in der Jugend, als man erst handelte und dann nachdachte. Eine reife Handschrift mit ausgewählten liebevollen Schwüngen, das hatte Gertrud verdient. Es konnte zwei ganze Tage dauern, ehe sie den Brief in der Hand hielt, und weitere zwei Tage oder sogar mehr, wenn es ein Wochenende war, bis die Antwort da war. Da wollten die Worte wohlüberlegt sein. Denn die ersehnten Zeilen würden wieder und wieder gelesen werden und dann in den Schatz von Liebesworten in Gedichten und zärtlicher Prosa eingehen.

Das dachte Stig Julin, der jetzt Gertrud zum ersten Mal wieder treffen würde, seit sie sich im Sommer auf dem überregionalen Seniorenfest im Gemeindehaus von Sandviken kennengelernt hatten. In seinem Eifer, sie wiederzusehen, stieg er eine Haltestelle zu früh aus. Der Bus bog wieder auf die Straße und verschwand hinter einem baufälligen Schuppen.

Sehr schnell bemerkte er sein Versehen. Der nächste Bus würde frühestens in drei Stunden gehen. Das Handy, das seine Tochter ihm aufgezwungen hatte, lag im Innenfach der Ledertasche. Einen Moment lang erwog er, ein Taxi zu rufen, doch dann entschied er sich anders. Wenn er dem Ufer folgte, dann würde er schnell da sein, und es war wunderbares Spazierwetter. Glücklich wie ein kleiner Junge, der an nichts anderes denkt als an die Gegenwart, das lustvolle Stapfen durch die Ahornblätter, pflügte er mit seinen glänzenden Schuhen durch ein Meer intensiv leuchtender Farben – Blutrot, Rostrot, Gelb und Grün. Das Laub wirbelte vor ihm auf, tanzte im Wind, und er hörte Musik und schwang im Takt zu »Eine kleine Nachtmusik« so gut es ging die Tasche und den Stock.

Dass man mit zweiundachtzig so glücklich sein kann, musste er wieder denken. Dass er die Gnade erfuhr, noch ein letztes Mal das Wunder erleben zu dürfen, das die Verliebtheit bedeutete. Stärker als früher, denn die Zeit ist so kurz und so kostbar, wie wenn ein Soldat mit seiner Frau schläft, ehe er in den Krieg hinausgeschickt wird. Als würde man lieben, um den Tod in die Schranken zu weisen.

Das Gehen war anstrengender, als er zunächst gedacht hatte. Auch wurde er nervös, wenn er daran dachte, dass er vielleicht Gertrud anrufen und ihr sagen sollte, dass er sich verspäten würde. Sie hatten immer noch nicht miteinander telefoniert. Da gab es ein Hindernis – sein Gehör war nicht mehr das, was es einmal war. Er fürchtete, Dinge falsch zu verstehen und so von Anfang an einen schlechten Eindruck zu machen. Er spürte einen Druck auf der Brust, nahm eine Tablette aus der Jackentasche und legte sie unter die Zunge. Und dann musste er pinkeln, obwohl er kurz zuvor im Bus noch auf der Toilette gewesen war. Nerven, das waren nur die Nerven. Aber im Alter von über achtzig Jahren sollte man solche Kinderkrankheiten eigentlich langsam abgelegt haben. Da sollte man gelernt haben, dass neunzig Prozent von dem, was man fürchtete, niemals eintraf, dass aber stattdessen andere und unerwartete Dinge geschahen, auf die man nicht vorbereitet war.

Er sah sich nach einem passenden Gebüsch um. Die Not kennt kein Gesetz. Auf den Stock gestützt, lehnte er sich vor und ließ Wasser. Als er den Reißverschluss wieder hochziehen wollte, stieß er mit dem Fuß gegen etwas Weiches und Nachgiebiges. Stig verlor das Gleichgewicht und fiel, ohne sich festhalten zu können, ins Laub und blieb liegen. Die Goldkronen der Bäume, die hoch droben vor dem klarblauen Himmel schwankten, das Laub, das seinen Griff um die Äste der Bäume lockerte und sachte auf sein Gesicht niedersegelte, der Schmerz in der Brust, der harte Schlag des Herzens – das alles war so erstaunlich deutlich. Das Geräusch des Windes klang fast wie ein Trauergesang. Das Birkenlaub fiel wie große Goldmünzen zu Boden, ohne dass er einen Versuch unternahm, aufzustehen. Eine Goldmünze, um über den Styx fahren zu können, eine Goldmünze für den Fährmann, dachte er. War es jetzt an der Zeit?

Er fühlte nach, ob er den Körper bewegen und die Beine heben konnte. Es schien nichts gebrochen zu sein. Auf einmal sah er die Hand, die weiße Menschenhand, die aus dem Müllsack unter dem Laubhaufen herausragte. Die mit Ringen verzierte Hand einer Frau. Er nahm die Brille ab und putzte sie mit seinem Taschentuch. Erst dachte er, es müsse ein Scherz sein, es handle sich um eine Schaufensterpuppe oder eine Art Attrappe. Die weißen Finger waren eiskalt und weich, als er sie berührte. Eine Menschenhand in einem schwarzen Müllsack. Für so etwas gibt es keine natürliche Ursache. Er kam zu dem Schluss, dass er die Polizei rufen musste.

Ohne an sein Handy zu denken, stolperte Stig Julin, so schnell er es trotz Steinen und Wurzeln schaffte, zur Straße hinauf. Wenn er es schaffen würde, ein Auto anzuhalten, dann würde er sich zum Polizeirevier bringen lassen. Er würde als Zeuge bestellt werden. Da könnte er Getrud aber was erzählen. Er würde fast ein Held werden und in die Zeitung kommen. Nein, solche Gedanken über seinen eigenen Ruhm durfte er nicht hegen, wenn der arme Mensch da hinten tot war. Weg damit. Das Herz schlug schwer in der Brust. Es tat bis in den linken Arm hinein weh. Weit entfernt war ein rotes Auto zu sehen. Es näherte sich mit hoher Geschwindigkeit. Wenn er es nur bis zur Straße schaffte, wenn er sich nur bemerkbar machen konnte. Stig Julin ließ den Stock fallen und versuchte, mit den Armen über dem Kopf zu winken, als er über den eingewachsenen Graben stieg. Der Schmerz in der Brust raubte ihm den Atem. Das Auto schien ein wenig langsamer zu werden, kam jetzt ganz nah und fuhr vorbei. Er sah es hinter der nächsten Ecke verschwinden. Der Druck auf der Brust ließ etwas nach, war aber immer noch da. »Pass auf dich auf, Papa. Wenn du Probleme mit dem Herzen hast, dann benutz das Handy. Du weißt doch jetzt, wie es funktioniert, oder? Ich habe es dir schon ein paar Mal gezeigt.« Er suchte danach in der Tasche. Die Schachtel mit gefüllten Pralinen für Gertrud war an der einen Ecke eingedrückt, sodass das Geschenkband abgerutscht war.

Er nahm noch eine Tablette. Da war das Telefon. Ein großes und anständiges Modell, das er von seinem Enkel geerbt hatte, der sich schämte, mit so einem Uraltmodell in der Schule aufzukreuzen. Erst musste man den Knopf drücken, auf dem »No« stand, und dann die Notrufnummer. Wie war die noch? Richtig, 112, das war die Nummer. 112. Er wählte und wartete, aber nichts passierte.

Der Schmerz in seinem Brustkorb wurde zu einem Krampf, der durch den ganzen Körper ging und die Kehle zusammenschnürte. Jetzt bekam er richtig Angst. Es bohrte und riss in der Brust. Das Handy fiel zu Boden. Er konnte nicht länger aufrecht stehen. Es gab noch einen Knopf, den man drücken musste. Richtig, nach der Nummer sollte man »Yes« drücken. So war es. Jetzt gab es einen Ton. Besetzt. Er wartete. Durch den Schmerz in der Brust schossen ihm die Tränen in die Augen. Noch nie zuvor hatte er einen derartigen Schmerz erlebt. Er dachte an Gertrud. Gertruds liebevolle Art, ihren weißgelockten Kopf zu schütteln. Nein, wie verrückt das alles ist, würde sie sagen und den Kopf schütteln. Liebevoll – ein ausgezeichnetes Wort, um Gertrud als Person zu beschreiben. Das Licht kam und ging vor seinen Augen. Er versuchte, seine Gedanken bei Gertrud zu halten.

»Notrufzentrale«. Stig Julin riss sich zusammen. Stellte sich ordnungsgemäß vor und beschrieb, wo er sich befand. Der Schmerzensschrei kam aus seiner eigenen Kehle. Er hörte es, und im selben Moment zerbarst etwas und wurde zu einem roten Nebel, einer Dunkelheit, in der der Schmerz seine Kraft verlor.

Gertrud Nilsson sah auf die Uhr. Bald würde er da sein. Sie hatte im Wohnzimmer gedeckt, mit weißem Tischtuch und Vogelbeerenzweigen in einer himmelblauen Vase. Ihre Hände hatten den Stuhl gestreichelt, auf dem er sitzen würde, ihn schon im Vorhinein willkommen geheißen. Hier an meinem Tisch wirst du sitzen. Bei mir.

Ihre Wangen glühten. Sie brauchte nicht in den Spiegel zu sehen, um das zu wissen. Den blauen Rock und die weiße Bluse hatte sie auch auf dem Fest im Gemeindehaus getragen, als sie sich kennengelernt hatten. Sie sah wieder auf die Uhr. Die Zeiger hatten sich kaum bewegt. Im Radio wurde von den schlimmen Mordbränden in Örebro gesprochen. Es kam nie etwas anderes als Elend, das ganze Elend der Welt direkt ins Wohnzimmer. Als ob Glück, Liebe, Freundschaft – all das Gute, das Menschen einander tun – von geringerem Wert wäre. Hatte das Böse so viel Aufmerksamkeit verdient? Wenn die Wirklichkeit so aussah, wie die Medien sie zeichneten, dann würde doch niemand leben können, dachte Gertrud. Aber das Bild in den Medien war falsch, denn ihm fehlte die andere Hälfte. Die gute.

Heute habe ich meine Rente bekommen, das Rentensystem funktioniert. Heute Morgen ist mein Enkel in die Schule gegangen und hat sich darauf gefreut, denn er mag seine Lehrerin und seine Freunde, und er hat gelernt, seine Comics selbst zu lesen. Nachmittags wird er vorbeikommen und tausend neue Dinge zu erzählen haben. Heute Morgen haben sie die Mülltonnen geleert, und gestern kam die Nachbarin mit einem Korb Pfifferlinge vorbei, die schon geputzt waren.

Überall unverdiente Güte, so wie die Liebe. Heute könnte gern auf allen Titelseiten der großen Zeitungen stehen: *82-jäh-*

riger Mann macht wegen der Liebe zu Gertrud (84) eine Reise! Sie ging in die Küche und schob die Gardine beiseite. Jetzt verspätete er sich. Gertrud goss die Kartoffeln ab und schob den Topf mit der Soße von der heißen Platte. Wo blieb er nur? Er würde es sich doch nicht anders überlegt haben oder gar krank geworden sein? Sie hatte ihm ihre Telefonnummer gegeben. Wie dumm, dass sie nicht daran gedacht hatte, sich seine geben zu lassen. Sie goss sich einen kleinen Schwung von dem Wein aus der Flasche, die zum Lüften geöffnet dastand, in eine Kaffeetasse und trank einen Schluck.

Die Minuten wurden zu Stunden. Das Essen wurde kalt. Die Sorge ließ sich wie ein ungebetener Gast am Küchentisch nieder. Jetzt kam schon die Dämmerung. Waren das Schritte da draußen auf dem Kiesweg? Ja, da ging jemand. Jetzt war er bestimmt da. Gertrud beugte sich über die Begonien im Fenster und sah hinaus. Es klingelte an der Tür. Sie nahm die Schürze ab und glättete den Rock. Besah sich bestimmt zum zwanzigsten Mal im Spiegel und sah ihre Augen, die vor Erwartung strahlten. Die Freude blubberte durch den ganzen Körper, rauschte im Blut und gab dem Gesicht neue Farbe. Sie öffnete die Tür.

Draußen wurde sie von zwei fremden, ernsten Personen begrüßt. Ein Mann und eine Frau in Uniform.

»Dürfen wir kurz hereinkommen?« Die Worte, die dann folgten, waren unbegreiflich, wie eine fremde Sprache von Lauten, an die man sich erst gewöhnen muss. Es fiel ihr so schwer, sich dem Unbegreiflichen zu öffnen, nämlich dass diese Worte von ihrer eigenen Wirklichkeit handelten. Das Einzige, was sie ihnen antworten konnte und was sie ständig wiederholte, war: »Wir haben uns geliebt. Wir haben uns so sehr geliebt.«

28

Maria Wern drückte die Hände fest an die Schläfen. Die Kopfschmerzen, die seit dem Aufwachen wie ein Eisenband um ihre Stirn lagen, hatten in der letzten Stunde zu einem ärgerlichen Flimmern vor den Augen geführt.

Krister sollte die Kinder abholen. Die Leute von der Freizeitbetreuung hatten sich nicht bei ihr gemeldet, also hatte er die Kinder vermutlich abgeholt. Sie unterdrückte den Impuls, der Sache nachzugehen. Vielleicht hätte sie ihm häufiger die volle Verantwortung für manche Dinge überlassen sollen, hätte ihn die Konsequenzen tragen lassen sollen, ohne alles abzufangen und abzumildern. Ohne sicherheitshalber fürs Abendessen einzukaufen, obwohl er versprochen hatte, sich darum zu kümmern. Ohne sich zum Elternabend anzumelden, um nicht zu riskieren, dass er es vergessen würde. Ohne an seiner Stelle die Waschmaschine zu leeren und die Rechnungen zu bezahlen.

Wenn Maria an den Abend dachte, der vor ihr lag, die Stunden, nachdem die Kinder eingeschlafen waren, dann kam ihr alles so sinnlos und öde vor. Die Stunden des Schweigens vor dem Fernseher. Bei immer mehr wichtigen Themen war die Stimmung zu angespannt, und zwischen ihnen breitete sich Schweigen aus. Die Kinder waren wie ein lebendiger Schild gegen die Leere geworden. Wenn sie im Bett lagen, war das Schweigen allumfassend.

Bald würde die Blase platzen müssen. Bald, aber noch nicht. Sie war noch nicht so weit, war nicht sicher, was sie wollte. Würde eine Trennung denn Erleichterung bringen, oder würden dann Zweifel und Sehnsucht kommen? Wie sollte sie das vorher wissen? Und da waren die Kinder. Sie hatte den Eindruck, als spürten sie, was in der Luft lag. Lindas Flehen: »Ich will, dass du Mama küsst. Jetzt küss sie doch« – das hatte sie direkt ins Herz getroffen. »Es ist gar nicht mehr schön hier«, hatte sie gesagt und wie eine Klette an Kristers Jackenärmel gehangen. Emil war stiller geworden, anhänglicher und sehr traurig. Um der Kinder willen mussten sie die Sache schnellstens regeln.

Es ging auf fünf Uhr nachmittags, und Maria wollte sich gerade aus dem Computer ausloggen, als Kriminalinspektor Hartman in der Tür stand.

»Am Rastplatz an der Ausfahrt Süd ist eine übel zugerichtete Frauenleiche gefunden worden.«

Auf dem Weg zum Fundort erzählte Hartman von dem alten Mann, den man neben dem Graben gefunden hatte. Stig Julin, den man anhand seines Führerscheins hatte identifizieren können, hatte es noch geschafft, die Notrufzentrale anzurufen, ohne jedoch sein Anliegen nennen zu können. Bewusstlos war er ins Krankenhaus gefahren worden, wo er kurz nach seiner Ankunft an einem massiven Herzinfarkt gestorben war. Bis vor wenigen Minuten hatte man gedacht, dass sein Anruf seinem eigenen Gesundheitszustand gegolten hatte und dass er einen Krankenwagen hatte rufen wollen.

Um 16.48 Uhr war ein weiterer Notruf aus derselben Gegend eingegangen. Eine Fußballmannschaft von jungen Mädchen auf dem Weg zu einem Auswärtsspiel in Gävle hatte an dem Rastplatz haltgemacht. Unten am Wasser hatte eines der Mädchen einen makabren Fund gemacht. Hartman hielt es für wahrscheinlich, dass Stig Julin dasselbe gesehen hatte. Direkt neben der Leiche lag nämlich ein Spazierstock, auf dessen Griff die Initialen SJ eingraviert waren.

Die Stimmung auf dem Rastplatz war aufgeregt. Die Polizei hatte die Umgebung noch nicht absperren können. Die Fußballmädchen, die in einem Halbkreis um den Fundort standen, hatten sicher jede Menge Spuren plattgetrampelt. Maria ermahnte sie, sich in den Bus zu begeben und dort zu warten. Dann ging sie mit dem Mädchen, das die Leiche gefunden hatte, beiseite. Nach einigen tröstenden und erklärenden Worten schaltete sie das Aufnahmegerät ein.

»Verhör mit Sofia Lindström. Wir befinden uns auf dem Rastplatz am Südende von Kronviken. Es ist 17.13 Uhr am 13. Oktober. Anwesend ist Kriminalinspektorin Maria Wern. Bitte erzähl mir mit eigenen Worten, was geschah, als ihr angehalten habt und du ausgestiegen bist.«

»Sie lag einfach da. Oder die Hand jedenfalls. Oh Gott, war das furchtbar. Wir haben den Plastiksack nicht angerührt.«

»Das war vernünftig von euch.« Maria legte den Arm um das Mädchen, das in seiner dünnen Windjacke so zitterte, dass die Zahnspange klapperte. Als es die Wärme spürte, beruhigte sich das Mädchen ein wenig, und die Stimme wurde fester.

»Als der Bus angehalten hatte, musste ich auf die Toilette, aber die war so eklig. Total widerlich! Es stank total nach Pisse, und einer hatte gekotzt, die Brille war jedenfalls total schmutzig. Deshalb bin ich da hinten in die Büsche gegangen. Ich hab mich gerade hingehockt, als ich die Hand sah. Fingernägel mit Trauerrändern. Total schrecklich war das! Ich hab geschrien und bin zum Bus raufgerannt. Die anderen haben mir erst mal nicht geglaubt. Der Fahrer wollte den Bus starten und weiterfahren, ohne nachzusehen. ›Du lügst‹, hat Linda Bengtsson gesagt, aber sie hat es sich trotzdem angeguckt. Und dann musste sie zugeben, dass ich recht hatte.«

Kriminaltechnikerin Erika Lund arbeitete im Licht der Scheinwerfer, die in den Erlen am Wasser angebracht waren. Außerhalb des Lichtkegels wurde die Dunkelheit immer dichter. Ein Fotoblitz fing für eine Sekunde die weiße Haut der Frauenhand ein.

»Solltest du nicht langsam nach Hause fahren?«, wandte sich Erika an Maria. »Morgen ist auch wieder ein Arbeitstag. Du solltest deine Kräfte dafür aufsparen.«

»Stimmt.« Maria spürte den Widerstand im ganzen Körper. Noch eine Nacht voller Anspannung, im Warten auf die unvermeidliche Trennung. Und dann?

»Fährst du noch im Revier vorbei, oder gehst du direkt nach Hause?« Erika hielt ein paar Plastiktüten gegen das Licht. Maria sah unentschlossen aus. »Ich finde, du solltest zusehen, dass du nach Hause kommst. Nimm ein Bad und geh ins Bett.«

Erika hatte recht, Maria würde das Verhör auch am folgenden Tag niederschreiben können. Sie fühlte sich wirklich erschöpft, hatte mittags nicht mehr als einen Joghurt gegessen, und das war auch schon viele Stunden her. Hartman hatte den Ort schon vor ungefähr einer Stunde verlassen. Wenn sie ein wenig Schlaf finden würde, dann würde sie am nächsten Tag effektiver arbeiten können. Vielleicht früher ins Büro fahren, wenn Krister die Kinder wegbrachte.

»Jetzt fahr mal nach Hause. Du bist nicht unentbehrlich.«

Obwohl es fast Mitternacht war, brannte im Küchenfenster des gelben Hauses am Meer noch Licht. Wenn nur Krister nicht auf war und wartete, dachte Maria und biss sich durch den Lederhandschuh auf die Fingerknöchel. Jetzt konnte sie keinen Konflikt gebrauchen. Das letzte Mal, als das Küchenfenster erleuchtet war, als sie nach Hause kam, hatte er betrunken dagesessen und ihr lauter seltsame Vorwürfe gemacht, obwohl er sehr wohl wusste, dass sie mit ihren Kollegen auf dem Geburtstagsfest von Erika gewesen war. »Man schließt von sich selbst auf andere«, hatte sie ihm geantwortet und war ins Bett gegangen. Am nächsten Tag hatte er sich entschuldigt. Aber die Beschuldigungen waren doch ausgesprochen.

Um nicht weiter verdächtigt zu werden, hatte sie angefangen, sich zu rechtfertigen, Zeiten, Orte und die Leute zu nennen, mit denen sie den Abend verbracht hatte, wenn sie mal später nach Hause kam. Das hörte er sich dann mit hoch gezogenen Augenbrauen an. Eigentlich war sie ihm das nicht schuldig. Es gab nichts zu bekennen. Nicht mehr als dass sie einander auf die Nerven gingen und dass sie das inzwischen schon ziemlich lange taten.

Maria schaltete das Licht aus, putzte sich die Zähne und zog sich im Dunkeln aus. An seiner Atmung hörte sie, dass er nicht schlief. Er lag da und atmete schnell, schwieg aber. Wenn es die Möglichkeit gegeben hätte, dann hätte sie sich freigenommen, wäre zu Hause geblieben und hätte den Sturm ausgeritten, der auf sie wartete. Aber das war unmöglich. Nur selten war ihr eine Ermittlung ungelegener gekommen, wenn man es mal aus der privaten Perspektive sah. Wenn die Sache vorbei ist, dann fahren wir mal ohne die Kinder weg und klären, wie es uns eigentlich geht, versprach sie sich selbst, und über diesem Gedanken musste sie doch eingeschlafen sein.

Als Krister ungefähr eine Stunde später aus dem Bett stieg, schlief sie fest. Er ging in die Küche und mischte sich einen Drink: Gin und Tonic zu gleichen Teilen. Die Sorge nagte an ihm und ließ ihn nicht schlafen. Er musste aber schlafen, wenn er nicht auf den Hund kommen wollte. Der Mond leuchtete groß und rund vor dem Fenster. Leuchtete direkt in seine Einsamkeit, und er mischte sich noch einen Gin Tonic. Vielleicht war der große Gelbe ja daran schuld, dass er nicht schlafen konnte. Warum sollte nicht der Mensch, der doch zu sechzig Prozent aus Wasser bestand, von Ebbe und Flut beeinflusst werden? Und die Tide wurde vom Mond gelenkt. Emil und Linda waren beide bei Vollmond geboren. Viele Menschen wurden bei Vollmond böse, deprimiert und gewalttätig. Er selbst musste dann rauchen. Aber es gab keine Zigaretten im Haus, schon lange nicht mehr.

Er hatte das Gefühl, als habe Maria irgendwelche Geheimnisse vor ihm. Irgendetwas war da. Vielleicht ein fremder Geruch. Ein anderer Gesichtsausdruck. Sie wichen einander aus, und er wusste nicht, was er daran ändern könnte. Vielleicht verbarg sie etwas vor ihm? Auf ihrem Stuhl am Tisch stand ihr schwarzer Rucksack. Er öffnete ihn und wühlte darin herum, um nach Hinweisen zu suchen. Da, die Brieftasche. Er sah die Quittungen durch: Milch, Katzenstreu und Mohrrüben im Supermarkt. Nasentropfen und ein Mittel gegen Würmer in der Apotheke. Ein Lippenstift, eine Haarbürste und ein Paket Tampons.

Dann stieß er auf das Aufnahmegerät. Warum hatte sie es von der Arbeit mit nach Hause genommen? Er ließ das Band zurücklaufen und hörte sich das Gespräch mit dem Mädchen an. Marias ruhige Fragen waren besser zu hören als die Antworten. Sie hätte Nachrichtensprecherin im Fernsehen werden sollen, dachte er umnebelt. Die Müdigkeit wuchs mit dem Grad seiner Betrunkenheit, und er packte die Sachen wieder in den Rucksack. Vielleicht war es doch nicht so schlecht um ihre Liebe bestellt, wie er dachte. Morgen würde sich alles klären. Wahrscheinlich arbeitete sie zu viel. Vielleicht sollte er einfach ebenso beschäftigt sein wie sie, damit sie sah, dass sie nicht die Einzige war, die abends spät nach Hause kam und wichtige Sachen zu tun hatte. Was sie brauchte, war ein anderer Blick auf ihre eigene Arbeit und ihre Bedeutung.

Vielleicht war es auch an der Zeit, ihr zu erzählen, dass er das Stellenangebot als Marketingleiter in Malmö annehmen würde. Hundertachtzig Reisetage im Jahr, hatte der oberste Chef versprochen. Geschäftsessen, Firmenwagen und

Auslandsreisen anstelle von Arbeitsvermittlungsmaßnahmen, Würstchengrillen und ewigen Wartezeiten an der Bushaltestelle – das wäre der Aufschwung, den sein Leben mal gebrauchen könnte. Er würde das Angebot annehmen, auch wenn es zu einem Bruch führen würde. Vielleicht würde eine verbesserte finanzielle Lage ihnen einen Neuanfang ermöglichen. Maria würde aufhören können zu arbeiten und sich der Familie widmen.

Mit diesen wirklichkeitsfremden Gedanken ging Krister Wern, behaglich in seine eigene Rhetorik eingelullt, wieder ins Bett.

Als Maria am nächsten Morgen hohläugig und mit steifen Knochen zur Arbeit kam, nachdem sie die Kinder selbst hatte wegbringen müssen, weil Krister nach den Drinks vom Vorabend einen Kater hatte, hatten sich die anderen zum Informationsaustausch im Konferenzraum versammelt. Hartman würde in Ragnarssons Abwesenheit die Voruntersuchungen im Fall der ermordeten Frau auf dem Rastplatz leiten, da dieser wahrscheinlich für den Rest des Jahres krankgeschrieben sein würde. Ek lieferte eine kurze Zusammenfassung. Die Identität des Opfers hatte man noch nicht feststellen können, doch im Lauf des Tages würde man die Liste über alle als vermisst gemeldeten Personen durcharbeiten, zunächst im Bezirk und dann, falls das keine Ergebnisse bringen würde, auch überregional.

»Der Fundort ist höchstwahrscheinlich nicht mit dem Tatort identisch.« Die Kriminaltechnikerin Erika Lund hielt ein paar von den Bildern hoch, die noch während der Nacht entwickelt worden waren. »Meiner Einschätzung nach war die Frau zwischen fünfunddreißig und vierzig Jahre alt. Ihr ist die Kehle durchgeschnitten worden, und zwar so, dass sie sicher nach wenigen Minuten tot war. Der Müllsack enthielt kein Blut in nennenswerten Mengen. Die Kleider sind angekokelt, Teile des Körpers sind schwer verbrannt.« Erika zeigte ein Foto mit den rußigen Fetzen eines langen Kleides, einer blauen Häkelmütze, ein paar blonden langen Haarsträhnen und einer Armbanduhr mit zerbrochenem Zifferblatt.

29 Von seinem Platz an der Bar aus sah Krister Wern über das Lokal. Auf der Tanzfläche war es rappelvoll von Paaren, die sich zu den Klängen der Siebzigerjahre-Ohrwürmer bewegten, die von einer Band aus der Gegend, deren Namen er schon wieder vergessen hatte, zum Besten gegeben wurden. Die Donnerstagabende waren eigentlich nicht sonderlich geeignet, wenn man die Damen für sich allein haben wollte. Es gab eine spürbare Konkurrenz durch die Handelsvertreter, die geschäftlich im Ort waren. Das Leben als Handelsvertreter hatte durchaus seine Verlockungen. Die Freiheit, immer wieder an neue Orte zu kommen, wo man sich eine neue Identität geben konnte und wo keiner so genau wusste, wer man war. Es wäre durchaus möglich, sich einen neuen Namen und einen neuen Beruf auszudenken. Eine Frau mit aufs Zimmer zu kriegen war der Lohn des Kriegers nach einem Tag der Mühsal. Keine Verpflichtungen, keine Versprechen und kein Gerede von Verantwortung. Diese Vorstellung war in der Tat sehr verführerisch.

Maria würde heute Abend wieder spät heimkommen. In diesem Moment ging sie davon aus, dass er die Kinder ins Bett gebracht hatte und zu Hause vor dem Fernseher wartete.

Eines Tages würde er ihr gestehen müssen, dass er den IT-Kurs abgebrochen hatte, weil es so erniedrigend war, als überalterter Sitzenbleiber zwischen den karrierehungrigen und wissbegierigen jungen Leuten zu sitzen. Er würde auch erzählen müssen, woher das Geld kam, von dem sie lebten, dass sie derzeit mehr oder weniger von seiner Mutter, Gudrun Wern, versorgt wurden. Und dass er das Jobangebot in Malmö angenommen hatte. Würde Maria ihren Job in Kronviken sausen lassen, um allein mit den Kindern in einer Wohnung in Malmö zu sitzen? Da war er sich inzwischen nicht mehr so sicher. Wenn er an Maria dachte, schmeckte das Bier plötzlich ein wenig wässrig, und er bestellte sich einen Kognak, um den Magen zu beruhigen.

Schon bald würde sie nach Hause kommen und feststellen, dass ihre Schwiegermutter den Babysitter gab. So kann es gehen, wenn man einen Job hat, der einem wichtiger ist als das Familienleben. Das hielt doch kein Mann auf die Dauer aus, dass seine Frau nächtelang mit ihren männlichen Kollegen in ein enges Auto gequetscht Streife fuhr. Stunde um Stunde vertraulicher Gespräche, von der gemeinsamen Aufgabe zusammengeschweißt. Wer wusste schon, wohin das führte. Woher wollte er wissen, dass sie ihn nicht betrog?

Krister erhob sich vom Barhocker und machte sich auf in Richtung Toiletten, die sich eine Treppe tiefer befanden. Hinter einem Pfeiler bemerkte er einen Tisch mit fünf lachenden Frauen und beschloss, später noch einmal vorbeizuschlendern, wenn die ganz akuten Bedürfnisse gestillt waren. Er kreuzte zielstrebig zwischen den Tischen hindurch. Eigentlich bin ich doch ganz tageslichttauglich, dachte er. Auf der Herrentoilette begegnete er überraschend seinem Bruder Jens.

»Mensch, Brüderchen!«

»Hallo, Krister, was machst du denn hier? Hat man dich an einem ganz gewöhnlichen Wochentag rausgelassen? Ich hab gedacht, Maria hat jede Menge zu tun. Hab im Radio gehört, dass am Rastplatz Süd was passiert ist. Da ist richtig viel los, die ganze Umgebung ist abgesperrt.«

»Mama gibt den Babysitter. Ich muss ja wohl auch mal ein Privatleben haben.«

»Privatleben? Du bist witzig. Worum geht es bei dem Fall eigentlich? Mord oder Drogen? Wenn Maria Nachtschichten schiebt, dann ja wohl kaum, weil jemand an Altersschwäche gestorben ist. Jetzt komm schon, Krister, spuck's aus!«

Krister zögert. Das Verhör, das er zufällig auf Marias Aufnahmegerät gehört hatte, war zwar nicht gerade Allgemeingut, aber das hier war ja nur sein Bruder, der ihm eine freundliche Frage stellte.

»Das bleibt aber unter uns, okay?«

»Klar bleibt das unter uns«, bekräftigte Jens.

»Es ist eine Frau. Eine Blondine. Sie lag in einem Müllsack. Übel verbrannt. Sie hatte eine blaue Häkelmütze aus irgendeinem synthetischen Material an, das in der Hitze geschmolzen und ihr dann sozusagen übers Gesicht geflossen ist.«

»Verdammt, wie eklig! Wie kann man sich so was bloß angucken? Was erzählt Maria denn so, wenn sie nach Hause kommt?«

»Nicht viel.«

Als die Stimmen sich entfernt hatten und die Tür zur Herrentoilette zugeschlagen war, zog Erik Bergvall seinen Notizblock heraus und notierte sich alle Details des Gesprächs, an die er sich erinnern konnte. Von der Toilettenkabine aus hatte er sie durch den schmalen Türspalt beobachten können: Krister Wern und sein älterer Bruder Jens Wern, Vorsitzender des Gemeinderats – was für eine zuverlässige Quelle! Ohne größere Gewissensbisse ging Bergvall in den Garten hinaus und nahm über sein Handy Kontakt mit der Zeitungsredaktion auf.

Am nächsten Morgen war die Nachricht im ganzen Land verbreitet. Um halb fünf morgens wurde Kriminalinspektor Hartman vom diensthabenden Beamten geweckt. Das Fernsehen wolle für die Morgennachrichten einen Kommentar von ihm. Eine halbe Stunde später ging Maria zum Briefkasten, um die Tageszeitung zu holen. Der Nebel hing dicht zwischen den Apfelbäumen, und sie zitterte in ihrem dünnen Morgenmantel. Der Hund Molly folgte ihr zum Briefkasten und verschwand dann im Garten. In Gedanken mit den praktischen Problemen des Tages beschäftigt, schob Maria sich die Zeitung unter den Arm und beeilte sich, wieder in die Wärme zu kommen.

»Bist du schon auf?« Krister setzte sich an den Küchentisch. Maria setzte Kaffee auf, während er die Zeitung in die Hand nahm und die Schlagzeile zu sehen bekam: *Frau brutal verbrannt. Geheime Quelle offenbart den Fund der Polizei.* Er nahm die Zeitung mit und schloss sich auf der Toilette ein. Die Erkenntnis, was das bedeuten würde, verursachte ihm Übelkeit, und er musste sich übergeben.

»Was ist denn los, bist du krank?« Krister ließ die Minuten verstreichen. Musste einen Beschluss fassen. Die ganze Wahrheit auf einmal oder lieber nach und nach? Es war eigentlich nur eine Frage der Zeit, wann ihr Dasein zerbrechen würde. »Hast du die Zeitung von heute gesehen?«

»Ja, ich hab sie hier drin.«

»Ich fahre jetzt. Kannst du die Kinder wegbringen, oder soll ich das machen?« Sie klang gestresst. Angesichts seiner momentanen Kopfschmerzen war der Gedanke, sie alle aus dem Haus zu haben, sehr verlockend.

»Ich wäre froh, wenn du das übernehmen könntest«, sagte er, und seine Stimme klang erstaunlich normal.

»Ich brauche das Auto.«

»Ist okay.« Er wartete und hörte sie wenig später die Haustür zuschlagen. Sie würde eine Weile brauchen, um die Scheiben freizukratzen. Dann würde sie sich mit den Kindern ins Auto setzen und vielleicht das Radio anschalten, um die Nachrichten zu hören. Wenig später wäre die Hölle los. Wenn er Glück hatte, wollten die Kinder stattdessen eine CD hören. Darauf hoffte er.

Der Anruf von Maria, auf den er den ganzen Vormittag gewartet hatte, kam um Viertel nach elf.

»Wo bist du?«, fragte sie.

»Zu Hause. Mir geht's nicht gut.«

»Das ist mir klar.« Er hörte an ihrer Stimme, dass es keine Hoffnung mehr gab. Sie wusste es. »Wir müssen reden.«

»Ja, das müssen wir wohl. Fahr vorsichtig, es ist glatt.« Er hätte noch viel mehr sagen wollen, aber sie wollte die Sache sicher von Angesicht zu Angesicht klären. Im Nahkampf war sie schwer zu schlagen.

Er fing an zu kochen. Egal wie schlimm es stand, würden sie doch etwas essen müssen. Eine letzte Liebesmahlzeit aus allem, was das Haus zu bieten hatte. Im Ofen überbackene Fischfrikadellen mit Kartoffelbrei und eine Flasche Weißwein. Da waren im Hause Wern doch schon schlechtere Mahlzeiten auf den Tisch gekommen. Als er das beste Porzellan aufdeckte, hatte er das unbestimmte Gefühl, dass sich schon alles richten würde. Die vage Möglichkeit, dass sie es von der humorvollen Seite nehmen könnte. Das konnte sie nämlich durchaus.

Wie viele Konflikte hatten sie nicht gemeinsam durchgestanden, weil sie zusammen darüber lachen konnten? So lange man gemeinsam lachen kann, gibt es Hoffnung. Wann hatten sie zuletzt gelacht? Er konnte sich nicht erinnern. Und gerade als er zu dieser Einsicht gelangt war, hörte er die Reifen des Autos auf dem Kiesweg. Wenig später trat Maria in den Flur. Sie hatte geweint. Er versuchte, sie zu umarmen und ihr wenigstens aus dem Mantel zu helfen, aber sie weigerte sich. Das machte ihm Angst.

»Jetzt sag mir mal, was du dir dabei gedacht hast, als du mich an die Presse verkauft hast! Hast du Geld dafür bekommen? Hat es dir einen Kick gebracht? Wolltest du mir bewusst schaden?«

Die Wahrheit war schwerer auszusprechen, als er gedacht hatte. Als sie ihn mit ihren dunklen Augen ansah, mit einem Gesichtsausdruck, den er noch nie zuvor bei ihr gesehen hatte, blieben die Worte stecken und reduzierten sich zu Halbwahrheiten. Ihre Verhörtechnik hatte bei Weitem nicht die Professionalität, die sie im Beruf an den Tag legte.

Als sie endlich den Boden des Sumpfes erreicht hatten und alles Wichtige auf dem Küchentisch lag, überkam sie eine Ruhe. In ihren Worten lagen große Kraft und Entschlossenheit.

»Ich kann nicht mehr mit dir zusammenleben. Entweder ziehst du aus oder ich. Wie machen wir es mit den Kindern?«

Er wusste nicht, was sie wollte. Sollte er sich etwa um die Kinder kümmern, jetzt wo er den Job in Malmö angenommen hatte? Was für ein Leben würde er ihnen bieten können, wenn er den Job nicht annahm?

»Ich liebe dich doch, Maria. Können wir nicht alles erst mal so stehen lassen und sehen, wie es sich entwickelt?«

»Weißt du was? Ich glaube nicht, dass du mich liebst. Das sagst du doch nur, um weitere Unannehmlichkeiten zu vermeiden. Es ist lange her, dass du bereit gewesen bist, etwas für mich aufzugeben. Wenn man jemanden liebt, dann zeigt man das in Taten. Wir haben wieder und wieder versucht, neu anzufangen, aber immer hast du die Regeln vorgegeben. Das kann so nicht weitergehen. Wir tun einander nur weh. Um der

Kinder willen möchte ich, dass wir weiterhin Kontakt halten und die Kinder so gut es geht gemeinsam erziehen. Aber das war's. Ich will, dass wir uns trennen. Ich habe lange darüber nachgedacht und lange gezweifelt. Aber jetzt bin ich davon überzeugt.«

»Ja, vielleicht ist es am besten so«, hörte er sich selbst sagen.

Mit einer Höflichkeit und Fürsorge, die es schon lange nicht mehr zwischen ihnen gegeben hatte, teilten sie ihre materiellen Besitztümer auf, entschieden sich für geteiltes Sorgerecht und stellten einen Plan für den Umgang mit den Kindern auf. Maria war gut vorbereitet. Die Vorschläge, die sie machte, waren gerecht und wohldurchdacht.

»Es wird finanziell etwas knapp für dich, wenn du hier im Haus wohnen bleibst und mich auszahlst. Findest du nicht, dass wir das Haus verkaufen sollten?«, fragte er.

»Die Kinder lieben es aber. Ich möchte so wenig wie möglich in ihrer Welt verändern. Es ist wichtig, dass sie nach wie vor in dieselbe Schule und dieselbe Tagesstätte gehen können. Ich werde alles in Bewegung setzen, um es zu schaffen.«

Es war, als würde er sie von außen sehen, wie in einem Film, die perfekte Trennung, wie man sie in einer Sendung zum Thema Zusammenleben zeigen könnte. Stimmte das, was sie sagte, dass er sie nicht mehr liebte? Vielleicht waren sie ja nur aus mangelnder Entscheidungsfreude zusammengeblieben? Die Macht der Gewohnheit ist groß.

30

Fünf Tage Rom mit Felicia waren genau das, was Per Arvidsson nach den Tagen am Krankenbett und einer Beerdigung in aller Stille brauchte. Durch solche tragischen Ereignisse verschieben sich auf einmal die Prioritäten im Leben, und das, was vorher unbedingt erreicht werden musste, erhält einen untergeordneten Platz.

Felicia hatte übertrieben gute Laune, sogar noch, als sie an der Kontrolle am Gate festgehalten wurde. Der Metalldetektor tönte wie ein Nebelhorn, und sie musste zunächst Uhr und

Gürtel abnehmen und dann die Taschen ihres weißen Mantels ausleeren. Der Sicherheitsbeauftragte mit dem Metalldetektor kriegte einen angespannten Zug um den Mund. Felicia lächelte ihm vorsichtig zu und grub weiter in den Manteltaschen, bis sie acht kleine Tuben Kaviar vom Frühstück im Radisson zutage befördert hatte.

Per nahm sich am Gate noch eine schwedische Zeitung. Das Wort Kronviken erregte seine Aufmerksamkeit. Zwei Hauptnachrichten teilten sich die Titelseite: der Mord an einer jungen Frau in Kronviken, deren Leiche auf einem Rastplatz südlich der Stadt gefunden worden war, und ganz unten Ehefrau und Tochter von Frank Leander beim letzten Abschied vom geliebten Mann und Vater. Felicia nahm ihm die Zeitung aus den Händen und stopfte sie in ihre Handtasche.

»Jetzt nicht, du hast frei!«

Als sie aus dem Flugzeug stiegen, wurden sie von der Wärme auf dem Flugplatz umfangen. Auf dem Weg zum Hotel nahm Per Felicias runde Wangen in seine Hände und küsste sie. Was ein kurzer impulsiver Kuss hatte sein sollen, dauerte dann den ganzen Weg nach Rom, bis Felicia sich ihm kichernd entzog und auf das konsternierte Gesicht des Taxifahrers im Rückspiegel wies. Als sie den Reisestaub abgeduscht und in dem großen und viel zu weichen Bett mit besorgniserregend knarrenden Federn miteinander geschlafen hatten, gingen sie in die Stadt, um etwas zu essen.

Felicia bahnte ihnen mit großer Autorität den Weg durch den römischen Straßenverkehr bis zum Pantheon-Viertel. »Ich habe ein Lieblingsrestaurant in der Via dei Pastini«, verriet sie ihm.

Gemeinsam spazierten sie durch enge Gässchen zum Campo dei Fiori mit seinen Ständen voller Melonen, Äpfel, Tomaten, Trauben und bunten Herbstblumen. Das Leben fühlte sich so intensiv an. Er liebte Felicia zweifellos und ohne Vorbehalte, konnte es einfach nicht lassen, sie ständig zu berühren, ihre Hände zu streicheln, mit den Lippen ihr Haar und ihre Stirn zu liebkosen.

Bei Antonio bestellten sie eine Flasche Frascati und Antipasti aus Pilzen, Schafskäse, Artischockenherzen und eingelegten Bohnen. Der Abend war dunkel und lau. Obwohl es Spätherbst war, beschlossen sie, draußen zu sitzen. Schick gekleidete Menschen spazierten lärmend vorbei. Ein junger Mann sauste auf einer Vespa vorüber, vor ihm hing ein kleiner Junge über dem Lenker, und eine schwarz gekleidete Oma saß rittlings hinter ihm, die mageren Arme fest um seine Taille geschlungen.

Felicia bestellte noch mehr Wein und Kalbsbraten mit Salbei, während sie mit dem Kellner auf Italienisch scherzte. Per sah ein wenig erstaunt aus.

»Ich habe mal in Rom gewohnt«, erklärte sie. »Als ich noch jung und zumindest an manchen Stellen ungeküsst war. Ich habe Italienisch studiert, war sehr arm und schrecklich einsam.« Sie nahm einen großen Schluck Wein und sah ihn an. »Wie lange werde ich dich bei mir haben dürfen?«

»Solange du magst. Wenn du willst, für immer.« Und das meinte er auch so.

Ein magerer Mann in zerrissenen Kleidern mit einer Ziehharmonika näherte sich. Die Melodie schwappte zu ihnen herein, zerhackt und etwas aus dem Takt. Arvidsson senkte in einem diskreten Versuch, sich die Ohren zuzuhalten, den Kopf zwischen die Hände. Doch an der Spielfreude des Mannes war nichts auszusetzen. Er war eins mit seiner Musik, so schlimm sie auch klang. Eine Frau mittleren Alters ging von Tisch zu Tisch und murmelte denselben eintönig traurigen Spruch, von dem Per nur das Wort »operazione« identifizieren konnte. Schließlich blieb sie direkt vor Felicia stehen und lächelte mit schlecht sanierten Zähnen. Felicia grub in ihrer Handtasche und holte ihr Portemonnaie heraus. Wortlos legte sie einen Hunderteuroschein in die schmutzige Hand der Frau. Per versuchte, Felicias Aufmerksamkeit zu fangen. Hatte sie den falschen Schein genommen? Offenbar nicht. Sie umfasste die Hand der Frau, schloss sie um den Schein und nickte. Die Frau bekreuzigte sich in einem fließenden Strom von Segenswünschen und zog sich dann mit ausladenden Gesten in die Dunkelheit zurück.

Felicia leerte ihr Glas in einem Zug und füllte es erneut bis zum Rand. Zu seinem Erstaunen sah Per, dass sie weinte. Ganz still, mit offenen Augen. Per folgte ihrem Blick. Ein kleines Mädchen im Alter von vier Jahren, mit langem, dunklem Haar und großen schwarzen Augen stand mit einer mageren Katze unter der Straßenlaterne. Sie packte den Rock der Frau, als sie vorbeilief. Zusammen wurden sie von der Nacht verschluckt.

»Weinst du?« Er nahm eine Serviette und reichte sie ihr. Versuchte aufmunternd zu lächeln und sah gleich ein, wie dumm das war. Warum meinte man immer, alle Anzeichen für Verzweiflung schnell wegwischen zu müssen, den Tränenstrom stoppen zu müssen? Hatten traurige Gefühle nicht auch ihre Zeit und ihren Raum? »Magst du erzählen, was du denkst?«

Felicia schüttelte den Kopf. »Jetzt nicht.«

Sie gingen den ganzen langen Weg zum Hotel zu Fuß. Als sie ankamen, hatte Felicia Blasen an den Füßen. Es erstaunte Per, dass sie sich mit solchen Absätzen überhaupt fortbewegen konnte, aber das war offensichtlich eine Sache der Gewöhnung. Er wusch ihr die Füße, küsste jeden Zeh und verpflasterte die Wunden. Als er in ihr Gesicht sah, schloss sie die Augen, um zu verbergen, dass sie weinte.

»Was ist denn, Felicia?«

Sie schüttelte den Kopf. »Ich kann nicht darüber reden. Ich schaffe es nicht.«

»Was meinst du denn?«

»Es ist schwarz und leer in mir. Ich habe solche Angst, wenn ich nichts fühle. Ich kann es dir nicht erklären. Ich finde mich selbst nicht.«

»Du meinst, du zweifelst daran, ob du mich liebst?« Es erstaunte ihn selbst, dass er es wagte, diese Frage so direkt zu stellen.

»Du hast vorhin gesagt, dass dir die Wahrheit so wichtig sei. Was würdest du sagen, wenn ich dir erzählen würde, dass ich gelogen habe? Unsere Beziehung basiert auf der Illusion, die du von mir hast, nicht auf der Wirklichkeit.«

»Dann solltest du mich mal von diesem Trugbild befreien.«

Er ließ ihren Fuß los und machte einen Schritt zurück. Unmerklich spannte er jeden Muskel in seinem Körper zu einem Panzer der Unverwundbarkeit an und wartete auf das, was kommen würde.

»Erinnerst du dich an die Nacht, als ich weg war und gesagt habe, dass ich mich um einen Mann in der Notaufnahme gekümmert habe, der seine tote Frau nicht loslassen wollte?«

»Ich habe mir Sorgen gemacht, das wirst du doch verstehen. Du hast ja nicht mal angerufen.«

Felicia kroch zu ihm aufs Bett, nahm seine Arme und legte sie um sich, als wollte sie sich vor der unangenehmen Wahrheit schützen, die jetzt kommen würde.

»Das war nicht die ganze Wahrheit. Das, was ich dir erzählt habe, ist zwar geschehen, aber nicht an dem Abend, sondern vor mehreren Jahren. In der Nacht als ich nicht nach Hause kam, ist etwas anderes passiert. Als wir uns kennengelernt haben, gab es einen Mann ... eine lockere Verbindung. Ich musste an dem Abend allein sein und nachdenken und habe mich für dich entschieden.«

»Wo warst du denn, wenn du nicht bei der Arbeit warst?«

»In meiner Wohnung. Ich habe ihn gebeten, dorthin zu kommen. Um Schluss zu machen.«

»Aber du bist doch fast die ganze Nacht geblieben. Habt ihr miteinander geschlafen?«

»Spielt das eine Rolle?«

»Habt ihr miteinander geschlafen?«, fragte er.

»Das hat nichts mit der Sache zu tun.«

»Doch, für mich schon.«

»Na gut, es ist eben passiert. Ich hatte das Gefühl, als wäre ich ihm das schuldig. Er war so traurig. Ich habe ihn ein letztes Mal getröstet. Bist du jetzt böse auf mich?«

»Nein, ich bin nur verwirrt. Es wird eine Weile dauern, bis ich das verarbeitet habe. Ich dachte, wir wären zusammen und es gäbe nur uns.«

»Das ist doch so. Liebst du mich trotzdem?«

»Ja, natürlich. Aber ich bin irgendwie traurig.«

Sie wollte ihn unbedingt in der Dunkelheit ausziehen. Er

hätte so gern die Kerzen auf dem Tisch angezündet, aber sie hinderte ihn daran.

»Warum darf ich dich nicht ansehen, Felicia?«

»Wenn Hängebrüste einen Sinn haben und ich herausbekommen habe, welchen, dann darfst du sie sehen«, sagte sie etwas betrunken.

»Ich liebe deine Brüste und deinen Bauch und deine Oberschenkel. Was ist denn dabei, das Licht anzumachen?«

Hinterher, als sie eingeschlafen war, ging er zum Fenster und zog die Jalousie hoch. Ein schwaches Licht fiel über Felicias Körper. Sie hatte die Decke abgeschüttelt. Das dunkle Haar lag über das Kissen ausgebreitet. Ihre Haut leuchtete im Schein der Neonleuchten von der gegenüberliegenden Straßenseite erstaunlich hellgrün, beinahe durchsichtig. Per machte die Jalousie noch etwas mehr hoch und betrachtete sie. Wie schön sie war. Was wollte sie denn verbergen? Immer versteckte sie ihren Körper entweder in der Dunkelheit oder mit einem Laken oder indem sie ihn mit einem Duschhandtuch umwickelte.

Ihre Brüste waren voll und immer noch fest. Oder war es etwas mit dem Bauch? Obwohl sie den einen Arm über den Bauch hielt, konnte er die hellrosa Risse sehen, die in lotrechten Linien quer über dem Nabel verliefen. Hatte sie ein Kind geboren ... ohne ihm davon zu erzählen? Gab es ein Kind von ihr? Das vielleicht bei dem Vater lebte? Oder hatte sie ein Kind verloren? Was wusste er eigentlich von ihr und von ihrem Leben, bevor sie sich kennengelernt hatten? Irgendetwas hielt ihn davon ab zu fragen. Eine Empfindlichkeit bei ihr oder vielleicht auch bei ihm selbst, die ihn daran hinderte, an Dinge zu rühren, von denen er nichts wusste.

Wollte er wirklich die Wahrheit wissen? Liebst du mich? Ich werde dich immer lieben. Starke Worte. Am Abend zuvor hatte sie, ehe sie eingeschlafen waren, eine neue avancierte Übung angefangen, bei der man die ultimative Empfindsamkeit erreichte, indem man einander mit Rasierklingen berührte. Er hatte sie vorsichtig entwaffnet. Keiner von ihnen war sonderlich nüchtern, das hätte schiefgehen können. »Können wir uns nicht einfach umarmen?«, hatte er vorgeschlagen, und sie hatte ihn mit ihren halbmondförmigen Augen erstaunt angeschaut. Sich einfach umarmen und zu gleichen Teilen geben und nehmen, hatte er gedacht. Oft hatte er den Eindruck, als wäre die Erotik zwischen ihnen kein gemeinsames Spiel, sondern etwas, das sie leistete und das er empfing. Er hätte so gern einmal erlebt, wie sie die Kontrolle verlor und sich ganz hingab. Doch wie sagt man dem anderen, dass man sich noch mehr wünscht, ohne ihn zu verletzen?

Als er aufwachte, lag sie nicht neben ihm im Bett. Im Halbdunkel suchte er ihre Wärme zwischen den Laken. Das bedrohliche Gefühl, dass sie ihn verlassen haben könnte, fuhr wie ein eiskalter Wind durch den Raum. Er schoss hoch. Ihre Kleider waren noch da. Das beruhigte ihn ein wenig. Drei Paar Schuhe auf dem Fußboden. Das Kleid, das sie gestern angehabt hatte, lag zerknüllt am Fußende des Bettes.

Per wollte gerade in die Dusche steigen, als er Felicias Telefon klingeln hörte. Es dauerte eine Weile, bis er es unter ihrem Kissen fand. Sollte er rangehen? Er drückte den Knopf und dachte noch nach. Ehe er einen Beschluss gefasst hatte, hörte er eine tiefe Männerstimme.

»Ich weiß, wo du bist.«

»Dies ist der Apparat von Felicia Sjögren.« Am anderen Ende wurde es still. »Hallo? Hallo?« Ein klickender Laut, und das Gespräch war unterbrochen. Jemand, der mit Felicia sprechen wollte, ohne Namen und Anliegen anzugeben. Sollte er sie fragen, wer das war?

Per duschte rasch und setzte sich dann aufs Bett. Was sollte er tun? Wo mochte sie nur sein? Das hartnäckige Tönen des Martinshorns unten auf der Straße beruhigte ihn auch nicht gerade. Als er über eine Stunde gewartet hatte, erkundigte er sich an der Rezeption und erfuhr, dass Signorina Sjögren das Hotel ungefähr zwei Stunden zuvor verlassen habe, um zur Bäckerei um die Ecke zu gehen. Im selben Moment quietschte draußen der uralte Fahrstuhl, und da stand sie schon vor ihm, mit einer Papiertüte, aus der Gemüse quoll, und einem Brot im Arm.

»Ein wenig shoppen gewesen?« Er schämte sich für die vorwurfsvollen Gedanken, die er gehegt hatte, und versuchte, nicht zu verärgert zu klingen.

»Eigentlich habe ich eher gearbeitet. Ein kleines Mädchen hat sich übel verschluckt, als ich gerade im Laden war. Das hätte böse ausgehen können.«

»Was ist passiert?«

»Irgendein Idiot hat ihr eine Tüte Erdnüsse gegeben, einem kleinen Kind von ungefähr einem Jahr, mit zwei Zähnen oben und zwei unten. Sie saß in ihrem Wagen und hatte schon ganz blaue Lippen. Die Eltern haben nichts dabei gefunden. Keiner hat was gesagt. Ich habe sie aus dem Wagen gezerrt und übers Knie gelegt und ihr auf den Rücken geschlagen. Das hat nicht geholfen, und die Kleine wurde bewusstlos. Ich versuchte, sie künstlich zu beatmen, um die Erdnuss in die Bronchien zu pusten. Sie wurde blau im Gesicht, und da habe ich ein Taschenmesser und einen Strohhalm genommen und einen Luftröhrenschnitt gemacht. Sie hat es geschafft. Hast du den Krankenwagen gehört?«

»Ja, klar. Du hast ihr in den Hals geschnitten?«

»Ich hatte keine andere Wahl.«

»Ich weiß nicht, ob ich mich das getraut hätte.«

»Du bist ja auch kein Arzt. Jedenfalls lebt sie. Ich habe ein sehr schmales Taschenmesser genommen. Ich weiß, was ich tue. Ein Strohhalm reicht sogar für einen Erwachsenen aus, um genug Luft zu kriegen. Die Eltern wussten gar nicht, wie sie mir danken sollten. Sie wird es schaffen.«

»Und warum bist du nicht mit dem Krankenwagen mitgefahren?«

Felicia antwortete nicht. Sie ließ die Tüte auf seine Füße fallen, ihre Augen funkelten schwarz. So wütend hatte er sie noch nie gesehen.

»Entschuldige, Felicia. Ich wollte nicht infrage stellen, was du getan hast«, sagte er und versuchte, sie in den Arm zu nehmen, aber sie stieß ihn von sich.

»Ich habe Brot gekauft und wollte dich zum Frühstück im Bett einladen. Wenn das etwas taugt, was ich gekauft habe. Wenn ich überhaupt für dich tauge. Vielleicht muss es ja eine blonde Kriminalinspektorin sein, die Haferbrei kocht und Kindern die Nase putzt, damit das Frühstück für dich recht ist.«

»Warum redest du denn so, Felicia?«

»Weil du so leicht zu durchschauen bist. Sieh mir in die Augen und sag mir, dass du nie was mit Maria Wern gehabt hast, dass du nie scharf auf sie warst. Ich habe doch gesehen, wie du sie mit deinem Blick schier aufgefressen hast. Spielt es irgendeine Rolle, was ich tue? Wer bin ich für dich? Ein Ersatz? Ich fühle mich unterschätzt und infrage gestellt.«

Er holte tief Luft. Ihr Angriff kam völlig unerwartet. Maria hatte ja wohl nichts mit der Sache zu tun.

»Ich liebe dich, Felicia. Ich will mit dir zusammen sein, mit niemandem sonst. Ich bin nie mit Maria Wern zusammen gewesen. Aber ich wollte es, früher einmal, das will ich nicht leugnen, das war aber, ehe ich dich kennenlernte. Sie war nicht zu haben. Sie ist verheiratet, und das wird sie auch bleiben. Als wir uns in dem Restaurant getroffen haben, da hatte ich sie fast zehn Monate nicht gesehen. Sie sah krank und blass aus. Deshalb habe ich sie angestarrt. Irgendwie hätte ich ihr gern von dir und mir erzählt, ehe ich dich ihr vorstelle. Was anderes war es nicht. Warum bist du nicht mit dem Krankenwagen mitgefahren?«

»Was willst du eigentlich? Ich habe das Leben des Mädchens gerettet. Zählt das nicht?«

Sie bauten sich unter der Decke ein Nest in dunkler Sicherheit, abgeschirmt von der Welt, und versöhnten sich.

»Warum darf ich deinen Bauch nicht sehen?«, fragte er sie, als sie im Bett saßen und frühstückten. Sie schwieg eine Weile und dachte nach, ehe sie ihm antwortete.

»Weil er hässlich ist.«

»Wenn man den Bauch von jemandem liebt, dann ist der nicht hässlich. Ich liebe alles an dir, weil du es bist. Warum findest du ihn hässlich?«

»Weil er voller Risse ist.« Felicia wurde plötzlich sehr ernst. »Ich habe ein Kind geboren. Ein Mädchen. Sie wurde vier Jahre alt. Sie hieß Agnes.«

»Was ist mit Agnes geschehen?« Er würde sie nicht gehen

lassen, ehe sie nicht die ganze Wahrheit erzählt hätte. Wenn er irgendwann einmal die Schale, die sie umgab, durchbrechen wollte, dann durfte er jetzt nicht zögern. Felicia schloss die Augen, als er ihren Bauch küsste. »Was ist mit deinem Kind passiert?«

»Manchmal liest man so schreckliche Sachen in der Zeitung. Eine Schlagzeile, und man fragt sich, wie die Angehörigen es fertigbringen weiterzuleben. Wie kommen sie nur darüber hinweg? Ich kann dir sagen, wie das ist. Man überwindet die Trauer nie. Sie steckt sogar noch im Lachen, wie ein Klang in der Tiefe. Agnes ist davongerannt und hat sich im Graben auf der anderen Straßeseite versteckt. Da war ein Wasserschacht. Er war nicht mit einer Steinplatte verschlossen, sondern mit einem Netzkorb, den man herausheben kann, wenn der Straßenrand maschinell gemäht wird. Beim Schneeräumen war der Korb kaputtgegangen und beiseite geschoben worden. Agnes ist in dem Schacht ertrunken. Ich kam hin, als sie noch lebte. Die Wasseroberfläche war in kleine Wirbel zerteilt, während sie sich noch da unten bewegte. Ich konnte nicht zu ihr hinuntergelangen, sie mit der Hand nicht erreichen. Der Schacht war zu schmal. Es gab keine Gerätschaften in der Nähe. Als ich mit einer Harke zurückkam, war sie tot. Wie viele Menschenleben werde ich noch retten müssen, ehe meine Schuld bezahlt ist? Und wenn du mir jetzt sagst, dass es nicht meine Schuld war, dass sie gestorben ist, dann gehe ich durch diese Tür da und komme nie wieder zurück. Es war mein Fehler, es ist meine Schuld!«

»Das kleine Mädchen, das du gestern bei Antonio gesehen hast, hat dich an Agnes erinnert, nicht wahr?«

31

Sie standen eine Weile vor der Kirche Santa Maria della Concezione Schlange, um die berühmte Krypta der Kapuzinermönche zu besichtigen. Der Anblick, der sie erwartete, war ebenso unerwartet wie makaber.

»Das, was ihr jetzt seid, sind wir gewesen. Das, was wir jetzt sind, werdet ihr sein«, übersetzte Felicia die Inschrift im

Fußboden. Schädel und Knochen von viertausend Mönchen bezeugten das klar und deutlich. Zierliche Girlanden und Borten aus Rippenknochen und Wirbeln, Beckenknochen in Blumenmuster und Schulterblätter in Rosettenform waren in einem aufdringlichen Dekor drapiert. Reihen von Totenköpfen rahmten drei Kapuzinermönche in braunen Kutten ein. Der Tod mit der Sense in der einen Hand und einer Waage in der anderen schwebte über ihnen unter der Decke, bereit, die guten gegen die bösen Taten im Leben abzuwägen. Es war so makaber, dass einem das Lachen im Halse steckenblieb.

»Das ist das Geschmackloseste, was ich je gesehen habe.« Felicia schob sich in seinen Arm. Unter dem dunklen Gewölbe war es kalt und feucht. Der Mönch am Eingang rief über seinen Lautsprecher, dass Fotografieren verboten sei, und Filmen sei auch verboten, und sie sollten leise sein.

»Ich finde, er ist am gruseligsten von allem«, meinte Per flüsternd. »Die Knochen hier sind vielleicht die sterblichen Überreste der Unglücklichen, die in dieser Krypta fotografiert, gefilmt oder zu laut geredet haben.«

»Als einziger lebendiger Mönch unter viertausend toten muss er sich ja ein wenig bedrängt fühlen, das kann ich schon verstehen. Vielleicht ist er hierher strafversetzt worden. Du, ich glaube, mir reicht es jetzt. Können wir rausgehen?«

»Ich dachte, wir wollten uns heute Nachmittag die Katakomben ansehen«, warf er ein.

»Von mir aus können wir die gern auslassen.« Felicia hatte die Arme fest um den Körper geschlungen. Per führte sie zum Ausgang und in die Sonne hinaus. Sie nahm ein paar tiefe Atemzüge, um den Geruch der Toten aus ihren Lungen zu bekommen.

»Denkst du viel an deinen Vater?«, fragte sie später, als sie sich auf das Geländer des Tritonenbrunnens gesetzt hatten, um Eis zu essen. Die Mittagssonne wärmte angenehm im Gesicht. Hoch über ihren Köpfen spuckte der pausbäckige Meeresgott das Wasser durch eine Muschel, sodass es über die Steinfische und auf die Sterblichen herabspritzte.

»Ja. Es fällt mir schwer, den Gedanken zu ertragen, dass er leiden musste. Ich versuche, das von mir fernzuhalten. Dieses

Gefühl der Machtlosigkeit. Er hat mich um Hilfe gebeten. Lass mich sterben. Das hat er mehrere Male gesagt. ›Was habe ich getan, dass ich das hier erleben muss? Lass mich gehen.‹ Was hätte ich denn tun sollen?«

Felicia sah ihn eine Weile mit ihren grünen Augen an, ehe sie antwortete: »Du warst bei ihm. Ich weiß, wie unzureichend man sich als Angehöriger fühlt. Man kann nichts tun, als den geliebten Menschen zu umarmen und ihm nahe zu sein. Ganz und gar nah.«

»Er hat von Sterbehilfe gesprochen. Vielleicht hätte ich besser auf ihn hören sollen. Wenn ich gewusst hätte, wie schwer es werden würde, dann wäre das vielleicht eine Alternative gewesen.«

»Das glaube ich nicht. Es lag doch vor allem am Personalmangel, dass es so gekommen ist. Wenn er sofort Schmerz- und Beruhigungsmittel bekommen hätte, dann wäre es nicht so schlimm gewesen.« Felicia umarmte ihn. »Holländische Ärzte berichten von den Nebenwirkungen, die in zehn Prozent der Fälle von Sterbehilfe eintreten. Zum Beispiel, dass die Patienten nicht sterben, sondern Krämpfe bekommen und es ihnen schlecht geht. Wie fühlt man sich dann als Arzt oder als Angehöriger? Es heißt ja so schön, dass sich das Militär um das Töten kümmern soll. Ich finde nicht, dass es in den Verantwortungsbereich des Arztes fällt. Man kann vielleicht sagen, dass man das Recht hat, sich selbst das Leben zu nehmen, aber man darf diesen Dienst niemals jemand anders abverlangen.«

»Es ist doch erstaunlich, dass man erst dem Tod ins Auge sehen muss, um zu begreifen, dass man nicht ewig lebt«, überlegte er weiter. »Plötzlich wird wichtig, was man mit seinem Leben macht.«

»Als meine Tochter starb, habe ich völlig den Boden unter den Füßen verloren. Alles erschien so sinnlos. Als ich wieder in den Alltag zurückkehrte, gab es nur einen einzigen Sinn für mich: Leben zu retten. Jedes Menschenleben ist die Rückzahlung einer unendlichen Schuld. Der Tod hat so viele verschiedene Gesichter. Als Mama starb, habe ich beschlossen, dass ich Rom sehen will. Also habe ich alles zurückgelassen und mich in ein leidenschaftliches Verhältnis mit einem Italiener gestürzt. Was übrigens die beste Methode ist, eine Fremdsprache zu erlernen. Die Beziehung dauerte zwei Monate, nämlich bis ich verstehen konnte, was er sagte. Dann bin ich nach Neapel gereist. Ich würde dir gern Pompeji zeigen.«

»Die Erotik im Schatten des tödlichen Vesuvs. Ja, warum nicht?«

Per nahm ihre Hand zwischen seine und führte sie an seine Lippen. Er versuchte, den Gedanken an den Mann, mit dem sie ein Verhältnis gehabt hatte, wegzuwischen. Die Gedanken, die ihn immer heimsuchten, wenn er sie ansah. Hatte sie sich ihm hingeben können? Hatten sie einmal als Abschluss und Dankeschön miteinander geschlafen, oder hatten sie wild und hemmungslos die ganze Nacht gevögelt? War ihr Wunsch, sich selbst die sexuelle Befriedigung zu verweigern, noch eine Art, die Schuld zu bezahlen, weil sie einen Moment lang nicht auf ihr Kind aufgepasst hatte?

Als Felicia im Bus nach Pompeji neben ihm eingeschlafen war, hatte Per ein wenig Zeit für eigene Gedanken. Ihr Kopf ruhte schwer auf seinem Arm. Er verspürte den Duft ihrer frisch gewaschenen Haare. Der Weg verlief gerade und einförmig, die Fremdenführerin nannte Jahreszahlen und Namen, die er sich niemals merken würde. Er hörte nicht zu. Direkt an der Einfahrt nach Neapel standen ein paar Männer und verkauften Radkappen. Ein seltsames Zusammentreffen, wenn man bedachte, wie viele Fahrzeuge man auf den letzten Kilometern gesehen hatte, denen eine oder mehrere Radkappen fehlten. Ziemlich kreativ eigentlich.

Den Rest der Fahrt nach Neapel beschäftigte Per der Anruf auf Felicias Handy. Er würde sie fragen, wenn sie aufwachte, nahm er sich vor, aber als sie dann die Augen aufschlug, ließ er es bleiben.

Die Zikaden übertönten die Stimme der Fremdenführerin, als sie auf dem Weg ins Vergnügungsviertel am Haus des Fauns vorbeiliefen.

»Hast du manchmal das Gefühl, schon einmal in einer anderen Zeit gelebt zu haben?«, fragte Felicia.

»Nein, ich glaube nicht.« Per schloss sich dem Kreis um die Fremdenführerin an, um überhaupt irgendetwas zu verstehen.

»Ich aber.« Felicia drängte sich vor ihn und forderte seine Aufmerksamkeit. »Ich bin zum siebten Mal hier in Pompeji. Ich finde mich besser zurecht als die Fremdenführerin und weiß auch mehr als sie.«

»Das glaube ich dir gern. Wenn du nicht aufhörst, sie zu berichtigen, dann wird sie dich bald bitten, die Führung zu übernehmen, oder sie wird zusammenbrechen und wegrennen.«

»Sie ist wirklich nicht sonderlich beeindruckend: Hier haben wir ein paar Säulen, und hier gibt es eine Ruine, die irgendjemand auseinandergenommen hat«, meinte sie spöttisch.

»Sie tut, was sie kann, und in dem Mann mit der karierten Jacke hat sie durchaus einen Bewunderer. Siehst du? Er folgt ihr wie ein Hund und leckt ihr fast die Hand. Die dazugehörige Ehefrau sieht nicht sonderlich erfreut aus.«

»Sie wird ihn niemals ins Bordell lassen.« Felicia lachte laut. »Als ich zuletzt hier war, haben sie mich auch nicht reingelassen. Frauen durften nicht rein. Ich habe erwähnt, dass ich schon in der Geburtshilfe und in der Frauenklinik gearbeitet hätte, aber das genügte nicht als Empfehlung. Aber jetzt haben sie die Regeln offensichtlich geändert. Sie haben sogar das Museum mit erotischer Kunst für die Allgemeinheit geöffnet. Eine Zeit lang war es wegen der unzähligen Objekte, die sich demoralisierend auf die öffentliche Meinung auswirken könnten, zugemauert. Ich weiß ja nicht, ob Italien vielleicht Probleme mit einer sinkenden Geburtenrate hat. Vielleicht sind die Bestimmungen auch aus diesem Grund gelockert worden.«

»Stell dich mal da hinten vor die Mauer, dann mache ich ein Foto.«

»Lass das!« Felicia drehte das Gesicht weg.

»Ich habe kein Foto von dir.«

»Du hast mich im wirklichen Leben. Genügt dir das nicht? Nein, ich weigere mich! Ich hasse es, fotografiert zu werden. Hör auf!«

Der letzte Abend in Rom kam viel zu schnell. Felicia war ungewöhnlich schweigsam und trank mehr Wein, als er es je bei ihr erlebt hatte.

»Woran denkst du?«, fragte er.

»An Maria Wern.« Felicia sah ihm direkt in die Augen.

»Und was denkst du?« Er fühlte sich ertappt.

»An einem Abend, als du gearbeitet hast, habe ich mir die Freiheit genommen, in deinem Fotoalbum zu blättern. Auf jedem dritten Foto ist sie zu sehen. Wusstest du das?«

»Ich habe ein ganzes Album aus dem Kosovo, da ist sie nicht dabei.«

»Könnte es sein, dass du das, was du schon erobert hast, nicht mehr spannend findest? Mich zum Beispiel? Ich habe das Gefühl, als würdest du das Interesse an mir verlieren. Sie ist schön, und zwar ohne Schminke, ohne etwas mit ihren Haaren zu machen, ohne teure Kleider. Ich hasse sie!«

»Warum sagst du so etwas, Felicia? Ich will mit dir zusammen sein und mit dir Kinder haben. Maria hat überhaupt nichts damit zu tun. Wir waren niemals zusammen. Ich weiß nicht, was du von mir erwartest. Worauf willst du hinaus?«

»Dass du deine Alben verbrennst. Dass du alle Fotos verbrennst, auf denen sie zu sehen ist, als hätte es sie nie gegeben. Ich will nicht, dass du sie anschaust und uns vergleichst. Ich habe ein Foto zerrissen, auf dem sie einen Bikini anhatte.«

»Hör mal zu, jetzt bist du wirklich starrköpfig. Du hast keinerlei Anlass zur Eifersucht. Und ebenso wenig, in meinen privaten Sachen zu wühlen.«

»Wenn ich deine Sachen nicht anfassen darf, dann verstehe ich nicht, wie wir zusammenleben sollen.«

»Entschuldige, wahrscheinlich war ich zu lange Single, um noch zu wissen, wie man mit jemandem zusammenwohnt. Ich denke, du weißt schon, was ich meine. Ich will alles mit dir teilen. Ich erzähle dir gern, was du wissen willst, aber ich will nicht, dass du mich kontrollierst. Ich frage dich ja auch nicht, von wem du angerufen wirst. Nicht einmal, wenn diese Leute auflegen, wenn ich an dein Handy gehe. Dafür könnte ich dir eine höllische Eifersuchtsszene machen, aber das tue ich nicht.«

»Ach, vergiss es!«

»Felicia! Nein! Jetzt komm aus dem Bad! Wieso hast du dich eingeschlossen? Du bist doch unglaublich. Mach auf!«

»Nein.«

»Wer hat dich angerufen? Es war ein Mann.«

»Das weiß ich nicht. Damit hast du nichts zu tun.«

»War es der, mit dem du geschlafen hast, als du angeblich im Krankenhaus warst?«

»Verdammt, bist du gemein, das haben wir doch geklärt. Ich habe dir gesagt, dass ich Schluss gemacht habe. Ich sag dir, das hier wird nie funktionieren.«

»Ich liebe dich, ich will dir nur Gutes. Müssen wir dann unbedingt solche Spielchen spielen? Kannst du nicht rauskommen? Felicia, bitte.« Er wartete mit der Wange an der Tür. Hörte sie drinnen schniefen. »Komm her, ich will dich in den Arm nehmen. Ich will nicht, dass du traurig bist. Bitte entschuldige.«

Zögernde Schritte waren zu hören. Dann machte sie auf.

»Was hat der Typ am Telefon denn gesagt?«

»Er hat gesagt: ›Ich weiß, wo du bist.‹ Und als ich geantwortet habe, hat er aufgelegt.«

»Nein!« Felicia stand vor ihm in der Tür, mit Augen, die durch ihn hindurchsahen und weit weg, wohin er ihr nicht folgen konnte. Langsam kehrte sie zurück. »Ich habe nachgedacht, Per, ich glaube nicht …«

»Sag jetzt nichts. Denk morgen darüber nach, wenn du nüchtern bist. Komm, ich helfe dir ins Bett.«

Etwa eine Stunde später wachte Per Arvidsson mit einem Ruck auf. Brandgeruch. Felicia lag nicht neben ihm im Bett. Kein Zweifel, es roch angebrannt. Ein schwaches Licht fiel durch die geöffnete Balkontür hinein. Per erhob sich und machte das Licht auf dem Nachttisch an.

»Felicia?« Er hörte ein Schniefen. »Was machst du? Warum verbrennst du meine Zeitung? Ich habe sie ja noch nicht mal gelesen.«

Das Foto von Frank Leander löste sich in Rauch auf, wurde schwarz und fiel wie eine Rußflocke auf den Zementfußboden.

»Lass das, du bist betrunken, Felicia. Komm jetzt, ich helfe dir ins Bett. Gib mir das Feuerzeug. Gib es mir. Warum hast du das gemacht?«

»Er hat nur gekriegt, was er verdient.« Felicia gab widerwillig das Feuerzeug ab und ließ sich ins Bett führen, wo sie sich zu einer Kugel zusammenrollte und einschlief.

32

Ein kühler Morgen in einem Hotelzimmer ohne Zentralheizung. Sie hatten sich aneinandergeklammert, hungrig miteinander geschlafen, als wollten sie die harten Worte des Vortags auslöschen, und hätten dann beinahe den Flug verpasst.

»Pernilla hat uns für Samstag eingeladen. Sie meinte, wir könnten vorbeikommen, etwas zusammen essen und dann dort übernachten. Wäre das nicht nett? Ich habe ihr eine Flasche Wein gekauft, als Dankeschön, weil sie meine Blumen gegossen hat.« Per hob die beiden Taschen zum Einchecken aufs Band. Sie gaben ihre Pässe ab. Felicia, die sich gerade neben ihn stellen wollte, erstarrte in der Bewegung.

»Ich glaube nicht, dass ich das schaffe. Wir sind dann doch gerade erst nach Hause gekommen.«

»Es ist das vierte Mal, dass Pernilla uns einlädt und du ablehnst. Willst du sie nicht kennenlernen? Ist es das?« Er fasste sie am Kinn, als sie den Blickkontakt vermeiden wollte.

»Können wir es nicht einfach langsam angehen lassen und mal sehen, wie sich unsere Beziehung entwickelt, ehe wir deine Familie mit hereinziehen?«

»Bist du dir nicht sicher, ob du mit mir zusammen sein willst? Ist es deshalb?«, fragte er, und die Furcht, die von ihren zärtlichen Händen weggewischt worden war, bohrte sich wieder in den Bauch.

»Ich liebe dich, aber es ist nicht so einfach, wie du denkst.«

»Pernilla und Svenne sind nette Leute«, versicherte er. »Ich verspreche dir, dass meine Schwester dich mögen wird. Warum zögerst du? Klar, sie hat ihre Eigenheiten, was Essen und Gesundheit und Bewegung angeht. Svenne ist eher, wie soll ich sagen, normal. Sie sind freundlich und sehr neugierig auf dich. Ich würde mich so freuen, wenn wir etwas mit ihnen zusammen unternehmen könnten.« Seine Stimme klang flehentlich.

Felicia schien etwas sagen zu wollen, doch in diesem Moment kam eine Frau mit blondem Pagenkopf und rotem Ledermantel auf sie zu. Sie lächelte wie eine Bekannte. Felicia trat zurück, drehte ihr den Rücken zu und studierte den Monitor. Die fremde Frau packte sie bei der Schulter.

»Na, das ist aber eine Überraschung! Wie geht es Jan? Euch habe ich ja schon ewig nicht gesehen. Was macht die Kleine? Sie muss ja schon in der Schule sein.«

»Sie täuschen sich. Wir kennen uns nicht.« Felicia sprach plötzlich mit einem völlig anderen Dialekt. Sie wandte sich wieder ab und studierte die abgehenden Flüge. Per schaute die Frau in Rot verwirrt an. Mit einem Schaudern dachte er an Bella. Mit ihrem langen blondierten Haar war sie ihr wirklich nicht unähnlich.

»Entschuldigung, dann habe ich Sie wohl verwechselt.« Die Frau stand noch einen Augenblick da und betrachtete Felicia von der Seite. Schüttelte den Kopf und ging dann zur Toilette.

»Wer war das?«, wollte Per wissen.

»Ich wollte einfach nicht mit ihr reden.« Felicia sah abweisend aus.

»Das kann ich verstehen. Darf ich mal deinen Pass sehen?«

»Warum das denn?«

»Ich habe kein Foto von dir. Wenn das Passfoto nett ist, dann hast du ja vielleicht noch eins davon, was ich in meine Brieftasche tun kann.«

»Ich sehe doof aus darauf.«

»Das glaube ich nicht.«

»Doch, das tue ich. Nein, lass das! Das darfst du nicht sehen. Ich meine es ernst.«

Im Flugzeug saßen sie neben einer Frau mittleren Alters mit italienischem Aussehen. Sie erzählte nur kurz, dass sie nach Schweden reisen würde, um ihren neugeborenen Enkel zu sehen. Arvidsson stürzte sich auf das Frühstückstablett, während die Frau ihr Essen nicht anrührte. Sie sah sehr blass aus. Trotz des allgemeinen Lärms und des Motorengeräusches konnte er hören, wie sie nach Atem rang und tief seufzte. Der Schweiß rann ihr über die Nase. Plötzlich erhob sie sich.

»Entschuldigen Sie. Mir ist übel.« Per musste Felicia wecken, damit sie die Frau vorbeiließ, die sich beide Hände vor den Mund hielt und gar nicht schnell genug ins Bad konnte.

»Was war denn mit ihr?« Felicia sah sich verschlafen um.

»Weiß nicht. Es hat ein paar Luftlöcher gegeben. Nach dem Taillenumfang zu schließen könnte sie auch einen Gürtel mit Dynamit unter dem Pullover haben. Sie hat so geschwitzt, dass ihr der Schweiß übers Gesicht lief. Was meinst du?«

»Sag doch so was nicht. Vielleicht ist sie krank. Einmal als ich nach Frankfurt geflogen bin, war da ein Mann, dem es plötzlich superschlecht ging, nur weil jemand in der Nähe eine Tüte Erdnussflips aufgemacht hatte. Der Staub von den Erdnüssen wurde über die Lüftung verbreitet. Wenn man zu Asthma neigt, dann kann das schon reichen.« Felicia lehnte sich zurück und versuchte, eine bequeme Stellung zu finden.

»Wenn es so gedacht wäre, dass der Mensch fliegen kann, dann hätte er sicher Flügel«, meinte Per.

»Der Mensch hat schon immer versucht, sich Flügel zu bauen, schon seit der Antike, als Ikarus zur Sonne fliegen wollte. Leonardo da Vinci war ganz besessen von dem Gedanken, und inzwischen fliegen wir wirklich. Es gab mal einen Schneider, der sich Flügel genäht hat und versucht hat, vom Eiffelturm zu fliegen. Er starb auf dem Weg nach unten an einem Herzinfarkt.« Felicia faltete Pers Nackenkissen zusammen und schob es sich in den Rücken.

»Für einen Terroristen wäre es doch sicher kein Problem, von der Toilette aus irgendeine Art von Gift zu verbreiten, die dann über die Lüftung an alle Passagiere weitergegeben wird. Ich frage mich, was die Frau wohl da drinnen macht.«

»Jetzt hör aber auf, Per. Vielleicht hat sie sich den Magen verdorben. Das passiert ganz leicht, wenn man nicht aufpasst.« Felicia gab ihr Tablett der Stewardess. »Ich weiß nicht, ob sie ihr Frühstück noch will. Vielleicht ist es am besten, wenn wir es stehen lassen. Ehrlich gesagt müsste ich auch mal aufs Klo. Komisch, dass die Frau noch nicht zurückgekommen ist.«

Felicia stand auf und ging in den hinteren Teil des Flugzeugs. Eine Stimme war aus dem Lautsprecher zu hören. Es dauerte eine Weile, bis Per den Inhalt der Meldung begriff. Man fragte, ob es einen Arzt an Bord gebe, da einer der Passagiere ernsthaft erkrankt sei. Die Nachricht wurde wiederholt. Felicia kam zurück und legte ihre Handtasche in das Fach vor ihrem Sitz.

»Hast du nicht gehört?«, fragte er und hielt sie auf, als sie sich gerade setzen wollte. »Sie suchen einen Arzt.« Sie machte einen erneuten Versuch, sich zu setzen. »Es scheint ernst zu sein. Sie suchen einen Arzt. Felicia, hörst du nicht, was sie sagen?«

»Ich habe getrunken.«

»Ich glaube nicht, dass das in dieser Situation eine Rolle spielt.« Es erstaunte ihn, dass sie so erschrocken aussah. Als eine Stewardess vorbeikam, winkte er sie zu sich. »Du musst, Felicia.«

»Sind Sie Ärztin? Können Sie eine Legitimation vorweisen?«

»Hab sie nicht dabei.«

»Dann machen wir das später. Wir glauben, dass einer der Passagiere einen Herzinfarkt erlitten hat.«

Die Frau, die am Fenster gesessen hatte, lag vor der Toilette auf dem Fußboden. Felicia beugte sich über sie und kontrollierte Puls und Atmung.

»Wie geht es Ihnen?« Die Italienerin antwortete nicht, fasste sich aber an die Brust. In diesem Moment wich ihr alle Farbe aus dem Gesicht, und sie hörte auf zu atmen. »Gibt es einen Defibrillator?«, erkundigte sich Felicia beim Kabinenpersonal, das mit Sauerstoffflasche und Notarztkoffer gekommen war. Die Stewardess verneinte. Felicia begann mit Herzlungenmassage. Per kniete neben ihr und übernahm die Herzkompressionen.

»Sollten wir eine Notlandung versuchen? Der Kapitän sucht

einen alternativen Landeplatz.« Felicia nickte zur Antwort und kontrollierte wieder den Puls. Eine schnelle, schwache und unregelmäßige Bewegung unter der Haut. Die Frau holte einmal keuchend Luft. Roter Schaum trat ihr vor den Mund. Arvidsson stützte sie, sodass sie sich etwas aufrichten konnte.

»Wie viel Sauerstoff gibt der her?« Felicia befestigte die Maske auf dem Gesicht der Frau.

»Zwei Liter, aber es gibt noch einen mit vier Liter.«

»Dann wechseln wir auf den.« Felicia nahm das Stethoskop, das ihr gereicht wurde, und horchte. Zog eine Spritze auf und spritzte Cortison, Morphium und Theophyllin. Die Frau bekam langsam wieder rote Lippen.

»Wir werden in Amsterdam landen, sobald wir das Okay vom Tower bekommen. Ein Krankenwagen ist auf dem Weg.«

»Wie lange dauert es noch?« Felicia schob der Frau ein Kissen unter den Kopf.

»Fünfzehn Minuten, vielleicht zwanzig. Der Sauerstoffgehalt in der Luft wird besser, wenn wir auf fünftausend Meter runter sind.«

»Ich würde lieber zehn bis fünfzehn Liter Sauerstoff geben.« Felicia horchte wieder mit dem Stethoskop, während Arvidsson den Schlauch richtete. Sie berührte die Wange der Frau und versuchte, auf Italienisch Kontakt zu ihr zu bekommen: »Hören Sie mich?« Keine Reaktion. »Wir verlieren sie!« Sie nahmen die Herzlungenmassage wieder auf. Atemzug für Atemzug auf Amsterdam zu. »Sie hat keinen Puls … doch, jetzt. Ich will sehen, ob sie spontan atmet.« Felicia hielt kurz inne, um zu fühlen, ob die Atmung in Gang gekommen war.

»Sie atmet!«

Als sie in Amsterdam wieder starteten, weinte Felicia, schniefte und schluchzte wie ein Kind. Per hielt sie im Arm, wiegte sie sanft, ohne richtig zu verstehen. Situationen wie diese mussten doch immer wieder auftauchen, wenn man auf der Notaufnahme arbeitete. Man tut sein Bestes. Das muss reichen. Sonst würde man untergehen. Schließlich hatte die Frau überlebt. Felicia ging auf die Toilette und kam erst kurz vor der Landung mit rot geweinten Augen wieder heraus.

»Wir würden gern Ihre persönlichen Daten aufnehmen. Wir müssen einen Bericht schreiben, und dann würden wir uns auch gern für ihren außerordentlichen Einsatz bedanken.« Die Stewardess legte den Kopf ein wenig auf die Seite und lächelte sie an.

»Das ist nicht nötig. Ich brauche keinen Dank.« Felicias Stimme hatte plötzlich eine Schärfe, die Per erstaunte. »Ich will einfach nur meine Ruhe.«

»Haben Sie inzwischen Ihre ärztliche Legitimation gefunden?«

»Nein. Das ist nichts, was man immer bei sich trägt, wissen Sie.« Felicia sah aus, als würde sie jeden Moment in Ohnmacht fallen. Sie beugte sich vor und legte den Kopf auf die Unterarme. »Mir ist übel.«

Per strich ihr sanft über den Kopf, während er seinen Pass zeigte und seinen Namen und seine Adresse für sie beide angab.

»Du bist doch nicht etwa schwanger?«, flüsterte er ihr ins Ohr.

Als sie ausgecheckt hatten, blieb Felicia mit ihrem Handy in der Hand stehen.

»Was hast du vor?«, fragte er.

»Ein Taxi rufen«, sagte sie kurz angebunden.

»Aber wir haben doch das Auto auf dem Langzeitparkplatz stehen. Wir können mit dem Shuttle dorthin. Was ist denn, Felicia?«

»Ich komme nicht mit zu dir. Es tut mir leid, es tut mir so leid, Per. Es wird niemals gehen mit uns beiden. Ich kann nicht.«

»Ich liebe dich, Felicia. Ich dachte, das würde dir etwas bedeuten. Was ist denn los? Hast du einen anderen? Der, der angerufen hat? Ist es der?«

»Ich kann es dir nicht erklären.«

»Aber das bist du mir schuldig, verdammt noch mal!«

»Ich bin dir gar nichts schuldig. Ich habe dir nichts versprochen. Du hast von Zusammenziehen geredet und von gemeinsamen Kindern. Es gibt da nichts, was ich dir geben kann. Es gibt keinen anderen, nur einen Abgrund.« Er zog sie an sich und küsste sie. Mit seiner ganzen Verzweiflung und seiner ganzen Sehnsucht hielt er sie fest, bis sie sich losriss und zum wartenden Taxi lief.

33

Erst als Per die Haustür hinter sich zugemacht und die Außenwelt ausgeschlossen hatte, gestattete er seinem Gesicht, die Fassung zu verlieren. Sarah Vaughans Stimme und die Klänge von Come rain or come shine lösten den harten Kloß auf, der ihm im Magen lag. Er weinte, verschlungen mit einem Schmerz in dem zerwühlten Bett, wo sie ihre Körper entdeckt hatten. Ihr Duft hing immer noch in den Laken. Im trügerischen Halbdunkel der Dämmerung schliefen sie ein letztes Mal miteinander. Er strich mit der Hand über ihr Kissen. Die Kuhle von ihrem Kopf war noch da, Leere und Einsamkeit waren so quälerisch sichtbar. Wenn sie eine Erklärung abgegeben hätte, dann könnte er wenigstens aufhören zu grübeln. Wenn sie gesagt hätte: »Ich liebe dich nicht, alles war ein Fehler«, dann wäre das schmerzlich, aber doch begreifbar gewesen. Oder wenn sie ganz einfach erklärt hätte, dass es einen anderen gebe. Denn irgendjemand war da, das war klar.

Alles wäre besser, als gar nichts zu wissen. Vielleicht hatte er sie mit seinem Kinderwunsch verschreckt. Folkes Sehnsucht nach Enkeln, der Gedanke vom Leben, das immer weitergeht, der in der Nähe des Todes entstanden war, hatte ihn sicherlich beeinflusst. Ein neues Leben als Ausgleich zu Folkes Tod.

Wer hatte sie in Rom auf dem Handy angerufen? Warum hatte sie es ihm nicht sagen können, während sie doch ohne größere Umstände von ihrem früheren Liebhaber erzählt hatte? Was gab es noch zu sagen? Und dann, in der heißesten Umarmung der Liebe, da hatte es kein Zögern gegeben, keine Vorbehalte. Per hatte sich in seinem ganzen Leben noch nicht so geliebt und bestätigt gefühlt. So schwindelerregend glücklich. Bis heute hatte er gedacht, dass der Eindruck, der über die Haut vermittelt wird, nicht lügen könne. Dass der Körper immer die Wahrheit sage. Jetzt war er sich da nicht mehr so sicher.

Das Klingeln seines Handys, das auf dem Nachttisch lag, hatte erst gar keinen Raum in der Wirklichkeit, in der er sich befand. Es dauerte ein paar Sekunden, bis er begriff, dass die Melodie eine Aufforderung an ihn war. Geh ran! Vielleicht ist es Felicia, es muss Felicia sein.

»Per Arvidsson.« Seine Stimme war ein heiseres Krächzen.

»Kapitän Ströberg. Ich würde gern mit Felicia Sjögren sprechen.«

»Sie ist nicht da. Worum geht es?«

»Zunächst einmal möchte ich mich im Namen der Fluggesellschaft für Ihren Einsatz an Bord bedanken.«

»Wie geht es der Frau? Ist sie durchgekommen?« Per sank ins Sofa. Seine Beine fühlten sich immer noch seltsam taub an, als er aufstand.

»Sie lebt, und das verdankt sie Ihnen. Deshalb fällt es mir ein bisschen schwer, mein zweites Anliegen zu formulieren. Wie Sie sicher wissen, müssen wir ein derartiges Ereignis an die Fluggesellschaft melden. Als man dort Ihre Personenangaben kontrollierte, ist ein Problem aufgetreten. Sicherlich gibt es eine natürliche Erklärung, aber ich muss dennoch nachfragen.«

»Natürlich.«

»Als wir die Informationen überprüft haben, die wir über Felicia Sjögren hatten, mussten wir feststellen, dass sie nicht stimmen. Auch im Melderegister gibt es niemanden mit ihrem Namen im passenden Alter und an dem Ort, an dem Sie leben. Könnten wir uns einen verkehrten Namen notiert haben? Heißt sie vielleicht anders? Ist die Personennummer falsch?«

Per ließ die Worte sacken und suchte nach einer Erklärung. Er wusste keine. Konnte das nicht verstehen. Es musste ein Fehler sein.

»Sagen Sie ihr doch bitte, dass sie mich anrufen möchte, wenn sie nach Hause kommt.«

»Sie kommt nicht nach Hause. Ich weiß nicht, wo sie jetzt ist.« Ströberg bat, noch einmal anrufen zu dürfen. Die Gedanken kreisten ohne Struktur und Linie in Pers Kopf. Wo war sie jetzt? In ihrer Wohnung – in der Wohnung, in der er nie gewesen war? Verdammt, er kannte nicht einmal die Anschrift. Irgendwo unten am Svartån. Da gab es eine Menge Wohnungen.

Ein Irrtum. Es musste ein Irrtum sein. Er musste an Felicias unbegreifliche Verzweiflung denken, als sie es geschafft hatten, die Frau zu retten, und ihren Unwillen, sich im Flugzeug als Ärztin zu erkennen zu geben. Dasselbe in Rom. Als das Mädchen sich an der Erdnuss verschluckt hatte, war sie nicht mit dem Krankenwagen mitgefahren. Wusste sie, dass man dort ihre persönlichen Angaben prüfen würde? War sie überhaupt Ärztin? Irgendeine Ausbildung im Gesundheitswesen hatte sie offensichtlich. Sie beherrschte ihr Metier. Wie sorgfältig waren die Personalabteilungen bei Bewerbungen? War nicht kürzlich erst in Örebro ein falscher Arzt aufgeflogen? Die nötigen Papiere konnte man sich für eine überschaubare Summe im Internet besorgen. Aber warum sollte Felicia etwas derart Riskantes tun?

Unruhig drehte Per Runde um Runde in der Wohnung, ohne wirklich zu sehen, was er sah – bis er ins Badezimmer kam. Das Regal, auf dem Felicias Hautcremes, ihr Parfüm und ihre Haarbürste gelegen hatten, war leer geräumt. Im Kleiderschrank, in den sich nach und nach ihre Kleider eingeschmuggelt hatten, gab es kein einziges Stück mehr von ihr. Ihre Kräutertees, die in Dosen auf der Spüle gestanden hatten, waren weg, ebenso ihre Bücher und Papiere neben dem Computer und die Schuhe im Flur. Nicht einmal im Wäschekorb gab es noch ein Zeichen dafür, dass sie sich jemals in seiner Wohnung befunden hatte.

Die plötzliche Einsicht, dass sie geplant hatte, ihn zu verlassen, schmerzte ihn noch mehr als ein Aufbruch im Affekt. Sie hatte ihn verlassen, ohne irgendeine Erklärung abzugeben. Wenn er jetzt ganz ehrlich zu sich war, dann hatte es schon Anzeichen gegeben. Die Momente, in denen ein Schatten über ihr Gesicht gezogen war, wenn sie versunken schien und nicht zuhörte. Eine Überreaktion bei plötzlichen Geräuschen oder einer unerwarteten Körperbewegung. Wer bist du,

Felicia? Verliebt und blind hatte er es für selbstverständlich genommen, dass sie zusammenziehen würden. Er hatte gefragt, ob sie Kinder mit ihm haben wolle, aber nicht auf die Antwort gehört. Und jetzt?

Er griff nach dem Handy und wählte ihre Nummer. »Die Nummer ist nicht vergeben«, sagte eine Stimme. Er versuchte es im Krankenhaus. Doch dort weigerte man sich, irgendwelche Informationen herauszugeben. Was hatte er auch erwartet?

Auf einmal fand er es seltsam, dass sie nie in ihrer Wohnung gewesen waren, sondern immer bei ihm zu Hause. Er hatte es nie infrage gestellt, dass sie jedes Mal eine Ausrede parat gehabt hatte. Pernilla hatte vom Besitzer der Wohnung gesprochen, Morgan Fernström. Er, der Felicia das Auto lieh und die Wohnung an sie vermietete. Arvidsson suchte die Nummer seiner Firma heraus und rief dort an. Morgan Fernström sei auf Geschäftsreise, hieß es, werde aber im Lauf des folgenden Tages zurückkommen. Mit der Behauptung, er sei ein entfernter Verwandter von Frau Fernström, erhielt Arvidsson die Anschrift seines Hauses in Örebro. Ein schneller Blick auf die Uhr. Konnte man noch stören? Per Arvidsson entschied, dass die Not es erforderlich machte. Mit der Hand auf der Türklinke blieb er stehen und betrachtete die Gerichtsszene in ihrem schwarzen Holzrahmen. Die Wahrheit in Frauenkleidern, die Felicia mit rotem Filzstift beschmiert hatte, war das einzige sichtbare Zeichen, dass sie jemals in seiner Wohnung gewesen war.

Morgan Fernströms Haus war beeindruckend. Der Garten, der von unzähligen Lichtern beleuchtet wurde, erstreckte sich bis zum glänzenden Wasser des Svartån. Zwischen den Hecken und Rabatten standen weiße gusseiserne Bänke mit Blick zum Flussufer. Es gab eine Rampe zum Kücheneingang auf der Rückseite und einen Haupteingang zur Straße hin.

In den Zimmern auf der Rückseite des Hauses brannte Licht, am Vordereingang war es dunkel. Per beschloss, vorne zu klingeln. Es dauerte eine Weile, bis ein Lebenszeichen zu vernehmen war. Er hätte schon fast aufgegeben, als sich die

Haustür öffnete. Vor ihm in der beleuchteten Diele saß eine Frau mittleren Alters im Rollstuhl. Ihre Haare waren kunstvoll aufgesteckt und brachten die klaren Gesichtszüge und die großen braunen Augen zur Geltung. Das Licht fing sich in ihren Augen und den kleinen glitzernden Ohrringen. Er stellte sich vor und erklärte sein Anliegen.

»Mein Name ist Elaine Fernström. Und Sie heißen Per Arvidsson? Darf ich Sie zu einem Getränk einladen, während wir reden? Ein kleiner Whisky vielleicht? Es ist draußen so kühl geworden. Morgan hat mir erzählt, dass er heute Morgen die Scheiben freikratzen musste. Sagen Sie, wäre es unverschämt, Sie zu bitten, den Kamin für mich anzuzünden? Ich bin ein wenig verfroren. Das ist so, wenn man im Rollstuhl sitzt.«

»Was haben Sie denn, womit ich Feuer machen könnte?« Er sah sich im Wohnzimmer nach Streichhölzern um. Sie machte eine Bewegung zu einem kleinen braunen Tisch direkt am Kamin. Dort lagen ein Kartenspiel und ein Feuerzeug.

»Ich unterhalte mich an solchen Abenden gern mit einer Patience. Es ist einsam, wenn Morgan auf Geschäftsreise ist. Nach wem haben Sie doch gleich gefragt? Nach Felicia? Lassen Sie mich raten. Sie sind ein Paar. Sie mietet eine Wohnung von uns, meinen Sie?«

Er antwortete mit einer Kopfbewegung, die je nach Wunsch interpretiert werden konnte. Er hatte eine Notlüge vorbereitet, dass sie verreist sei und er ihre Blumen gießen müsse, aber irgendetwas an der Frau ließ ihn von der Lüge Abstand nehmen.

Sie sah ihn erstaunt an. »Sie meinen, ich müsste wissen, von wem Sie sprechen?«

»Nach dem, was sie mir erzählt hat, müssten Sie recht eng befreundet sein.« Per war erstaunt. Immerhin hatte Felicia der Frau das Leben gerettet. Aber vielleicht war auch das nur eine weitere Lüge gewesen, um eine weniger schmeichelhafte Wahrheit zu verbergen.

»Felicia, nein, seit meiner Kindheit habe ich von keiner Felicia gehört. Damals gab es ein Mädchen auf dem Nachbarhof, die hieß Felicia. Sie bekam Kinderlähmung.«

»Sind Sie während derselben Epidemie erkrankt?«

»Wie meinen Sie das? Nein, ich habe niemals Kinderlähmung gehabt. Ich leide an starkem Gelenkrheumatismus.«

Per schwieg. Offensichtlich hatte Felicia über ihre Beziehung zum Ehepaar Fernström gelogen. Aber warum? Stimmte es, was Pernilla angedeutet hatte, dass Felicia Fernströms Geliebte war?

Er zündete ein zusammengeknülltes Stück Papier an und steckte es unter die Holzscheite. Schnell loderte ein Feuer und warf seinen flackernden Schein ins Zimmer, spielte auf Elaines Gesicht, das manchmal aufschien und dann wieder in den Schatten fiel. Ihm wurde bewusst, wie intensiv sie ihn beobachtete, und er errötete. Um ihrem eindringlichen Blick auszuweichen, drehte er ihr den Rücken zu. Erst jetzt bemerkte er die beiden Gläser, die auf dem Couchtisch standen. Der Whisky war schon eingeschenkt.

»Haben Sie auf jemanden gewartet?«, fragte er und reichte ihr das eine Glas.

»Vielleicht«, erwiderte sie. »Vielleicht ist das ganze Leben ein Warten auf das Bessere, das niemals eintrifft.« Er warf ihr einen flüchtigen Blick zu, ohne wirklich zu begreifen, was sie meinte.

»Es gibt noch ein kleines Problem, abgesehen davon, dass ich nicht in die Wohnung komme«, sagte er und nippte am Whisky. »Felicia hat vergessen, mir die Adresse zu geben. Ich bin niemals bei ihr zu Hause gewesen. Das klingt komisch, aber so ist es.« Während sie redeten, hatte Elaine die Karten vor sich in einem Kreis auf dem Tisch ausgelegt. Nachdenklich drehte sie eine nach der anderen um.

»Felicia, jetzt verstehe ich. Sie haben sich gestritten, nicht wahr?« Er nickte. Ihm war, als würde sie direkt in ihn hineinsehen. Ihr Gesicht kam näher, und die Augen wurden noch größer. »Sie lieben sie sehr, das merke ich. Vielleicht zu sehr. Sie trägt an schweren Geheimnissen. Wie Sie wissen, verlangt die Liebe Wahrheit. Das ist mit Schmerzen verbunden und bedeutet einen Konflikt für sie. Liebe zu wagen heißt Gefühle zuzulassen, und ihre Gefühle sind verbannt gewesen. Sie will nicht, dass Sie sie so sehen müssen, wie sie ist, und sie will auch nicht, dass Sie erfahren, was sie getan hat. Mein Rat ist, lassen Sie sie in Ruhe. Das ist ihr Wunsch. Aber die Entscheidung liegt bei Ihnen. Morgan hat einen Schlüssel zu der Wohnung, von der Sie sprechen.« Elaine Fernström rollte durchs Zimmer, blieb vor dem Bücherregal stehen und zog eine Schublade heraus. »Das ist das Adressbuch meines Mannes. Ich habe lange überlegt, ob sie es sein könnte. Hier haben Sie Ihre Wahrheit. Sie bekommen die Anschrift. Natürlich können Sie auch entscheiden, nicht dorthin zu gehen. Den Schlüssel bekommen Sie von Morgan, wenn Sie Ihr Anliegen richtig formulieren.«

»Wussten Sie, dass ich kommen würde?«, fragte er und streckte die Hand nach dem Zettel aus, auf dem sie die Anschrift notiert hatte.

»Ganz so einfach funktioniert es nicht. Ich vernehme etwas, spüre Bilder, die ich nicht mit den Augen sehe, aber dennoch als real empfinde. Manchmal sind sie schwer zu interpretieren. Ich wusste, dass Sie die Möglichkeit haben würden, herzukommen. Das Leben ist voller Wahlmöglichkeiten. Geben Sie auf sich acht.« Sie brachte ihn in die Diele hinaus. »In welchem Sternzeichen sind Sie geboren?«

»Löwe. Ich bin im August geboren.« Er merkte, wie die Magie nachließ. Die Stimmung, die ihn so eingefangen hatte, dass er beinahe Felicias Gegenwart im Raum spüren konnte, lockerte ihren Griff und wurde durch die Frage ersetzt, die Bella ihm im Zug gestellt hatte. Welches Sternzeichen?

»Löwe. Das ist ein Feuerzeichen. Vielleicht haben Sie mehr Kraft, als man zunächst meinen könnte. Passen Sie gut auf sich auf.« Mit einem Mal sah Elaine alt und traurig aus. Das lag zum Teil an der Beleuchtung, aber nicht allein. Sie sackte im Rollstuhl zusammen und verlor ihre sonst so aufrechte Haltung. Das Lächeln erlosch und machte etwas Platz, das wie Wehmut aussah. »Ich hätte es begreifen müssen«, sagte sie.

Gerade als Per sich umdrehen und fragen wollte, was sie damit meinte, schlug die Tür zu, und er befand sich allein unter der Straßenlaterne auf dem Weg ... ja, wohin? Nicht nach Hause in seine leere Wohnung. Das vermochte er nicht. Die Schritte lenkten ihn zu der Anschrift, die auf dem Zettel in seiner Tasche stand. Es überfiel ihn eine Sehnsucht, die so stark war, dass sie ihm einen Moment lang den Atem raubte. Felicia! Was sie auch getan hätte, er würde ihr verzeihen, wenn er sie nur einen Moment lang im Arm halten dürfte.

Der Mond erhellte den Weg am Fluss entlang. Als er zu den großen Ulmen kam, erhoben sich Hunderte von Dohlen zum Himmel und formierten sich zu einem großen schwarzen Geist. Ihr Lärm übertönte alle anderen Geräusche und verdrängte seine Gedanken. Plötzlich war die Luft voller kreischender Vögel. Er fühlte sich gefangen in einem Geräusch, das sich unentwegt fortsetzte, ohne dass er Einfluss darauf nehmen konnte. Die Blätter blieben an den Schuhen kleben, kletteten sich an ihn und gingen mit, Schritt für Schritt weg von dem quälenden Lärm, der über seinem Kopf dröhnte, in seinem Kopf, im ganzen Körper.

Schließlich stand er vor dem Haus, in dem sie wohnte. Er versuchte auszurechnen, welche Wohnung die ihre war. Dritter Stock. Aussicht über den Fluss. Die Gardinen waren zugezogen. Wie offene schwarze Brunnen starrten die Fensteraugen ihn an. Er beugte sich zur Erde, hob einen Stein auf und warf. Es klirrte an der Scheibe. Nichts geschah. Er warf noch einen. Wartete. Vielleicht war sie da drinnen und beobachtete ihn jetzt. Ohne sich zu zeigen. Vielleicht auch nicht.

Er wusste nicht, wie lange er vor Felicias Fenster stehen blieb. Doch als er vor Kälte zitternd in sein Bett kroch, um den Wecker zu stellen, erstaunte es ihn, dass es bereits nach zwei war.

34

Vier Stunden später erwachte Per Arvidsson mit Kopfschmerzen, die den Fußboden vor seinen Augen schwanken ließen. Langsam stieg die Wirklichkeit in sein Bewusstsein und ersetzte die Bilder des Traumes. Pernilla hatte versucht ihn zu warnen, hatte versucht ihn dazu zu bringen, dass er einsah, dass Felicia ein Verhältnis mit Morgan Fernström hatte. Damals war er wütend auf seine Schwester gewesen.

Die Frage war, ob er jetzt nicht noch wütender war, da sich die Anschuldigung als wahr erwiesen hatte.

Es tat so weh, sich vorzustellen, wie Felicias schöner Körper auf dem eines vertrockneten Alten ritt. Er konnte sich nicht gegen die Bilder wehren, die vor seinem inneren Auge entstanden, und fühlte Ekel darüber, sie mit einem anderen geteilt zu haben. Die Lügen, die sie ihm ohne zu zögern direkt ins Gesicht gesagt hatte, quälten ihn noch mehr. Gab es denn wenigstens in den Gefühlen, die sie ihm gegenüber gezeigt hatte, eine Wahrheit?

Per Arvidsson schlug wieder und wieder hart mit der Faust gegen die Wand, bis er ein vorsichtiges Klopfen vom Nachbarn nebenan vernahm. Lügen, aber nicht nur Lügen. Sie hatte erzählt, dass es einen anderen Mann gegeben habe, dass sie aber die Beziehung beendet habe. War das eine Halbwahrheit gewesen? Hatte er nicht ein Recht darauf, das zu erfahren?

Er starrte in den Kühlschrank auf das trockene Stück Käse und die Milch, deren Haltbarkeitsdatum seit Langem überschritten waren. Beim Gedanken daran, etwas zu essen, drehte sich ihm der Magen um. Felicia! Was sollte er nur tun? An einem Tag wie diesem zu arbeiten war eine größere Herausforderung, als wenn er eine Grippe gehabt hätte. Immerhin fing sein Dienst erst nachmittags um drei an.

Er wählte die Nummer zu Morgan Fernströms Büro, stellte sich als Per Arvidsson vor und sagte, es gehe um eine Immobilienangelegenheit. Die Sekretärin ließ sich herab, ihm zu erklären, dass Herr Fernström nicht zu sprechen sei. Per dachte über weitere Lösungen des Problems nach und unternahm einen neuen Versuch mit einer etwas anderen Stimme.

»Ja, hallo, hier Pelle. Hör mal, Kleine, jetzt verbindste mich mal mit Morgan, okay?« Die Sekretärin fiel auf den familiären Ton herein und fragte diesmal weder nach seinem Nachnamen noch nach seinem Anliegen.

»Einen Moment. Gleich.« Ein paarmal Klingeln. »Tut mir leid, er scheint zu Tisch zu sein.«

»Weißt du, wo er hin ist?«

»Er sitzt im Schlosskeller.«

Ganz hinten in der Ecke, den Arm um eine sehr junge und für die Jahreszeit auffällig leicht gekleidete Frau gelegt, saß Morgan Fernström mit dem Rücken zur Tür. Per Arvidsson legte die Hand auf seine Schulter. Morgan drehte sich träge um und musterte ihn von oben bis unten.

»Wollen Sie was von mir?«

»Ich bin ein guter Freund von Felicia. Ich will den Schlüssel zu ihrer Wohnung.«

»Und warum sollte ich Ihnen den geben?«

»Damit ich nicht Ihre Frau darum bitten muss.«

Morgan betrachtete sein Gegenüber, schätzte ihn hinter halb geschlossenen Augenlidern ab und befand ihn für glaubwürdig.

»Hier.« Er hakte einen Schlüssel aus dem Bund in seiner Jackentasche. »Sagen Sie ihr, dass sie ihre Sachen rausholen soll. Da stehen schon andere Schlange.« Er legte seine riesige Hand mit Besitzeranspruch auf den Oberschenkel der blonden Frau. Sie machte keinen Versuch, die Hand wegzuschieben. »Felicia war nicht sonderlich gut darin, die Miete zu zahlen.«

Arvidsson ballte die Faust in der Hosentasche und biss die Zähne zusammen. Der Schlüssel wurde vor ihm auf den Tisch gelegt. Er griff ihn sich und ging dann mit einer Hast aus dem Saal, die die anderen Gäste veranlasste, sich nach ihm umzudrehen.

Erst jetzt spürte er, wie kalt die Luft draußen war. Der Frost lag wie ein glitzernder Flor über dem Bürgersteig. Per merkte, wie er fror. Er musste unbedingt nach Hause und sich eine anständige Jacke anziehen. Vor dem Zeitungskiosk am Hochhaus blieb er stehen. Ein Wort in einer Schlagzeile hatte ihn eingefangen. Kronviken. Er nahm eine Zeitung aus dem Ständer und warf einen Schein auf den Tresen. Dann überflog er den Text über die Frau, die man auf dem Rastplatz an der Südausfahrt in Kronviken gefunden hatte. Eine Frau mit einer blauen Häkelmütze.

Die Zeitungen, die sich angesammelt hatten, während er mit Felicia in Rom gewesen war, lagen in einem Stapel im Flur seiner Wohnung. Als er am Abend zuvor ohne Felicia nach

Hause gekommen war, hatte er keine Kraft gehabt, ihnen einen Gedanken zu widmen. Jetzt blätterte er sie durch, mit dem wachsenden Gefühl, allmählich verrückt zu werden. Bella Svanberg? Könnte sie die Tote sein? Das Alter stimmte. Aus der Reportage ging hervor, dass Hartman für die Ermittlungen verantwortlich war. Per wühlte in seiner Jackentasche nach dem Handy. Warum sollte das Opfer in Kronviken Bella sein? Und was in aller Welt machte sie da? Maria Wern ging an Hartmans Telefon. Einen Augenblick lang war Arvidssons Zunge wie gelähmt.

»Und, was machen das Leben und die Liebe?«, fragte sie. Er konterte mit derselben Frage, ohne jedoch das Schweigen deuten zu können, das folgte, und ging schnell zum eigentlichen Anliegen seines Anrufs über. Er fragte, ob man schon die Identität der ermordeten Frau habe feststellen können.

»Ich arbeite daran. Wenn du eine Idee hast, bin ich dir dankbar«, sagte sie. Er berichtete ihr von seinen Überlegungen, ließ allerdings ein paar persönlichere Details vom Abend in der Freimaurerloge aus. Bella war bei dem Brand im Conventum dabei gewesen, wo sie an dem Tag zufällig geputzt hatte. Sie hatte mit ihm Kontakt aufgenommen und gesagt, sie habe etwas zu erzählen, doch er hatte sie an seine Kollegin und die Bürozeiten am folgenden Tag verwiesen. Wenn nun die Frau, die sie gefunden hatten, Bella war?

»Wir haben die Leiche der Frau auf einem Rastplatz an der Ausfahrt Süd gefunden, ungefähr zehn Meter vom Wasser entfernt. Aber der Mord ist nicht am Fundort begangen worden.«

»In der Zeitung steht, dass die Kleider Brandspuren aufweisen«, sagte er.

»Das ist eine Untertreibung. Die Leiche ist verbrannt. Die Körperteile, die auf dem Boden waren, sind ziemlich unversehrt, aber der Rest ist nur noch Biomasse. Die Kleider sind ebenso stark verbrannt, vor allem die Mütze, die aus Synthetikfasern war und geschmolzen über das Gesicht des Opfers geflossen ist. Das gehört mit zum Schlimmsten, was ich je gesehen habe.«

»Das kann ich gut verstehen.«

»Ein erstaunliches Detail ist eine Tarotkarte, die im Mund der Leiche steckte. Eine völlig unbeschädigte Karte mit einem Mond, einem Hund und einem Wolf. Um die Karte deuten zu können, haben wir ein Medium kontaktiert. Der Mond steht für Gefahr, Verleumdung oder Enttäuschung, aber auch für unbekannte Feinde oder das Leben in einer Illusion. Sehr vage also. Der Mörder scheint von der Sorte zu sein, der mit uns kommunizieren will. Wir haben einen Gerichtspsychiater hinzugezogen.«

»Bella Svanberg hat aus Tarotkarten gelesen«, sagte er. »Sie hat bei einer telefonischen medialen Beratung gearbeitet. Frank Leander, von dem du sicher in der Presse gelesen hast, hatte zwei Tarotkarten in seiner Brieftasche. Eigentlich war nur die Brieftasche unbeschädigt. Kleider, Leiche, Tasche – all das war verbrannt.«

»Ich habe in der letzten Zeit nicht geschafft, die Zeitung regelmäßig zu lesen. Die Einzelheiten des Brandes in Örebro sind an mir vorbeigegangen«, sagte Maria. »Wir sollten Kontakt mit der Polizei in Örebro aufnehmen. Wer leitet dort die Ermittlungen?«

»Håkan Stensson. Bleib mal kurz dran, Maria. Es klingelt an der Tür. Ich muss aufmachen.« Er spürte, wie ihm das Blut in den Kopf stieg, er hoffte, dass Felicia zurück sei. Ungeduldig wartete er im Treppenhaus, während sich der Fahrstuhl in den dreizehnten Stock bewegte. Die Fahrstuhltüren öffneten sich. Es war Pernilla. Er ging davon aus, dass sie ihm folgen würde, ließ die Wohnungstür offen stehen und schloss das Gespräch mit Maria formeller ab, als es ihm lieb war. Es ärgerte ihn, dass Pernilla ausgerechnet jetzt auftauchte. Ohne ihn zu fragen, ging sie in die Küche und setzte Kaffee auf, während sie sich über einen Konferenzteilnehmer ausließ, dessen Namensschild falsch buchstabiert war und der ein neues verlangt hatte. Per hörte nur mit halbem Ohr zu.

»Und dann kommt die ganze Konzernleitung der Firma von Fernström«, fuhr Pernilla fort. »Sie muss aus Gründen der Sicherheit in verschiedenen Hotels untergebracht werden, und das auch noch während der Käse- und Weinmesse. Wo sollen wir die nur hinstecken? Woher sollen wir die Räume nehmen? Das Schloss ist belegt. Als wäre das nicht genug, hat Fernström Essen mit allen denkbaren Sonderwünschen bestellt: kohlehydratfrei, Steinzeitkost, minus Fisch, minus Ei, minus Gluten, minus Laktose und keine Blumen auf den Tischen. Es dürfen keine neuen Kopierer verwendet werden, die Texte speichern können, und er will auf gar keinen Fall mit unbekannten Mitarbeitern zu tun haben, deshalb muss ich alles selbst machen. Ich hasse Morgan Fernström!«

Das war der erlösende Satz. Per schüttete ihr sein Herz aus und erzählte, wie er den Schlüssel zu Felicias Wohnung bekommen hatte.

»Was für ein Schwein!« Pernilla setzt sich an den Küchentisch und legte beide Hände um die Kaffeetasse. »Was für ein verdammtes Arschloch!«

»Ich bin noch nie so nahe dran gewesen, wegen Misshandlung angezeigt zu werden wie heute«, sagte Per.

»Wirst du in ihre Wohnung gehen?«

»Ich denke schon.«

»Darf ich mitkommen?« Er zögerte. Wenn Felicia dort war, dann wollte er mit ihr allein sein, aber irgendetwas sagte ihm, dass sie nie wieder zurückkehren würde. Weder in ihre Wohnung noch zu ihm. Eigentlich war es egal, ob Pernilla mitkam oder nicht. Vielleicht würde es sogar ein Trost sein, falls der Anblick von Felicias Sachen ihm die Selbstbeherrschung rauben würde.

Eine Dreizimmerwohnung mit Blick über den Svartån. Großer Balkon, frisch renoviert. Kachelofen und exklusive Küche in Kirschholz. Ein seltsames Gefühl, in ihren Flur zu treten, in ihren Geruch. Er hatte eine andere Ordnung erwartet, eine fast pedantische Ruhe, wurde aber von Chaos begrüßt. Ungespültes Geschirr, Bücher und Kleider. Übervolle Mülltüten. Am Fenster verwelkte Blumen. Auf dem aufgeklappten Deckel einer großen, festen Reisetasche, die auf dem Bett stand, saß ein kleiner gelber Kanarienvogel und schaute ihn mit seinen schwarzen kleinen Augen an, ehe er hochflatterte und Pernilla einen furchtbaren Schrecken versetzte. Über dem Küchenfußboden lagen Zeitungen ausgebreitet. *Frau in Kronviken ermordet*, lautete eine der Hauptschlagzeilen. Die Zeitung mit dem Datum von gestern lag ganz oben. Sie musste mit dem Taxi direkt in die Wohnung gefahren sein. Dort hatte sie die Zeitung gelesen, angefangen zu packen und war offensichtlich unterbrochen worden.

Im Hinblick darauf, dass sie vielleicht wiederkommen würde, schrieb er einen Zettel und legte ihn auf die Spüle. *Flugkapitän Ströberg hat nach dir gefragt.* Er fügte die Telefonnummer hinzu. Dann blieb er eine Weile stehen und strich mit der Hand über das Papier, fragte sich, ob sie es wohl jemals anfassen oder lesen würde, was er geschrieben hatte. Er nahm den Stift und schrieb noch etwas dazu: *Lass von dir hören. Ich warte. Per.*

»Sieh mal!« Zwei Champagnergläser auf dem Nachttisch. Das eine mit einem deutlichen Abdruck von rotem Lippenstift. »Hier ist gefeiert worden.«

Sie setzten sich auf Felicias Bett, während ihnen langsam die volle Bedeutung von Pernillas Entdeckung aufging. Pernilla schob die Bettdecke beiseite und studierte eingehend das Laken. »Und hier geht es weiter! Jetzt haben wir nur noch uns, Brüderchen. Du und ich gegen den Rest der Welt. Ich bin so wütend!«

Pernilla fuhr von ihrem Platz hoch und warf den Vogelbauer auf den Fußboden, dann das Telefon und den Computerbildschirm. Sie öffnete den Kleiderschrank und schmiss Schuhe raus, riss Kleider von ihren Bügeln und warf sie auf den Boden. »Ich bin so wütend, so verdammt wütend, deinetwegen! Niemand darf dir so wehtun!«

Er ging hin, um sie zu beruhigen, obwohl er doch selbst Unterstützung gebraucht hätte. Pernilla stand plötzlich mit einem Plastikkanister im Arm da. Sie schraubte den Deckel auf und hielt ihm den Kanister hin, sodass er an dem Inhalt riechen konnte.

»Benzin.«

»Benzin? Wozu brauchte sie das?« Pernilla zeigte ihm den Schrank. »Hier drin stehen zwei Kanister. Per, hörst du mir zu? Weißt du, was das bedeutet?«

Er war mit dem Rücken an der Wand auf den Boden gesunken. Die beiden Gläser waren schon genug gewesen, um seine Festplatte zum Kollabieren zu bringen. Es gab keinen Platz mehr für weitere Informationen. Plastikflaschen und Stofflappen? Benzin?

»Fass nichts mehr an. Wir gehen hier raus«, sagte der Polizist in ihm.

»Wirst du Anzeige erstatten?«

»Nein, ich muss nachdenken.«

»Wir müssen aber Anzeige erstatten. Wenn du es nicht tust, dann werde ich es tun. Dir ist doch wohl klar, was das hier ist, oder?« Pernilla sah ihn an. Ihr Blick bohrte sich in seinen.

»Ich kann nicht mehr, ich kann nicht mehr …«

Pernilla schüttelte ihn. Rüttelte an ihm, sodass sein Kopf hin und her schlug. Er konnte keinen Widerstand mehr leisten.

»Doch, du kannst. Wir werden das hier schaffen, Brüderchen. Wir schaffen es. Jetzt haben wir nur noch uns.«

35

Es war ihm selbst ein Rätsel, wie er es fertigbrachte, sich zusammenzureißen und an jenem Nachmittag zur Arbeit zu gehen. Abwesend ging er am Empfang vorbei, wo man gerade eine Anzeige über ein zerbrochenes Schaufenster und eine gestohlene Schaufensterpuppe in der Ringgatan aufnahm. Er wusste nicht, ob Pernilla die Entdeckungen in Felicias Wohnung angezeigt hatte. Als sie ihn dazu bringen wollte, sich krankschreiben zu lassen und zu Hause zu bleiben, hatte er sich geweigert. Es schien ihm, als wäre das Risiko, verrückt zu werden, geringer, wenn man seinen eingefahrenen Mustern folgte. Milch, vier Brote und eine Dusche, und dann hatte er sich ihren Protesten zum Trotz zum Polizeirevier aufgemacht.

Arvidsson schaltete das Aufnahmegerät ein und nahm die notwendigen Personenangaben von Elisabeth Rehnberg auf. Sie sah besorgt aus, als würde sie ihren Schritt bereuen und am liebsten ganz woanders sein.

»Bitte erzählen Sie, welche Beziehung Sie zu Frank Leander hatten.«

»Wir haben in den Siebzigerjahren gemeinsam auf der Kinderpsychiatrie gearbeitet. Er war damals schon ein alter Hase. Ich kam frisch von der Uni. Als ich jetzt sein Bild in der Zeitung sah, habe ich mir gedacht … Nein, vielleicht ist das ja alles falsch. Ich hätte nicht herkommen sollen. Wahrscheinlich hat das alles überhaupt nichts mit seinem Tod zu tun. Nicht so lange danach … Ich kann mich total täuschen.«

»Fahren Sie fort. Was wertvoll ist und was nicht, das weiß man immer erst hinterher.«

»Also, es war in den Siebzigerjahren. Alles sollte befreit werden, die Welt, die Brüste, die Sexualität. Die Kinder sollten von der Familie befreit werden, und damals vor allem von der Mutter. Frank und ich hatten einen heftigen Streit. Ich fand es unverantwortlich, psychisch verwirrte und suizidgefährdete Kinder mit Persönlichkeitsstörungen in die Psychiatrie einzuliefern, ohne dass sie einen Angehörigen mitbringen durften, jemanden, den sie kannten. Ich habe Hausbesuche verordnet. Es war doch viel besser, das Kind in seinem vertrauten Umfeld zu sehen, da gab es weitaus mehr Hinweise, wenn man nach Erklärungen suchte.«

»Aber so war es damals wohl. Als ich klein war und Scharlach hatte, durften meine Eltern mich auch nicht besuchen.« Per konnte sie immer noch vor sich sehen. Britts Gesicht durch die Scheibe. Folke, der sich verlegen hinter ihr versteckte, weil er wusste, was geschehen würde, wenn sie erst im Krankenhaus waren. Jetzt will ich nur fröhliche Gesichter sehen, hatte Britt auf der anderen Seite der Glasscheibe signalisiert, indem sie ihre Mundwinkel mit den Fingern nach oben gezogen hatte. Die Botschaft diffundierte rasch durch das Glas. Mach dich nicht lächerlich, Per.

»Ich bin der Meinung, dass es unzulässige Übergriffe waren, Kinder aus ihren Familien zu reißen, erst recht, wenn sie psychisch krank waren. In schwierigen Situationen, in denen die Familie gezwungen ist, Hilfe zu suchen, wird dem Kind auch noch der letzte Rückhalt genommen, und es muss unter fremden Menschen sein. Darüber waren wir zutiefst uneins.«

»Leander war von der alten Schule, nehme ich an.«

»Was den psychologischen Teil anging, war er nach heutigem Maßstab unglaublich rückwärtsgewandt. Mütter waren für ihn ein notwendiges Übel. Eine Behinderung für die Entwicklung des Kindes. Mutterliebe war für ihn die höchste Form des Egoismus. Alle Familienbeziehungen waren Bindungen der negativen Art. Er war der Chef. Die Eltern durften zu Gesprächen kommen, um infrage gestellt und mit unbegründeten Anschuldigungen wie sexuellen Übergriffen konfrontiert zu werden. Ich hatte das Gefühl, dass er seine Macht genoss. Die Androhung, das Kind in ein Heim zu stecken, kann Eltern zum Schweigen bringen. Jede Zeit hat ihre eigenen Hexenprozesse. Er empfand einen Kick dabei, ihr Leben in seinen Händen zu halten. Aber das kann ich natürlich nicht beweisen. Ich weiß es nur.«

»Es ist wichtig für uns, ein so differenziertes Bild wie möglich von ihm zu erhalten. Die Presse lobt ihn in den Himmel. Gab es noch mehr Leute, die Ihre Ansicht teilten? Haben Sie bei der Sozialbehörde angezeigt, dass es da ein Missverhältnis gab?«

»Wie hätte ich das tun können? Was Frank tat, konnte von den wissenschaftlichen Methoden und Erfahrungen der damaligen Zeit gerechtfertigt werden. Aber es gab natürlich graduelle Unterschiede und Wahlmöglichkeiten. Viele der Heimversetzungen, die er anordnete, waren völlig unnötig. Auch entließ er Patienten erst, wenn er dazu gezwungen war. Eine Vollbelegung und Warteschlangen führten zu fetten Budgets für die Arbeit im kommenden Jahr. Die Pflegezeiten waren oft unbegründet lang und führten nur selten zu einer echten Verbesserung des Zustands der Patienten. Einen großen Teil der Arbeitszeit verbrachte man im Raucherzimmer, wo man zusammensaß und über die Patienten diskutierte, anstatt Zeit mit ihnen zu verbringen. Die Kinder mussten sich so lange selbst versorgen. Das war ein Teil der Pädagogik. Sie sollten die Konflikte, die entstanden, selbst und ohne Einmischung der Erwachsenen lösen.«

»Was war Ihrer Meinung nach Leanders Rolle in dem Ganzen?«

»Er war ein Mann, der sich Tätigkeitsgebiete suchte, wo er Macht ausüben konnte. Als Gutachter in Sorgerechtsprozessen hatte er Macht wie Gottvater persönlich.«

»Macht muss ja nicht notwendigerweise etwas Böses sein.« Per wusste nicht, warum er das sagte. Die Frau ihm gegenüber klang so streitbar, dass sich in ihm Widerstand regte. Er war nicht bereit, alles ohne Weiteres zu schlucken.

»Das ist wahr. Einige wollen Macht, um Gutes tun zu können, andere, um ihre eigenen Bedürfnisse zu befriedigen und zu zeigen, wie wichtig sie sind. Oft ist es eine Mischung aus ideellen und selbstsüchtigen Motiven. Und wo gibt es größere Möglichkeiten, Macht auszuüben, als bei denen, die in doppelter Hinsicht für unmündig erklärt wurden, bei psychisch kranken Kindern und ihren Eltern, denen der Entzug des Sorgerechts angedroht wird? Ich habe manches Mal darüber nachgedacht, wie die Geschichte wohl aussähe, wenn Freud eine Frau gewesen wäre. Vielleicht hätte man dann mehr über die Schwächen des abwesenden Vaters als über die der anwesenden Mutter gesprochen.«

»Haben Sie noch eine andere Verbindung zu Frank Leander außer als Kollegin?« Arvidsson hatte eigentlich keine Lust, diese Frage zu stellen, er wollte diesen Punkt nur ausschließen. Elisabeth Rehnberg sah ihn lange an. Traurig, verletzt? Er konnte ihren Gesichtsausdruck nicht deuten.

»Wäre das alles weniger wert, wenn ich ein Verhältnis mit Frank gehabt hätte? Es währte nur wenige Wochen. Er war auf alle Neuangestellten scharf. Eine Art Hahn-im-Korb-Verhalten, um sich der Loyalität zu versichern, nehme ich an. Dabei ging es ja auch um Macht. Natürlich wünschte ich, es wäre nicht geschehen.«

Nachdem Elisabeth Rehnberg das Zimmer verlassen hatte, blieb Per Arvidsson allein mit seinen Gedanken zurück. Er hatte ihre Zeugenaussage nicht infrage stellen wollen. In Wirklichkeit hatte er starke Sympathie empfunden, aber nicht gewusst, wie er sie ausdrücken sollte. Wie würden die modernen Therapien aussehen, wenn Freud eine Frau gewesen wäre? Er verspürte einen leichten Schwindel, legte den Kopf in die Hände und schloss die Augen. In dieser Stellung fand Lena ihn etwas später.

»Eben ist ein anonymer Anruf eingegangen. Er kam von einer Frau, die Frank Leanders Bild in der Zeitung gesehen hatte. Sie berichtete, dass ihr Kind in der Kinderklinik St. Clemens gewesen sei, und zwar auf der psychiatrischen Station, wo Frank Leander in den Jahren 1968–1979 gearbeitet hat. Sie sagte, ihrer Meinung nach habe er bekommen, was er verdient habe, und dann hat sie aufgelegt.«

»Konnte man das Gespräch zurückverfolgen?«

»Nein, wahrscheinlich hat sie aus einer Telefonzelle mit Kreditkarte angerufen.«

Arvidsson erzählte ihr vom Gespräch mit Elisabeth Rehnberg. »Wenn das, was sie sagt, stimmt, dann war es Leanders höchstes Ziel, Mutter und Kind zu trennen. Wer hätte den Mut gehabt, ihn anzuzeigen? Worüber hat er eigentlich genau geforscht?«

»Über kindliche Entwicklungsstörungen, die durch den Alkoholkonsum der Mutter während der Schwangerschaft hervorgerufen werden.« Lena stellte sich ans Fenster. Sie sah Autos und Menschen kommen und verschwinden. »Wie wenig wissen wir doch darüber, wie es den anderen geht. Welche Geheimnisse sie hegen. Bis eines Tages die Karten auf den Tisch gelegt werden und wir das sehen, was keiner ahnen konnte. Warum er wohl ausgerechnet jetzt ermordet wurde? Er scheint sich doch jahrzehntelang für eine solche Maßnahme qualifiziert zu haben. Übrigens wollte Stensson dich sprechen. Es klang, als sei es wichtig. Hast du dich über mich beschwert? Hast du was gesagt? Ich habe im Auto nicht geschlafen, verdammt, ich hatte nur kurz die Augen zu. Das weißt du doch.«

Håkan Stensson krempelte die Ärmel seines Hemds hoch und lehnte sich zurück. Sein glatt rasiertes Gesicht war sehr ernst, als er Arvidsson bat, sich zu setzen.

»Wie geht es Ihnen?«

»Gut.« Die Frage kam so unerwartet, dass Arvidsson reflexartig antwortete.

Stensson verzog vorsichtig den Mund. »Das sieht mir aber gar nicht so aus. Es sind ein paar Informationen zu mir gedrungen, und es gibt ein paar Fragen, auf die ich gern eine Antwort hätte. Und dann will ich, dass Sie Ihre Computerkarte hier abgeben und nach Hause gehen. Ich finde es besser, wenn Sie Urlaub nehmen oder sich anderen Aufgaben widmen, solange diese Ermittlung läuft.«

»Ich glaube, ich kann Sie verstehen. Wahrscheinlich hat Pernilla mit Ihnen geredet, oder?«

»Ja. Wir haben Sie schon eine Weile lang beobachtet. Das wissen Sie vielleicht.«

Arvidsson schüttelte den Kopf. So steif, wie seine Schultern geworden waren, war es ein Wunder, dass er sie überhaupt bewegen konnte.

»Es hat jemand in meinen Unterlagen rumgeschnüffelt.«

»Damit habe ich nichts zu tun. Schon Ihr Vorgänger Håkansson hat darüber geklagt. Er hat Lena verdächtigt, in seinen Sachen rumzuwühlen, aber die beiden kamen ja auch nicht miteinander aus. Da stand Aussage gegen Aussage. Er hat ihre Versäumnisse in einem Notizbuch vermerkt, das dann verschwunden ist.« Arvidsson befand sich in einem Nebel, die Worte drangen nicht richtig durch. Stensson fuhr fort: »Heute Morgen haben wir eine Anzeige von der Luftfahrtbehörde erhalten. Sie wissen wahrscheinlich, worum es dabei geht, nicht wahr?«

»Dass Felicia keine Ärztin ist.«

»Korrekt. Ich möchte jetzt, dass Sie mir erzählen, wie sie heißt. Wer sie ist. Sie ist im Melderegister nicht zu finden. Es gibt zwei Felicia Sjögren in Örebro, aber die Daten passen nicht.«

»Ich weiß nicht, wie sie heißt. Für mich ist sie Felicia«, sagte er dümmlich.

»Ich will, dass Sie nachdenken. Momentan machen wir eine technische Untersuchung ihrer Wohnung. Vielleicht finden wir dabei einen Hinweis auf ihre wahre Identität, vielleicht auch nicht. Ich spreche so offen mit Ihnen, weil Sie nicht versucht haben, irgendwelche Beweise zu unterdrücken. Sie scheinen sich eher in einem Schockzustand zu befinden.

Ich schlage vor, Sie gehen nach Hause und ruhen sich eine Weile aus. Wie Sie sich denken können, können wir nicht ausschließen, dass Felicia den Brand im Desinfektionsraum der Notaufnahme gelegt hat. Sie wurde in der besagten Nacht dorthin gerufen. Zuvor hatte sie alle Gelegenheit der Welt, unbemerkt herein und heraus zu kommen. Niemand hat eine unbekannte Person bemerkt. Sie hatte auch die Möglichkeit, Frank Leander zu ermorden und den Brand im Conventum zu legen. Nun sehen Sie nicht so bestürzt aus. Ich habe ja nicht gesagt, dass sie es getan hat, sondern nur, dass sie die Möglichkeit dazu hatte. Nach der Liste, die wir aus dem Conventum bekommen haben, nahm sie an den Ärztetagen teil und war auch vor Ort, als der Brand ausbrach. Was wir nicht wissen, ist, wo sie sich jetzt im Moment befindet. Wir würden gern mit ihr sprechen. Wenn wir ihren Namen wüssten, dann würde das die Sache erheblich erleichtern. Ihre ärztliche Zulassung hat sie sich aller Wahrscheinlichkeit nach auf illegalem Wege beschafft. Das kostet natürlich einiges. Wir haben eine Kopie ihrer Zulassung von der Personalabteilung des Krankenhauses bekommen. Es wäre interessant zu hören, was Sie dazu zu sagen haben. Natürlich ist alles, was Ihnen einfällt, von Interesse.«

»Sie hat die Herz-Lungenmassage im Flugzeug absolut korrekt durchgeführt. Ich habe früher einmal als Krankenwagenfahrer gearbeitet. Es wäre mir aufgefallen, wenn sie ihren Job nicht richtig gemacht hätte. Sie wusste genau, was sie tat. Sie hat das Leben der Frau gerettet. Werden Sie mit einem Bild an die Öffentlichkeit gehen und um Hilfe bitten? Ich würde mir wünschen, dass ihr das erspart bliebe. Können Sie damit nicht warten? Bedenken Sie, was für einen Schaden das anrichten würde, wenn der Verdacht sich hinterher als falsch erweist.«

Per erwartete eine Antwort, aber Stenssons Miene war unergründlich und signalisierte: Ich bin es, der hier die Fragen stellt. Sie antworten.

Arvidsson sackte in sich zusammen. Es war schwerer, als er gedacht hatte, auf der falschen Seite des Schreibtischs zu sitzen.

»Außerdem wüsste ich gern, ob Sie jemals darüber nachgedacht haben, ob sie psychisch ganz gesund ist. Wenn Felicia Sjögren die Mörderin und die Brandstifterin ist, die wir suchen, dann kann ich mir vorstellen, dass sie Hilfe braucht. Sowohl zu ihrem eigenen Schutz als auch zum Schutz der Allgemeinheit. Wir wissen nicht, was sie als Nächstes tun wird. Ich schlage vor, dass Sie Örebro für eine Weile verlassen. Das ist ein Befehl. Zu Ihrer eigenen Sicherheit, und um sich ein wenig auszuruhen. Sie sehen wirklich ziemlich fertig aus.«

Nach einer weiteren Stunde wurde das Verhör abgeschlossen.

»Sie können jetzt gehen, aber halten Sie uns auf dem Laufenden, wo wir Sie erreichen können.« Stensson öffnete ihm die Tür. »Das Ganze tut mir aufrichtig leid, und ich freue mich, wenn Sie wiederkommen, sobald die Ermittlungen abgeschlossen sind.«

36

Schon als Elaine Fernström sich für den Abend kleidete, hatte Wehmut die Vorfreude gedämpft, die sie vor dem Konzert empfunden hatte. Sie suchte ihre schönste Unterwäsche mit Spitzen- und Perlenborten aus, eine Geste der Höflichkeit gegenüber denen, die sie finden würden. Beim Kauf war die Vorfreude allerdings ganz anderer Natur gewesen, die Vorfreude auf eine Liebesbegegnung, die nie stattgefunden hatte, auf ein neues Leben, das nie seinen Anfang nahm. Sie kleidete sich sorgfältig, verwandte aber anders als sonst keine größere Mühe auf ihre Frisur, denn die würde ohnehin zerstört werden. Ein letzter Blick in den Spiegel, dann war sie bereit.

Der Herbstwind zerrte an der groben Weide am Flussufer, als der Taxifahrer ihr ins Konzerthaus half. Jetzt komme ich allein klar, signalisierte sie ihm mit einer Handbewegung. Er blieb mit hängenden Armen stehen und wartete darauf, dass sie es sich anders überlegen würde, dann sandte er ihr ein kurzes Lächeln und ging zur Tür.

Es hing eine Erwartung in der Luft vor dem abendlichen Konzert des Schwedischen Kammerorchesters unter dem Titel

»Jahreszeiten in Musik und Bild«. Ein Durcheinander von Stimmen vor der Garderobe. Festlich gekleidete Menschen, die sich trafen, einander begrüßten und sich unterhielten. Elaine nahm den Fahrstuhl zum Parkett links, um das Echo ihrer Gedanken nicht hören zu müssen: »Frau Fernström, die Arme, sie weiß wohl nichts von den Affären ihres Mannes. Ist wohl auch nicht leicht für ihn, wo sie im Rollstuhl sitzt. Man fragt sich, was die beiden gemeinsam haben. Hoffentlich kommt sie nicht hierher, sodass man sie grüßen muss.«

Es ist ebenso eine Gabe wie ein Fluch, die Gedanken der Menschen zu spüren. Was Elaine betraf, so hatte diese Gabe zu einer selbst gewählten Einsamkeit und Isolierung geführt, seit sie im Rollstuhl saß. Irgendwo unter den festlich gekleideten Frauen war das Werkzeug, das nötig war, um sich endgültig der Qual zu entledigen, die diese Gabe mit sich brachte. Das Gefühl war doppelbödig, eine Todessehnsucht und gleichzeitig eine unrealistische Sehnsucht nach einem ganz normalen Leben ohne unterschwellige Strömungen.

Elaine rollte in den Wirénsaal und bestellte ein Glas Wein. Ein letztes Glas, während sie die Bronzeskulptur von Brixel betrachtete, als würde sie sie zum ersten Mal richtig sehen. Der Nix in Frauengestalt, kraftvoll, wild und voller widerstreitender Gefühle – erfüllt von seiner Musik und schon weit darüber hinaus. Der Nix, der die Frauen in den Tod lockt, sie verführt und verdirbt, aber in Gestalt einer Frau. Eine ungewöhnliche Perspektive. Der Sage nach lebte der Nix unter der Vasabrücke, deshalb läuteten die Glocken der Nikolaikirche nach Osten, Süden und Norden, aber niemals nach Westen, denn man fürchtete, den zu wecken, der im Fluss wohnte.

Was ist der Tod? Kann man sich seinen eigenen Tod vorstellen? Elaine betrachtete ihre Hand, erstaunlich, sie sich ohne Leben vorzustellen, als einen Gegenstand aus Fleisch und Knochen und Sehnen, auf dem Weg zur Vergänglichkeit. Sie bewegte die Finger, kniff sich in die Haut.

Das erste Läuten. Elaine stellte das halb volle Glas auf den Tisch und rollte in den Saal. Alles kam ihr entgegen, die Vergangenheit und die Gegenwart, eine Mischung von unterschiedlichsten Empfindungen. Die Musiker, die in den letzten Jahrzehnten hier Konzerte gegeben hatten, das Publikum, die Filmvorführungen, aber auch die Nazis, die sich während des Krieges hier versammelt hatten. Sie musste sich gegen die Empfindungen wappnen und abschirmen.

Das zweite Läuten. Eine zunehmende Last auf der Brust und das Gefühl, keine Luft zu bekommen, überwältigte sie. Die Musiker stimmten bereits ihre Instrumente. Die Bankreihen füllten sich. Elaine suchte hinter sich nach dem Gesicht, das sich ihr während ihrer Meditation gezeigt hatte. Irgendwo zwischen den festlich gekleideten Damen im Saal befand sich die unglückliche Frau, die gekommen war, um ihr über die Grenze zu helfen. Wie seltsam der Mensch doch beschaffen ist. Wenn der Tod dasteht und die Hand ausstreckt und sagt: »Komm«, dann übernimmt die Angst das Kommando. Die Zellen des menschlichen Gehirns sind auf Überleben um jeden Preis programmiert und nehmen keine Rücksicht auf Argumente wie Einsamkeit oder Mangel an Liebe. Der Körper will leben und gedenkt bis zum Letzten zu kämpfen.

Elaine spürte, wie ihr Puls immer schneller ging, und sah sich hastig um. Dann rollte sie wieder zum Ausgang. Ich will noch nicht sterben! Ihre Angst war stark und funktional: Flieh von diesem Ort! Der Körper zitterte, der Mund wurde trocken. Im Fahrstuhl angekommen, bestellte sie sich ein Taxi. Sie hatte das Gefühl, als würde das Gebäude über ihr zusammenfallen oder als würde sich die Erde auftun und den Rollstuhl, sie selbst und den Mantel, den sie der Garderobiere aus der Hand riss, verschlingen. Luft! Sie brauchte frische Luft, sonst würde sie in Ohnmacht fallen, das spürte sie jetzt. Ich will noch nicht sterben! Noch nicht.

Sie kämpfte mit den Eingangstüren und gelangte schließlich in die herbstliche Dunkelheit hinaus. Kein Mensch war auf der Fabriksgatan zu sehen. Der Wind riss an den nackten Ästen der Weide und fuhr wie mit der Peitsche über das Wasser. Das Licht von den Straßenlaternen spiegelte sich im Fluss. Elaine spürte, dass sie nicht allein war. Sie sah sich wieder um.

Die Bushaltestelle war leer. Jemand packte kraftvoll den

Griff des Rollstuhls. Elaine zuckte zusammen, als sie spürte, wie sie schnell nach vorn und um die Ecke des Konzerthauses geschoben wurde. Sie versuchte, sich umzudrehen und zu sehen. Eine Hand legte sich über ihren Mund. Sie sah, was sie sah – die Augen. Diese unnatürlich grünen Augen. Voller Angst, aber ohne Erstaunen stellte sie fest, was sie seit Wochen geahnt hatte. Jetzt würde es geschehen. Die Treppe, die zum Wasser hinunterführte, kam näher, und ihr Rollstuhl hüpfte wie von selbst, Absatz für Absatz, in rasender Geschwindigkeit davon und kippte um, ins schwarze Wasser des Flusses, das sie in die Ewigkeit hinabsenkte, ohne dass sie es noch geschafft hätte, sich aus dem Rollstuhl zu winden oder ihre Stimme zu erheben.

37

»Okay, ich wusste, dass Felicia was mit Morgan Fernström am Laufen hatte.« Svenne trocknete sich mit dem weißen Hemdärmel den Schweiß von der Stirn. »So was passiert doch andauernd. Wenn man fünfundzwanzig Jahre lang Taxi gefahren ist, dann weiß man mehr über das Sexualleben der Schweden als die Abendzeitungen. Ich sehe das live. Ich fand das nicht erwähnenswert. Das tun wir doch alle. Wir essen, wir schlafen, wir ficken. Die ›schockierenden‹ Nacktbilder in der Zeitung sind doch nicht schockierender als eine versäumte Steuererklärung. Pernilla ist natürlich sauer auf mich. Weil ich nichts gesagt habe. So übel war sie noch nie drauf. Sie interessiert sich nicht für Erotik. Liegt vielleicht daran, dass wir wie Geschwister aufgewachsen sind. Meine Eltern waren ihre Pflegeeltern. Sie kann so unglaublich wütend werden, das glaubst du gar nicht.«

»Es ist mir bisher erspart geblieben. Hast du übrigens deinen Thorshammer wiedergefunden?«

»Pernilla hat auch danach gefragt. Wenn sie sich was in den Kopf gesetzt hat, dann lässt sie nicht locker. Ich habe ihn aus Versehen bei einer Frau vergessen, bin ja schließlich auch nur ein Mensch. Momentan flippt Pernilla ein bisschen aus, aber das dauert nie besonders lange. Sobald sie meine Hilfe bei der Miete braucht, darf ich wieder zu Hause einziehen. Im Moment suche ich eine Einzimmerwohnung in der Stadt. So lange muss ich wohl mit den Jungs woanders in die Sauna gehen.«

»Eigentlich sollte ich dich totschlagen«, sagte Per. »Die Frage ist nur, ob du so ein schnelles Ende verdient hast. Ich lasse erst Pernilla über dich herfallen, und dann überfahre ich dich mit dem Firmenwagen.«

»Vielen Dank. Zu nett von dir. Sag nur, wenn ich dir mal wieder einen Gefallen tun kann.«

»Wie lange war Felicia mit Fernström zusammen?«

»Ich würde sagen, ein Jahr. Er war immer bei ihr zu Hause. Als Taxifahrer weiß man, wie der Hase läuft. Felicia hat die Affäre beendet, sobald sie dich kennengelernt hatte. Falls das ein Trost ist. Natürlich durfte ich den alten Sack an dem Abend, als sie Schluss gemacht hatte, nach Hause fahren und mir seine ganze jämmerliche Geschichte anhören. Er hat wie ein altes Weib geschnieft, du hättest ihn hören sollen.«

»Felicia ist übrigens nicht ihr richtiger Name. Sie heißt nicht Felicia Sjögren.«

»Was du nicht sagst.«

»Ich hatte gehofft, du wüsstest was.«

»Wie sie sonst heißen könnte, meinst du? Keine Ahnung. Ob sie Fernström den Schlüssel zurückgegeben hat? Er wollte dafür sorgen, dass sie die Wohnung so schnell wie möglich räumt. Das hat er jedenfalls gesagt, als ich ihn nach Hause gebracht habe. Das war kurz bevor ihr nach Rom gefahren seid.«

»Kann es sein, dass er Felicia in Rom auf dem Handy angerufen hat?«

»Nein, denn er hatte ihre Handynummer nicht. Er war superwütend deswegen. Er konnte sie schließlich nicht bitten, die Wohnung zu räumen, wenn er ihre Nummer nicht hatte.«

»Kannst du Pernilla ausrichten, dass ich ein paar Tage verschwinde?«, bat Per. »Ich muss mal raus. Allein sein und nachdenken. Ich melde mich, wenn ich zurück bin.«

Per Arvidsson lehnte den Kopf ans Zugfenster und dachte daran, dass es gar nicht so lange her war, seit er im Zug nach Örebro gesessen hatte. Vor dem Fenster glitzerte der Raureif auf den Feldern und reflektierte den Sonnenuntergang. Ein leichter Nebel lag über der Erde, wie ein Elfentanz. Per dachte an seinen Vater, der sich gewünscht hatte, dass die Elfen ihm in der Unterwelt ihren Schleiertanz vortanzen würden.

Es war so viel geschehen in den letzten Monaten. Die Liebe, die er gefunden und verloren hatte, ohne zu wissen, warum. Verführerisch wie ein Wesen aus der Sage, wie ein Waldgeist hatte sie ihn mit ihrem langen Haar und den grünen Augen gelockt. War Felicia wirklich imstande, einen Mord kaltblütig zu planen und auszuführen? Sind wir das nicht alle?, musste er im selben Moment denken. Hängt das nicht von den Umständen ab? Der Gedanke verunsicherte ihn. Warum ausgerechnet Frank Leander? Kannten sie sich von früher?

Und noch ein Gedanke kam ihm: War sie schwanger? Soweit er wusste, benutzte sie keine Verhütungsmittel. Der Gedanke ließ das Adrenalin in seinem Körper ansteigen. Hatte er nicht etwas Größeres gewollt? Hatte er nicht um genau das gebeten? Wenn es nun so war? Er spürte es irgendwie. Er konnte sie vor sich sehen, wie sie die Hände schützend über den Bauch hielt. Sie war ein wenig runder geworden. Sie hatten darüber gescherzt, dass er sie mit Butter und Sahne im Essen verwöhnte. Hatte sie zugenommen? Konnte der Gedanke an das Kind, das eine Frau erwartete, eine Reaktion auf alte Kränkungen hervorrufen? Per wusste es nicht, es erschien ihm aber nicht unwahrscheinlich. Jeder würde in der Lage sein zu morden, um sein Kind zu schützen.

Während der Reise nach Kronviken tauchte ein Bild nach dem anderen in seiner Erinnerung auf, kleine Dinge, vor denen er in seiner Leidenschaft die Augen verschlossen hatte. Felicias Widerwille, fotografiert zu werden. Ihre Art, den Sex nicht gemeinsam mit ihm zu genießen, sondern ihn mehr wie eine Show vorzuführen. Ihre bestimmenden Hände, die seine Hände wegnahmen, wenn er versuchte, ihr etwas zurückzugeben. Die Handygespräche, die sie nur annahm, wenn sie allein war. Die Angst in ihrem Blick, die hastigen Bewegungen, wenn das Telefon klingelte.

Felicia, wo bist du jetzt? Eine plötzliche Einsicht kam ihm. Felicia wusste, dass Bella Svanberg ihm etwas vom Brand im Conventum zu erzählen hatte. Dieser Gedanke schlug sich in seinem Bewusstsein nieder und machte ihm Angst.

Eine Frau in grünem Dufflecoat, die sich soeben auf den Platz ihm gegenüber gesetzt hatte, entfaltete die Tageszeitung. Die Schlagzeilen sprangen ihn an. *Falsche Ärztin des Mordes an Frank Leander verdächtigt.* Wie schwer es war, das Bild von der, die man liebte, mit dem grotesken Bild der Medien von einer Mörderin zu vereinen.

Der Abschied auf dem Flughafen schien so lange her. Felicias verweintes Gesicht in der unbarmherzigen Beleuchtung des Terminals, die Blässe und eine fast aggressive Entschlossenheit, die keine Diskussion zuließ. Sie musste gewusst haben, dass ihre Entdeckung kurz bevorstand. Dass es an der Zeit war, die geliehene Rolle zu verlassen und sich zurückzuziehen. Hatte sie mit der Liebe gerechnet? Es fiel ihm schwer zu glauben, dass sie ihn nicht geliebt haben sollte, auf ihre Weise.

Er ging in Gedanken einen Schritt zurück. Als sie zur Heimreise einchecken wollten, hatte er ihr Passfoto nicht ansehen dürfen. Nein, das darfst du nicht, ich sehe darauf doof aus. Die Frau in dem roten Ledermantel hatte gemeint, Felicia zu erkennen. Sie hatte einen Namen genannt. Den Namen eines Mannes. Arvidsson ging Buchstaben für Buchstaben das Alphabet durch. Schöne Grüße an Jan, hatte sie gesagt.

Nach den Stunden im Halbdunkel des Zugabteils schnitt ihm das kalte Licht der Leuchtstoffröhren im Bahnhof von Kronviken in die Augen. Er kaufte sich am Kiosk eine Wurst, ehe er zu seinem Elternhaus spazierte, fest entschlossen, Felicia um jeden Preis zu finden. Um seinetwillen und um ihretwillen. Die Kälte biss ihm in die Wangen, und der Schnee fiel ihm in kleinen, nassen Flocken ins Gesicht. Vor der »Goldenen Traube« blieb er stehen. Die Vorstellung, sich in die Wärme zu setzen und ein fertiges Essen zu bekommen, war verlockend. Noch während er zweifelnd dastand, entdeckte er Maria Wern und Erika Lund an einem Fenstertisch. Das entschied die Sache.

»Da ist ja der verlorene Wachtmeister! Komm her und iss von dem guten Kalbsbraten!« Der Weitläufigkeit von Erikas Bewegungen konnte er entnehmen, dass die beiden schon eine Weile dort saßen und wahrscheinlich zu Hause schon eine alkoholische Grundlage geschaffen hatten. Maria warf ihm einen Handkuss zu. Wahrscheinlich war sie ausnahmsweise betrunken.

»Darf ich mich zu euch setzen?«

»Wir brauchen jede Verstärkung, die wir kriegen können. Kommst du nach Hause, um zu arbeiten? Es ist ganz schön einsam für Maria, so ohne dich.« Erika vermied elegant den wütenden Blick, den Maria ihr zuwarf.

»Ich habe Urlaub. Mir ist zu Ohren gekommen, dass Hartman Ermittlungsleiter geworden ist. Ist Ragnarsson immer noch krankgeschrieben?«

»Ja, ausgebrannt, wie es heißt, früher hieß das überanstrengt, oder man hatte Neurasthenie.« Maria schob sich mit der Hand das Haar aus der Stirn und fuhr fort: »Ehe die Schule wieder anfing, war ich mit den Kindern im Mittelmeermuseum in Stockholm. Wir haben eine Ausstellung über die Etrusker gesehen. Die lebten um sechshundert vor Christus in Italien. Wenn sie krank waren, gingen sie nicht zu einem Arzt, sondern zum Töpfer. Tat ihnen der Fuß weh, dann machte der Töpfer einen Fuß in Terrakotta, waren es Kopfschmerzen, dann machte er das Abbild des Kopfes und so weiter. Ihr größtes Problem war offenbar die Impotenz. Massenhaft verwelkte Gemächte aus Terrakotta.« Maria wandte sich von Erika ab und schloss sie dadurch aus dem Gespräch aus. »Wenn sie ihren kranken Körperteil in Lehm abgebildet hatten, dann gingen sie in den Tempel und legten ihn dort nieder. Das war eine Methode, die Last der Krankheit abzulegen und sie zu einer für alle sichtbaren Angelegenheit zu machen.«

»Da komme ich jetzt nicht richtig mit. Was hat das mit Ragnarsson zu tun?«, fragte er.

»Ist es sicher, dass Burnout eine individuelle Krankheit ist? Letzte Jahrhundertwende, als die Menschen großen Veränderungen durch die Industrialisierung ausgesetzt waren, hat man dieselben Symptome festgestellt wie jetzt, aber man gab den Dingen einen anderen Namen. Die Franzosen nannten es die Fin-du-siècle-Langeweile. Zum Mond können wir fliegen, wir können Herzen transplantieren, aber wir sind offensichtlich nicht imstande, Arbeitsbedingungen zu schaffen, die für Menschen geeignet sind.«

»Wenn man nur auf den wirtschaftlichen Gewinn schaut, dann ist der Mensch eben ein Wegwerfartikel. Was feiert ihr eigentlich?«, fragte er, nachdem er eine Kartoffelpfanne und ein großes Bier bestellt hatte.

»Wir sind deprimiert. Wir blasen Trübsal und essen aus Kummer«, antwortete Erika an ihrer Stelle.

»Ist etwas Besonderes passiert?« Er versuchte wieder Marias Aufmerksamkeit zu erregen, die dasaß und mit dem Salzstreuer spielte. »Erzählt es mir. Hier seht ihr einen Mann mit Hang zur Melancholie. Nur wenige haben so viel Erfahrung im Trübsalblasen wie ich. Warum sind wir deprimiert?«

Maria stützte das Kinn auf die Hände und sah ihn mit weinseligem Blick an. »Um ein Haar wäre ich Gegenstand einer internen Ermittlung geworden. Krister hat ein Band mit einem Verhör abgehört, das ich zu Hause in meiner Tasche hatte, und hat seinem Bruder davon erzählt. Das Ganze ist bei der Presse gelandet. Ich begreife einfach nicht, dass er mir das antun konnte.« Als Maria erst einmal den Mund aufgemacht hatte, kam die ganze Geschichte in einem Rutsch heraus. Erika legte den Arm um sie.

»Ich denke mir schon lange, dass du den Typen abschießen solltest.«

»Der Typ ist aber der Vater meiner Kinder. Ich habe versucht, mit ihm zusammenzuleben. Keiner kann mir vorwerfen, dass ich nicht auf unsere Beziehung gesetzt hätte. Aber jetzt geht es nicht mehr. Ich kann nicht mit jemandem zusammenleben, dem ich nicht vertrauen kann.«

38

Wenn du mich suchst, suchst du den Tod. Maria Wern las den Zettel, der unter die Scheibenwischer ihres Autos geklemmt war. Es stand vor Erika Lunds Wohnung, wo sie übernachtet hatte. Sie las die Mitteilung noch einmal, in der Hoffnung, dass es ein Irrtum oder ein Witz sein könnte.

»›Wenn du mich suchst, suchst du den Tod‹. Glaubst du, dass das Krister ist? Hat er vor, sich das Leben zu nehmen, oder was soll das bedeuten?«

Erika beugte sich über Marias Schulter, um besser sehen zu können. Die Botschaft, die Maria in ihrer steif gefrorenen Hand hielt, war aus ausgeschnittenen und aufgeklebten Zeitungsbuchstaben in unterschiedlicher Größe zusammengestellt. Maria spürte die Kopfschmerzen hinter der Stirn. Eine große Erschöpfung überkam sie. Krister? Als sie ihre Besitztümer aufgeteilt und sich geeinigt hatten, wie ihr weiteres Leben sich gestalten sollte, hatte es Höflichkeit und Übereinstimmung und eine große Erleichterung darüber gegeben, endlich eine Regelung gefunden zu haben. Hatte er vielleicht erst jetzt richtig reagiert? Wo könnte er sein? Dachte er denn gar nicht an die Kinder?

Maria zog ihr Handy aus dem Rucksack und wählte seine Nummer. Anrufbeantworter. Sie fluchte laut und wählte die Nummer seiner Mutter.

»Gudrun Wern. Was sagst du? Wo Krister ist? Nein, hier ist er nicht. Ich dachte, er wäre zu Hause. Ich hatte gehofft, dass ihr Vernunft angenommen und euch wieder zusammengerauft habt. Weißt du, Maria, ich war gestern bei einer Wahrsagerin, ja, und die hat gesagt, dass mit euch alles wieder gut werden würde. Man kann nicht gegen sein Schicksal kämpfen. Hallo, bist du noch da?«

Maria drückte das Gespräch weg, ohne den Vortrag in seiner Gänze abzuwarten. Krister war nicht bei seinen Brüdern, nicht bei seinem Freund Mayonnaise und auch nicht bei Ninni Holm. Sie hatten in der vorangegangenen Nacht nicht einmal das Bett geteilt, fügte sie hinzu. Er war nicht bei der Arbeitsvermittlung, auch nicht bei seinem früheren Job und nicht mit seinen Studienkollegen unterwegs, die ihn die letzten Monate auch nicht zu Gesicht bekommen hatten.

»Was soll ich tun, Erika?«

»Kümmer dich nicht um ihn. Er ist ein erwachsener Mensch! Er muss selbst die Verantwortung für das übernehmen, was er macht.«

»Karin, meine Nachbarin, sieht nach den Kindern. Ich will nach Hause, ich muss sie in den Arm nehmen. Kannst du bei der Arbeit sagen, dass ich später komme? Ich versuche es morgen Abend wieder reinzuarbeiten.«

Der Weg zum Meer hinunter war noch nie so lang gewesen, so verräterisch glatt und unberechenbar. Eine dünne Eisschicht hatte nach dem gestrigen Regen und dem Nachtfrost die ganze Küstenlandschaft glasiert. Maria versuchte, sich mit so wenig Lenkbewegungen wie möglich auf die Kurven zu konzentrieren, vorsichtig zu reagieren und zu schalten, während die Gedanken an Krister sie verfolgten. Wie konnte er nur so etwas tun? Warum versuchte er sie in eine Beziehung zurückzudrängen, in der sie nicht bleiben wollte? Ging es um Kontrolle? Wenn ich dich nicht kriege, dann soll dich auch kein anderer kriegen? Wenn es nun nicht nur eine leere Drohung war? Wenn er sich wirklich das Leben genommen hatte?

Natürlich würde sie dann Schuldgefühle haben. Wir hätten es vielleicht doch noch einmal versuchen sollen, dachte sie. Die Magenprobleme machten sich wieder bemerkbar. Ein nagender Schmerz, der in den letzten Monaten aufgetaucht und jetzt fast ständig zugegen war. Sie hielt den Atem an, spannte sich gegen den Schmerz. Wenn er sich nur nichts angetan hatte. Die unterdrückten Bilder von ihrer Arbeit tauchten in ihrer Erinnerung auf. Der Mann in Björkavi, den sie im Heuschober erhängt gefunden hatten. Die Frau, die eine Woche lang tot in ihrer Wohnung gelegen hatte, nachdem sie eine Überdosis Schlaftabletten genommen hatte. Die Menschen, die ins Wasser gegangen waren. Wie sollte sie es nur den Kindern erklären, wenn Krister sich das Leben genommen hatte?

Jetzt tauchte das gelbe Haus hinter den Bäumen auf. Als sie auf den Kiesweg fuhr, sah sie, dass etwas an der Türklinke hing: ein Strauß Rosen. Bei näherem Hinsehen: ein Strauß verwelkter Rosen. Der Frost glitzerte auf den geschlossenen Knospen. Keine Karte. Kein Absender. Sieben rote Rosen ohne Papier. Maria öffnete die Tür zu ihrem Zuhause und rief in die Dunkelheit. Karin kam ihr mit Linda im Schlepptau aus der Küche entgegen.

»Kommst du jetzt schon? Wie du aussiehst. Was ist denn los?« Karin streckte die Arme aus, doch ehe sie bei ihr war, hatte sich Linda schon vorgedrängelt und in die Arme der Mutter geworfen.

»Papa und Emil sind draußen und angeln. Aber es gibt noch kein Eis, in das man Löcher schlagen kann. Ich wollte nicht mit, denn ich wollte, dass Karin mir Anziehpuppen ausschneidet. Papa ist böse geworden, und ich bin böse geworden, weil ich die Thermohose nicht anziehen wollte.«

»Sind sie mit dem Boot draußen?« Maria hörte, wie schrill ihre Stimme klang. Sie nahm sich nicht die Zeit, etwas zu erklären. Machte gleich in der Tür kehrt. Rannte zum Steg, der hinter den grauen Bootshäusern versteckt war. Dass jemand seine Kinder mit in den Tod nimmt, ist nicht häufig, kommt aber vor. Wenn ich nur ... wenn ich nur meinen Emil zurückkriege, dann werde ich ... wenn ich nur ...

Der Atem wollte nicht reichen. Schritt für Schritt zwang sie sich weiter zum Meer hinunter. Die Kälte schnitt mit jedem Atemzug tief in die Lungen. Die Sicht wurde frei. Ihre Augen tränten im Wind. Da standen sie auf dem Steg. Vater und Sohn, jeder mit seiner Angelschnur. Hinter ihnen ein unendlicher Morgenhimmel aus rötlichem Gold. Erleichterung erfüllte sie, doch auch eine aufflammende Wut.

»Wie konntest du mir das antun? Du bist so widerlich!«

»Entschuldige, ich weiß, dass ich nicht an der Reihe bin, etwas mit den Kindern zu unternehmen, aber ich hatte solche Sehnsucht.«

»Du weißt ganz gut, dass ich das nicht meine!«

»Was dann?« Krister setzte eine Unschuldsmiene auf. Er lächelte fast. Sie hatte nicht übel Lust, ihm mitten ins grinsende Gesicht zu schlagen, ihn anzuschreien. Aber Emils ängstlicher Blick hielt sie zurück. »Was ist denn, ich kapiere gar nichts?«

Sie riss den Zettel aus ihrer Jackentasche und hielt ihm den unter die Nase. »Dieses Papier kannst du nehmen und dir sonst wohin stecken.«

»Wenn du mich suchst, suchst du den Tod«, las er laut. »Was meinst du damit? Was ist das denn? Woher hast du das?« Er sah immer noch genauso unwissend drein.

»Du könntest es wenigstens zugeben. Du bist so feige ...« Wieder Emils Blick. Sie musste aufpassen, was sie sagte. »Diese Mitteilung hing an der Windschutzscheibe meines Autos. Gibst du zu, dass du sie dorthin gesteckt hast?«

»Ganz sicher nicht. Um ehrlich zu sein, habe ich bei Julius übernachtet, während Karin auf die Kinder aufgepasst hat. Er war nämlich allein zu Hause. Wir haben ein paar Bier getrunken und komische Musik gehört: so ein psychedelisches Zeug ohne irgendeine Substanz. Delfingesänge, kreischende Möwen, Wasserplätschern und andere Dinge, die einen angeblich harmonisch machen. Das ist doch keine Musik, verdammt! Ich war also gar nicht in der Stadt.«

»Und du hast bei Julius übernachtet?«

»Genau. Und es kam mir ganz natürlich vor, zu den Kindern rüberzugehen, als ich wach war. Entschuldige. Auch wenn wir Zeiten und Regeln festgelegt haben, brauchen wir doch wohl eine gewisse Flexibilität. Ich meine, wegen der Kinder.« Krister legte den Arm um Emil, Vater und Sohn lächelten einander an.

Maria setzte sich auf einen Poller, um Atem zu schöpfen.

»Du hast heute Nacht ja auch nicht zu Hause geschlafen«, sagte er. »Wo warst du denn?« Es gab keinen Grund, für ihr Privatleben Rede und Antwort zu stehen, aber wegen Emil antwortete sie korrekt.

»Ich habe bei Erika geschlafen. Das musst du doch von Karin gehört haben. Warum fragst du?«

»Wollte nur wissen, wo du das Auto geparkt hattest. Hast du gesehen, dass rote Rosen an der Tür hängen? Ich wollte aber nicht herumschnüffeln.« Sein süffisantes Lächeln sagte das Gegenteil.

Maria stand auf, um Emil in den Arm zu nehmen. Er wehrte sich.

»Ich will, dass ihr euch versteht, Mama! Du blöde Ziege, warum darf Papa nicht bei uns wohnen?« Maria hörte, wie seine Stimme sich überschlug, als er sie Ziege nannte. »Warum bist du so fies zu Papa? Ich hasse dich!« Maria ging vor ihm in die Hocke und versuchte ihm so gut es ging zu erklären, was los war. Sie spürte Kristers Blick im Nacken.

»Guck mal, Mama, ich hab Ohrringe gekriegt.« Linda tanzte vor Maria herum und hielt die Hände hinter die Ohren, damit die glitzernden kleinen Perlen besser zur Geltung kamen.

»Das sind aber keine echten, oder? Die sind bestimmt aufgeklebt.« Maria nahm Linda auf den Arm und sah sich ihre Ohren genauer an. »Wann hast du das denn gemacht?«

»Ich war gestern mit Ninni in der Stadt, weil Papa seinen großen Chef in Malmö anrufen musste. Papa hat einen Job in Malmö gekriegt und wird total reich. Ninni war supernett und hat mir Nagellack gekauft, und dann hat sie beschlossen, dass ich Löcher in den Ohren haben darf. Es hat ein bisschen wehgetan. Aber ich war supertapfer. Die haben die Löcher mit einer Pistole reingeschossen. Peng, peng, und das war alles.«

»Ninni hat entschieden, dass du Ohrlöcher haben darfst? Und was hat Papa dazu gesagt?«

»Gar nichts. Er hatte nicht mal richtig Zeit, sie anzuschauen. Das fand ich doof.«

»Aha.« Es fiel Maria schwer, sich zusammenzureißen. Da hatten sie nun Lindas Neigung zu Allergien besprochen und gemeinsam entschieden, so lange wie möglich ihrem Betteln um Ohrlöcher zu widerstehen. Maria zog sich in ihr Schlafzimmer zurück und machte die Tür zu. Ninni Holm war sofort dran, als hätte sie das Handy in der Hand gehabt.

»Was ist das Problem? Die Kleine wollte doch Ohrlöcher. Sie hat wie verrückt gebettelt. Wenn Krister mich bittet, mich um die Kinder zu kümmern, dann bestimme ja wohl ich, was wir machen, oder?«

Der reinen Idiotie, der Dummheit ohne böse Absicht stand Maria völlig machtlos gegenüber. Es erstaunte sie, dass Krister es auch nur eine Minute in der Gesellschaft dieser Frau aushielt. Aber sie hatte wohl andere Vorteile, zum Beispiel einen solariumgebräunten Body. Wie peinlich, dass er sich mit so wenig zufrieden gab. Vielleicht war Ninni ja die ganze Zeit schon da gewesen. Im Prinzip war er direkt aus dem Ehebett in ihre Bude gekrochen, ohne sich um eine eigene Wohnung zu kümmern. Einfach und bequem.

Momentan verprassten sie Kristers Anteil des Hauses, den sie ihm ausbezahlt hatte. Er überschüttete die Kinder mit Geschenken. Sie gingen ins Restaurant und planten Reisen nach Österreich, auf die Malediven und ins Eishotel in Jukkasjärvi, wenn man Linda glauben durfte. Wie Weihnachten aussehen würde, mochte Maria sich überhaupt nicht vorstellen. Sie stellte sich unter die Dusche und ließ das Wasser lange laufen. Als sie nach ihrem Handtuch angelte, sah sie, dass Linda auf dem Toilettendeckel saß und sie betrachtete.

»Meine Kindergärtnerin aus der Freizeitbetreuung hat viel größere Brüste als du.«

»Aha?« Maria hörte selbst, wie düster sie klang. An einem Tag wie diesem brauchte man Bestätigung und nicht unbedingt die Wahrheit. Linda deutete die Miene ihrer Mutter ganz korrekt. Mama musste aufgemuntert werden. Wenn man schon verglichen wird, dann möchte man die Beste sein.

»Ja, aber dafür sind deine Brüste viel länger.«

Erst als Maria das Auto in der Garage des Polizeireviers abgestellt hatte und auf der Treppe Erika begegnete, dachte sie wieder an den Zettel mit der Nachricht.

»Krister lebt also. Unkraut vergeht nicht. Hab ich dir ja gesagt. Hat er alles gestanden?«

»Ich bin mir gar nicht sicher, dass er es war.«

»Du hast immer schon zu gut von diesem Mann gedacht, Maria. Vielleicht hast du es geschafft, mit deiner Erwartungshaltung dem Frosch einen Prinzen zu entlocken – zumindest zeitweilig. Aber die Natur lässt sich nicht auf Dauer verleugnen. Da draußen gibt es bestimmt den Richtigen, der auf dich wartet.«

»Ich werde nie wieder, das verspreche ich dir, nie wieder einen Mann anschauen. Das packe ich einfach nicht.«

»Blödsinn! Auch in der Hinsicht lässt sich die Natur nicht

verleugnen. Maria, denk mal nach. Wenn es nicht Krister war, wer sollte dann den Zettel an deine Windschutzscheibe geklemmt haben? Versuch mal ein bisschen realistisch zu sein. Er ist ein verdammtes Stück Scheiße, und in deinem tiefsten Innern weißt du das auch. Er versucht nur, dir ein schlechtes Gewissen zu machen. Er hat diesen Job in Malmö angenommen, ohne an irgendjemand anders als an sich selbst zu denken. Ein Mann, der seine Karriere über das Wohlergehen seiner Kinder stellt, hat es nicht verdient, Vater zu sein.«

39

Per Arvidsson saß auf der anderen Seite von Marias Schreibtisch, als das Fax hereinkam. Er sah sie ihr Passwort in den Computer eintippen und konnte nicht umhin, es zu lesen. Acht Buchstaben. *Freudlos*. Es sprach Bände, dass sie gerade ein solches Wort ausgesucht hatte. Als Computerexperte seines Teams hatte Arvidsson gemerkt, dass es alles andere als schwer war, die Passwörter der Kollegen zu erraten. Kommissar Ragnarssons *Golfball* war ebenso durchschaubar wie Hartmans *Marianne*. Als Himberg einmal sein Passwort einem Experten von außen preisgeben sollte, der das System überarbeitete, hatte er sich geweigert. »Niemals! Auf keinen Fall!«, hatte er gesagt. »Du musst es aber verraten!« Die Kollegen waren hereingekommen, um zu hören, was los war. »Himberg, her mit dem Passwort! Spuck es aus!« Mit hochrotem Kopf hatte er es auf einen Zettel geschrieben, den er dem Experten in die Hand geschmuggelt hatte, der dann von einem Ohr zum anderen grinste. Was auf dem Zettel gestanden hatte, erfuhr man nie, aber es war vermutlich eine nicht ganz stubenreine Kombination von acht Buchstaben.

Eigentlich war Arvidsson nur vorbeigekommen, um Guten Tag zu sagen und ein wenig mit Ek zu schwätzen, aber Ek war nicht da gewesen. Maria las gerade die eingegangenen E-Mails und saß mit dem Rücken zum Faxgerät. So konnte Arvidsson den größten Teil der Nachricht lesen, ehe Maria sich das Papier schnappte.

»Rebecka Moberg. Heißt sie so? Darf ich sehen?« Per

merkte, wie es in seinem Kopf rauschte. Felicias Name. Jetzt gab es die Möglichkeit, ihre Vergangenheit zu rekonstruieren und sie zu finden.

»Du bringst mich in eine schwierige Lage, Per. Diese Informationen darf ich eigentlich nicht an dich weitergeben.«

»Hör mal, Maria! Sei ein bisschen menschlich! Ich weiß nicht, wo sie steckt. Ich muss sie finden, ehe sie sich noch unglücklicher macht. Hilf mir. Ich kann die Vorstellung nicht ertragen, dass sie von Polizei, Medien und Öffentlichkeit wie eine Verbrecherin gejagt wird. Ich muss sie finden und mit ihr reden. Sie ist kein Monster. Sie ist nur so allein. Das verstehst du nicht. Das Bild, das die Medien von ihr zeichnen, stimmt nicht. Sie ist …«

»Sie ist des Mordes, des Mordbrandes und der Urkundenfälschung verdächtigt. Es geht um einen sorgfältig geplanten Mord, nicht um Affekthandlungen oder einen Raubüberfall. Sie hat sogar Trophäen von ihren Opfern gesammelt. Du hast es sicher heute Morgen in der Zeitung gesehen. Die Sachen, die in ein Baumwolltuch gewickelt in einem Stiefel in ihrer Wohnung lagen. Reiß dich zusammen, Per, und sieh den Tatsachen ins Auge! Sie ist gefährlich.«

»Es muss doch etwas geben, was ich tun kann. Es ist die reinste Folter, von den Ermittlungen ausgeschlossen und nur auf die Spekulationen der Medien angewiesen zu sein. Was würdest du denn an meiner Stelle machen, Maria? Mal ganz ehrlich. Was würdest du machen?«

»Ich weiß es nicht, Per.« Sie rollte mit ihrem Bürostuhl durchs Zimmer, bis sie direkt vor ihm saß. Dann legte sie ihre Hände auf seine Oberarme. Er schüttelte sie ab. »Pass auf dich auf, Per, und denk nach, was du tust, ehe du es bereust.«

Er stand auf.

»Ich dachte, wir wären Freunde, Maria! Ich dachte, du würdest mich unterstützen. Aber so kann man sich täuschen. Verdammte Scheiße!«

Als Maria Wern unter eisigem Schweigen Per Arvidsson an den Empfang zurückgebracht und sich dann in den Saab von Kriminalinspektor Ek gesetzt hatte, um nach Björkavi zu fahren, fühlte sie sich mickrig und unfähig. Es hatte deutliche Anweisungen von oben gegeben, Per Arvidsson an seinem früheren Arbeitsplatz nicht allein zu lassen, und das hatte zu einer merkwürdigen Stimmung zwischen ihnen geführt. Wie gern hätte sie ihm geholfen, und wie sehr hätten sie seine Energie und Denkschärfe bei den Ermittlungen gebrauchen können! Aber die Situation war unmöglich. Das sollte er einsehen und die Lage nicht noch schwieriger machen.

Der erste Hinweis auf Felicias Identität war von einer ehemaligen Nachbarin gekommen. Edla Müller war seit zwanzig Jahren frühpensioniert und früher Klavierlehrerin gewesen. Dann hatten noch an die zehn weitere Personen von sich hören lassen, nachdem man das Foto auf den Aushängern der Boulevardblätter und auf den Titelseiten der Tageszeitungen veröffentlich hatte. Die Polizei in Örebro hatte mit Hartman Kontakt aufgenommen. Die Nachbarin hatte ihnen den Namen von Felicias Mann genannt, Jan Moberg. Die Polizei in Örebro wünschte sich Hilfe beim Verhör mit dem Mann. Es war nicht schwer gewesen, Rebecka im Melderegister eines so kleinen Orts wie Björkavi mit Adresse, Telefonnummer und Familienstand zu finden. Der Ehemann war am Telefon entgegenkommend gewesen, wenn auch ein wenig nervös.

Die kleine Gemeinde Björkavi war vor allem für ihre Fußballmannschaft und ihre Produktion von Schafskäse bekannt. Es gab eine Grund- und eine Mittelschule, eine freiwillige Feuerwehr und einen Friseur, einen Supermarkt und ein Gemeindehaus, berichtete Jan Moberg ihnen in einem Vortrag, als wären sie hergekommen, um eine Führung durch den Ort zu machen. Das war alles, was dem Besucher geboten wurde. Seine Freundlichkeit und die Bereitschaft mitzuarbeiten, waren überschwänglich.

Wern und Ek wurden in ein staubiges, in warmen Farben gehaltenes Zimmer gebeten, das früher sicher ein gewöhnliches Wohnzimmer gewesen war und aus dem nun eine riesige Computerausrüstung ein Arbeitszimmer gemacht hatte. Der Computer wurde von Stahlrohr-Regalen voller Zeitschriftensammler und großen Grünpflanzen eingerahmt. Möbel,

Gardine und Teppiche waren von derselben rostroten Färbung wie das Bild, das die eine Wand dominierte. Es stellte den Weg durch einen Herbstwald dar, mit einem Schwarm von Kranichen am Himmel und regennassem Waldboden.

»Womit arbeiten Sie?«, fragte Ek und betrachtete das Foto von Rebecka, das er vom Bücherregal genommen hatte. Eine blonde Frau. Er hielt die Hand so, dass das Haar verborgen war und das Gesicht hervortrat. Die Ähnlichkeit mit dem Foto auf ihrer Passierkarte zum Universitätskrankenhaus in Örebro war offensichtlich.

»Ich richte ein neues Computersystem für das Statistische Zentralbüro ein. Ich habe einen Tele-Arbeitsplatz. Haben Sie Rebecka gefunden? Ich habe die Zeitungen gelesen. Es ist doch der reine Wahnsinn. Dass es so schlimm kommen würde. Ich verstehe das nicht. Ist es denn wahr? Wissen Sie, wo sie sich befindet?«

»Nein. Wann haben Sie sie zuletzt gesehen?«

Maria merkte, dass die Frage ihn belastete.

»Es ist drei Jahre her, dass sie gegangen ist. Ohne ein Wort. Als ich von der Arbeit nach Hause kam, hatte sie gepackt und war weg. Ich begreife es immer noch nicht. Wir hatten keinen Streit. Ich weiß nicht, was in sie gefahren ist. Sie hat sich Felicia genannt, nicht wahr? Ihre Mutter hieß Felicia. Wir sind also getrennt. Allerdings nicht formell. Auf dem Papier sind wir immer noch verheiratet. Das wissen Sie schon, oder? Nun, ich habe keine Ahnung, wo sie sein könnte. Ich habe alle unsere Freunde und Bekannten gefragt. Niemand hat sie seitdem gesehen.«

»Ist Rebecka Ärztin?«, fragte Maria.

»Als wir uns kennenlernten, studierte sie gerade Medizin. Als sie ihr Studium beendet hatte, entschieden wir uns für Kinder, und Agnes wurde geboren. Ärztin, ja sieh mal einer an. Ich dachte nicht, dass sie das je wagen würde, nicht mit einer gefälschten Legitimation. So ist sie wahrscheinlich entdeckt worden, oder? Sie konnte es einfach nicht lassen, den Engel zu spielen. Wenn sie sich einen Job als Krankenschwester oder Oberschwester gesucht hätte, wäre es wahrscheinlich besser gegangen.«

»Das weiß ich nicht. Es ist bestimmt schwerer, einen Job als Krankenschwester zu kriegen, zumindest ohne Referenzen«, meinte Maria. »Vielleicht werden Ärzte nicht so scharf kontrolliert, wenn der Bedarf groß genug ist. Haben Sie eine Ahnung, warum sie das gemacht hat? Kannte sie Frank Leander?«

»Rebecka war immer ein wenig labil, sie hat leicht überreagiert. Ja, sie kannte Frank Leander. Sie haben während ihrer Weiterbildung zusammengearbeitet. Rebecka hat einen Aufsatz über seine Forschung zu Kindern von alkoholkranken Müttern geschrieben. Sie hat gesagt, er würde sie schikanieren. Ich glaube nicht, dass es so schlimm war. Manchmal hat sie sich auch Dinge eingebildet.«

»Was denn zum Beispiel?« Maria setzte sich gegenüber von Jan Moberg auf das Sofa. Er wand sich ein wenig. Seine großen braunen Augen glänzten unnatürlich und schwammen in Tränen.

»Dass Menschen hinter ihr her seien, um ihr zu schaden oder ihr wehzutun, oder dass jemand ihr Agnes wegnehmen und in ein Heim bringen würde. Wir haben unser kleines Mädchen auf eine schreckliche Weise verloren. Danach litt Rebecka unter Depressionen. Sie nahm Medikamente ein. Weigerte sich, mit mir zu reden. Ein schreckliches Unglück, ich kann immer noch nicht darüber reden, ohne …«

Seine Stimme versagte, und er stand vom Sofa auf und trat ans Fenster, wo der Abendhimmel sich bereits schwach rosa färbte. Das Müllauto dröhnte vorbei und ertränkte alle Geräusche, dann wurde es still.

»Es tut mir wirklich leid.« Maria stand ebenfalls auf, ging zu ihm und legte den Arm um seinen Rücken.

Er weinte offen. »Es war nicht leicht.«

Wie eine Statue blieben sie am Fenster stehen. Maria hielt ihn im Arm und registrierte, dass er den Unterleib an sie drückte. Wie unangenehm. Sie rückte von ihm ab und bemerkte das Glitzern in seinen Augen.

»Wir werden vielleicht zu einem späteren Zeitpunkt wieder kommen und weitere Fragen stellen.« Ek stand ebenfalls auf, ein wenig zu eilig. Maria nahm an, dass er bemerkt hatte, was geschehen war. Wärme und Mitgefühl können immer als sexuelle Einladung missverstanden werden, vor allem für Leute, die nur über ein eingeschränktes Register verfügen.

»Wir hätten ihn fragen sollen, warum er sie nicht als vermisst gemeldet hat«, sagte Ek, als sie wieder im Auto saßen. »Und vielleicht sollte man sich auch Gedanken darüber machen, warum er sich nicht bei uns gemeldet hat, als er ihr Foto in der Zeitung sah.«

»Vielleicht hat er gehofft, dass sie zurückkommen würde. Oder er fand, dass sie auch so schon genug Elend zu tragen hätte. Wie furchtbar für die beiden. Ich erinnere mich, wie ich damals von dem Unglück gelesen habe. Linda war fast in demselben Alter, als es passierte. Wie furchtbar, das eigene Kind ertrinken zu sehen, ohne etwas tun zu können. Der schlimmste Albtraum einer Mutter.«

Es war fast vier Uhr, als Wern und Ek am Empfang vorbeikamen, auf dem Weg zu Hartman, der schon auf sie wartete.

»Die Polizei in Örebro hat die Tochter von Frank Leander verhört«, erzählte er. »Sie hebt ihren Vater in den Himmel und beschreibt ihn als einen Mann mit hohen Idealen, als einen besonders scharfsichtigen und begabten Menschen, der ganz zu Recht für seine Forschungseinsätze gewürdigt worden ist. Und doch kommt mir ihre Beziehung irgendwie komisch vor. Ihrer eigenen Aussage zufolge hatten sie sich mehrere Jahre nicht gesehen und seit Weihnachten auch nicht miteinander telefoniert. Den Namen Rebecka Moberg hat sie heute in den Fernsehnachrichten zum ersten Mal gehört.«

»Es gibt eine Verbindung zwischen Moberg und Leander«, berichtete Maria. »Vor vier Jahren haben sie zusammengearbeitet und sind nicht besonders gut miteinander ausgekommen.« Sie fühlte sich matt und sank auf den nächsten Stuhl. Es war schon eine Weile her, dass sie etwas gegessen hatte. Nach der Kaffeepause am Vormittag mit Arvidsson hatte sie jeden Appetit verloren.

»Was wissen wir eigentlich von Bella Svanberg?«, fragte Ek.

»Das Erstaunlichste ist doch, dass sie in Kronviken gefunden wurde. Natürlich kann Rebecka auf dem Weg nach Hause gewesen sein und dann die Leiche unterwegs abgelegt haben. Die Frage ist nur: warum?« Hartman sah eindringlich in Marias blasses Gesicht. »Wie geht es dir?«

»Ganz okay, glaube ich.« Maria lächelte Hartman schwach an.

»Bella hat zeitweilig als Putzfrau im Conventum gearbeitet, sie kam über eine Zeitarbeitsfirma dorthin. In ihrer Freizeit hat sie für einen Telefonservice gearbeitet, Kartenlegen am Telefon, mit einer kostenpflichtigen Nummer. Die Polizei von Örebro hat berichtet, dass dieselbe Agentur auch Telefonsex anbietet. Bella hat dort manchmal ausgeholfen, wenn jemand krank war. Ihre nächsten Angehörigen sind ihre Eltern sowie ein erfolgreicher Bruder in Brüssel. Seit Bella das Conventum verlassen hat, haben wir von ihr, bis sie in Kronviken gefunden wurde, nicht mehr als ein Handytelefonat. Das Gespräch begann um 23.25 Uhr und dauerte knapp drei Minuten. Es war ein Gespräch mit Per Arvidssons Festnetztelefon in Örebro. Er hat Stensson bereits erzählt, worum es in diesem Gespräch ging, und darauf müssen wir nicht näher eingehen. Wir bekommen Hilfe von der Polizei in Örebro, was die Verhöre mit Bella Svanbergs Arbeitskollegen, Freunden und Nachbarn angeht.«

»Es wäre von Vorteil, wenn man die Rolle mit den schwarzen Müllsäcken finden würde.« Unbemerkt war Erika Lund hereingekommen. »Die sterblichen Überreste der Frau lagen in einem schwarzen Müllsack. Dieser Sack hat keinerlei Kontakt mit dem Feuer gehabt, die Ränder waren ganz intakt. Als er von der Rolle abgerissen wurde, ist die Kante unregelmäßig zerrissen. Wenn wir Glück haben, finden wir die andere Hälfte. Man könnte auch das Plastik analysieren. Ich habe Kontakt mit der Polizei in Örebro aufgenommen. In Rebecka Mobergs Wohnung wurden keine Müllsäcke gefunden, und auch nicht in dem schwarzen BMW, den sie von Morgan Fernström geliehen hatte. Es kann natürlich sein, dass sie die Rolle weggeworfen hat. Außerdem gibt es in dem Wagen keine nachweisbaren Spuren von Bella Svanberg. Alles ganz sauber. Man sollte sich vielleicht bei Autoverleihfirmen erkundigen. Ich finde auch, dass wir eine Hausdurchsuchung bei Jan Moberg anordnen sollten.«

»Ich finde, wir sollten das lassen. Der Mann hat einiges durchgemacht«, sagte Ek. Maria merkte, wie ihr schwindelig wurde.

»Du wirst doch wohl nicht in Ohnmacht fallen, Maria? Soll ich dir etwas Wasser holen?«

Hartmans besorgtes Gesicht schwebte zwischen den kleinen Lichtpunkten, die vor ihrem Gesicht tanzten.

»Ja, danke, das wäre gut. Ich glaube, es war alles ein bisschen viel in letzter Zeit.«

Als Maria sich dem gelben Haus am Meer näherte, sah sie, dass im Küchenfenster Licht war. Die Vorstellung, jetzt zu duschen, dann vor dem Fernseher etwas zu essen und früh ins Bett zu gehen, hatte sie den ganzen Weg nach Hause getragen. Wer könnte das Licht angemacht haben? Krister ja wohl nicht. Heute hatte er die Kinder. Er war doch wohl hoffentlich nicht auf die Idee gekommen, sie hierher zu bringen und so zu tun, als wäre nichts?

Die verwelkten Rosen hingen immer noch an der Türklinke. Ein beklemmender Anblick, als wären es Beerdigungsblumen. Ein letzter Gruß. Wie pathetisch von ihm, sie da hinzuhängen. Die Eingangstür war nicht verschlossen. Kein Auto auf dem Hof. Erstaunt betrat Maria die Diele und sah sich um. Der Flurspiegel war abmontiert. Ein dunkleres Viereck auf der ausgeblichenen Tapete zeigte deutlich, wo er gehangen hatte. Der kleine braune Schreibtisch war auch weg. Mitten auf dem Fußboden stand einsam das Telefon, der Hörer lag daneben. Maria legte auf und hob noch mal ab. Immerhin gab es ein Freizeichen. Im Wohnzimmer fehlten die kleinen Goldtassen in der Vitrine, die die Schwiegermutter ihnen geschenkt hatte. Über dem Wohnzimmertisch hing eine nackte Birne an einem Kabel. Der Messingleuchter, den Maria von ihrer Großmutter geerbt hatte, war weg. Kristers Messingleuchter im Schlafzimmer hatte er schon beim Auszug mitgenommen.

Gerade als Maria die Notfallkasse kontrollieren wollte, die

sie in einer Dose ganz hinten im Schrank aufbewahrte, klingelte das Telefon.

»Artur und ich haben die Dinge geholt, die Krister zustehen. Wir sind versehentlich mit der Sackkarre gegen einen von deinen Blumentöpfen gefahren und werden ihn natürlich ersetzen.« Dann legte Gudrun Wern auf, ohne eine Antwort abzuwarten.

40

Die Schlüssel zum Hochhaus zu besorgen, in dem Per Arvidsson wohnte, war schwieriger gewesen, als Pyret gedacht hatte, aber nicht unmöglich. Der Zeitdruck und ein bekannter Name hatten verschlossene Türen geöffnet. Schritt für Schritt schleifte sie den schweren Körper über den Boden, nachdem sie ungesehen den Fahrstuhl in den sechzehnten Stock genommen hatte. In einem Haus, in dem fast nur Rentner wohnten, würde man nach Mitternacht ja wohl ungestört arbeiten können. Der einzige Mensch, den sie auf dem Weg vom Auto her getroffen hatte, war ein Penner gewesen, der in den Papierkörben am Conventum nach leeren Flaschen suchte. Natürlich bestand die Gefahr, dass man sie von den Fenstern auf der gegenüberliegenden Seite der Drottninggatan gesehen haben könnte, doch es wurden keine Lichter eingeschaltet.

Während der Planungsphase war sie auf der Dachterrasse des Hochhauses herumgegangen, die sich auf halbem Weg zum obersten Stock befand. Links auf der Terrasse lag ein verlassener Spielplatz. Eine Reifenschaukel schwang sanft im Wind. Darauf hatte sie gesessen, während sie nachdachte. Die Bewegung half den Gedanken, Form anzunehmen, lockte sie ruhig und rhythmisch heran.

Pyret verlangsamte den Schwung der Schaukel und entfaltete einen Zeitungsausschnitt, den sie in ihrer Tasche hatte. Die Hälfte der Seite nahm ein Foto der Ausfahrt Süd in Kronviken ein. Das blonde Fußballmädchen lächelte mit ihrer Zahnspange in die Kamera und zeigte auf das Ufer. Im Vordergrund Maria Wern mit ihrem langen blonden Haar, das ihr über die Schulter fiel. Sie war als Sprecherin aufgetreten, und dafür würde sie die Konsequenzen zu spüren bekommen. »Wir werden alles tun, um den Schuldigen zu finden«, versprach sie in der Bildunterschrift. Wie lächerlich. Eigentlich sollte sie Furcht verspüren, sollte merken, dass jemand sie heimlich beobachtete. Aber sie war blind und taub. Was für eine unwürdige und unaufmerksame Feindin.

Wie die Beute einer Katze war ihr Bella Svanbergs Leiche vor die Füße gelegt worden. Eine Nachricht an der Windschutzscheibe ihres Autos, ein Strauß mit Rosen an der Haustür, und sie wurde noch immer nicht von der Polizei überwacht. Sie jetzt umzubringen wäre viel zu einfach und unwürdig für jemanden, der mit einem überlegenen Intellekt und der Fähigkeit, Bilder aus dem Verborgenen zu empfangen, ausgestattet war. Das Spiel, das diese Nacht bieten würde, würde sie wachsamer machen.

Pyret hatte sich mit halb erfrorenen Fingern eine Zigarette angezündet. Neben dem Spielplatz befand sich eine Rauchklappe, eine Art Ventil, aus dem bei einem Brand im unteren Teil des Hauses der Rauch entweichen würde. Pyret bemerkte auch das Fehlen von Feuermeldern in den Fluren im oberen Teil des Hauses. Schade. Feuermelder hatten so eine schöne Wirkung.

So war sie gedankenversunken auf der Dachterrasse herumgelaufen. »But I miss you most of all, my darling, when the autumn leaves start to fall«, hatte Per ihr vorgesungen, als sie im Auto gesessen hatten. Ebenso betrügerisch wie alle anderen Männer war er zu Maria zurückgekehrt. Was er an diesem farblosen Wesen fand, konnte sie nicht begreifen.

Die emaillierte Fassade des Hochhauses glänzte grauschwarz im Mondlicht, eine Außenwand, die dazu gemacht war, die Stimmung des Himmels widerzuspiegeln. Die weißen Sternenaugen der Nacht. Den leichten Nebel. Das Mondlicht und die helle Zärtlichkeit der Sonne. Mit großer Entschlossenheit nahm Pyret den Fahrstuhl in den obersten Stock und schloss die Tür auf, die zur Treppe aufs Dach führte. Rostrote Farbe an den Wänden. Panzerglas. Stahlseile. Wen sollten die zurückhalten?

Der steife Körper, den Pyret auf ihren Armen trug, schleifte mit den Beinen über das Blechdach. Siebenundfünfzig Meter über dem Erdboden. Sie beugte sich über den Zaun, um auf die Drottninggatan hinuntersehen zu können. Ein einsamer Nachtspaziergänger. Ein paar Autos. Kein größeres Publikum – noch nicht. Später würde es Gedränge um die besten Plätze geben, Verkehrsstau und Stimmengewirr. Mit einem Bolzenschneider schnitt Pyret das Schloss zu dem Schrank auf, der die Fernbedienung für den Fassadenfahrstuhl enthielt. Quietschend fuhr der Lift auf seinen Schienen heran. Der Körper wurde in den Fahrstuhl gelegt und dann den halben Weg zur Terrasse hinuntergefiert. Das Arrangement war wirkungsvoll. Sie musste laut lachen. Ein Gefühl der Fröhlichkeit, ja des Glücks erfüllte sie, und sie musste sich zusammenreißen, um nicht die Konzentration vor der letzten entscheidenden Herausforderung zu verlieren.

Der nächste Schritt war, sich in den Lüftungsraum zu begeben. Ein Sack mit brennbarem Material, Benzin und Feuerzeug war alles, was man brauchte, um das Schauspiel der Nacht zu vollenden und wieder den Raum auf den Aushängern der Abendzeitungen einzunehmen und die Möchtegernwelt der Dokusoaps zu verdrängen, die aus jedem Dreck Helden machten. Wo war der Mut? Die Kraft? Die Zähigkeit? Alles das, was einen echten Helden ausmachte und was diesen Fernsehluschen fehlte. Wo waren die realen Menschen in den Medien? Die täglich die Gespenster von gestern überwanden, die Schlangen und Drachen des Entsetzens, die dafür stritten, leben zu dürfen, obwohl das Leben sie niemals willkommen geheißen hatte.

Pyret öffnete die Klappe zum Geräteschrank und machte die Rauchmelder unschädlich. Schon bald würde die Hitze das Blech der mit einer Feder gesicherten Klappen zu jeder Etage schmelzen lassen. Die kleine gelbe Zunge des Feuerzeugs leckte über das Baumwollzeug und flammte auf. Sie sorgte dafür, dass sich das Feuer des Geräteschrankes richtig ausbreitete. Im besten Fall würde es eine dramatische Staubexplosion im Lüftungssystem geben. Jede Wohnung würde sich innerhalb weniger Minuten mit Rauch und erstickenden

Ammoniakwolken füllen. Was für eine Dramatik! Was für ein Inferno! Die Menschen würden blind werden wie frisch geborene Katzenjunge, wenn sich ihre Augenlider im Krampf verschlossen. Bei einer solchen Regie konnte man nicht anders als zufrieden sein.

Pyret lief zum Fahrstuhl. Runter ins Erdgeschoss und dann auf die Straße hinaus. Sie umrundete das Haus und verschwand dann in der Dunkelheit. Eine große Müdigkeit überkam sie, als sie in ihr geparktes Auto kroch. Der Körper war schwer, das Gefühl totaler Erschöpfung und Befriedigung ließ ihre Wachsamkeit erlahmen. Sie rollte sich vor dem Lenkrad zusammen und holte sich die Decke vom Rücksitz. Nur kurz ausruhen, dann würde sie hinausgehen und das Hochhaus brennen sehen.

41

Per Arvidsson saß auf dem unbequem niedrigen Sofa im Wohnzimmer seiner Eltern und starrte auf die Tapete im Fischgrätmuster. Er dachte an Felicia. In Gedanken würde er sie immer Felicia nennen. Den Namen Rebecka hatten die Medien bereits verbraucht und beschmutzt. Es war schwer, sich aus dem Zustand der Kraftlosigkeit zu befreien, in dem er sich befand.

Gerade als er sich eine Tasse Espresso gemacht und den Fernseher eingeschaltet hatte, erreichte ihn die Nachricht vom Brand im Hochhaus. Die erste Nachrichtensendung des Tages hatte keinen Raum für andere Berichte gehabt. Die Aufregung war groß. Bilder von in Decken gehüllten alten Menschen, Polizisten und Feuerwehrleuten flimmerten auf dem Bildschirm vorbei. Das Gesicht von Lena Ohlsson an der Absperrung. Der Fassadenaufzug mit einem Menschen in Not, der über dem Geländer hing, wurde herangezoomt. Und dann wieder der Reporter am Mikrofon und der Rettungsleiter für einen Kommentar.

»Heute Nacht um 03.18 Uhr erhielt die Notrufzentrale in Örebro einen Anruf von einem Mieter des Hochhauses. Rauch würde durch die Lüftung eindringen und sich in der

Wohnung ausbreiten. Was können Sie über die Ursache des Brandes sagen?«

»Man hat feststellen können, dass der Brand in einem Lüftungsraum auf dem Dach des Hauses ausgebrochen ist. Die Brandklappen, die sich im Falle eines Feuers schließen sollen, waren außer Funktion gesetzt. Da es in jeder Wohnung einen Unterdruck gibt, ist der Rauch in die Wohnungen gesogen worden. Bei einem Feuer fungiert jede Wohnung als eine Art Brandzelle. Sie können einem Feuer ungefähr dreißig Minuten lang widerstehen. Doch wenn ein Brand im Lüftungsraum ausbricht, dann ist der Feuerplan außer Funktion gesetzt. Das darf nicht passieren. Der untere Teil mit dem Warenhaus und der Garage verfügt über einen Feuermelder und ein Sprinklersystem, doch das trifft nicht auf die Wohnungen zu.«

»Sie sagen, dass so etwas nicht passieren darf. Aber offensichtlich ist genau das in dieser Nacht geschehen. Wer ist verantwortlich für den Brandschutz? Gibt es einen Hinweis auf Brandstiftung?«

»Das werden die Ermittlungen zeigen.«

»Gibt es einen Verdacht, dass es sich um denselben Täter handeln könnte wie bei den anderen Bränden?« Das Mikrofon des Reporters wurde dem Polizeisprecher unter die Nase gehalten.

»Darüber können wir derzeit noch nichts sagen.«

»Die Polizei sucht aber immer noch nach der falschen Ärztin Rebecka Moberg.«

»Ja, es ist uns an Hinweisen aus der Bevölkerung gelegen, die unsere Ermittlungsarbeiten erleichtern können.«

»Es scheint ein Mensch im Fahrstuhl an der Fassade des Hochhauses zu hängen. Sieht aus wie eine Frau. In welchem Zustand befindet sie sich? Lebt sie überhaupt noch?«

»Bitte nehmen Sie von dieser Frage vorerst Abstand.« Der Sprecher zeigte mit einer Geste, dass er derzeit auf keine weiteren Fragen mehr antworten würde.

Arvidsson schaltete den Fernseher aus und blieb dann am Fenster stehen, wo er ohnmächtig ins Nichts starrte. Der Raureif auf der asphaltierten Straße glitzerte im Licht der Laterne und funkelte in den langen, durchsichtigen Grashalmen der

Wiese. Noch ein Menschenopfer, makaber in einem Fassadenfahrstuhl platziert. Sollte denn der Albtraum niemals ein Ende haben?

Er konnte die Vorstellung, das Bett mit einer Frau geteilt zu haben, die zu solchen Taten fähig war, unmöglich akzeptieren. Vor seinem inneren Auge sah er sie wie ein Kind zusammengerollt und mit der Decke bis unter die Nase gezogen schlafen. Sollte all das, was sich auf dem Fernsehbildschirm vor ihm abspielte, von Felicia begangen worden sein? Die Erinnerung an den leblosen Körper von Bella Svanberg verursachte ihm Übelkeit. Und doch hatte er keine andere Wahl, er musste an sie als seine Felicia denken. Im Traum konnte er sich vorbehaltlos hingeben, im Wachzustand wehrte er sich. Felicia, was hast du getan? Kann man von der Arbeit in der Krankenpflege so verhärtet werden, dass ein Menschenleben mehr oder weniger keine Rolle mehr spielt? Was geschieht mit einem Menschen, der die ganze Zeit seine Gefühle abschalten muss, um effektiv arbeiten zu können? Kann man den Zustand kühler Objektivität auch in anderen Situationen hervorrufen? Er wusste es nicht.

Per Arvidsson nahm sich zusammen und wählte die Nummer seiner Kollegin Lena Ohlsson. Bestimmt hatte sie auch für den Kontakt mit ihm einen Maulkorb angelegt bekommen. Aber es war einen Versuch wert.

»Polizeiinspektorin Lena Ohlsson.« Er mochte ihre Telefonstimme. Sie schien nicht erstaunt darüber, dass er anrief. »Ich habe mir schon gedacht, dass du es bist.«

»Ich habe gerade von dem Brand gehört. Die Frau im Fassadenaufzug, ist sie das nächste Opfer? Ist sie tot?«, fragte er. Ein seltsam schnaufendes Geräusch am anderen Ende drang in sein Ohr. »Weißt du was davon? Was ist denn, Lena, weinst du? Oder lachst du?« Er merkte, wie er wütend wurde. »Jetzt antworte mir doch, zum Teufel! Ich muss es wissen!«

»Erinnerst du dich, dass wir an deinem letzten Arbeitstag eine Anzeige wegen Diebstahls einer Schaufensterpuppe reingekriegt haben?«

»Was hat das denn mit der Sache zu tun? Begreifst du denn nicht, was ich hier durchmache? Begreifst du nicht, wie sich das anfühlt, von der Arbeit ausgeschlossen zu sein? Nichts zu hören?«

»Entschuldige, Per. Die Frau im Fassadenaufzug ist eine Schaufensterpuppe mit Polizeiuniform und blonder Perücke. Jemand hat sich einen Scherz mit uns erlaubt. Die Medien haben die Information inzwischen auch erhalten, sie werden sie in der nächsten Sendung bringen.«

»Gibt es einen Beweis dafür, dass Felicia die Täterin war? Oder besser gesagt, spricht irgendetwas dafür, dass sie es nicht war?« Er schloss die Augen und wartete auf die Antwort.

»Du weißt, dass ich keine Informationen an dich weitergeben darf …«

»Ich bitte dich, Lena. Ich werde dein Vertrauen nicht missbrauchen. Gibt es wieder eine Botschaft, eine Tarotkarte wie bei den anderen Bränden?«

»Ja. Aber das habe ich dir nicht gesagt, sondern du hast es selbst erraten.« Ihre Stimme hatte wieder ihren dunklen, ernsten Klang angenommen.

»Was will der Mörder uns mit den Karten sagen? Was meinst du, Lena? Ich habe mir mittlerweile ein Tarotspiel gekauft. Ist es irgendeine zufällige Karte, oder haben sie immer eine Bedeutung? Wenn ich dir verspreche, dass niemand je erfahren wird, dass du mir was gesagt hast, kannst du mir dann einen kleinen Wink geben, welche Karte es war?«

»Okay, aber du weißt, was ich für dich aufs Spiel setze. Wenn irgendjemand merkt, dass ich geplaudert habe …«

»Ich würde dich nie in diese Situation versetzen.«

»Es war ein Hierophant. Der soll Güte, Gnade und geistiges Erwachen symbolisieren, manchmal auch Rastlosigkeit, sagt Stensson, der alles gelesen hat, was es in der Bibliothek zum Thema Tarot gibt. Gegen seinen erklärten Willen und seine Überzeugung, sollte ich hinzufügen. Es macht ihm nicht gerade Spaß, Geister und Schattenwesen zu befragen.«

»Eine Schaufensterpuppe anstelle eines Menschenkörpers. Vielleicht eine Warnung? Wen würde sie warnen wollen? In Frank Leanders Brieftasche hat man zwei Tarotkarten gefunden, die für Gerechtigkeit und für Tod stehen. Eine klare Botschaft, aber dann wird es schon schwieriger. Bella Svanberg hatte eine Karte im Mund, den Mond. Erinnerst du dich noch, was der Mond bedeutet?« Per hielt die Karte hoch und studierte den blassgelben Mond. Wie ein Teil der Sonne wirft er sein Licht über Wasser und heulende Wölfe, oder handelte es sich um Hunde?

»Gefahr, Verleumdung und Enttäuschung, unbekannte Feinde. Das Medium, mit dem Stensson in Kontakt war, hat gesagt, die Karte, die wir gefunden haben, gehört zur großen Arkana, es ist eine Art Trumpfkarte. Der Weg des Menschen von Unwissenheit zu Erleuchtung. Die zweiundzwanzig Karten der großen Arkana deuten auf Kontrolle und Selbstbeherrschung hin. Die Karten der kleinen Arkana sind in vier Farben eingeteilt, wie die üblichen Spielkarten. Kelche, Stäbe, Schwerter und Münzen. Stensson glaubt, dass sie, indem sie die große Arkana verwendet, zeigen will, dass sie alles unter Kontrolle hat. Vielleicht meint sie, ein Gottwesen zu sein mit der Kraft, das Leben der Menschen und den Gang der Erde zu lenken. Sie hat ihren eigenen unbegreiflichen Moralkodex. Und du hast keine Ahnung, wo Rebecka sich jetzt befinden könnte? Ich weiß, dass Maria Wern in Kontakt mit ihrem Mann war.«

»Mit ihrem Mann? Sie hat nie von sich selbst gesprochen, niemals von ihrer Familie. Jetzt im Nachhinein denke ich mir, ich hätte kapieren müssen, dass irgendetwas nicht gestimmt hat. Aber ich Idiot habe nur von mir selbst geredet, und sie war gut im Zuhören.«

»Auf dem Papier sind sie immer noch verheiratet, aber sie haben schon einige Jahre nicht zusammengelebt. Sie hat eine kleine Tochter verloren, Agnes, im Alter von vier Jahren.« Lena senkte ihre Stimme zu einem Flüstern. »Und sie hat einen jüngeren Bruder, wusstest du das? Er sitzt im Rollstuhl.«

»Jetzt, wo du es sagst, erinnere ich mich, dass sie einen Bruder erwähnt hat. Wie heißt er denn? Ich komme nicht mehr ins Melderegister. Bitte, Lena. Ich mache keine Dummheiten, aber vielleicht kann ich sie finden. Vielleicht kann ich verhindern, dass sie noch mehr Schaden anrichtet.«

»Der Bruder heißt Hampus Eriksson. Versprich mir, dass du vorsichtig bist, Per.«

»Versprochen. Danke. Wie gut, dass das mit den Tarotkarten noch nicht an die Medien durchgesickert ist. Die würden sich die Mäuler über die Polizei zerreißen – Kriminalpolizei beschäftigt sich mit Tarotkarten!«

»Ach was, es gibt andere Polizeidistrikte, die durchaus mediale Fähigkeiten nutzen. Übrigens, da fällt mir noch etwas ein. Gunilla am Empfang hat am Tag nach dem Brand im Krankenhaus eine Tarotkarte in einem braunen Umschlag bekommen. Auf dem Umschlag stand nur *Polizeirevier Örebro,* keine Anschrift, keine Nachricht. Auf der Karte war ein Turm, der vom Blitz getroffen wird und brennt. Die Menschen werfen sich aus den Fenstern. Rauch und Feuer. Gunilla meinte damals, das sei nichts als ein übler Scherz gewesen.«

»Verdammt! Ich habe ihr gesagt, sie soll die Karte irgendwo archivieren, und dann habe ich sie völlig vergessen.«

»Gunilla hat sich aber daran erinnert. Die Technik hat sie inzwischen geprüft, aber nichts gefunden, keine Fingerabdrücke, überhaupt nichts. Der Absender war unglaublich sorgfältig. Eine lebensgefährliche Kombination aus Intelligenz und Verwirrung, wenn du mich fragst. Und wie geht es dir, Per? Wie läuft es so?« Die Wärme in ihrer Stimme ließ seinen Gefühlen freien Lauf. Er war froh, dass sie sein Gesicht nicht sehen konnte.

»Ich bin wütend auf sie, und ich liebe sie. Was am meisten wehtut, sind die Lügen. Wenn sie mir nur vertraut hätte, dann hätte ich alles für sie gemacht. Es muss einen Grund für das geben, was sie getan hat. Ich kann nicht glauben, dass sie völlig verrückt ist, das hätte ich doch merken müssen.«

»So nach und nach kommt die Wahrheit ans Licht. Frank Leander scheint doch nicht der beste Mensch der Welt gewesen zu sein, auch wenn er zunächst den Eindruck machte. Das Aushängeschild der Medien zu sein kann auch eine Strafe bedeuten. Ich möchte sagen, die härteste unserer Zeit. Da haben sie ja sogar im Knast noch mehr Feingefühl.«

Als Per den Hörer aufgelegt hatte, ging er in den Heizungskeller hinunter und ging weiter die Tageszeitungen durch. Stapel um Stapel alter Zeitungen und Zeitschriften waren an der Wand entlang neben der Heizung aufgetürmt. Das Wort Feuergefahr schien in Folkes Gedankenwelt nicht sonderlich lebendig gewesen zu sein. Per erinnerte sich nur vage an den Bericht über das kleine Mädchen, das in einen Wasserschacht gefallen war. Hartman war damals im Dienst gewesen. Er selbst hatte Urlaub gehabt. Warum hatte Felicia ihm das nicht gleich erzählt? Warum? Kann die Sehnsucht danach, ein neues Leben zu beginnen, so stark sein, dass man nicht einmal an das Kind rühren will, das man einmal geboren hat? Und was hatte sie dazu gebracht, so Hals über Kopf ihren Mann zu verlassen? Seine Trauer war doch sicher ebenso groß wie ihre.

Fast ganz unten im Stapel war ein Artikel. Ein unscharfes Zeitungsbild von Felicia und ihrem Mann. Per betrachtete ihr geliebtes Gesicht und fühlte die Sehnsucht. Das Foto war wie ein Schlüsselloch in vergangene Zeiten. Der Mann hielt den Arm um sie. Sie trug eine dunkle Sonnenbrille und einen Schal um den Kopf. Im Hintergrund die Notaufnahme des Krankenhauses. Lass die Kamera! Ich will nicht fotografiert werden! Ich sehe auf Bildern schrecklich aus. Sicherlich war ihr nicht bewusst, dass dieses Bild gemacht worden war.

Mitten in diesen Gedanken klingelte das Telefon. Es war Pernilla.

»Da bist du also! Begreifst du nicht, dass ich mir Sorgen mache, wenn du einfach verschwindest? Es brennt in deinem Haus! Ich habe gedacht, du bist da drin.« Pernillas Stimme brach. Er hörte, dass sie weinte. Schniefte und schluchzte.

Er war verärgert. »Ich habe doch Svenne gesagt, er soll dir Grüße ausrichten. Ich bin in Kronviken.«

»Mit dem Idioten rede ich nicht mehr. Er wohnt bei einem Kumpel in der Stadt. Er hat mir vorgeschlagen, ich solle eine Therapie machen. Ich! Dabei ist er es, verdammt noch mal, der ein Problem hat. Und wer gießt deine Blumen und sieht nach der Post?«

Per ging zum Fenster und sah auf den übervollen Briefkasten, an den er seine Post nachsenden ließ.

»Das ist mir egal.«

42 Das Gespräch mit Lena ließ ihm keine Ruhe. Warum eine Schaufensterpuppe in Polizeiuniform? Wozu dieses ganze Theater? Sollte es eine Warnung sein? Eine Schaufensterpuppe in blonder Perücke und Polizeiuniform. Je mehr er darüber nachdachte, dass die Drohung Maria gelten könnte, desto wahrscheinlicher erschien es ihm. Erst war es nur ein flüchtiger Gedanke, dann eine immer deutlichere Warnung. Maria war in den Medien das Gesicht der Polizei in Kronviken gewesen. Eine klare Widersacherin. Natürlich bestand die Gefahr, dass Maria ihn für überspannt halten würde, wenn er ihr seine Überlegungen offenbarte, aber er musste mit ihr darüber reden. Er versuchte, sie per Telefon zu erreichen, aber sie saß in einer Konferenz. Er hinterließ seine Handynummer und bat sie, ihn so schnell wie möglich anzurufen.

Dann blieb er am Küchentisch sitzen. Eingeschlossen zwischen Erinnerungen, die die Gerüche seiner Kindheit auslösten. Er saß immer noch am selben Platz am Tisch wie damals als kleiner Junge. Zwei Stühle waren leer. Das Radio auf der Spüle plapperte vor sich hin. Das knarrende Geräusch des Holzbodens im Flur, das noch genauso klang wie damals. Er erinnerte sich, wie er manchmal spät nach Hause gekommen war und versuchte hatte, das Knarren der Dielen zu vermeiden. Britts erschrockene Gestalt, wenn er falsch aufgetreten war. »Weißt du, wie spät es ist? Wo warst du? Kannst du dir nicht denken, dass wir uns Sorgen machen?« Und seine Antwort: »Aber Mama, ich bin doch neunzehn Jahre alt!« Wieder Britts Stimme: »Dein Vater und ich haben deinetwegen die ganze Nacht wach gelegen.« In diesem Moment wünschte er sich seine Mutter zurück, ihre Wärme und Fürsorge. Am Vormittag hatte er sie im Altersheim besucht und eine Tüte Wäsche mit nach Hause bekommen, die Anweisung, eine neue Zahnbürste zu kaufen und Geld für einen Friseurbesuch mitzubringen. Das hatte Folke früher alles erledigt. Man rechnete auf die Beteiligung der Angehörigen.

Die Gegenstände und Fotos im Bücherregal wurden mit jedem Tag verstaubter. Die Kupfertöpfe auf dem Regal im Flur, die sie jedes Jahr zu Weihnachten geputzt hatte, würden nie mehr glänzen. Die Dinge in seinem Elternhaus brachten seine Erinnerungen ans Licht. Der geblümte Überwurf im Schlafzimmer der Eltern war so intim mit dem Gefühl von Sicherheit und Zugehörigkeit verknüpft. Im Handarbeitsunterricht in der Schule hatten sie ihn immer geneckt, weil er stets geblümte Stoffe auswählte. Die Stimmen von damals kamen und gingen. »Vielleicht solltest du dir mal einen geblümten Rock nähen, Per!« Die Stimmen hallten zwischen den Wänden wider und in der Leere, die er in seinem Innern trug. Er musste raus und unter Leute, ehe er völlig verrückt wurde.

Immer noch kein Anruf von Maria. Wurde er jetzt wahnsinnig? Bildete er sich Sachen ein? Das, was ihm eben noch wichtig und dringend vorgekommen war, löste sich in eine unhaltbare Chimäre auf. Du bist in Gefahr, Maria. Der große, starke Arvidsson wird dich beschützen. Bei näherer Betrachtung schien das ein Fall von Wunschdenken zu sein. Er schämte sich. Was würde er jetzt sagen, wenn sie anrief? Er wusste es nicht. Die Mutlosigkeit, die daher rührte, dass er nicht mehr im Dienst war, hatte ihn bisher davon abgehalten, Felicias Bruder, Hampus Eriksson, aufzusuchen. Aber irgendetwas musste er schließlich tun, wenn er nicht den Verstand verlieren wollte.

Per Arvidsson parkte vor dem Lebensmittelladen in Björkavi und ging zu Fuß zu den Mietshäusern hinüber. Hampus Eriksson wohnte in der Storgatan 37, Erdgeschoss. Die Tür wurde von einem Teenagermädchen, das am Handy hing, geöffnet. Sie trug das Haar in Rastazöpfen, hatte eine große Perle in der Nase, und ihr kurzes Oberteil gab einen Blick auf ihren nackten Bauch frei. Er stellte sich vor.

»Ich möchte zu Hampus Eriksson.«

»Was?«

»Ist dein Vater da?«

»Was? Welcher Vater? Ich arbeite hier als persönliche Assistentin von Hampus.« Das junge Mädchen lachte laut und entblößte dabei eine Zahnspange. »Hampus! Du hast Besuch. Schon wieder!«

Zu Per gewandt sagte sie: »Wenn Sie Versicherungen verkaufen, dann wird er scheißwütend.«

»Gabriella gehört zu meinen ständigen ... Gesellschaftsdamen ... Derzeit habe ich acht Stück davon ...« Hampus Eriksson rollte heran und grüßte mit einer leichten Kopfbewegung. Seine Stimme war sehr schwach und ertrank fast in dem elektrischen Surren des Rollstuhls und den zischenden Schläuchen des Beatmungsgerätes. Er sprach in kurzen Sätzen, so lange, wie die Luft reichte. »Sind Sie von der Polizei ... oder von der Einheit für Hirnschäden ...? Man kriegt nicht mehr sonderlich viel Besuch ... Das Interesse der Leute an einem schläft ein ... wenn sie keinen Nutzen mehr von einem haben ... Aber ich sollte nicht klagen ... Ich habe Gesellschaftsdamen bekommen ... als Kompensation. Die tun alles für mich ... was die Sozialstation für notwendig erachtet ... Was wollen Sie?«

»Ich will über Rebecka reden. Ihre Schwester und ich, wir kannten uns.«

»Ach, mein Gott ... Sagen Sie nichts ... Ich verstehe ... dann sind Sie Per? Natürlich wollen Sie wissen, wo sie ist ... Wissen Sie, wie viele schon diese Frage gestellt haben ...? Plötzlich bin ich einen Besuch wert ... genauer gesagt, einen ganzen Aufmarsch ...«

Hampus Eriksson wurde von einem Hustenanfall überwältigt, der ihn fast erstickte. Der ganze Körper zuckte. Das Gesicht wurde hochrot. Die Assistentin schloss routiniert den Schleimabsauger an, öffnete das Ventil und ließ den Schlauch mit einem schlürfenden Geräusch in Hampus' Kehle gleiten.

»Ich glaube, ich brauche einen Whisky«, sagte er, als er wieder Herr über seine Atmung war. Das Mädchen schüttelte den Kopf und machte eine abwehrende Geste in Richtung Arvidsson. »Steht im Schrank über dem Bett«, fuhr Hampus Eriksson fort. »Sie sehen aus, als könnten Sie einen gebrauchen ... Gabriella ist ja der Meinung, man solle im Dienst nicht trinken ... also zwei Gläser ... meins halbvoll ... stelle es bitte mit einem Strohhalm auf den Tisch ... dann kann ich es allein ... Und einen kleinen Schluck kaltes Wasser ... einen kleinen, hab ich gesagt. Gabriella, kannst du uns bitte allein lassen …? Damit wir von Mann zu Mann reden können.«

Arvidsson sah sie mit zögerlichen Schritten in die Küche gehen. Hampus Eriksson machte eine halbe Drehung mit seinem Rollstuhl, um kontrollieren zu können, ob sie auch die Tür hinter sich schloss.

»Gibt keinen Verbrecher … im ganzen Land, der so gut bewacht ist wie ich … Alles wird dokumentiert … überall sind Listen … hier steht, wie ich geschlafen habe und was ich gegessen habe … ob ich auf der rechten Seite gelegen habe … oder auf der linken … und ob ich einen roten Hintern habe … Meine Frau hat mich verlassen … vor drei Jahren … Ich mache ihr keinen Vorwurf … es ist schwer, die Liebe lebendig zu halten … schon in ganz normalen Beziehungen … Stellen Sie sich mal vor, was für ein Gefühl das ist … alles in der Gegenwart eines Zeugen zu tun. Alles! Ständig fremde Menschen im Haus zu haben … die sich in das Privateste … und Intimste einmischen … Prost, Per!«

»Prost.« Per sah sich nach einem Stuhl um. Es gab einen Sessel, aber der war mit Windeln, Unterlagen und Decken bedeckt. Er setzte sich auf die Bettkante. Hampus Eriksson betrachtete ihn eine Weile schweigend.

»Hat Rebecka Ihnen von Jan … ihrem Mann erzählt?«

»Nein, nicht viel. Nicht einmal, dass sie verheiratet war. Wenn ich richtig informiert bin, sind sie immer noch verheiratet.« Per hatte in den letzten Tagen versucht, seine Bitterkeit beiseite zu schieben. Es ärgerte ihn, dass sie so leicht zu wecken war.

»Er hat sie misshandelt … Nichts, was man beweisen könnte … Nichts, was vor Gericht Bestand hätte … Aber wenn ich Kraft in meinem Körper hätte … hätte ich ihn persönlich zur Hölle geschickt … wo er hingehört.« Hampus Erikssons Gesicht zog sich zusammen, und eine kräftige Rötung breitete sich vom Hals über Wangen und Stirn aus. Per befürchtete einen neuen Hustenanfall, aber die Röte klang wieder ab.

»Was meinen Sie?«

»Er hat sie auf allen Ebenen gebrochen … Rebecka durfte

nichts mit ihren Freunden unternehmen … nicht mit mir reden … Er folgte ihr überallhin … bedrohte und schlug sie … Nach dem Tod von Agnes wurde Rebecka apathisch … Ich habe mich an die Psychiatrie gewendet … Es hat ihr das Leben gerettet, dass sie eingeliefert wurde … aber ihre Glaubwürdigkeit als Ärztin beschädigt … Ich habe sie im Krankenhaus besucht … am Tag bevor sie sich entschloss, zu verschwinden … Klar, Sie müssen wissen … ich habe sie mit meinen Gesellschaftsdamen aufgesucht … im Rollstuhl, mit Sauerstoffflasche, Beatmungsgerät und allem Drum und Dran … Ich habe darum gebeten, eine Minute mit ihr allein sein zu dürfen … War gar nicht so einfach … ich musste viereinhalb Stunden an Organisation aufbringen … aber es war notwendig … danach habe ich fast einen Tag geschlafen.«

»Warum hat sie mir nichts erzählt? Sie hat nichts von dem Leben gesagt, das sie früher gelebt hat. Sie wusste, dass ich alles für sie getan hätte.«

»Konnte sie das wissen? Sie sind Polizist … sie wollte Ihr Leben nicht zerstören … ich habe ihr zu einer neuen Identität verholfen … Mir ist es nämlich egal, ob ich in diesem Gefängnis sitze … oder in irgendeinem anderen … Ich habe alle Zeit der Welt … Im Internet kann man zum richtigen Preis fast alles kaufen … Zeugnisse, Zulassungen, Pässe …«

»Warum hat sie ihren Mann nicht angezeigt? Sie hätte doch eine geschützte Identität bekommen können.«

»Glauben Sie das wirklich? Jan ist ein hochgebildeter Mann … Er hat keinerlei Vorstrafen … er hat niemals irgendwelche Spuren an ihrem Körper hinterlassen … Wer ein krankhaftes Bedürfnis nach Kontrolle … über einen anderen Menschen hat … der gibt nicht auf … Beruflich erstellt Jan Moberg Datenbanken … so ein Pech, was? Wie lange, glauben Sie, … würde er brauchen, um sie in ihrem Versteck zu finden? Nein, das hier mussten wir allein regeln.«

»Warum hat sie Frank Leander getötet?«

»Frank Leander? Rebecka ist unschuldig … ich dachte, das wüssten Sie … Wohl hat Frank verdient … dass die wahren Hintergründe seiner Forschung ans Tageslicht kommen … und dass er seine Aufträge loswurde … aber nicht den Tod …

Rebecka hat einen Aufsatz geschrieben ... in dem sie seine Forschungsethik infrage gestellt hat ... Sie hat mit den Leuten vom Sozialdienst in dem Ort geredet ... wo er 1966 bis 1972 gearbeitet hat ... Sie wollte rausfinden, was da passiert ist ... mit den werdenden Müttern ... die in seiner Studie vorkamen ... Es war schwer für sie ... ihr Vertrauen zu gewinnen ... und sie zur Zusammenarbeit zu bewegen ... aber sie hat es geschafft ... In ihrem Aufsatz weist sie nach ... dass den werdenden Müttern aus der Studie ... von den Sozialbehörden weder Entzug ... noch irgendwelche andere Hilfe gewährt wurde ... Frank hörte auf Umwegen ... von Rebeckas Befragungen.«

»Ich hatte den Eindruck, dass Rebecka Frank hasste«, warf Arvidsson ein. Das Bild, wie sie die Zeitungsseite mit seinem Bild verbrannt hatte, stand deutlich vor seinem inneren Auge.

»Zu Recht ... Er hat sie bei der Arbeit verfolgt ... und nach vielen Intrigen und Kontakten mit Kollegen ist es ihm gelungen ... sie in ihrer Ausübung der ärztlichen Profession als unzureichend abzustempeln ... Es ist nicht so leicht, eine ärztliche Zulassung zurückzunehmen ... aber es ist ihm gelungen ... Eine Hand wäscht die andere, nehme ich an ... Das Zusammenleben mit Jan ... machte sie unkonzentriert und nachlässig ... in ihrer Arbeit ... Sie machte Fehler ... und als sie dann in der Psychiatrie landete ... war das noch Wasser auf die Mühlen von Frank ... Er drohte sogar damit ... sich in einem Sorgerechtsstreit ... als Gutachter auf Jans Seite zu stellen ... wenn sie das Thema ihres Aufsatzes nicht änderte.«

»Was für ein Schwein! Wenn ich das gewusst hätte! Wenn ich sie nur daran hätte hindern können, ihr Leben so zu zerstören, dann hätte es eine Chance für sie gegeben. Wo ist sie jetzt?« Per wagte nicht, auf eine Antwort zu hoffen, stellte die Frage aber dennoch.

»Was wollen Sie von ihr?« Hampus Eriksson sah plötzlich sehr müde aus. Das Gespräch hatte offensichtlich mehr Kraft gekostet, als er zeigen wollte.

»Sie umarmen, sie schützen. Dafür sorgen, dass sie Hilfe bekommt.« Per merkte, dass er fror, obwohl die Heizung in dem kleinen, geschlossenen Raum vor Hitze dampfte. Eigentlich wusste er es nicht. Aber die Sehnsucht war stärker als die Vernunft.

»Ich weiß, dass sie Ihnen vertraut hat ... mehr als irgendjemandem sonst ... Sie hat Schutz bei diesem Finanztypen gesucht. Fernström ... Er hat sie auf seine Weise ausgenutzt ... Ich habe versucht ihr zu vermitteln ..., dass sie auf eigenen Beinen stehen kann ... Aber nach Agnes' Tod ist sie in einen Zustand geraten ... in dem es ihr vollkommen egal war ... was mit ihr selbst passierte und ... mit dem Rest ihres Lebens ... Wenn sie nicht solche Angst vorm Sterben hätte ... hätte sie sich schon längst das Leben genommen ... Ich weiß, dass die Begegnung mit Ihnen ... sie umdenken ließ.«

Hampus Eriksson führte die Hand an den Fahrknüppel, rollte zum Computer und lehnte sich vor, während er mit einem Stift im Mund sein Passwort eintippte. »Im besten Fall weiß Eva Bäckström ... ihre beste Freundin ... wo sie ist ... vielleicht. Ich bin mir nicht sicher, ob sie mehr weiß als ich ... Haben Sie Papier und Stift? ... Dann können Sie die Adresse hier abschreiben.«

43

Eva Bäckström besaß einen kleinen Friseursalon ohne Angestellte am Stadtrand. *Vorbestellung und Drop-in* stand auf einem handgeschriebenen Zettel, der an der Innenseite der Glastür befestigt war. Per Arvidsson ließ sich am Zeitschriftenregal nieder und wartete, bis er dran war. Der Arbeitstag ging seinem Ende zu. Zurzeit war ein Mann mit schütterem Haar unter der Schere, der sich über die hohen Steuern und das schwedische Sozialsystem beschwerte, das für die Leute sei, die keinen Handschlag tun wollten. »Wohin ist Schweden unterwegs?« Neben ihm saß eine Frau unbestimmbaren Alters unter einer schwarzen Plastikhaube, die über die finanzielle Situation in der Pflege klagte. Eva bewegte sich mit Eleganz zwischen den beiden Lagern.

Per schlug die Tageszeitung auf und las die Schlagzeilen. Der Hochhausbrand hatte schnell den neuesten Enthüllungen aus der Welt der Fernsehsoaps Platz machen müssen. Der

Mann mit dem schütteren Haar zahlte, machte einen neuen Termin aus und entfernte sich mit einem langen Blick auf die Plastikhaube, die wenig später ebenfalls verschwand.

»So, dann sind Sie an der Reihe.« Eva warf ihm den Umhang um die Schultern und fuhr mit der Hand durch sein Nackenhaar. »Wie hätten Sie es denn gern?«

»Kürzer. Machen Sie, was Sie wollen. Sie sind mir von Hampus Eriksson empfohlen worden.«

»Sind Sie Freunde? Geht es ihm schlechter?«

»Nein, das glaube ich nicht. Er hat mir Ihre Adresse eigentlich aus einem anderen Grund gegeben«, sagte Per.

Eva sah sich eilig um und legte dann die Schere weg. »Was meinen Sie damit?«

»Er sagte, Sie wüssten vielleicht, wo Rebecka ist.«

»Einen Moment.« Eva schloss die Ladentür und ließ die Jalousie herunter. »Das, was über sie in den Zeitungen steht, ist eine reine Lüge.« Per nahm den Umhang ab und folgte ihr hinter den Vorhang in die kleine Küche. »Setzen Sie sich. Wie heißen Sie noch?«

»Per Arvidsson. Rebecka und ich waren zusammen. Sie können sicher verstehen, dass ich mir einige Fragen stelle.«

Eva setzte sich ebenfalls und musterte ihn, während sie den Kittel abnahm und ihn über den Stuhl hängte.

»Rebecka hat das Hochhaus nicht angezündet. Woher haben die Zeitungen das nur alles? Sie war die ganze Zeit bei mir, in meinem Keller. Und wenn sie imstande wäre, irgendjemanden zu erstechen, dann hätte sie das schon längst mit ihrem Mann gemacht. Ich kenne Rebecka mein ganzes Leben lang. Sie war das nicht. Warum sollte sie Frank Leander umbringen? Sie waren Arbeitskollegen. Er war ein Scheißkerl, und sie kamen nicht gut miteinander aus, aber bis zu einem Mord ist es ein weiter Weg. Die Polizei sucht nach der falschen Person. Glauben Sie mir! Ihr einziges Vergehen ist, dass sie als Ärztin gearbeitet hat, obwohl ihre Zulassung eingezogen war. Aber irgendwie musste sie sich schließlich versorgen. Rebecka ist keine Mörderin.«

»Ist sie jetzt hier?« Der Gedanke, dass sie vielleicht in der Nähe war, machte ihn völlig matt.

»Nein, sie ist nicht hier. Das war ihr nicht mehr sicher genug. Wir haben über die Brände gesprochen und warum man ihr die Schuld zugeschoben hat. Ich fand, sie solle Kontakt mit der Polizei aufnehmen und die Wahrheit sagen. Aber sie traute sich nicht, denn sie hatte Angst davor, dass sie Jan wieder in die Hände fallen könne. Sie meinte, dass es jemand von der Polizei gewesen sein muss, der die Dinge in ihrer Wohnung platziert hat, die Benzinkanister und die Lappen, ohne Fingerabdrücke zu hinterlassen. Wie sollten sonst Gegenstände, die Frank Leander und Bella Svanberg gehört haben, dorthin kommen? Sie war es nicht! Ich sehe, dass Sie mir nicht glauben.«

»Ich weiß nicht, was ich glauben soll. Rebecka hat nicht immer die Wahrheit gesagt.«

»Sie hat gelogen, wenn sie dazu gezwungen war. Um ihr Leben zu retten, als sie vor ihrem Mann fliehen musste. Haben Sie eigentlich mit ihm gesprochen? Wie fanden Sie ihn? Er hat natürlich eine neue Freundin, die er jetzt bewacht. Davon hat er wahrscheinlich nichts gesagt, nicht wahr? Wenn man einen Friseursalon hat, dann erfährt man das meiste, was im Ort so los ist. Ich habe das arme Mädchen gewarnt, aber sie ist völlig blind vor Verliebtheit.«

»Hampus wäre Ihrer Meinung.«

»Ja, aber nichts davon lässt sich beweisen. Jan hat Rebecka das Leben zur Hölle gemacht. Sie hat versucht, ihn zu verlassen. Sie hatte geplant, mit Agnes in ein Frauenhaus zu gehen, doch dann passierte das Unglück. Danach verfiel sie in eine Depression. Begreifen Sie, was sie durchgemacht hat?«

»Ich ahne es.« Er schwieg eine Weile und dachte über das Gehörte nach. Wenn Rebecka tatsächlich hier gewesen war, bei Eva ... Wenn sie unschuldig war ... »Wir haben darüber gesprochen, zusammen Kinder zu haben«, sagte er.

»Rebecka wollte so gerne Kinder, aber sie hat es nicht gewagt, noch einmal einem Mann zu vertrauen. Nicht einmal Ihnen. Sie hat Sie geliebt, Per – aber das hat nicht genügt. Manchmal muss man einsehen, dass die Liebe eine Unmöglichkeit ist. Als Sie sich kennenlernten, war ihr ganzes Dasein auf Lügen aufgebaut.«

»Ich hatte das Gefühl, als sei sie schwanger. Sie hat es mir nie gesagt, aber ich dachte, es könnte so sein. Ist sie schwanger?«

»Kann ich mich darauf verlassen, dass Sie sie in Ruhe lassen und dass Sie nicht versuchen, sie zu finden?«

Er zögerte und nahm dann Evas ausgestreckte Hand.

»Wenn es das ist, was sie will. Versprochen.«

»Sie ist gestern ins Ausland gereist und hat eine neue Identität angenommen. Rebecka wollte, dass ich Ihnen sage, Sie sollen nicht auf sie warten. Sie wird nicht zurückkommen.«

»Ist sie schwanger? Das müssen Sie mir beantworten.«

»Ja, sie ist schwanger. Aber Sie müssen sie in Ruhe lassen. Sie möchte eine Arbeit bei einer Sozialstation annehmen.«

»Warum sollte ich aufgeben? Es ist ebenso mein Kind wie ihres.« Er biss sich auf die Lippe und wünschte eine Sekunde lang, er wäre nicht so direkt gewesen. Eva sah erschrocken aus.

»Versprechen Sie, dass Sie nicht nach ihr suchen werden. Sie will nicht gefunden werden. Von niemandem.«

»Ich werde auf die beiden warten. Sagen Sie ihr das. Versprechen Sie mir, dass Sie ihr das sagen!«

44

»Maria, Telefon! Es ist wichtig!« Erika Lunds dunkelhaariger Schopf ragte in den Konferenzraum.

»Wer ist dran?«

»Krister, er klingt verzweifelt. Vielleicht ist ja was mit den Kindern.«

Maria merkte, wie sie am ganzen Leib zitterte, als sie in ihr Zimmer ging. Die Gespräche der letzten Tage waren beklemmend und tränenselig gewesen. »Komm mit mir nach Malmö!«, hatte er sie gebeten. Am Freitag war er mit seinem eigenen Schlüssel ins Haus gekommen und hatte auf dem Sofa gesessen, als sie nach Hause gekommen war. »Weißt du noch, wie wir im Zug nach Kopenhagen Sex hatten?« Er war aufgestanden und ihr so nah gekommen, dass sie seine Fahne gerochen hatte. »Ich habe mich nach dir gesehnt.« Er hatte ihre

Hand genommen und sie an seinen Schritt gedrückt. Sie war zurückgetaumelt. Er war ihr gefolgt, hatte sie an die Wand gedrückt und sie zu küssen versucht. »Maria, komm schon. Warum solltest du dir das nicht gönnen? Ich weiß, was du magst.« Er hatte seine Hand unter ihren Pullover geschoben, doch sie hatte ihn von sich gestoßen. »Hör auf!« Es hatte sie selbst erstaunt, dass sie es so weit hatte kommen lassen, obwohl sie keine Lust empfand. Die Macht der Gewohnheit war groß. Wie oft hatte sie ihn in den letzten Monaten zu ihr gelassen, nur um die Wahrheit nicht sehen zu müssen? Nicht sehen zu müssen, dass es keine Liebe mehr gab.

Inzwischen war das Türschloss ausgetauscht. Aber das hinderte ihn nicht daran anzurufen. Mitten in der Nacht oder tagsüber bei der Arbeit, ohne Rücksicht. Maria spannte alle Muskeln zur Verteidigung an und nahm einen tiefen Atemzug, ehe sie den Hörer abhob.

»Was willst du?«

»Wir müssen uns sehen und reden. Das war der größte Fehler meines Lebens. Ich sehne mich nach dir, Maria! Können wir es nicht noch einmal versuchen? Es ist doch bald Weihnachten. Ich verstehe ja, wenn du wütend auf mich bist. Wir müssen diesen Irrtum irgendwie wiedergutmachen. Es ist doch nicht schlimm, sich mal zu streiten. Ich liebe dich, Maria.«

»Wenn Ninni dich rausgeworfen hat, dann musst du dich vielleicht mal nach einer Wohnung umsehen.«

»Nicht direkt rausgeworfen, aber ich wohne jetzt eine Weile bei meinen Eltern. Verdammt, Maria, wie konnte es so weit kommen? Ich kann nicht schlafen. Ich kann nicht essen.«

»Deine Mutter hat mich vor einer halben Stunde angerufen. Sie war ganz anderer Ansicht. ›Das ist ja ein ganz anderes Leben für ihn, jetzt, wo er mal was selbst Gekochtes kriegt‹«, zitierte sie. »Werd mal erwachsen, Krister! Zieh von zu Hause aus. Ich habe zwei Kinder, mehr brauche ich nicht.«

»Gibt es einen anderen?«

»Hör mal, wenn du willst, dass wir gut zusammenarbeiten, was die Kinder betrifft, dann musst du mich in Ruhe lassen. Ansonsten treffen wir alle weiteren Vereinbarungen über den Anwalt. Ich brauche Ruhe zum Arbeiten. Bitte respektiere das.«

»Erinnerst du dich, wie wir nackt auf Vinö gebadet haben? Ich war hinterher fast wundgescheuert.«

Maria erwog, den Hörer aufzulegen, entschied dann aber, ihm eine Chance zu geben, zu begreifen, wie es ihr ging.

»Ich erinnere mich ebenso deutlich daran wie an alle Gelegenheiten, bei denen du mich betrogen hast. Alle Male, wo du nach Hause gekommen bist und detailliert berichtet hast, was du mit anderen Frauen gehabt hast oder gern hättest. Als ob die Wahrheit dich von der Verantwortung befreien würde. Was du mir Jahr für Jahr angetan hast, ist eine Belastung, mit der ich nur schwer leben kann. Ganz offensichtlich genüge ich dir nicht.«

»Unsere Beziehung währt schon über zehn Jahre. Was hast du denn erwartet, Maria? Ich habe dich Kinder gebären sehen. Ich habe dich kotzen und Klos putzen sehen. Wir haben bei unseren kranken Kindern gewacht und haben finanzielle Probleme gehabt. Das ist einfach zu viel Alltag, um die Erotik am Leben zu erhalten. Ich habe nie verstanden, warum es so schlimm sein soll, sich woanders ein bisschen Abenteuer zu holen. Sex ist Sex, Liebe ist etwas völlig anderes. Du musst dich doch auch mal in jemand anders verliebt haben in all diesen Jahren, oder?«

»Stimmt, ansonsten wäre ich wahrscheinlich längst tot. Aber die Anziehung und Verliebtheit, die ich gegenüber jemand anders verspürt habe, die habe ich mit nach Hause zu dir gebracht. Wenn mir jemand ein Kompliment gemacht hat, dann habe ich mich auch attraktiver für dich gefühlt. Ich habe den Gefühlen nicht erlaubt, mit mir davonzugaloppieren. Verliebtheit macht blind. Sie ist ein Rauschzustand, in dem man auf keinen Fall überstürzt handeln sollte. Für mich entsteht die Sehnsucht nach Sex aus Nähe und Fürsorge. Ich weiß, dass du da anderer Meinung bist. Außerdem geht es nicht nur um die Treue im Bett. Deine Betrügereien hätten mich fast den Job gekostet. Ich begreife nach wie vor nicht, wie du mich an die Presse verkaufen konntest. Du hast meinen Job aufs Spiel gesetzt.«

»Können wir das nicht bei einem Abendessen besprechen?«

»Es gibt nichts mehr zu besprechen. Ich bin aber immer noch bereit, die praktischen Fragen, die die Kinder betreffen, zu regeln. Krister, es ist aus, sieh es doch ein.«

»Was sollen wir ihnen denn zu Weihnachten schenken, was meinst du?«

»Ich meine es ernst, Krister. Es gibt kein ›wir‹ mehr.«

Als Erika zehn Minuten später hereinkam, um die jüngsten Ergebnisse aus der Gerichtsmedizin mit ihr zu besprechen, saß Maria immer noch reglos da.

»Was ist?«, fragte Erika.

»Er macht mir Schuldgefühle. Ich würde den Kindern das Weihnachtsfest verderben. Es wäre meine Schuld, dass er sich wie ein Versager fühlt. Jetzt kann er nirgends wohnen, auch das noch. Ich habe nicht vor, Weihnachten mit seiner Familie zu feiern. Es ist in Ordnung, wenn die Kinder am Heiligabend dort sind, aber ich gehe nicht mit. Da bin ich lieber allein.«

»Schuldgefühle? Was für ein verdammter Blödsinn. Wie war es denn voriges Jahr an Weihnachten? Da hast du gearbeitet, wenn ich mich recht entsinne. Alle waren zufrieden. Wo ist der Unterschied?«

»Es fühlt sich alles wie ein einziges großes Scheitern an. Ich hatte gehofft, dass wir das ganze Leben zusammen verbringen würden. Ich weiß nicht, was das Beste für die Kinder ist. Ich glaube nicht an dieses Klischee, dass es besser für das Kind ist, wenn es Eltern hat, die geschieden, aber glücklich sind. Ich bin nicht glücklich, ich bin nur geschieden. Und Krister ist auch nicht sonderlich glücklich.«

»Bereust du es?« Erika ließ sich auf der Armlehne des Stuhls nieder.

»Ich frage mich, ob ich nicht zu egoistisch bin. Aber ich halte es einfach nicht aus, wenn er mich anfasst. Ich ärgere mich über das, was er sagt, über seinen Gesichtsausdruck und seine Witze. Alles. Ich will meine Ruhe. Ich will, dass er aus meinem Leben verschwindet, damit ich mein eigenes Leben führen und etwas Neues aufbauen kann. Und gleichzeitig will ich, dass die Kinder ganz normal weiterleben können. Das passt nicht zusammen. Er überschreitet ständig die Schranken und zwingt mich, Grenzen zu ziehen. Ich komme mir so ekelhaft vor.«

»Er will ja auch, dass du dir ekelhaft vorkommst. Je mehr du zeigst, dass du ein schlechtes Gewissen hast, desto mehr wird er in genau dieses Horn stoßen. Hat er heute Abend die Kinder?«

»Ja, oder besser gesagt, seine Mutter.«

»Okay, dann finde ich nicht, dass du zu Hause sitzen und Trübsal blasen solltest. Wir gehen ins Park. Du musst mal ein wenig unter Leute kommen. Die begehrlichen Blicke der Männer werden dich aufmuntern.«

Maria hätte sie am liebsten gebeten zu verschwinden. »Glaube ich nicht. Ich werde so lange ich lebe keinen Mann mehr anschauen, nicht nach dem, was geschehen ist.«

»Blödsinn. Du findest ganz schnell einen neuen. In meinem Alter ist es anders, da muss man nehmen, was man kriegen kann. Als ich das letzte Mal im Park war, ist ein Typ herumgelaufen und hat die Frauen darüber informiert, dass sein bestes Stück siebzehneinhalb Zentimeter lang wäre. Einige waren verärgert, aber ich hielt das für eine interessante Information. Was mich betrifft, hätte er das gern mal beweisen können. Ein anderer hat gefragt, ob ich rasiert sei. Das musst du schon selbst rausfinden, habe ich gesagt. Man wird in meinem Alter so verdammt verzweifelt. Sei froh, dass du jetzt Single bist und nicht erst in zehn Jahren.«

»Können wir nicht einfach was essen gehen? Ich glaube nicht, dass ich das Park durchstehe.«

»Es geht aber nicht nur um dich. Ich habe einen Witwer erspäht und hoffe auf deine wertvolle Unterstützung bei der Jagd, als Treiberin sozusagen. Willst du nicht fragen, wie ich ihn kennengelernt habe? Wie er aussieht? Wie ich meine Chancen einschätze?«

»Ist nicht nötig, Erika, denn das wirst du mir sowieso erzählen. Wusstest du eigentlich, dass die Polizei in Örebro ein Medium eingeschaltet hat?«

»Ja, und einen Gerichtspsychiater. Was die Karten wohl bedeuten? Der Mörder hat seine Opfer erst niedergestochen und dann verbrannt. Warum? Hat das mit Strafe oder Katharsis zu tun?«

»Das Medium der Kollegen in Örebro, Elaine Fernström, hat sich offenbar in Luft aufgelöst. Ihr Ehemann hat sie als vermisst gemeldet. Sie war im Konzert und kam nicht wie geplant mit dem Taxi nach Hause. Wie auch immer, jedenfalls hat sie vor ihrem Verschwinden Per Arvidsson auf einem Foto identifiziert. Er war bei ihr zu Hause, als er nach Felicia gesucht hat, hat Stensson gesagt. Elaine Fernström war der Meinung, dass die Person, die wir suchen, in seiner Nähe sei. Das ist aber nichts Neues. Die wichtigste Frage ist doch, wo sich die Mörderin jetzt befindet. Elaine Fernström war wohl der festen Ansicht, dass wir die falsche Person suchen, meint Stensson. Der Mörder von Frank Leander und Bella Svanberg sei näher, als wir denken. Sie hat von einem dunklen, engen Raum gesprochen, mit Fotos von Leanders Gesicht. Von diesem Raum würden die chaotischen Gedanken ausgehen. Und sie meinte auch, dass wir die Rolle mit den schwarzen Müllsäcken in diesem Raum finden würden.«

»Tja, und wir haben keine Ahnung, wo diese Person steckt«, sagte Erika.

»Mach mir keine Angst. Es ist schon unangenehm genug, allein im Haus zu sein, nachdem Krister ausgezogen ist. Eigentlich sollte ich mir mal eine Außenbeleuchtung anschaffen. Es ist so dunkel jetzt im Herbst. Man sieht überhaupt nichts von dem Moment an, wo man die Straße verlässt, bis man das Licht im Hausflur angemacht hat. Wenn der Schnee kommt, wird es etwas besser.«

Das gelbe Holzgebäude des Park wurde von einer Girlande aus bunten Lichtern am Eingang erhellt. Hartman, Ek, Himberg, Erika und Maria bekamen einen Tisch an der Tanzfläche. Sie bestellten Bier und Schaschlikspieße. Drei Minuten später tauchte Krister auf, ohne dass jemand ihn eingeladen hätte. Er gab seinen Mantel an der Garderobe ab und schloss sich der Gesellschaft an. Er unterhielt sich ungezwungen mit Himberg über gebrauchte Autos und Verkehrssicherheit. Als Maria aufstand, um auf die Toilette zu gehen, folgte er ihr.

»Kaum bin ich weg, gehst du auf die Pirsch. Das hätte ich nicht von dir gedacht, Maria.«

»Und du? Kümmerst du dich heute nicht um die Kinder? Ich bin dir keine Erklärung schuldig. Bitte lass mich in Ruhe.«

»Wie lange willst du denn noch sauer sein?«

»Ich bin nicht sauer. Ich habe nur begriffen, dass ich dich nicht mehr liebe.«

»Ach ja? Wenn man gestresst ist, kann es passieren, dass man den Kontakt zu seinen Gefühlen verliert. Wenn du dich mal ausruhen würdest, dann würde das auch vorbeigehen.«

»Das ist das Albernste, was ich je gehört habe. Du hast mir nicht vorzuschreiben, was ich zu fühlen habe, und du hast kein Recht, meine Gefühle zu disqualifizieren, nur weil sie dir nicht passen. Geh nach Hause und kümmer dich stattdessen um deine Kinder. Die brauchen dich nämlich. Emil will nicht mit deiner Mutter allein sein, er will mit dir zusammensein. Du hast ihm versprochen, zusammen mit ihm sein Modellflugzeug zusammenzubauen, und Linda hast du versprochen, dass du mit ihr zum Reiten gehst. Begreifst du nicht, wie enttäuscht sie sein werden?«

»Aber natürlich, damit du dich dem nächstbesten Typen an den Hals werfen kannst.«

»Man sollte nicht immer von sich selbst auf andere schließen!«

Maria schlug ihm die Tür zur Damentoilette vor der Nase zu. Sie betrachtete sich selbst im Spiegel und ärgerte sich über das, was er gerade gesagt hatte. Dann spülte sie sich das Gesicht mit kaltem Wasser, bis sie aus dem Augenwinkel merkte, dass sie beobachtet wurde. Die Frau, die an die Wand gelehnt stand und rauchte, hatte die grünsten Augen, die Maria je gesehen hatte. Ihre Haare waren kurz und schwarz. Maria wandte den Blick ab. Die Frau verzog keine Miene. Als die Zigarette bis zum Filter geraucht war, drückte sie sie aus und ging zur Tür.

Als Maria zu ihrem Tisch zurückkehrte, waren die meisten auf der Tanzfläche. Krister tanzte eng mit einer jungen blonden Frau in kurzem, schwarzem Rock, während er ihr provozierende Blicke zuwarf. Erika hatte ihren Witwer gefunden und saß mit ihm in einer Ecke. Hartman und Ek standen an der Bar, und Himberg hatte den Kopf an die Wand gelehnt und schlief mit offenem Mund seinen Rausch aus.

Angesichts dieses Szenarios gab es keinen Grund, noch länger zu bleiben. Maria ging auf den Parkplatz. Das Auto war schneebedeckt, und sie musste den Feger rausholen. In der Stunde, die sie im Tanzlokal verbracht hatte, mussten mindestens zehn Zentimeter gefallen sein. Sie setzte sich in ihr eiskaltes Auto und startete. Sehnte sich nach ihren Kindern. Die Tränen ließen sich nicht mehr zurückhalten. Wenn dies ein gewöhnlicher Abend gewesen wäre, dann würde sie jetzt zu ihren schlafenden Lieblingen nach Hause kommen. Sie würde sich über sie beugen und an ihnen schnuppern.

Jetzt aber waren sie Gefangene von Gudrun Wern. Krister war dran, das hatten sie vereinbart, und Maria konnte sie nicht holen, obwohl sie sich wie verrückt nach ihnen sehnte und wusste, dass sie eigentlich gar nicht bei ihrer Großmutter sein wollten. War die Scheidung diesen Preis wert? Dass sie die eigenen Kinder nur die Hälfte der Zeit bei sich haben konnte? Dass fremde Menschen sich die elterliche Verantwortung aneigneten und Beschlüsse fassten, die die Kinder betrafen, wie Ninni mit den Ohrringen? Was würde noch alles passieren? Aber was wäre die Alternative gewesen? Die nächsten zehn Jahre mit Krister Wern zu verbringen. War das wirklich so unmöglich?

Maria merkte, dass sie die Kurve nach dem Kreisel zu schnell und zu eng nahm. In diesem Zustand war sie keine gute Autofahrerin. Unten an der Küste herrschte dichter Nebel. Die schwarzen Baumstämme offenbarten sich in Sekundenschnelle im Licht der Scheinwerfer und verschwanden dann wieder. Die blauen Schilder, die den Weg zu den Fischerhütten wiesen, waren im Nebel verborgen, und die Abbiegung konnte man gar nicht mehr sehen. Das Auto kroch langsam vorwärts und bahnte sich einen Weg durch die Landschaft. Maria merkte bald, dass sie zu weit gefahren war. Sie stieg aus und ging mithilfe ihrer Taschenlampe sicher hundert Meter zurück, bis sie den nicht geräumten Weg zu ihrem Haus fand.

Als sie aus dem Auto stieg, hatte sie das Gefühl, als würde

die Stille ihr die Ohren schließen. Das Geräusch von den eigenen Schritten im weichen Schnee, ihr Herzschlag und ihr Atem waren alles, was in der Nacht zu hören war. Das Meer lag ruhig da. Nicht einmal der Wind spielte in den Baumkronen. Der Nebel legte sich kalt und sanft um ihre geröteten Wangen. Im Nachbargarten waren die Lichter ausgeschaltet. Das gelbe Haus glich mehr einem Spukschloss als einer menschlichen Wohnstatt. Sie fühlte sich alleingelassen wie noch nie in ihrem Leben.

Ihre Nachbarin Karin hatte ihren Mann und die kleine Emilia. Erika war vermutlich gerade mit ihrem Witwer zugange, Mutter und Vater lebten in Uppsala, und Per Arvidsson stand auch nicht mehr als guter Freund zur Verfügung.

Die Treppe war spiegelglatt unter den Schuhsohlen. Maria nestelte den Schlüssel heraus und musste wieder die Taschenlampe aus der Tasche ziehen, um aufschließen zu können. Als sie ihre Jacke im Flur aufgehängt hatte und ihre Brieftasche herausholen wollte, fiel eine Karte auf den Fußboden. Maria beugte sich herab und hob sie auf. Dann eilte sie durch den Flur, um nachzuprüfen, ob die Tür auch anständig verschlossen war. Ihr Herz schlug schneller. Die Luft wurde knapp. Sie hielt die Tarotkarte in der Hand und drehte sie langsam um.

45

Wie die Flamme in einem Staffellauf von Mann zu Mann weitergereicht wird, so werden Gedanken und Ideen von Generation zu Generation weitergegeben. Aus den Opferfeuern wurde der Vogel Phönix immer wieder von Neuem geboren, in neuer Gestalt aus demselben Stoff. Sind wir klüger geworden?

Pyret zündete sich eine Zigarette an und betrachtete ihre eingerissenen Fingernägel. Jemanden von diesem Erdenleben zu befreien, ehe sich Umweltkatastrophen, Hungersnöte und Kriege auch im sicheren Norden breitgemacht hatten, war an sich keine böse Tat. Was passiert denn, wenn das Grundwasser in den USA zu Ende geht? Wer wird das nächste mächtige Gift erfinden, mit dem sich die Reichen die Nase pudern können? Welche Chemikalien im Essen werden die nächste Welle an Krebserkrankungen verursachen?

Wenn die Welt in ein reinigendes Feuer getaucht würde, eine neue Sintflut aus schwarzem Rauch, und das Leben im Reich des Feuers noch einmal ganz von vorn beginnen könnte, würde es dann eine andere Richtung einschlagen? So wie nach einem Waldbrand die Walderdbeeren hervorsprießen, weil die kleinen Pflanzen nun Raum und Nahrung finden? Oder wie beim Abflämmen, wenn die Samen zum Leben erweckt werden, wenn das Feuer sich in die Erde eingräbt und die Versiegelung der Samen aufspringt. Erst nach dem Feuer, wenn die anderen Pflanzen verkohlt sind, findet das Schwendegetreide seine Bestimmung und erblüht. Die Geschichte des Feuers ist unabdingbar mit der Geschichte des Menschen verbunden. Warum sollte es nicht pyrophile Menschen geben, wenn es doch auch pyrophile Pflanzen gab? Menschen, die vom Feuer zum Leben erweckt werden und in seinem Schein aufblühen, weil sie erst dann eine Rolle finden, die sie im komplexen Schauspiel der Gesellschaft annehmen können. Nicht mehr als Opfer, sondern jetzt in der Hauptrolle.

Pyret warf die Zigarettenkippe aus dem Autofenster und fuhr langsamer. Die Abzweigung zu den Fischerhütten müsste hier auf der rechten Seite sein. Auf den letzten Kilometern war der Nebel immer dichter geworden. Sie sandte einen flüchtigen Gedanken an Felicia. Der erste aufflammende Hass und die Sehnsucht, sie beim Brand im Universitätskrankenhaus unschädlich zu machen, hatte sich gelegt und war durch eine Art Schwesternschaft ersetzt worden. Eine gewisse Anerkennung für den Kampf, den sie geführt hatte. Jetzt war sie unschädlich gemacht und des Landes verwiesen. Ob das besser oder schlechter war, als dem Tod zu begegnen, war schwer zu sagen.

Der Nebel war jetzt so dicht, dass die Mittellinie der Straße kaum zu sehen war. Pyret schaltete auf Standlicht herunter. Aus dem milchweißen Dunst kam ohne Vorwarnung ein Sattelschlepper heran. Sie scherte im letzten Moment aus. Was wäre gewesen, wenn sie zusammengestoßen wären? Ein kurzer Moment aus Angst und Schmerz, und dann hätte sie erfahren dürfen, was auf der anderen Seite der Grenze wartete. Pyret legte die Hand auf den Benzinkanister, der neben ihr auf dem Beifahrersitz stand, und schob dann im Rückspiegel den Schlips ihrer Polizeiuniform zurecht.

46

Maria hielt die Karte in der Hand und warf einen Blick auf die Uhr. Gleich halb eins. Ihr erster Impuls war, Hartman anzurufen, aber mit dem Gedanken an die vielen Stunden, die er vermutlich im Lokal verbracht hatte, beschloss sie, bis zum Morgen damit zu warten. Per Arvidsson? Nein, der war vom Dienst ausgeschlossen und hatte die neuesten Informationen nicht parat. Seit sie sich das letzte Mal gesehen hatten, war irgendetwas zerbrochen. Jahre der Freundschaft hatten sich binnen eines Augenblicks in einen Konflikt verwandelt. Er hätte doch verstehen müssen, dass sie ihm nicht helfen konnte. Konnte sie Stensson in Örebro um diese Zeit noch anrufen? Wen sonst? Sie musste einfach eine menschliche Stimme hören. Die Einsamkeit machte sie wahnsinnig. Håkan Stensson ging sofort ran.

»Nein, Sie haben mich nicht geweckt. Ich saß hier mit den Tarotkarten und habe nachgedacht.«

»Wer weiß alles davon?«, fragte sie.

»Eine kleine Gruppe innerhalb der Polizei hier in Örebro und in Kronviken. Der Gerichtspsychiater und die Seherin, Elaine Fernström. Warum fragen Sie?«

»Weil ich gerade mit einer Karte in der Hand dastehe. Die fünfte, wenn sie zu den anderen gehört. Vielleicht erlaubt sich jemand einen Scherz. Sie stellt das Jüngste Gericht dar. Der Erzengel Michael bläst in sein Horn, und die Toten erheben sich aus ihren Gräbern. Die Karte ist aus meiner Tasche gefallen.« Maria berichtete ihm kurz, wo sie diesen Abend gewesen war und wen sie getroffen hatten. »Ich finde das etwas unangenehm.«

»Das verstehe ich. Wo haben Sie die Jacke gehabt?«

»Es ist eine ziemlich dünne Kostümjacke, die ich über meinen Stuhl gehängt hatte, weil ich zu geizig war, sie an der

Garderobe abzugeben«, gestand sie. »Als ich auf der Toilette war, hätte jeder an die Jacke gehen können. Obwohl, nein, da habe ich sie ja dabeigehabt. Auf der Toilette war ich allein mit einer anderen Frau. Sie sah ein wenig seltsam aus, ich glaube, sie hatte grüne Kontaktlinsen. Nein, ich weiß nicht, ob sie mir so nah gekommen ist, dass sie etwas in meine Tasche gesteckt haben könnte. Ich habe mich vorgebeugt, die Augen geschlossen und mein Gesicht gewaschen. Dann bin ich auf die Toilette gegangen. Als ich wieder rauskam, war sie nicht mehr da.«

»Sie haben früher einmal gesagt, dass Sie Rebecka Moberg bei einer Gelegenheit zusammen mit Per Arvidsson getroffen haben. Würden Sie sie wiedererkennen?«

»Ich weiß nicht. Aber was man bei Rebecka sofort bemerkte, waren ihre phantastischen Haare. Sie zogen alle Aufmerksamkeit auf sich. Die Frau auf der Toilette hatte dagegen kurze Haare.«

»Eine persönliche Frage.« Stensson zögerte ein wenig, als würde er auf Marias Zustimmung warten. »Wie ist Ihre Beziehung zu Per Arvidsson? Ich meine, ist oder war er mehr als nur ein Arbeitskollege?«

»Das kommt drauf an, wie man es betrachtet. Eigentlich ist nichts zwischen uns passiert. Ich habe mich entschieden, in meiner Ehe zu bleiben. Ob das nun gut war oder nicht.«

»Haben Sie je daran gedacht, dass Rebecka auf Sie eifersüchtig sein könnte? Die Leiche von Bella Svanberg ist in Kronviken gefunden worden. Warum ausgerechnet da? Die Schaufensterpuppe, die im Fassadenfahrstuhl am Hochhaus hing, trug eine blonde Perücke und eine Polizeiuniform. Warum?«

»Polizeiuniform?«

»Ja, eine Uniform in einer Herrengröße. Bei näherer Untersuchung stellte es sich heraus, dass sie die Größe von Arvidsson hatte. Wer kommt an eine Polizeiuniform? Es war kein Auslaufmodell, sondern der neueste Schnitt. Hosen, Hemd und Schlips. Per meinte, dass er ein paar Garnituren zu Hause habe, wusste aber nicht sicher, wie viele. Man könnte das auch als Warnung an Sie interpretieren. Das ist Ihnen schon klar, oder? Ich denke, Sie bräuchten schon Personenschutz. Wenn

Sie möchten, nehme ich Kontakt mit dem diensthabenden Beamten auf.«

»Glauben Sie, dass es so ernst ist?« Allein schon der Gedanke daran, Rücksicht auf andere Menschen nehmen zu müssen, einen Kollegen in ihr Privatleben hereinziehen zu müssen und nie allein sein zu dürfen, schien ihr plötzlich unmöglich. Schlimmer als Angst und Einsamkeit. »Ich habe mich eingeschlossen. Es ist okay. Diese Karte ist vielleicht nur ein schlechter Scherz.«

»Mal ehrlich, Maria, wer sollte solche Scherze machen? Ich rufe den Diensthabenden an, und Sie machen so lange alle Lichter aus, schließen sich ein und halten sich zurück.«

»Haben Sie herausbekommen, was die Karten bedeuten könnten?«, fragte sie ausweichend.

»Ich habe dagesessen und mir die Zahlen angeschaut. Die Karten der großen Arkana tragen Zahlen von null bis einundzwanzig. Als Sie angerufen haben, saß ich gerade da und blätterte in einem Nachschlagewerk für Symbole und Ideogramme, ein siebenhundertfünfzig Seiten starker Ziegelstein. Ich habe die Symbolik der verschiedenen Ziffern nachgeschlagen. Das Gericht trägt die Nummer zwanzig. Das sagt mir aber noch nichts.«

»Welche Zahlen tragen die anderen Karten?« Es gab ihr Sicherheit, seine Stimme zu hören, wie er ruhig und methodisch seine Gedanken begründete.

»Der Turm hat die Nummer sechzehn, der Tod die Dreizehn, die Gerechtigkeit die Elf, der Mond trägt die Achtzehn und der Hierophant die Nummer fünf. Die einzigen Ziffern, für die das Buch einen Kommentar bietet, sind die Dreizehn und die Fünf. Die Symbolik der Dreizehn ist ja bekannt. Die Fünf gibt es in den Olympischen Ringen, in den fünf Säulen des Islam, dem fünfzackigen Stern und den fünf Weltteilen. Fünf heißt auf Arabisch Khamsa, das sind die männlichen Verwandten eines Arabers, die nicht weiter entfernt sind als fünf Verwandtschaftsgrade.«

»Was sagt Elaine Fernström?«

»Nicht mehr viel. Man hat ihre Leiche und den Rollstuhl heute Morgen im Svartån gefunden. Ihr Mann und ihre

Freunde sind nicht sonderlich erstaunt. Sie sei schon längere Zeit niedergeschlagen gewesen. Sie hat von Anfang an gemeint, dass die Botschaft in den Zahlen versteckt sei. Wie konnte sie das nur wissen?«

»Was wird denn daraus, wenn die Ziffern für bestimmte Buchstaben stehen?«

»Das war mein erster Gedanke. Aber es wird dadurch nicht klarer. Wenn ich die Zahlen durch die entsprechenden Buchstaben des Alphabets ersetze, kommt Folgendes heraus: die Sechzehn steht für P, der dreizehnte Buchstabe ist das M, es folgen K, R, E und schließlich das T, der zwanzigste Buchstabe des Alphabetes. Das Wort lautet PMKRET, aber was soll das heißen? Ich glaube ja eher, dass die Symbolik in den Bedeutungen der Karten selbst liegt.«

»Was würde denn Ihrer Meinung nach das Gericht bedeuten?«

»Ich fange langsam an, mich damit auszukennen. Wer weiß, vielleicht kann ich mich ja mit Kartenlegen versorgen, wenn ich alt bin und das Rentensystem kollabiert ist? Die Branche setzt angeblich Millionen von Kronen um, und es sieht ganz so aus, als würde das noch expandieren.«

»Sie glauben also nicht, dass auch ein wenig Intuition und Menschenkenntnis dahinterstecken?«

»Nach dreißig Jahren im Dienst sind das genau die Sinne, die ich ausgebildet habe. So, jetzt habe ich das Buch aufgeschlagen, hier haben wir es. Das Gericht steht für den Moment der Wahrheit, alles wird aufgedeckt. Die Karte kann auch negativ gedeutet werden, dann steht sie für Rechthaberei.«

Nach dem Gespräch mit Stensson kam Maria die Einsamkeit nicht mehr so schlimm vor. Eigentlich sollte sie zusehen, dass sie ins Bett kam, aber gegen besseres Wissen ging sie in die Küche und brühte sich eine Tasse Kaffee auf. Sie machte das Licht aus und setzte sich ans Küchenfenster. Der Nebel hatte sich ein wenig gelegt und ließ einen schwachen Mondschein herein. Konturlose Schatten spielten auf dem Tisch.

Maria nahm sich noch einmal die Ziffern und Buchstaben

vor, probierte ein bisschen herum, doch die Bedeutung blieb ein Rätsel. Als das Telefon klingelte, war sie überzeugt davon, die Stimme von Stensson zu hören, der ihr erzählen wollte, dass er den Code geknackt habe. Doch es war Krister.

»Warum sitzen wir eigentlich einsam und allein jeder in seinem Haus herum? Wir haben heute Abend einen Babysitter. Der Mond scheint, und ich sehne mich nach dir.«

»Hat wohl keine angebissen im Park. Fanden sie dich zu alt?« Maria ärgerte sich, dass sie überhaupt abgenommen hatte.

»Nein, sie fand, ich hätte zu wenig Geld. Sie war auch arbeitslos und hatte gedacht, sie könne durch eine Nacht mit mir ihre Finanzen aufbessern, aber dazu war ich nicht bereit.«

»Klar. Das ist schließlich Geschmackssache. Bist du pleite?«

»Ich komme vorbei und bringe eine Flasche Wein mit.«

»Du bist aber nicht willkommen.«

»Was wirst du denn mit deiner Lust machen, Maria? Die kannst du doch nicht verleugnen.«

»Darüber brauchst du dir dein Köpfchen nicht zu zerbrechen. Das nehme ich selbst in die Hand. Gute Nacht. Und wenn du noch mal grundlos anrufst, zeige ich dich wegen Hausfriedensbruch an.«

Maria schaffte es gerade bis zum Wasserhahn, um ihre Tasse auszuspülen, als das nächste Klingeln durchs Haus schrillte. »Maria Wern. Hallo?«

Am anderen Ende eine heisere Stimme, jemand atmete schwer und stöhnte so, als stünde er kurz vor dem Höhepunkt. »Jetzt reicht es, Krister!« Maria zog den Stecker aus der Wand und schaltete ihr Handy aus. »Du verdammtes Arschloch! Lass mich in Ruhe!«

Sie zog sich aus und putzte sich die Zähne mit eiskaltem Wasser. Die Vorstellung ekelte sie, dass er sie jemals wieder anrühren könnte. Weitere zehn Jahre des Zusammenlebens zum Wohl der Kinder schienen ihr absolut unmöglich.

Maria ließ ihre Hände über die Brüste zum Schoß gleiten. Mein Körper gehört mir. Sie betrachtete die Risse auf der Bauchdecke, die während der Schwangerschaft mit Emil entstanden waren, und nickte ihrem Spiegelbild zu. Wie viele Risse hast du? Die Frau im Spiegel lächelte zurück. Kristers Recht auf ihren Körper war mit dieser Zeremonie verwirkt. Sie hatte die Festung wieder eingenommen. Der Gedanke barg eine große Erleichterung. Und auch Trauer. Würde sie jemals ihre vernarbte Haut einem anderen Mann zeigen? Würde sie wagen, mitten am Tag Sex zu haben, im Sonnenlicht und ohne Scheu über das, was die Zeit mit ihrem Körper gemacht hatte? Würde sie jemals wieder geliebt werden? Und wenn nicht? Die Einsamkeit war immer noch besser als ein Leben mit Krister.

Ein Auto näherte sich. Schnell zog sie ihr Nachthemd über. Wenn es Besuch für die Nachbarn gewesen wäre, dann hätte das Motorengeräusch längst verstummen müssen, doch es war weiter bis zum Kiesweg zu hören. Eine Autotür schlug zu. Maria stand da und horchte. Weiche, quietschende Schritte im Schnee. »Schließen Sie sich ein, und machen Sie das Licht aus«, hatte Stensson gesagt. Am Ende hatten sie sich darauf geeinigt, dass sie selbst den Diensthabenden anrufen würde. Etwas schlug hart gegen das Geländer. Ein metallischer Laut, der sich durch den Raum fortsetzte. Die Treppe war glatt.

Wer war es? Krister? Es gab keinen Grund zu öffnen. Sie wappnete sich. Mein Leben gehört mir. Ich habe es zurückgenommen. Ein vorsichtiges Klopfen, das so unähnlich Kristers Gewohnheit war, zehnmal zu klingeln und dann mit der Faust an die Tür zu bollern, wenn man nicht sofort aufmachte. Es klopfte wieder. Maria legte das Ohr an die Tür.

»Wer ist da?«

»Lena Ohlsson von der Polizei in Örebro. Darf ich reinkommen?« Maria atmete erleichtert auf und öffnete, nachdem sie gesehen hatte, dass die magere Silhouette auf keinen Fall einem groß gewachsenen Mann gehören konnte.

»Kommen Sie rein«, sagte sie etwas erstaunt.

»Habe ich Sie geweckt?« Die uniformierte Frau stellte einen Benzinkanister in den Flur. Als sie Marias wachsamen Blick bemerkte, fügte sie hinzu: »Der ist leer. Ich habe ihn neben Ihrem Auto gefunden. Seltsam, oder? Man weiß nie, wer sich hier herumtreibt.«

»Ich nehme an, dass Sie einen Anlass für Ihren Besuch haben.« Maria warf einen raschen Blick auf die Uhr. Es war zehn nach zwei. In dem Moment wurde ihr klar, dass Lena Ohlsson ihre Reise von Örebro nach Kronviken angetreten haben musste, lange bevor Stensson vorgeschlagen hatte, Personenschutz zu beantragen. Nach dem Telefonat mit Krister war nichts aus ihrem Anruf bei der Polizei geworden. Was hätte sie auch sagen sollen? Ich fühle mich von einer Tarotkarte bedroht? Sie hatte den Anruf aufgeschoben und dann in der Erregung vergessen. Wie ein Blitz kam ihr das Bild von der Schaufensterpuppe in Polizeiuniform in den Sinn. Wer kann an eine Polizeiuniform gelangen? Was machte diese uniformierte Frau hier, mitten in der Nacht und ohne Stenssons Wissen?

»Sie sind in großer Gefahr. Wissen Sie, wem Sie vertrauen können?« Die uniformierte Frau lachte, als sie Marias Miene sah. »Warum wollte niemand Madame Elaine glauben? Rebecka ist nicht schuldig an dem Mord. Die schöne Rebecka würde niemals so hässliche Sachen machen. Warum wollen meine männlichen Kollegen auch nie zuhören? Niemand weiß, dass ich hier bin. Ich habe es keinem gesagt. Die würden mich nicht verstehen. Die nehmen die Geisterwelt nicht ernst. Ihr Telefon ist tot. Wussten Sie das? Sie sollten die Leitung sehen, die draußen zu Boden hängt. Abgeklemmt. Ich habe gerade versucht, Sie anzurufen. Kein Ton. Vollkommen tot. Und dann wurde mir klar, warum ich nicht durchkommen konnte. Sie sollten sich mehr um sich sorgen, Maria Wern.«

47

Håkan Stensson sah das beeindruckende Schlüsselbund durch, das er vom Hausmeister bekommen hatte, und öffnete schließlich die Tür zu Per Arvidssons Wohnung. Es roch immer noch nach Rauch, vor allem aber ungelüftet. Die Topfpflanzen vorm Fenster zur Rudbecksgatan hingen beklagenswert welk auf das Fensterbrett hinab. Vielleicht würde Kriminalinspektor Stensson in diesem Raum die Antwort finden, die er suchte. Er war schon einmal hier gewesen. Hatte das überdacht, was er sah, war wiedergekommen, hatte sich wieder entfernt und hatte nachgedacht.

In der Nacht hatte Stensson, nachdem er von Maria Wern das letzte Puzzleteilchen bekommen hatte, das Rätsel der Karten gelöst. Manchmal ist die Antwort auf die schwerste Frage besonders einfach. Die Karte, die für Gerechtigkeit stand, die Nummer elf, und die Nummer dreizehn, die den Tod symbolisierte, ergaben zusammen die Zahl vierundzwanzig. Die wiederum entsprach dem Buchstaben Y. Die Karten bildeten also den Kosenamen PYRET. Das sagte ihm eigentlich noch nichts. Ein Spiel mit Ziffern und Buchstaben. Im besten Fall würde sich der Name irgendwo zwischen Arvidssons Besitztümern wiederfinden. Fotoalben, Notizbücher und die Dateien in seinem PC waren gründlich durchsucht worden, ebenso seine Kalender, Telefonlisten und Briefe.

Die interessanteste Spur des Tages war die Tatsache, dass am Vormittag desselben Tages, als Per in Rebeckas Wohnung gewesen war, eine Frau ihre Wohnung betreten hatte. Der Hausmeister hatte ihr geöffnet und die Wohnung eine Weile unbeaufsichtigt gelassen, während die Frau, die angeblich einen Stromzähler ablesen wollte, da war. Er meinte, sie habe ehrlich ausgesehen. Die Stromgesellschaft hatte jedoch gesagt, sie würde keine Stromableserin beschäftigen, abgesehen davon, dass in dieser Jahreszeit ohnehin kein Strom abgelesen werde. Die Frau, die behauptet hatte, von der Stromgesellschaft zu kommen, hatte offensichtlich die Möglichkeit gehabt, irgendwelche Gegenstände in Rebecka Mobergs Wohnung zu platzieren. Wer war sie?

Und noch eine Zeugenaussage hatte im Lauf des Vormittags große Aufmerksamkeit erregt. Ein junger Mann, der bei einer Firma für Klimaanlagen arbeitete, hatte die Polizei wegen einer Frau angerufen, die er in einer Kneipe kennengelernt hatte. Die Frau sei über die Maßen an seiner Arbeit interessiert gewesen und habe ihn detailliert ausgefragt, was passieren würde, wenn es in einem Lüftungsraum brenne, zum Beispiel in einem Hochhaus. Als man ihm Fotos vorgelegt hatte, meinte er ein Gesicht vom Brand im Conventum wiederzuerkennen. Stensson war sehr erstaunt gewesen. War es möglich, dass es sich um diese Person handelte?

Håkan Stensson stellte sich ans Fenster und sah über die Rudbecksgatan. Er hatte eine Theorie, aber keine Beweise. Langsam drehte er sich um. Das Licht im Zimmer wollte nicht ganz ausreichen, obwohl die Deckenlampe eingeschaltet war. Er ging in den Flur, um in den angrenzenden Räumen Licht zu machen. Da blieb sein Blick an einem anspruchslosen Bild mit einer Gerichtsszene hängen. Der personifizierten Wahrheit hatte eine kreative Person mit rotem Filzstift Hörner gemalt und hatte das Zepter in einen Schürhaken verwandelt. Stensson nahm den schwarzen Rahmen von der Wand und betrachtete das Bild.

In der Mitte saß der Richter mit dem Schwert in der Hand, um Wahrheit von Lüge zu trennen. Vorurteil und Unwissenheit flüsterten ihm von beiden Seiten in die Ohren. Vorsichtig bog er die Stifte mit einem Messer zur Seite und zog das Bild aus dem Rahmen. Eine Bleistiftzeichnung, die hinter dem Bild gelegen hatte und dasselbe Motiv darstellte, fiel zu Boden. Er beugte sich herab und hob sie mit seiner behandschuhten Hand auf. Auf der Rückseite war eine kleine Bleistiftnotiz. Er warf einen Blick auf die Uhr. Schon Viertel nach zwei. Er nahm sein Handy aus der Innentasche der Jacke und rief die Notrufzentrale an.

48

Misstrauisch betrachtete Maria Wern die große, magere Frau, die in den Flur getreten war und sich als Per Arvidssons Kollegin aus Örebro vorgestellt hatte. Die Uniform wirkte ein wenig groß. Die Frau hängte die Lederjacke auf.

»Ganz schön kalt haben Sie es hier. Finden Sie nicht, dass wir Feuer machen sollten?« Maria versuchte, ihren Atem zu kontrollieren. Keine Angst zeigen. »Vielleicht können Sie wenigstens einen Kaffee machen. Wir könnten doch den Kamin anfeuern, das würde mir gefallen. Immerhin bin ich Ihretwegen weit gefahren.«

Marias Gedanken liefen auf Hochtouren. Die Situation war schwer zu beurteilen. Freund oder Feind? Die uniformierte Frau trug im Halfter auf der rechten Seite eine Pistole. Maria war unbewaffnet. Vor ihrem inneren Auge versuchte sie das Bild der Frau abzurufen, die sich mit ihr auf der Damentoilette im »Park« befunden hatte. Die Größe stimmte. Eine magere und etwas verbitterte Frau, hatte Per Arvidsson über seine Kollegin in Örebro gesagt. Ständig Probleme bei der Zusammenarbeit. Probleme mit den männlichen Kollegen. Hat keinen Mann abbekommen. Wohnt mit ihrer entwicklungsgestörten Schwester zusammen.

Was machte Lena Ohlsson hier mitten in der Nacht? Fuhr man von Örebro hierher, um eine Kollegin zu beschützen, die man noch nie gesehen hatte, nur weil ein Medium behauptet hatte, sie sei in Gefahr? Warum hatte sie nicht einfach angerufen, wenn sie etwas zu sagen hatte? Wenn Maria direkt nach dem Gespräch mit Stensson die Polizei gerufen hätte, dann wäre die jetzt schon hier.

Lena ging in die Küche, griff nach dem Schürhaken und kam auf sie zu. Ihre Augen hatten einen seltsamen Schimmer. Maria machte einen Rückwärtsschritt und schlug die Küchentür zwischen ihnen zu. Schloss blitzschnell von außen zu. Stieg in die Stiefel, warf ihre Jacke über, nahm ihr Handy vom Flurtisch und lief in die Nacht hinaus. Die Rufe verfolgten sie, klammerten sich auf ihrem Rücken fest, während sie zum Auto rannte. Auf dem Weg zur Fahrerseite umrundete sie das Auto. Das Tankschloss war aufgebrochen. Verdammt!

Maria setzte sich hinter das Lenkrad, um die Benzinmenge zu kontrollieren. Leer! Das Geräusch von einer Scheibe, die zerschlagen wurde, erfüllte die Nacht. Eine erste Welle, als der Schürhaken die Scheibe traf, und dann ein klirrender Laut, als die Scheiben aufeinander im Schnee landeten. Maria ließ das Auto stehen und rannte weiter zum Nachbarhaus, zu Karin und Julius. Es war kein Licht in den Fenstern, aber das war auch nicht weiter ungewöhnlich, da es ja schon nach zwei Uhr war. Allerdings war die Außenbeleuchtung sonst immer eingeschaltet. Auf der Treppe unberührter Schnee. Fünf Zentimeter hoch. Auch auf dem Treppengeländer Schnee. Maria begann zu bezweifeln, dass sie zu Hause waren. Ein rascher Blick über die Schulter. Der Volvo von Julius war weg. Trotzdem klingelte Maria an der Tür. Niemand öffnete.

Sie zitterte am ganzen Körper, wie sie da in ihrem dünnen weißen Nachthemd stand. Plötzlich erinnerte sie sich vage, dass Karin gesagt hatte, sie wollten übers Wochenende nach Söderhamn fahren. Maria drückte sich an die Hauswand und rief auf dem Handy beim diensthabenden Beamten an. Er versprach, dass sie in fünfundzwanzig Minuten vor Ort sein würden.

Wieder hörte Maria das Geräusch von splitternden Glasscheiben, dann zeigte der Schein einer starken Taschenlampe, dass die fremde Frau das Haus jetzt verlassen hatte. Maria suchte nach einem geeigneten Versteck. Wie ein weißes Tuch lag der Schnee da. Jeder Schritt hinterließ einen deutlichen Abdruck, anhand dessen man ihren Weg verfolgen konnte. Wenn sie es schaffte, sich fünfundzwanzig Minuten lang zu verstecken, dann wäre sie gerettet. Hinter dem Schuppen der Nachbarn verlief ein von Beerensträuchern gesäumter Weg zum Bootshaus hinunter. Da waren Fußspuren im Schnee. Menschliche Spuren. Jemand war den Weg zum Bootshaus gegangen. Große Spuren. Jemand, den man um Hilfe bitten konnte.

Maria sah sich um und registrierte, wie sich der Lichtkegel von der Taschenlampe dem Auto näherte. Sie rannte den verschneiten Weg zum Bootshaus hinunter. Im Notfall konnte sie sich wenigstens mit dem Außenborder in bewohnte Gegenden bringen. Obwohl es in der letzten Woche unter null gewesen war, war das Wasser immer noch offen. Die Luft war eisig kalt. Die Spuren führten ins Bootshaus. Drinnen wagte sie nicht, Licht zu machen. Es roch nach Benzin.

Hinterher fiel es ihr schwer zu begreifen, warum sie nicht gleich darauf reagiert hatte, warum sie nicht weggelaufen war, ehe es zu spät war. Vielleicht hätte sie dann das vermeiden können, was sie für den Rest ihres Lebens in ihren Albträumen verfolgen sollte. Schritt für Schritt tastete sich Maria in der vertrauten Umgebung voran. Ihre Hände befühlten die Außenkante des Bootes, bewegten sich an der Wand des

Bootshauses entlang, um die Türen zum Meer zu öffnen. Sie waren zu. Vielleicht waren sie in der Feuchtigkeit aufgequollen. Sie drückte fester. Der scharfe Geruch von Zigarettenrauch zog ihr in die Nase. Maria drehte sich um.

Zwei, drei Meter entfernt, in der Dunkelheit ließ sich die Entfernung nur schwer abschätzen, leuchtete ein kleiner rotglühender Punkt. Eine brennende Zigarette. Maria stand ganz still. Das Geräusch von Füßen, die langsam über den Betonfußboden rutschten, erfüllte den Raum. Der leuchtende Punkt bewegte sich in schnörkeligen Mustern, formte Buchstaben. Maria versuchte, die Symbole zu verfolgen, aber sie waren offensichtlich spiegelverkehrt. Wenn es sich überhaupt um begreifbare Zeichen handelte. Vorsichtig bewegte sie ihren einen Fuß und machte damit ein leise kratzendes Geräusch.

»Da bist du also.« Die Kippe flog durch die Luft und landete ein Stück entfernt. Eine Sekunde verging, dann erleuchtete ein Meer aus Feuer ein fremdes Frauengesicht. Die Gestalt verschwand in der Dunkelheit, eine Tür wurde geöffnet, ein Schlüssel herumgedreht. Alles ging sehr schnell. Maria versuchte, Kontrolle über ihre Gedanken zu gewinnen, sie zu sammeln und zu konzentrieren. Das Feuer leckte an den Wänden hoch und flog zum Dach hinauf. Die Hitze war noch auszuhalten, aber der Rauch war erstickend. Selbst wenn sie sich ins Boot legte oder sogar in das eiskalte Wasser, würde der Rauch sie am Ende umbringen. Draußen war eine bewaffnete Feindin. Sie würde sicherlich damit warten, mit der Dienstwaffe zu schießen. Die Munition konnte aufgespart werden.

»Was willst du damit erreichen?«, rief Maria, war aber nicht sicher, ob ihre Stimme das Knistern des Feuers übertönte. Sie hockte sich neben die Wasserrinne und sah auf die Uhr. Noch zwanzig Minuten, bis die Polizei hier sein würde. Sie tastete in ihrer Jackentasche nach dem Handy und merkte, dass sie es auf dem Weg zum Bootshaus verloren hatte. Verdammt! Sie schaute zu den Dachbalken hinauf. Wie lange würde es dauern, bis sie wie tödliche Kloben herunterfielen? Wie lange würde es dauern, bis der Rauch sie ersticken würde?

49

Wie in Trance kehrte Per vom Treffen mit Eva Bäckström zum Haus seiner Eltern in Kronviken zurück. Die Apfelbäume streckten ihre nackten Äste gegen den dunkelgrauen Himmel. Die Schneebeeren leuchteten seltsam weiß auf den nackten Zweigen. Per Arvdisson stand still und betrachtete das alles, während ihm das Leben wie ein Strom sinnloser Zeit durch die Finger rann. Er nahm die Post aus dem überfüllten Briefkasten und legte sie auf den Küchentisch, aber er schaffte es nicht, sie zu sortieren, ebenso wenig, wie er es geschafft hatte, die Abonnements all der zahlreichen Zeitungen, die der Vater seit Jahrzehnten abonniert hatte, zu kündigen.

Wie hatte er auch nur einen Moment lang glauben können, dass Felicia diese schrecklichen Mordbrände begangen haben könnte? Er wusste es nicht. Er nahm das Handy, um Lena Ohlsson anzurufen. »Der Teilnehmer ist vorübergehend nicht erreichbar«, sagte eine Frauenstimme vom Band. Vielleicht war sie wieder unterwegs und suchte nach ihrer Schwester. Was für ein seltsames Leben sie doch lebten, Lena und ihre Schwester. Per konnte Paula vor sich sehen, die kleinen Augen, die ihn misstrauisch betrachteten. Lena hatte versprochen, sich um ihre Schwester zu kümmern. Sie darf so lange bei mir wohnen, wie sie will. Sie hatte ihrer Mutter versprochen, die Verantwortung für sie zu übernehmen. Wie kann man einem jungen Mädchen ein derartiges Versprechen abnehmen?

Per beschloss, heiß zu duschen. Die Narben an den Waden, die er als Kind von einer Brandverletzung zurückbehalten hatte, an die er sich aber nicht erinnern konnte, schmerzten. Sicherlich würde das Wetter umschlagen. Das heiße Wasser streichelte seinen Körper wie eine tröstende Hand und ließ die Haut auf den Beinen flammend rot werden. Britt hatte die Verletzungen damit erklärt, dass er sich im Alter von zwei Jahren heiße Schokolade übergegossen habe. Folke sagte, er habe zu nahe am Walpurgisfeuer gestanden, und seine Hosenbeine hätten angefangen zu brennen. Er selbst hatte offenes Feuer immer als erschreckend und bedrohlich empfunden. Noch als

Neunjährigem war es ihm schwergefallen, mit einer Streichholzschachtel umzugehen. Nun würde er nie mehr erfahren, wie es sich eigentlich mit den Brandnarben verhielt, die er an den Beinen hatte. Einer von seinen Eltern hatte die Unwahrheit gesagt.

Als Folkes Beerdigung geregelt werden sollte und man die Entscheidung zwischen Erdbegräbnis und Feuerbestattung treffen musste, hatte Per starke Vorbehalte gegen eine Feuerbestattung gehabt. Allein beim Gedanken daran, dass Folkes Körper in Flammen aufgehen würde, hatte er überreagiert. Vielleicht hatten ihm Britts ständige Ermahnungen den Spaß am Feuer genommen.

In Folkes gestreiftem Bademantel machte er sich eine Tasse Schokolade und nahm seine Dokumententasche mit den wenigen Dingen, die Helen hinterlassen hatte, zur Hand. Ein paar alte Schellackplatten, Briefe, Fotos, bezahlte Rechnungen und eine Taufurkunde. Ganz unten am Rand stand ein Bibelzitat, das nachzuschlagen er sich noch nicht die Zeit genommen hatte. Erstes Buch der Könige, 3,16-28. Er stand auf, ging zum Bücherregal, holte die Familienbibel und las den Text über Salomo, der mit seinem Schwert bereitstand, um ein Kind in zwei gleiche Teile zu teilen. Zwei Mütter und ein Kind – wer war die wahre Mutter? Eine der Frauen flehte den großen Richter an, lieber der anderen Mutter das Kind zu geben, als ihm etwas anzutun. Was hatte Helen damit sagen wollen? Bedeutete es, dass Helen lieber ihre Kinder weggab, als sie zu behalten und ihnen dadurch Schaden zuzufügen? War das der Sinn des Textes auf seiner Taufurkunde? Vielleicht stand dieselbe Botschaft hinter der Bleistiftzeichnung von der Gerichtsszene. Ein Flehen um Verständnis – wenn auch auf kryptische Weise. Beurteile mich gerecht.

Per begann, die ihm nachgeschickte Post zu sortieren. Eingeschweißte Kataloge, eine Karte vom Urlaub in Thailand, aus dem Ek schon vor zwei Wochen zurückgekommen war, eine Ausgabe des Orchesterjournals und ein Umschlag vom Fotoatelier Wasa. Er hatte fast vergessen, dass er dort etwas bestellt hatte.

Es war gar nicht so einfach, Abzüge von Bildern aus den

Sechzigerjahren zu bekommen, im günstigsten Fall waren die Negative im Landesmuseum gelagert, hatte der Fotograf ihm gesagt. Per öffnete den Umschlag und nahm das Bild heraus. Jetzt war es vollständig. Helen in ihrem langen Kleid und neben ihr der Mann, dessen Hand sie in ihrer hielt. Irgendetwas an ihm kam ihm bekannt vor. Der Gesichtsausdruck. Die Narbe am einen Auge. Das geteilte Kinn.

Per nahm sich den Stapel Zeitungen vor, der auf der Kühltruhe in der Küche lag. Blätterte sie mit vor Schweiß klebenden Fingern durch. Da, eine Reportage mit Bildern von Frank Leander. Helen hatte Frank Leander also gekannt. Mehr als das. Sie waren ein Paar gewesen. Als die Bilder nebeneinander lagen, gab es keinen Zweifel mehr, auch wenn die Jahre ihre Spuren hinterlassen hatten. Der Mann auf dem Foto war Frank Leander.

Per spürte ein Schaudern, als er zum Spiegel ging und sein eigenes Gesicht betrachtete. Dem schwarzen Blick und der aschegrauen Haut begegnete, die Hand über das geteilte Kinn, die hohe Stirn und das rote Haar gleiten ließ. Es gab keinen Zweifel: Er war Frank Leanders Sohn. Håkan Stensson hatte mehr als einen Grund gehabt, ihn von den Ermittlungen auszuschließen. Und wenn er Frank Leanders Sohn war, dann war Pernilla mit hoher Wahrscheinlichkeit Franks Tochter. Hatte sie das die ganze Zeit gewusst, aber sich entschieden, darüber zu schweigen? Gut möglich.

Franks Drängen, Mütter und Kinder voneinander zu trennen, war sicherlich in der eigenen Erfahrung und der Angst des Arztes begründet gewesen. Er hatte seine eigenen Defizite zu einer Tugend gemacht und das allgemeine Gesetz der untauglichen Mutter geschaffen. Sicherlich hatte er dafür gesorgt, dass Helen ihre Kinder weggab. Ihre gemeinsamen Kinder. Hatte sie gerettet, indem er sie zur Adoption freigegeben hatte. Welche Kindheitserinnerungen trug Pernilla in ihrem tiefsten Innern mit sich? Welche Verzweiflung hatte Helen gefühlt, ehe sie sich entschloss, den Kindern ein besseres Leben zu ermöglichen, anstatt sich selbst um sie zu kümmern? Wie hatte er so blind, so verhext von Felicia sein können, dass er es nicht früher gesehen hatte? Vielleicht hatte er es nicht sehen wollen. Der Wunsch, dazuzugehören, war so viel stärker gewesen als die Vernunft.

Pernilla war mit ihm zusammen in Felicias Wohnung gewesen. Natürlich rechnete man damit, ihre Fingerabdrücke dort zu finden, auf den Benzinkanistern, auf den Lappen und den anderen Gegenständen. Deshalb waren ihre Abdrücke in der Ermittlung ganz einfach aussortiert worden. Hatte Pernilla die Requisiten aus purer Eifersucht in Felicias Wohnung untergebracht? Jetzt haben wir nur noch uns beide. Du und ich gegen den Rest der Welt, Per. Bella Svanberg gab es nicht mehr als Konkurrentin. Felicia war weg. Aber Maria gab es. Plötzlich war die Gefahr für Maria, die an ihm genagt hatte, höchst real.

Per nahm den Block zur Hand, auf dem er die Zahlen der Tarotkarten notiert hatte. Wie einfach alles doch war, als er es mit dem Ergebnis in der Hand betrachtete. Auch wenn die letzte Karte fehlte, so war es doch offensichtlich. Pyret! Pernillas alter Kosename aus der Kindheit, von dem sie ihm erzählt hatte. Ach, Pernilla, was hast du getan?

Ohne sich um die Uhrzeit zu bekümmern, wählte Per die Nummer seiner Schwester. Nach ungefähr zehnmaligem Klingeln ging Svenne ran.

»Was ist los?«

»Ist Pernilla zu Hause?«

»Sie ist weg, kurz bevor die Polizei kam. Die haben hier alles auf den Kopf gestellt. Weißt du, was sie mitgenommen haben? Eine Rolle Müllsäcke. Jetzt sitzen ein paar bewaffnete Typen auf der Treppe und bewachen ihre Wohnung. Also doch wieder die Einzimmerwohnung in der Stadt.«

»Weißt du, wo sie hin ist?«

»Sie hat meinen Van genommen. Wohin wollte sie nur ... Ich muss kurz nachdenken. Ich hab so einen verdammten Kater. Was hat sie denn gesagt? Richtig, jetzt hab ich's: Reicht das Benzin nach Kronviken?«

Per Arvidsson riss die Garagentür auf, während er gleichzeitig die Nummer von Maria wählte. Das Telefon war tot. Er versuchte es auf dem Handy und fuhr derweil auf die Landstraße hinaus. Geh doch ran! Großer Gott, lass sie unversehrt sein! Ein klickendes Geräusch im Telefon.

»Maria? Bist du da? Hörst du mich?«

»Sie kann dir nicht antworten. Sie wird uns nie mehr stören, Per.«

»Pernilla?«

»Jetzt gibt es nur noch uns beide. Du und ich gegen den Rest der Welt.«

»Wo ist Maria?«

»Was spielt das noch für eine Rolle?«

»Ich will es wissen. Wo ist sie?« Er musste seine ganze Selbstbeherrschung aufbringen, um sie nicht anzuschreien.

»Bald wird sie ein Schmetterling sein, ein schwarzer Schmetterling.« Das Gespräch wurde unterbrochen. Er versuchte wieder anzurufen, aber ohne Erfolg. Verdammt! Per Arvidsson verfluchte seine eigene Unfähigkeit. Wenn er wachsamer gewesen wäre, hätte er sie vielleicht beschäftigen können, sie von ihrer Wahnsinnstat ablenken, wenn es noch nicht zu spät war. Es durfte nicht zu spät sein!

Hinter sich hörte er Polizeisirenen. Sie schienen in dieselbe Richtung unterwegs zu sein wie er. Trotz des Nebels fuhr er weitaus schneller, als erlaubt war. Die Sirenen hinter ihm wurden immer leiser.

50

Maria Wern kauerte sich auf dem Fußboden zusammen und sah zum brennenden Dach hinauf. Es knackte in den Dachbalken. Schwarzer, qualmender Rauch quoll aus dem hinteren Teil des Bootshauses, wo sie die Sommerreifen aufbewahrten. Sie atmete durch den Ärmel ihrer Jacke. Die Hitze des Feuers brannte auf der Haut im Gesicht. Der Hals schmerzte bis in die Lungen hinein. Sie erlitt einen heftigen Hustenanfall und richtete sich etwas auf, um Luft zu bekommen. Noch zwölf Minuten, bis die Kollegen da sein konnten. Vielleicht noch länger. Eine unendliche Zeitspanne.

Sie musste aus der Todesfalle des Bootshauses entkommen. Die Hitze war unerträglich geworden. Ein verwegener Gedanke nahm in ihrem Kopf Form an. Sie kroch auf die unterste Stufe an der Wasserrinne, machte ihre Haare und ihre Kleider in dem eiskalten Wasser nass und schlängelte sich dann zur Tür, wo links vom Türpfosten eine Schneeschaufel stand. Die Ecke des Bootshauses, die zum Garten zeigte, war an der unteren Kante morsch. Vielleicht könnte sie sich mithilfe der Schaufel durch die Wand schlagen. Die Gefahr, dass alles über ihr zusammenbrechen würde, war natürlich groß, aber sie hatte keine andere Wahl.

Die Kleider klebten am Körper. Maria legte sich auf den Rücken und ließ das Schaufelblatt an die Wand krachen, Schlag für Schlag an den Punkt, der am schwächsten zu sein schien. Große Stücke Glut fielen ihr auf den Kopf und die Schultern. Sie versuchte, sie wegzuwischen. Der Rauch biss in den Augen. Sie musste sie schließen. Es war schwer zu treffen, wenn sie nichts sehen konnte. Die Tränen liefen. Maria fuhr sich mit der Hand durch das Haar, und große Büschel verbrannter Haare folgten. Sie stand auf und holte kräftig mit der Schaufel aus, legte all ihre Kraft in den Schlag. Es knackte über ihrem Kopf, dann kam ein großer Krach. Sie sah den Balken fallen, konnte aber das Bein nicht mehr wegziehen. Sie schlug mit dem Kinn auf dem Beton auf. Versuchte das Bein zu bewegen, und stellte fest, dass sie eingeklemmt war. Vor Schmerz wurde ihr schwarz vor Augen. Sie versuchte den Kopf zu heben, damit ihre Haare nicht anfangen würden zu brennen.

Da war jemand in der Nähe. Sie bemerkte eine Bewegung. Eine Stimme. Die Last auf dem Bein wurde etwas leichter, der Schmerz war furchtbar. Ein starker Arm zog sie durch die Glut hinaus in das Weiße. Jemand rollte ihren schmerzenden Kopf durch eiskalten Schnee, rieb Schnee in ihr Haar. Pers Gesicht war im Feuerschein zu sehen. Er beugte sich vor und half ihr, sich auf eine Decke zu rollen.

»Lebst du?«

Sie krächzte: »Ich glaube ja.«

»Der Krankenwagen ist gleich hier.«

»Du musst dich vor Lena in acht nehmen.« Maria hob den Kopf, um sich umzusehen. Der Schmerz ließ sie laut schreien.

»Lena Ohlsson? Warum denn? Es war Pyret, meine Schwester Pernilla, die den Brand gelegt hat.«

»Es war Lena! Sie trägt eine Uniform und ist bewaffnet. Ihr Van steht an der Auffahrt. Hörst du, was ich sage?«

»Lena ist in Kronviken, aber Pernilla saß bis eben in ihrem Auto auf der Rückseite des Hauses und schlief. In Polizeiuniform. Wir haben sie mittlerweile entwaffnet. Hast du gedacht, sie sei Lena?«

Pernilla Gunnarsson saß auf der Pritsche im Gefängnis und starrte mit leerem Blick auf die verschlossene Tür. Sie hatten sie gefragt, warum sie das alles gemacht hatte. Was sie dazu gebracht hatte, ihren eigenen Vater zu ermorden. Warum? Als gäbe es eine fertige Antwort, die bei Bedarf geliefert werden konnte, wie bei einem Vokabeltest in der Schule.

Wenn sie nicht die Müdigkeit nach dem wunderbaren Brand im Bootshaus überwältigt hätte, dann wäre sie nicht in ihrem Auto eingeschlafen. Die Rußflocken waren wie große schwarze Schmetterlinge über ihrem Kopf gesegelt und auf dem weißen Schnee gelandet, eine wunderschöne Wiese voller flatternder Trauermäntel.

Als sie aufwachte, trug sie Handschellen. Die Antwort auf die Frage, die sie gestellt hatten, hätte den Platz einer ganzen Bibliothek gebraucht, um nicht zu oberflächlich zu werden. Vielleicht lag sie auch jenseits aller Worte. Wie fasst man einen lebenslangen Betrug zusammen? Lebenslanges Verstoßensein? Frank Leander, der Kindern in aller Welt geholfen hatte, hatte seine eigene Tochter nicht einmal einer Geburtstagskarte für wert befunden. Von seinem hohen Podest aus hatte er Vorträge gehalten und Lobpreisungen für die Beschreibungen einer Realität erhalten, die er niemals zu teilen gewagt hatte. Eine Wirklichkeit, die niemals seinen weißen Arztkittel hatte beschmutzen oder seinen Weg zum Parnass der Berühmtheit hatte behindern dürfen. Warum?, hatten sie gefragt. Weil ein Vater sein Kind mehr als alles andere in der Welt lieben muss. Das würde sie ihnen antworten.

SERIE PIPER

Anna Jansson

Tod im Jungfernturm

Kriminalroman. Aus dem Schwedischen von Susanne Dahmann. 288 Seiten. Serie Piper

Kriminalinspektorin Maria Wern spekuliert eigentlich auf erholsame Wochen, als sie eine Urlaubsvertretung auf der beliebten Ferieninsel Gotland übernimmt. Doch schon wartet der erste Fall: ein Toter in einem eisenzeitlichen Häuptlingsgrab – zu seinen Füßen ein zertretener Schlangenkopf. Bei ihren Ermittlungen stößt Maria Wern auf dunkle Familiengeheimnisse. Doch es bleibt nicht bei dem einen Toten … Vor der stimmungsvollen Kulisse Visbys entfaltet sich eine atemberaubende Spannung, deren Motive bis weit in die Vergangenheit zurückreichen.

»Anna Jansson läßt eine rätselhafte Stimmung entstehen, die zur reichen historischen Vergangenheit und dem Volksglauben der Insel Gotland paßt. Zweifellos hat sie mit diesem Roman einen großen Sprung gemacht.«
Nerikes Allehanda

05/2134/01/L

Anna Jansson

Das Geheimnis der toten Vögel

Kriminalroman. Aus dem Schwedischen von Susanne Dahmann. 288 Seiten. Serie Piper

Kriminalinspektorin Maria Wern hat alle Hände voll zu tun: Auf Gotland ist eine tödliche Epidemie ausgebrochen, und als sich herausstellt, daß nicht genug Medizin zur Verfügung steht, bricht Panik aus. Warum gibt es noch keinen Impfstoff? Weshalb zeigen die Medikamente bei den Kranken offenbar keine Wirkung? Und wer profitiert womöglich von der fatalen Viruserkrankung? Packend und erschreckend realitätsnah erzählt Anna Jansson von Menschen, die bereit sind, für ihren persönlichen Gewinn alle ethischen Prinzipien zu brechen.

»Kundig zeichnet Anna Jansson ein erschütterndes Szenario – ein Spannungsroman der Spitzenklasse.«
Nerikes Allehanda

05/2168/01/R

Christian Jungersen

Ausnahme

Roman. Aus dem Dänischen von Ulrich Sonnenberg. 672 Seiten. Serie Piper

Ein Roman über die Psychologie des Bösen, in dem vier Frauen sich das Leben gegenseitig zur Hölle machen: Iben, Malene, Anne-Lise und Camilla, vier Frauen, die gemeinsam im Dänischen Zentrum für Information über Völkermord arbeiten. Iben und Malene sind enge Freundinnen, die sich auch privat häufig sehen und viele Geheimnisse miteinander teilen. Im Büro schieben sie sich gegenseitig die interessanten Aufgaben zu, während sich vor allem die Bibliothekarin Anne-Lise von ihnen ausgegrenzt fühlt. Eines Tages erhält Iben per E-Mail eine anonyme Morddrohung. Zunächst geht sie davon aus, daß der Absender ein serbischer Kriegsverbrecher sein muß, über den sie einmal gearbeitet hat. Bald aber schließen sie und Malene auch Anne-Lise als Absenderin nicht mehr aus …

05/2208/01/L

Kerstin Ekman

Winter der Lügen

Roman. Aus dem Schwedischen von Hedwig M. Binder. 224 Seiten. Serie Piper

Die Bewohner des Mietshaus stehen vor einem Rätsel: Warum will der Hausmeister Pär Lindholm niemanden ins Zimmer der verschwundenen Vermieterin Agda Wallin lassen? Und weshalb hat man seit Wochen nichts mehr von der Alten gehört? Sie bleibt spurlos verschwunden, woran der Winter mit seinem Schnee nicht ganz unschuldig ist, denn der verbirgt eine Leiche und damit auch Pärs Geheimnis. Bis ihm schließlich eine Bewohnerin auf die Schliche kommt …

»Kühl, präzise und mit fanatischer Detailgenauigkeit, dabei fast wortkarg, analysiert die Autorin das Sterben der inneren Natur des Menschen, das einhergeht mit dem der Gesellschaft, in der er lebt.«
Die Welt

05/1994/01/R

SERIE PIPER

Elsie Johansson

Mittsommertanz

Roman. Aus dem Schwedischen von Katrin Frey. 320 Seiten. Serie Piper

Schweden in den vierziger Jahren: Hier, zwischen Wildblumen und Birkenwäldern, ländlicher Geborgenheit und Entbehrung, wächst die junge Nancy auf. Während die Erwachsenen von Einberufung und Rationierung sprechen, träumt sie von einem Studium in Stockholm. Und sie erlebt ihre erste große Liebe ... Nancys berührende Geschichte wurde in Schweden auf Anhieb ein großer Erfolg.

»Starke Charaktere prägen diesen wunderschön bildhaft erzählten Roman, der in eine vergangene Wirklichkeit versetzt.«
Lesen und Leute

05/2209/01/L

Karin Fossum

Schwarze Sekunden

Roman. Aus dem Norwegischen von Gabriele Haefs. 300 Seiten. Serie Piper

Die schwarzen Sekunden der Septembernacht dehnen sich unerträglich, während Kommissar Sejer verzweifelt die verschwundene Ida Joner sucht. Ist der autistische Emil Johansson ihr unergründlicher, grausamer Mörder? Psychologische Finesse und höchste Spannung prägen den neuen Kriminalroman der preisgekrönten Autorin Karin Fossum.

»Meisterhaft schildert Karin Fossum die Katakomben der menschlichen Psyche. Ein Nervenzerrspiel, dessen Plot über die letzte Seite hinaus verstört.«
Facts

05/1773/01/R